조태일 전집

조태일
전집

시론 • 산문

01

이동순 엮음

창비

일러두기

1. 시인이 발표한 시론과 산문을 글의 성격에 따라 3부로 나누고 발표 순서
   에 따라 배열했다.
2. 명백한 오자는 바로잡고 띄어쓰기는 현행 표기법에 따랐으며, 한자는
   가급적 한글로 풀어썼다.

제1부

한국현대시와 시인의 사명

　인간을 위한 시냐, 시를 위한 시냐의 물음이 오갈 때마다 나는 우울한 마음을 금치 못한다. 이런 물음에 대한 답변은 시인의 예술관이나 세계관 혹은 미학관에 따라 다를 것이다. 어떤 시인은 순수를 신주처럼 모실 것이고, 어떤 시인은 참여를 부르짖을 것이다. 어느 것이 옳고 어느 것이 그르다고는 속단할 수 없고 이 물음에 대한 답변은 그 시를 향유하는 독자나, 아니면 거창한 말 같지만 역사가 대답지어줄 것이다.

　시인이란 흔한 말로 그 시대의 증언자이며, 대변자이며, 미래에 대한 예언자이며 설정자라고 말하여질 때 현장에서 일어나는 역사적 사실을 팽개치지는 못할 것이며 역사의 주역인 인간을 대변 안하지도 못할 것임에, 시인의 사명은 대충 어떤 것이라는 점은 금방 알 수 있을 것이다. 그런데 사명을 똑바로 직시하고 옳게 각성하고 당위의 시, 바꾸어 말하면 목적 있는 시, 의도 있는 시는 순수파라고 불리우는 소극적인 시인들로부터 미움을 받아왔다. 그러나 자칫하면 들먹거리는 외국을 기웃거려봐도 알 수 있듯이 체홉 같은 작가도 의도 없는 문학은 미치광이의 넋두리라고 말한 바 있으며, 헤밍웨이 같은 작가도 의도 없는 작품을 써본 적이 한번도 없다고 말한 바도 있지만, 아무튼 시는 시대를 배경으로 한 역사적 필연 속에서 손쉽게 떨어져나갈 수가 없으며 현실을 딛고 미래를 바라보는 의지를 마음대로 저버릴 수는 없을 것이다.

그럼에도 불구하고 아직도 거만하게 버티고 앉아서 신라의 정신은 현대의 정신이라고 중얼대는 아류들이 건재하고 있다는 사실은 한국시의 앞날을 위해 몹시 거북스러운 존재가 아닐 수 없다. 그들은 현재의 한국 하늘이 신라의 하늘이고 현재의 한국정신을 신라의 정신에서 찾아야 한다고 무당처럼 넋두리를 한다.

현대의 과학은 신을 능가하려는 듯이 이카로스의 후예를 자처하면서 죽음의 재, 죽음의 방사능이 떠도는 하늘을 날고 있지 않은가. 하늘을 날고 있는 참새새끼들의 깃털에까지도 죽음의 재가 묻어 있다는 사실을 알지 못하고 있는가. 북쪽의 대장간에서 만들어진 예리한 칼날은 무시로 월경하여 민주의 젖가슴을 찌르는가 하면 지금 어느 구석에서는 가난을 참지 못하여 일가족 자살이라는 비극이 일어나고 있지 않은가?

그런데도 한국의 소극적인 시인들은 "울어라 울어라 새여, 자고니러 울어라 새여" 하는가 하면 "살어리 살어리랏다, 청산에 살어리랏다" 하면서 현대의 삶을 너무도 많이 외면하고 있다. 따라서 그들은 독선과 망아경의 늪에 깊숙이 빠져서 애련한 감상과 한가한 수태(愁態)의 피리를 청승맞게 불어젖히고 있다. 목동(牧童)만큼도 못한 저질의 피리소리로 현대의 인간 기슭을 울릴 수 있단 말인가.

또한 아직도 모더니즘의 잔재가 남아 있어 아직도 가식(假飾)된 현실을 외치고 있어 해괴망측한 언어로 시의 난해성에 일조를 가하고 있으며, 아직도 창백한 영혼의 숨결로 천박한 낭만성에서 깨어나질 못하고 있다. 그뿐인가. 우리 근대시의 발생과정을 보면 알 수 있듯이 홍수처럼 밀려드는 서구의 퇴폐주의 사조, 자연주의, 낭만주의, 러시아의 우울문학 사조 등등 많은 것을 밑거름 없이 받아들여 소화불량증에 걸려 있건만 지금도 공공연히 서구의 산업 군가 소리에 장단 맞춰 춤을 추며 놀아대는 미성(未醒)의 시인들도 있다. 이른바 깡통문화에서 헤어나질 못하고 있다. 창녀의 지조보다도 밑도는 정신의 방황은 자기가 처해 있는 현실을 깨닫지 못하고 몰주체로 언제까지 떠돌고만 있을 것인가.

자, 이제 우리들은 우리들의 역사, 우리들의 현실, 우리들의 숨결을 똑바로 인식하는 데서부터 우리 한국시의 갈 길을 찾아나서야겠다. 이른바 소극적 삶에서 빚어진 신라에의 향수, 체험의 언어들이 아닌 피상적인 문화의 찌꺼기인 괴상망측한 단어놀음, 소화불량의 잡다한 사조의 늪에서 빠져나와서 과감히 제스처의 시, 피부의 시, 표정의 시를 버릴 때 우리의 현대시는 많은 독자(민중)와 만날 수 있으리라.

문화의 생리는 저항과 창조의 연속 속에서 빛이 터진다. 이성 있는 사고로 우리의 내부를 꿰뚫어보라. 거기에 우리들이 찾는 한국현대시의 가능성이 엿보일 것이다. 왜 우리들은 이 현실에 사는 인간들을 노래하기에 주저하는가. 노래하더라도 왜 앵무새처럼 주체성이 없이 지껄이고만 있는가. 인간들의 육성을 들어보라. 인간의 참다운 반려자인 시인이 왜 인간의 소리를 기피하는가.

참여정신은 저항정신이며 저항정신은 현대의식을 깔고 있는 창조정신이다. 신에 대한 저항, 소극적인 자신에 대한 반성과 저항, 사회에 대한 저항 속에서 찢어진 만신창이의 지성을 현대의 와중 속에 깃발로 펄럭일 수 있는 시인이야말로 한국현대시의 창창한 길을 펼쳐보이는 우리들의 시인인 것이다. 침체된 한국시에 새로운 기풍을 불어넣는 시인인 것이다.

『대학주보』 1965년 1월호

고여 있는 시와 움직이는 시

『성북동 비둘기』와 『이성부 시집』을 중심으로

1. 평범한 몇마디

요즘까지도 우리나라 시단의 일부에서는 아주 정당하고도 새로운 듯이 보이는 실로 해괴망측한 시편들과 그들을 지나치게 과대평가하는 비평문들이 자못 창궐하고 있는 것 같다.

시는 언어의 예술이다, 시는 내면세계의 탐구다,라는 매우 타당하고 지엽적인 것으로부터, 시의 본질은 상상의 세계요 초자연의 세계라는 주장을 펴면서, 비역사적·비사회적·비경험적 언어들을 아무런 근거도 없이 아무런 비판도 없이 그리고 언어에 대한 성실한 사고도 없이, 여기저기 흩어져 있는 미끈미끈한 단어들을 핀셋으로 집어내어 형형색색으로 모자이크를 하는 데 광분하고 있다.

이를테면 내면·의식(意識)·내부·내안(內岸)·대안(對岸)·예감·전율·어휘·내란·집중·의미·인식·미로·미혹·망각·피안·물상(物象)·사물·의식(儀式)·시간·순수·천상·식탁·내의·비명(悲鳴)·바다·달빛·쟁반·아내·유리·모가지·어깨·빛 등등의 무슨 철학적인 중량감마저 있는 듯한 겨우 서른대여섯 안팎의 명사에다가, 희다·푸르다·검다 등등의 형용사 몇개와, 달려간다·넘어진다·뒤집힌다 등등의 몇개 동사들을 앞뒤에다가 알맞게 뒤집어

12

씌워놓고서는 이것이야말로 순수시다, 이거야말로 참다운 현대시다, 이것이야말로 현실을 뛰어넘는 역사의식의 시다, 이것이야말로 현실의 사건이나 사실에 관련된 사물이나 이미지를 저 상상의 힘으로 결합하여 현실의 부조리나 모순을 간접적으로 제시하여 미적 차원에서 해결하려는 시다, 이렇게 와자지껄 떠들어댄다. 그러면서 그 이외의 서술형식이나 어떠한 방법의 표현을 빌린 작품은 작품이 될 수 없다고 썩은 대못을 박듯이 쾅쾅 박기도 한다. 그들은 또한 최근의 우리 시단을 여러가지 의미로 압도하면서, 신경질적으로 병약해진 한국시의 가녀린 체질을 뛰어넘는 굵직한 작품이 나와도, 그게 무슨 시냐고 난색을 짓는다.

물론 그들의 그러한 태도나 이론들이 전혀 근거가 없고 허황된 것이라거나, 그들 나름대로 그저 알맞게 성공한 작품이 전혀 없다는 말은 아니다. 다만 아무리 훌륭한 시론들을 앞세운다 하더라도, 아무리 철갑을 두른 듯 견고하게 무장을 하고 안 보이게 위장을 한다 하더라도, 시론이 작품보다 우선한다든지 작품이 시론보다 우선하는 것이 아니고 작품과 시론은 동시에 있는 것이기 때문에, 그 이론과 작품의 관계가 동시에 맞아떨어지지 않을 때는 그 둘 중의 어느 하나의 허위성은 뚜렷하게 드러나게 마련이며, 설혹 맞아떨어졌다 하더라도 그것은 저 광범위한 시세계에 있어서 극히 한정된 일부분으로서의 성공에 지나지 않는다.

문제는 그 시를 구성하고 있는 언어가 과연 그 시대와 그 사회의 체험인 객관과 정서를 얼마만큼 바탕으로 했으며, 그 객관과 정서는 언어에 얼마만큼 필연성을 가지고 집중하여 언어의 재구성과 언어기능의 재발견이 이루어졌는가 하는 것이다. 따라서 우리는 역사나 사회나 문화에 대하여 깊은 통찰력이 없고 괴로운 체험의 뚜렷한 근거가 없이 한가하게 초월된 저 상상의 세계, 초자연의 세계에서, 움직이지 않고 고여 있는 저 규격화된 어떤 개개인의 편협한 도취나 고집을 원하지 않는다. 그렇다고 시란 무엇이냐, 시라는 것은 왜 쓰느냐, 시를 위한 시냐 아니면 그 무엇을 위한 시냐,라는 매우 근본적이고도 신경질적인 질문에 대한 답변을 원하지도 않는다. 그렇지만, 시라는 것은 이것이다, 시라는 것은 이러이러한 이유에서 쓴다, 시는 이것을 위하여 쓴다,라는 답변을 ─ 그것이 무모하고 또 시 자체에 아무런 보탬을 못 줄 것이라는 생각을 지니면서도 ─ 그 답변을 시원스럽게 들어보지 못한 우리들로서는 그런 질문과 모호한 답변이 오갈 때마다 시가 갖는 신비의 베일을 벗기고 싶은 충동을 느낀다.

도대체 시라는 것을 아주 대단한 효용가치가 있는 것으로 여겨서 우리들 삶의 유일한 반려자, 유일한 방편으로 실감나게 삼아본 적도 없을 뿐만 아니라 그 시들을 읽고 어떤 강렬한 보람이라든지 환장할 만큼 기분 좋은 쾌감을 느껴본 적이 없는 당신들이나 나의 가슴속에다가, 시가 갖는 그 알 수 없는 위력이나 신비의 베일을 벗기고 싶은 충동을 일시적이나마 품게 한다는 일은, 그것이 아무리 누가 상관할 바가 못되는 개개인의 자유에 관한 문제라고 하더라도 약간은 사치스럽고 쑥스러운 느낌마저 지니게 된다.

시라는 것은 각자의 생활관·세계관·미학관에 따라서 어떠한 모습으로 보일지는 모르나, 하여간 그 무엇이긴 무엇인 것이어서, 그 숱한 주의주장과 해명이 시를 향해 던져진 것만은 틀림없는 일이다. 그 각기 다른 시에 대한 주의주장이고 해명인 시론들이 그 시라는 신비의 베일을 벗기기 위해 얼마만큼 보탬이 됐고 또는 오히려 얼마만큼 방해가 됐는지도 알 수가 없지만, 시는 시대를 배경으로 한 역사의 필연성 속에서 끊임없이 변모·발전해왔다. 본질적으로 시는 우리들의 삶에서 진실성을, 모든 인식에서 사랑을 따로 떼어낸 것을 거부해왔고, 인간적인 것과 초인간적인 것, 지구의 공간과 우주의 공간을 동시에 포용하면서 지속적인 힘을 키워왔다. 그러므로 원시인들 사이에서도 시는 존재했었고 원자시대의 인간사회에서도 존재할 것이다.

이런 시의 속성으로 볼 때, 남의 시를 평한다는 것은 어리석고 어려운 일이지만, 이미 시인의 손에서 떨어져나간 작품을 분석·평가하는 것은, 마치 자기의 작품에서 어떤 속임수나 미흡함이 발견됐을 때 그것을 은폐하지 않고 적나라하게 밝혀내어 부숴버리는, 창작과정에 있어서의 저항 있는 용기와 같은 것이라 하겠다. 이러한 충동을 가지고 최근 우리들에게 선보인 김광섭(金珖燮)의 『성북동 비둘기』와 이성부(李盛夫)의 『이성부 시집』을 중심으로 평소 내가 지니고 있던 극히 보편적인 견해에다 일반적인 소감을 가미해가면서 그들의 시편들을 음미해보려고 한다.

2. 『성북동 비둘기』

어떤 사람들은, 김광섭에 있어서의 참다운 시는 병을 앓음으로써 지난날 김광섭 자신의 것이 아니었던 모든 교양과 위장과 작품에의 평범한 실험 등을 탈피한 최근의 시집 『성북동 비둘기』(1969)로써만 평가되어야 한다고 말한다. 그러나 진정한 시와 시인은 어느 시기에 별안간 선택되는 것이 아니고 오랜 각고의 탐색 끝에 이루어진다는 점을 감안할 때, 지금의 『성북동 비둘기』를 좀더 성실한 눈으로 이해하기 위해서는 오히려 지난날의 근 40여년간에 걸친 그의 시적 발전을 대충이나마 훑어볼 필요가 있다.

그는 3·1민족운동 실패의 여파로 조그마한 희망이나 지성이 좌절되고 낡은 감정과 창백한 영혼의 낭만주의 숨결 따위들이 세상을 풍미하고 있을 1920년대에 『해외문학(海外文學)』파의 한 사람으로 지적인 시를 발표함으로써 주목을 끌었다. 그후 시집 『동경(憧憬)』(1938) 『마음』(1949) 『해바라기』(1957) 『성북동 비둘기』(1969)에 이르기까지의 그의 차가운 지성의 사색과 관조를 바닥에 짙게 깔면서, 어떤 근원에 대한 향수나 거의 선천적인 고독에의 의지를 불명료한 관념과 추상의 세계 속에 항상 간직하고 있다는 것이 여러 평자들이 지적하는 특질로 되어 있다. 따라서 "김광섭의 시의 특질은 초기에서 현재에 이르기까지 일관하여 시의 내용과 형식에 아울러 관심을 가지고 그 어느 한편에만 치우치지 않는 데 있다. 그리고 그 내용은 어느 한 사상이나 정신만을 추구하여 집중하는 것은 아니다. 비교적 자유롭고 광범하고 다채로워 그 시정신을 붙잡아 무엇이라고 한 말로 꼬집어내기는 어렵다. 그러면서도 그의 모든 작품엔 단순한 감각이나 소박한 자연을 대상으로 삼는 작품에서까지도 반드시 작자가 포회(包懷)하는 어떤 관념이 스며들거나 전적으로 지배하고 있음을 느끼게 한다"(김현승「김광섭론」, 『창작과비평』 1969년 봄호)는 지적은 매우 적절하다고 볼 수 있다.

그렇듯 한쪽으로만 치우치지 않고 내용에 있어서도 한 사상이나 한 정신만을 추구하지는 않았다 하더라도, 그가 어떠한 태도로 이 시대와 사회를 살아가면서 어디에 관심의 폭을 굳히고 있는가 하는 문제를, 지난날의 시들을 통해 살펴보자.

① 내
　　하나의 생존자로 태어나 여기 누워 있나니

　　한 間 무덤 그 너머는 무한한 기류의 파동도 있어
　　바다 깊은 그곳 어느 고요한 바위 아래

　　내
　　고단한 고기와도 같다

　　맑은 性 아름다운 꿈은 멀고
　　그립은 世界의 斷片은 아즐타

　　오랜 世紀의 知層만이 나를 이끌고 있다

　　신경도 없는 밤
　　時計야 奇異타
　　너마저 자려무나

―「고독」 전문

② 물결은
　　발 아래 바위에 부딪쳐서 출렁이고
　　自由는
　　永遠한 憂愁를 또한 이 國土에 더하노라

　　어둠을 스쳐 멀리서 갈매기 우는 소리

귓가에 와서 가슴의 傷處를 허비고 사라지나니

—「우수(憂愁)」 2~3연

③ 나는야 간다
　나의 사랑하는
　나라를 잃어버리고
　깊은 산 묏골 속에
　숨어서 우는
　작은 새와도 같이
　나는야 간다
　푸른 하늘을
　눈물로 적시며
　아지 못하는
　어둠 속으로
　나는야 간다

—「이별의 노래—서대문형무소행」 전문

④ 나는 지금 광섭이로 살고 있으나
　나는 지금 잃은 것도 모르고
　나는 지금 얻은 것도 모르고 살 뿐이다

　그리하여 어느덧 눈시울이 추근해지면
　어디서 오는 눈물인지는 몰라도
　나의 눈물은 이제 드디어
　사랑보다도 運命에 屬하게 되었다 　　　—「벌(罰)」 5,7연

⑤ 半萬年의 歷史가 혹은 바다가 되고 혹은 시내가 되어
  모진 바위에 부딪쳐 地下로 스며들지라도

  이는 나의 가슴에서 피가 되고 脈이 되는 生命일지니
  나는 어디로 가나 이 끊임없는 生命에서 榮光을 찾아

  南北으로 兩斷되고 思想으로 分裂된 나라일망정
  나는 종처럼 이 무거운 나라를 끌고 神聖한 곳으로 가리니
  　　　　　　　　　　　　　　　—「나의 사랑하는 나라」 3~5연

⑥ 荒凉하던 옛날 山과 들을 거닐다가
  거문고 줄을 얻어
  나무 가지에 걸어놓았다

  봄바람이 와서 줄을 꼬더니
  노래가 하늘에 퍼지고 뜰에 흩어져서
  온 땅이 보슬비같이 마시었다

  그후로는 해마다 해마다 봄이면
  大地의 가슴에 다사론 香氣가 돌아
  푸른 풀이 나고 아름다운 꽃이 피었다
  　　　　　　　　　　　　　　　　　—「전설」 전문

⑦ 비가 개인 날

맑은 하늘이 못 속에 내려와서
여름 아침을 이루었으니
綠陰이 종이가 되어
금붕어가 詩를 쓴다

—「비 개인 여름 아침」 전문

⑧ 저 멀리 보이는 山기슭을 貪하여
常綠樹 가운데 나의 집을 가지려 하나니
그럴지라도 季節의 빛을 보고 싶어서
나는 철철이 피는 꽃을 심으리라

—「집」 부분

⑨ 작은 못가에
푸른 하늘을 거느리고
그대와 함께 앉았으니

꽃은 물을 향하여 피고
고기는 구름을 따라 놀더라

—「풍경」 전문

⑩ 生의 根源을 향한 아폴로의 호탕한 눈동자같이
黃色 꽃잎 금빛 가루로 겹겹이 단장한
아 意慾의 씨 圓光에 묻히듯 香氣에 익어가니

한줄기로 志向한 높다란 꼭대기의 歡喜에서

순간마다 이룩하는 太陽의 祝福을 받는 者
늠름한 잎사귀들 驚異를 담아들고 찬양한다

— 「해바라기」 3~4연

위에 열거한 시편들은 시집 『동경』 『마음』 『해바라기』 등에서
두 가지 서로 다른 경향의 것들을 시대순으로 골라본 것이다.

그의 작품들은 관념 내지 추상의 세계가 집요하게 깔려 있다는
공통성을 지니고 있으면서도 ①~⑤까지의 작품들과 ⑥~⑩까지
의 작품들은 시에 대한 관심의 대상이 판이하다는 점을 우리는 쉽
게 알 수 있다. ①은 일제의 암울한 민족의 슬픔 속에서, 세기의 지
층(知層)만이 그를 이끌 수 있다고 보는 지성이 현실과 괴리되어서,
고단한 물고기와도 같이 바위 아래 칩거할 수밖에 없다는 타의에
의한 고독을 읊은 것이고, ②는 같은 상황하에서 유발되는 시인 자
신의 성격적인 우수를 조국과 관련시켜 읊은 애국시의 성격을 띠
며, ③은 강직한 그의 지조의 정신으로 항일전선에 가담, 마침내는
서대문형무소로 끌려가는 자신을 담담하게 노래한 시며, ④는 4년
여의 옥고를 치르고 민족해방과 더불어 자유의 몸이 되어 풀려나
온 뒤 그의 착잡한 심경을 노래한 것이고, ⑤는 그가 반공·문화운
동의 일원으로 국사(國事)에 뛰어들어 이때까지의 자기의 애국적
태도를 다시 한번 천명한 구체적인 애국시다.

이와 같이 ①~⑤까지의 작품들은 시인이 갖는 시대적인 고민과
민족주의 정신과 애국운동의 정신이 밑바탕이 되어 시대적·사회
적인 비평성을 띠고 있다. 이에 비하여 ⑥~⑩까지의 작품들은 설
명의 필요 없이 냉철한 서정이나 차가운 자연에의 관조를 지니면
서, 매우 긍정적인 태도로써 자연을 자신의 내적 갈등과 화해시키

는 자연시인의 면모를 보인다. 따라서 김광섭의 시는 늘 지성적인 사색이나 관조를 밑에 깔면서 성격에서 오는 선천적인 고독이나 우수를 풍부한 지성의 양심을 빌려 표현한 것으로 볼 수 있다. 즉 한편으로는 자기가 처해 있는 사회나 국가를 구체적으로 혹은 뜨겁게 노래하는 애국시의 태도로, 다른 한편으로는 자연을 근거로 생의 근원을 탐색해보려는 자연시의 태도로 나타나고 있음을 알 수 있다. 이와 같은 두 태도는 최근의 『성북동 비둘기』에 수록된 작품을 분석해봄으로써 어떻게 발전되어 있는지 드러날 것이다.

黎明의 종이 울린다
새벽별이 반짝이고 사람들이 같이 산다
닭이 운다 개가 짖는다
오는 사람이 있고 가는 사람이 있다

오는 사람이 내게로 오고
가는 사람이 내게서 간다

아픔에 하늘이 무너졌다
깨진 하늘이 아물 때에도
가슴에 뼈가 서지 못해서
푸른 빛은 장마에
넘쳐 흐르는 흐린 강물 위에 떠서 황야에 갔다.

나는 무너지는 뚝에 혼자 섰다
기슭에는 채송화가 무데기로 피어서

生의 感覺을 흔들어주었다

　　　　　　　　　　　　　　　　　　—「생의 감각」 전문

　그의 지칠 줄 모르는 끈질긴 정열과 어떤 어려움에도 꺾이지 않
고 거듭 일어서는 의지를 우리는 이 평범한 작품에서도 쉽게 알 수
있다. 자연에의 끊임없는 탐색은 물론, 자기성찰의 작업도 여전
히 계속된다. 고혈압으로 쓰러진 후 일주일간의 무의식의 혼돈세
계에서 깨어나 평범한 자연의 질서를 하나하나 다시 점검하는 것
이다. 그러나 그는 옛날의 건강한 몸으로 자연 속에 서 있는 것이
아니고 "무너지는 뚝에 혼자" 서 있음을 깨닫는다. 그는 육체적인
불행을 극복하여 자연을 관조하고 삶을 진술한다. "푸른 빛은 장
마에" 흘려보내고 "가슴에 뼈가 서지 못"한 채 "무너지는 뚝에 혼
자" 서서 어려운 작업을 하지만 그는 이 참담한 자기 현실을 조금
이라도 부정하지 않는다. 지난날엔 자기 외적인 일로 어쩔 수 없이
괴로웠으나, 그래서 "나의 눈물은 이제 드디어/사랑보다도 운명에
속하게 되었다"고 자기의 숙명을 노래할 수 있었으나, 이젠 순전히
자기자신 속의 어려움과 만날 수밖에 없는 처지에 이른 것이다.
　"1965년 4월 고혈압으로 쓰러진 후 6년간 나는 어떻게 하면 살
아 있는 사람과 대화를 나눌 수 있을까, 어떻게 하면 죽음 속에서
사는 것을 확인할까 해서 틈틈이 한편 한편 시를 썼습니다. 짧은
인생을 영혼에 결부시키는 본질적인 표현이 바로 시가 아닌가 생
각됩니다. 아무런 기교도 없고 아무런 미학도 없고 다만 내 나름의
진선(眞善)을 표현하려고 했습니다. (…) 가축용 밀기울을 섞어 군
납(軍納)되는 가축용 사료의 된장과 와우아파트 사건은 오늘날 우
리 현실이 극복해야 할 상징적인 두 가지 모습입니다"(1970년 5월 29

일 『성북동 비둘기』 출판기념회 답사)라고 그는 시집 『성북동 비둘기』에 수록된 작품의 세계를 말한다. 이 답사에서 우리는, 그가 시를 생각하는 데 있어서 어떤 기교나 미학의 이론에 질질 끌려가지 않고, 다만 거짓 없는 진선을 표현함으로써 짧은 인생을 영혼에 결부시키는 삶의 본질에 도달하려고 애쓰고 있음을 느낄 수 있다. 그는 그러한 진선이 우리가 처해 있는 현실사회 속에서 실감나는 영감으로 얻을 수 있음을 간접적으로 암시한다.

"한 속두 제대로 맞지 않는 두 속이/한 속은 천심(天心) 천심/한 속은 민심(民心) 민심//한 전당(殿堂)에 천심과 민심이/제각기 따로 앉으니/이번에는 잘 될거시여/이번에도 잘 안될 거시야//아야어여지/아야어야냐?/같은 아행(行)의 형젠데/배부른 싸움/물이야/물이여//하늘에서 별 하나가/땅에서 싸우는 별 둘을 내려다보며/하늘에 있는 빛을 다 주는데도/귀국(貴國)만은 밝지 않으니/그러다간 하늘까지 어둡겠네요!"(「脚韻 여야」 전편)라는 작품이나, "산둥성이에서 빈대처럼 기는/오막살이 지붕들만이 모여서/이마를 맞대고 예배를 올렸다/이튿날 아침 서울 거리에는/예수의 헌 짚세기/한 켤레가 굴러다니는 것을/맨발로 가던 거지가 끄을고/세계의 새아침으로 갔다"(「서울 크리스마스」 끝연), 또는 "해방 당시 보이는 것이 다 광명(光明)이더니/지금 그것이 다 재가 되어 날려서/처음부터 살던 새들이 다 날아난다//하늘과 나라 사이가 이렇게 멀어져서/나라를 주신 분의 뜻이 흙에 서지 못하니/넘어질 때 붙잡을 머리칼 하나/하늘에는 없다"(「무제」 4~5연)라는 등등의 작품들에서 보는 바와 같이, 그의 초기시에서 시집 『해바라기』에 이르기까지 일관하여 그의 시정신의 일면을 담당하고 있던 지칠 줄 모르는 민족주의 정신과 애국정신, 그리고 지성이 갖게 마련인 비평정

신은 좀더 구체적으로 현실이 지니는 정치적·사회적 여러 참담한
모순이나 불의를 조용하나 서슬도 푸르게 꾸짖고 혹은 풍자한다.

　그는 여기서 지난날의 조금은 소박하나 열렬했던 민족주의 정
신이나 애국정신을 구체적인 공동집단에 쏟고 있다. 그것은 개인
적인 진술처럼 보이나 실은 집단화되어 있는 그 악의 요소를 외면
하지 않고 조용히 파헤침으로써 공동이념의 어떠한 참모습을 제
시하려 한다. 이러한 노력은 비교적 쉽게 읽혀지는 「안익태(安益
泰)」 「자유(自由)」 등 일련의 시사적인 행사시(行事詩) 비슷한 작품
에서도 발견할 수 있다. 그런가 하면 그는 자연을 아무런 사심도
없이 진술함으로써 병들어가는 인간정신을 각성시키려 한다. 인
간이 자연을 지배한 것처럼 보일지 모르나 실은 인간이 자연을 지
배하고 살해함으로써 오히려 인간이 더 큰 것을 상실하지 않았느
냐 하는 것은 이미 하나의 문명비평이 아닐 수 없다. 따라서 그것
은 근원적인 인간의 향수를 어디서 찾을까 하는 절실한 문제의 새
로운 제시이기도 하다.

성북동 산에 번지가 새로 생기면서
본래 살던 성북동 비둘기만이 번지가 없어졌다
새벽부터 돌 깨는 산울림에 떨다가
가슴에 금이 갔다
그래도 성북동 비둘기는
하느님의 광장 같은 새파란 아침 하늘에
성북동 주민에게 축복의 메시지나 전하듯
성북동 하늘을 한 바퀴 휘돈다
성북동 메마른 골짜기에는

조용히 앉아 콩알 하나 찍어먹을

널찍한 마당은커녕 가는 데마다

채석장 포성이 메아리쳐서

피난하듯 지붕에 올라앉아

아침 구공탄 굴뚝 연기에서 향수를 느끼다가

산 1번지 채석장에 도루 가서

금방 따낸 돌 溫氣에 입을 닦는다

—「성북동 비둘기」 1~2연

　이와 같이 문명비평이나 사회비평을 통하여 인간정신의 근원을 찾으려 한다.

　"콩알 하나 찍어먹을/널찍한 마당은커녕 가는 데마다/채석장 포성이 메아리"치는 이 평이한 상징이 말해주는 암담한 세태에서 향수를 느낄 수 있는 것은 "구공탄 굴뚝 연기"뿐이며 그것도 이내 인간에 대한 싫증으로 변하여, "금방 따낸 돌 온기에 입을 닦는" 비둘기를 통하여 현대문명의 비정을 실감있게 묘사하고 있다.

　"산은 사람들과 친하고 싶어서/기슭을 끌고 마을에 들어오다가도/사람 사는 꼴이 어수선하면/달팽이처럼 대가리를 들고 슬슬 기어서/도로 험한 봉우리로 올라간다"(「산」 4연)라는 자연의 완전한 의인화나 "한번은 절에서 가져온 달력에 그린/관세음보살 보자(字)를 짚더니/이게 바줄에 보자(字)지! 해서/관세음보살도 웃고/나도 빙긋이 웃었다"(「50년」 2연)의 눈물나는 달관과 순정의 세계, 또 "구름은 봉우리에 둥둥 떠서/나무와 새와 벌레와 짐승들에게/비바람을 일러주고는/딴 봉우리에 갔다가도 다시 온다"(「우정」 1연)라는 그의 달관·관조·순정·귀의의 경지는 시대정신을 떠남이 없이 자연과 인간의 삶을 화해시킴으로써 모든 못마땅한 요소들로 병들어 있는 인간정신을 준엄하게 각성시키고 있다. 그는 이제, 인간이 늘 지니는 최소한의 진선(眞善)이나 희로애락의 원색적인 감정을 이런 자연물과 조응시킴으로써 참다운 시의 높고 평범한 세계에 도달한 것이다.

이러한 태도는 그러나 약점과 강점을 동시에 포함하고 있다. 이 약점과 강점을 스스로 정당하게 파악하고 있을 때, 시인은 보다 폭넓은 시의 세계를 향해 끊임없이 전진할 것이고, 그렇지 못할 때 시인은 불행의 장소인 휴식처로 내려와 자기도취에 젖어버릴 것이다.

"김광섭씨(1906년생)는 어지간히 눌변의 시인으로 오직 한일합방 이전에 태어나서 구한국 고유의 덕성이 몸에 밸 수 있었고, 3·1만세의 여운을 귀에 간직하며 자라는 세대만이 쓸 수 있는, 동시에 남북분단과 6·25와 4·19와 5·16을 모두 겪은 쓰라림과 달관과 그래도 식을 줄 모르는 정열을 담은 훌륭한 시들을 쓰고 있다"(백낙청 「시민문학론」, 『창작과비평』 1969년 여름호)는 것을 알고 있는 우리로서는 한갓 기우에 지나지 않는 지적이 될지 모르나 다음과 같은 시들에서 어떤 허전함을 느끼지 않을 수 없다.

크게 바랄 것도 남지 않았고
할 일도 거진 없어져서

쉬운 充足으로
훨훨 살게 되었다
구두닦이라도 되어

더러운 길을 걸어온
똥 묻은 구두라도
더럽다 말고
침을 텍텍 뱉어
싹 닦아주고는

길가에서 누가 밀어도 넘어지지 않도록
싱싱하게 뛰어다니며
농도 하고 욕지거리도 하며
그들은 다 어찌 됐는지
한번 보기라도 했으면
구름이 가는 것이
그리 虛하지는 않을 것이다

　　　　　　　　　　　　　　　　—「병(病)」 부분

　병상의 노시인으로서 어쩌면 있음직한 탄식인지도 모른다. 또
그러한 한에서 일정한 생활의 실감이 없는 것도 아니다. 그러면서
도 우리는 여기서 그를 이해하는 뜻에서 창조적 긴장이 풀어져 있
음을 인정하지 않을 수 없다.

이제부터 아침은 다 남의 것이 되고
밤만이 할아버지의 것
모여드는 별은
아름다운 추억에 빛나는 영혼

젊어서는 애국의 기염도 토했건만
지금은 그 세월이 다 돌이 된

할아버지는 난 것이 아니고 된 것이며
영원에의 到達, 그 完全한 到達을
神도 손을 내밀어 공손히 기다리는……

한평생 한 것이란
후손을 위하여 없어진 것뿐
지금은 다만 고독한 만물 중에
서 있는 혼자다

— 「할아버지」 4~7연

   이것은 어떻게 보면 매우 절망적이고 참담한 표현들이어서, 따지고 보면 모든 출발의 아침을 체념하고, 모든 활동이 중지된 적막하고 안타까운 휴식에 이르고 있다. 그것은 별까지도 다만 아름다운 추억이며 자기의 영혼이라고 쉽게 말할 수 있는 창조의 정지상태를 예고하는 것은 아닐까. 이제 그에게 남은 것이란 '신도 공손히 기다리는 영원에의 도달'뿐이다. 그의 시적 체질이라고 할 수 있는, 어떠한 치열한 모험을 피하며 지루하리만큼 끈질기게 몰고 온 시인 자신의 체질을 여기서 잠깐 보게 한다.
   시인은 결코 이제까지 완성된 바 없으며, 시 또한 한번도 완성된 바 없다. 다만 시인이나 시는 완성이 아니라 늘 미완성의 상태로 우리에게 어떠한 질문을 던져주며 성숙하고 있을 뿐이다. 어떤 고여 있는 장소를 찾는 것이 아니라 항상 움직이며 있는 것이, 그 움직임 자체로 있는 것이 시며 시인인 것이다. 과거의 자연시에 있어서의 소박하고 어눌한 풍모나, 민족정신이랄까 애국정신의 뜨거운 소산이었던 좀 거칠고 황량했던 시정신들이 『성북동 비둘기』에 와서 훌륭히 다듬어진 것은 틀림없다. 정치적·사회적 모순이나 부조리를 구수한 말로써 파헤침으로써 얻어진 그의 인생시, 그리고 허물어지는 자연을 점검함으로써 동시에 무너져가는 인간정신을 각성시키려는 문명비평으로서의 시정신은 우리들의 가슴에 뿌듯한 정을 남겨줬으며 우리들의 시에 많은 충고와 도움을 줬다. 그러나 훌륭한 시인에게 거는 기대는 더욱 큰 법이다. 그가 부르짖은 '시(詩) 된장론'을 위해서도 그는 안일한 체념의 장소를 못내 기웃거릴 것이 아니라, 좀더 치열한 창조에의 저항과 긴장을 찾아야 할 것이다. 시는 체념이나 휴식이 아니라 폭넓은 인간정신에의 쉴새 없는 탐색인 것이기 때문이다.

3. 『이성부 시집』

이성부는 자기자신을 적당히 속일 수 있는 평범한 인간일 수도 있으나 최소한 시의 태도에서만은 벌거벗은 한 인간의 증인으로서 이 시대의 상황 속에 뛰어든다. 그리고 자기 삶을 성실하게 묘사함으로써 우리에게 어떠한 삶의 의미를 제시하려 한다.

그의 시가 추구하는 본질은 언제나 자기 삶에 직결되어왔다. 그는 시를 편리한 장소에서 알맞게 찾아내지 않고 애써 어려운 장소에서 찾으려 함으로써 처음부터 다른 시인들과 다른 깊이를 보이며, 그것이 또한 때때로 그의 시를 무리한 데까지 이끌어가는 요인이 되기도 한다.

　3
　어떤 銃口는
　허약한 사람들의 심장에
　희미한 永遠을, 혹은 무자비한 生命의 끝남을
　겨냥하지만
　지금 죽음의 限界를 벗어난 바람.
　아 거기에는 一切의 알몸이
　나에게는 다만 세월의 얼굴이
　세월의 얼굴이……

　4
　갈대가 우거진 무덤가에서
　나의 어떤 것은 바람 속에 산산이 흩어지고
　보다 敏感해질
　내일의 그 銃口를 향하여,
　나는 서서 마후라를 두른다.

　　　　　　　　　　　　　　　—「바람」3~4연

　비교적 초기에 해당하는 이 작품에서도 그는 내일이라는 미지
의 총구 앞에 서서 망설이거나 주저앉지 않고 의연히 마후라를 두
르는 여유와 대결을 갖는다. 이러한 의지는 자기를 처음부터 고여
있는 시간이나 미끄러운 장소에 두지 않고 거칠고 황량한 생활의
벌판 위에 두게 한다. 이러한 태도는 다음과 같은 그의 글에서도

잘 나타나고 있다.

"삶을 어렵게 파악하는 자에게 있어서 인생의 신비는 결코 도피가 될 수 없으며 초월자의 의지도 될 수 없다. 그에게 있어서 세상은 아픔과 더러움의 땅이며 가지가지 미명 아래 가지가지 추잡한 일들이 자행되고 있는 땅인 것이다. 그는 그가 서 있는 그러한 땅을 열심히 관찰하면서 자기자신까지도 부수고 벗어버리는 용기를 선택한다. 그에게서 시는 자기모순을 덮어주는 어떠한 도구도 되어서는 안된다. 시는 결코 구제도 아니며 즐거움도 아니다. 시는 다만 자기의 일부가 아니고, 자기의 전체, 심장이며 손이며 다리, 살과 피와 정신이 한데 엉킨 자기의 온몸을 나타내어 보일 뿐이다." (「삶의 어려움과 시의 어려움」, 『창작과비평』 1969년 여름호)

그리하여 그의 초기시에서 현재에 이르기까지 압도적으로 출몰하는 힘차고 동적인 어휘들은 매우 처절하고 숨가쁜 분위기를 자아내고 있다. 눈물이나 혼도 그에게서는 어디까지나 "살아 있는 눈물"이며 "밤이 새도록 각혈을 하는 혼"(「반달」)이다. 그에게 있어서의 육체는 "다만 움직이는 황야에 혼자 올라 있는" 욕심에 가득 찬 관능적이고 야만스런 육체며, "언제나 가파로운 비탈"(「소모의 밤」)에 비유되는 야심과 능동의 육체인 것이다. 그는 "가장 모호한 사람들이 번식하는 대낮"에 "날개 있는 폭동"(「백주」)을 보며, "영원한 것에, 가장 가까운 것이 그저 질주"(「열차」)며 "본질에 이기는 것도 발악"(「고양이」)임을 터득하기에 이른다. 뿐만 아니라 그의 시에 범벅이 되어 있는 울분에 가까운 사랑도 "반드시 내 움직임의 처음에 나타난다"(「눈이 내리는 너의 목소리에」)고 노래한다.

그는 이 아픈 시대를, 이 숨막힐 듯한 상황을 실감있게 호흡하며 살기 위해서 삶을 어떤 고여 있는 상태에서가 아니라 움직이는 상태에서 그 움직임의 정면으로부터 파악한다. 그렇게 함으로써 그는 자기의 삶과 시의 삶을 동시에 이끌려고 한다. 이러한 태도는 다음과 같은 시에 구체적으로 나타나 있다.

> 거짓말 무게를 내려놓고
> 너의 등 뒤를 잠깐 돌아보라.
> 시퍼런 刹那가
> 옛날의, 너의 화려함을 이죽일 것이다.
> 그때부터 너는 쓰러져서
> 만가지 고집의 끝을 보게 된다.
> 시작하는 빛깔, 그 소리를 보게 된다.
> 살의 多樣性이 무엇인지
> 자 그러면 소심한 者,
> 이제부터 자정으로 가보자.
>
> —「보복 2」끝연

　그는 일단 자기의 과거를 거짓말의 시대로 규정하며 그렇기 때문에 그 화려한 듯한 과거를 거부하고 뉘우치는 발견만이 앞으로 무한히 전개될 미지의 설레는 "시작하는 빛깔"이라고 노래한다. 거부하고 뉘우치고 이어서 휴식을 취하는 것이 아니고 이내 "살의 다양성이 무엇인지"를 밝혀내기 위해서 그는 새로운 눈을 두리번거리며 새로운 발견을 향해 새로운 행동으로 출발한다. 그것만이 창조의 발전을 돕고 나아가서는 자기가 살고 있는 삶의 풍요한 발전을 추진할 수 있다는 암시를 던져준다.

요즘에 생긴 革命보다도
더 강하게 더 민첩하게
엎드려서, 나는 아직 너의 부름에 拒逆할 수 있다.
파껍질이 벗겨지는 깨끗함으로
벼락치는 밤에, 홀로 방을 지키는 오뚜기의 마음으로
아직은 바르게, 나는 너의 부름을 거역할 수 있다.
(…)
죽일수록 살아남는 創造의 가슴,
그 뜨거운 피가 보일 것이다.

—「창조와 눈」부분

시 창작에 있어서, 아니 삶의 창조에 있어서 저항이 어떠한 성질의 것이라는 점을 그는 여기서 암시하고 있다. 그것은 모든 문화예술의 발전적인 생리로서의 저항이다. 이미 되어 있는 과거의 썩은 질서나 지금 되고 있는 현재의 못마땅한 질서는, 미래의 좀더 나은 풍요한 질서로 가기 위한 비판과 거부이다. 비판이 없는 시대는 역사의 정지며, 창조하고 비판하지 못하는 세대는 정신박약의 환자에 불과한 것이다. 그리하여 그의 매우 오만하고 활력있는 시에 있어서의 동적인 이미지는 철두철미하게 늘 저항의 연속으로, 비판의 연속으로 파고든다. 이러한 몸부림은 차츰 분노의 체질로 나타나게 마련인데, 다음과 같이 묘사된 수다스럽기까지 한 시에서 조금씩 구체화되고 있음을 우리는 알 수 있다.

가장 활발히 몸을 놀리며
전복을 찾는 우리들의 눈,

소변을 자주 보며 헤엄을 친답니다.

(…)

아아, 이 새롭고도 奇異한 한 마리 性,

卓越한 말솜씨.

밤이면 나도 끝끝내 잠을 못 잔다.

일렁이는 꿈들의 接近을 달래면서

나는 어쩌면 精神의 건널목

그 未開의 땅을

밤새워 찾고 있었다.

— 「서울식 해녀」 부분

　　그는 이처럼 매우 관능적이고 익살스럽고 수다스럽게 '서울화' 되어버린 신비스럽고 진실했던 서귀포산 해녀를 통하여 자기 주위의 일상을 진술한다. 해녀의 삶이 현대의 세태에 젖어들어 점점 타락하는, 그러나 그것은 결코 해녀만의 타락이 아니고 자기자신과 나아가서는 자기 모든 이웃의 타락임을 느끼고 그는 끝끝내 잠을 못 자며 정신의 건널목, 그 미개의 땅을 밤새워 찾을 수밖에 없으며, 드디어 그는 자기의 삶과 남의 삶이 만남으로써 야기되는 어떤 공통된 정서적 보편성을 탐색하려 한다. 따라서 그의 이러한 사랑은 점점 가열되기 시작하며 능동적으로 맞서는 싸움으로 나타난다.

　　모두 서둘고, 침략처럼 활발한 저녁

　　鐵筋工, 십여명 아낙네, 스스로의 解放으로 사라진 뒤,

　　빈 공사장에 녹슨 西風이 불어올 때

나도 일어서서 가야 한다면
계절은 몰래 와서 잠자고, 미움의 짙은 때가 쌓이고
돌아볼 아무런 歷史마저 사라진다.
목에 흰 수건을 두른 저 거리의 일꾼들
담배를 피워 물고 뿔뿔이 헤어지는
저 떨리는 民主의 一部, 市民의 一部.
우리들은 모두 저렇게 어디론가 떨어져간다

— 「우리들의 양식」 부분

　위의 시는 근로자의 밑바닥 생활과 그들의 정서를 눈물나도록
성실하게 파헤침으로써 그의 삶과 근로자들의 삶이란 도대체 어
떠한 것인가를 우리에게 보여준다. 그들의 생활은 얼핏 퍽 자유롭
고 또 기계처럼 어떠한 자유 속에서 활발하게 움직이는 것처럼 보
이지만, 눈에 비치지 않게 무겁게 압박하고 있는 그 알 수 없는 구
속감에서 벗어나려는 몸부림이 넘쳐 있다. 그들의 구속은 과연 무
엇인가. 그것은 이성부 자신이 이 못마땅한 삶에 처해 있으면서 어
쩔 수 없이 좌절할 수밖에 없는 그 스스로의 미약한 지성의 탓인
가, 자신과 떨어질 수 없는 생활을 자신도 모르게 멀리 거리를 두
고 살아감으로써 일어나는 삶의 소외감인가, 아무것도 아닌 것처
럼 보이나 결코 가볍게 처리할 수 없는 이 엄청난 자기모순을 그는
어떻게 받아들여야 하는가, 하는 갈등을 오히려 그는 시의 살아 있
는 소재로 끌어들인다.
　그는 삶의 질서를 전신에 이끌고 외국산 베니어를 잘라버리는
톱날의 섬세한 기교와 분노를 지닌다. 어디론가 떨어져가고 마멸
되는 "저 떨리는 민주의 일부, 시민의 일부"를 아프게 보면서 그

는 시대의 문제, 생활의 문제에 엄숙히 전신을 투입시키는 것이다. 그는 이제 연작시 「전라도」에 이르러 "드러누운 산하(山河)"나 "창검이 안 보이는 날"에는 도무지 마음에 안 놓이는 가열된 분노와 사랑의 싸움으로 젖어버린다. "손에 든 도끼의 고요"가 암시하듯이 이러한 폭발 직전의 아슬아슬한 행동의 긴장이 막바지에 이른 그의 시적 모험을 더이상 끌고 가는 이유는 과연 무엇인지 알 수 없다.

> 노인은 삽으로
> 榮山江을 퍼올린다 바닥이 보일 때까지
> 머지 않아 그대 눈물의 뿌리가 보일 때까지
> 노인은 다만
> 성난 사랑을 혼자서 퍼올린다
> 이제는 무엇을 위해서가 아니라
> 삶을 어떻게 용서하기 위해서가 아니라
> 노인은 끝끝내
> 영산강을 퍼올린다 가슴에다
> 불은 짊어지고 있는데
> 아직도 논바닥은 붉게 타는데
> 바보같이 바보같이 노인은 바보같이
>
> ──「전라도 7」 전문

물론 그것이 순응이나 도피의 문제가 아니고 끊임없는 대립과 거부의 문제로 시적 행위의 뿌리까지 파들어간다 하더라도, 그러한 긴장감이 스스로 폭발한다든가 대결의 대상이 자기의 의견과 화해됨으로써 자칫 그의 긴장이 행동과 함께 끝나버린다면 그것은 시의 패배를 자초하는 어리석음으로 나타날 수 있다. 민족의식이나 사회의식이 지나치게 가열된 시가 더러 천한 자가당착에 이르는 것은 이 때문이 아닐까 한다. 민족의식이나 사회의식이 예술이라는 고유한 양식을 집요하고 성실하게 받아들임으로써 도리어 쉽게 무너지지 않을 팽팽한 창조적 자유가 가능하다.

근본문제는 이러한 민족·국가·사회의식을 처음부터 거부한 근거 없는 손장난의 환상적 작품이나, 시에 참여할 수 있는 한계를 지나치게 뛰어넘어서 씌어진 어떠한 도구로서의 작품을 다같이 극복하는 일이다. 따라서 어떠한 시인이 고도의 상상의 힘을 빌렸다 하더라도 그 시의 구조가 사회·시대구조와 근사하지 않을 때는 진정한 참여가 성립되지 않는다. 그것이 우연이거나 필연으로 근사치가 됐을 때 참여가 성립되는 것이며 진정한 역사의식이 꿈틀거리는 시가 되는 것이다. 그리하여 시의 여러 변형이 환경의 여러 변형을 제시하고 시의 구조가 시대환경의 구조를 발전적인 뜻에서 변형시킬 수 있는 것이다.

그러므로 그의 여러 작품에서 보이는 사랑·지성·육체·욕망·욕정·배신·노동·황량·보복·혁명·쾌락·동지·성(性)·형제·역사 등등의 매우 활력있는 단어들이 풍기는 응어리진 이미지의 폭이 좀더 구체적이고 자유롭게 표현됐으면 하는 아쉬움을, 한국어의 여러 불합리하고 불명료한 점을 감안하더라도 지적하지 않을 수 없다. 그의 여러 작품은 아무리 건성으로 읽는다 하더라도 시행을 급히 만들어내기 위해서 아무렇게나 사용한 듯한 시어들이 눈에 뛰어들어 짜증을 불러일으킨다. 물론 이러한 그의 약점은 초기시를 거치는 동안 요즘의 작품에서는 많이 가셔져 있지만 전혀 눈에 안 띄는 것도 아니다. 이러한 요구는 비단 이성부 자신에게만 던지는 것이 아니라, 시를 이해하려는 모든 독자들이 모든 시인에게 던지는 채찍일 것이다.

자기만이 간신히 아는 미약한 감동을 아무리 정확하게 표현했다 할지라도 엄격한 의미에서 그것은 훌륭한 시가 아니며, 마찬가지로 강렬한 감동을 애매하게 표현하는 것 역시 위대한 시와는 거리가 멀다.

4. 끝말

앞에서 나는 지나치게 내 개인적인 기호만을 내세워 두 분의 시를 말했는지 모른다. 솔직히 말해서 그 숱하게 많이 쏟아진 시집들을 다 읽어볼 기력과 용기가 없었기 때문에 위의 두 분의 시집에만 국한하여 의견을 털어놓았을 뿐이다. 산발적으로 혹은 집중적으로 잡지와 신문에 실리는 시와 시론들에 대한 불만감이 나와 함께 한 공기를 마시며 한 시대를 살아가는 내 이웃이 가지는 불만감과 일치하기를 은근히 기대한다. 이것은 시인이라면 누구나 가지는 선의의 고집이며 희망일 것이다.

누가 어떠한 시를 쓰고, 또 누가 어떠한 시론을 쓰든지 간에 그들의 얼마 안되는 그런 처량한 자유까지를 배척하고 싶지 않으나, 시를 어떤 시사적(詩史的)인 면에서, 혹은 어떤 그룹을 옹호하기 위한 상품화된 선전문이나 또 어떤 외국의 지난 시론들을 살짝 끄집어내어 거기에 시를 두들겨맞추려는 나쁘게 작당적인 태도들은 철저히 비판되어야 하겠다. 시는 어떤 시사(詩史)에 얽매이는, 어떤 이즘에 얽매이는, 어떤 그룹에 얽매이는 그런 것이 아니라, 그런 데서 벗어나려는 움직임이다. 시를 쇠퇴하게 하고 시대를 쇠퇴하게 만드는 시의 지엽적인 표현방법, 이를테면 언어의 마술성만으로 시의 세계와 통상하려는 것과 감각만을 통하여 신비의 세계와 통상하려는 따위들은 시의 극히 미세한 일부분이지 시의 전체는 아닌 것이다.

　시는 완전히 완성되어본 적도 없었으며 항상 미완성의 것으로 시대와 사회에서 움직이고 있다. 시를 다 알아버린 듯한 태도를 지니는 시인은 진정한 시인이 아니며 거짓말로 자기를 정당화하려는 속임수에 지나지 않는다. 왜냐하면 뙤약볕이 내리쬐는 땅 위에서 그래도 끝까지 살아보려고 펄떡펄떡 뛰는 물고기의 그 처절한 움직임이 시인이며, 시인 까닭이다.

『창작과비평』 1970년 여름호

조용한 모색

오세영 시집 『반란하는 빛』

요 근래에 손에 쥐어진 시집치고는 알맞게 자기 푼수를 유지하고 있다는 점에서 한번 보고 덮어두기엔 아쉬운 데가 남는 시집이라는 것을 다시 읽고서야 알 수 있었다. 그만큼 짭짤히 읽히는 시집이지 그 이상의 다른 쾌감을 주지는 않는 점에서 씨 나름의 푼수를 지키고 있는 것이다. 따라서 펼치면 눈에 들어오는 서문이나 이 시집을 마무리하는 발문도 씨들 나름대로의 우정적인 발언이지 이 시집을 이해하는 데는 거리가 조금 먼 느낌이 드는 이른바 상투적인 찬사에 가깝다는 것도 덤으로 맛볼 수 있었다. 이 시집에 실린 32편은 어떤 점에선 흔히 만나지는 한국시의 허약한 일면을 보여준다는 점에서 처녀시집치고는 그의 강렬한 체취나 목소리가 아주 미약하다는 것이 내 개인적인 비위를 약간 건드리고 있다. 오세영은 자기의 시를 대변하는 자리에서 한국이라는 특수한 역사적 배경으로부터 동양적인 지성과 서양의 물질주의적 갈등을 통해 방황하는 지성의 역사의식을 표현하며 사물의 존재론적 인식을 추구하기 위해 일상적 사물의 질서를 벗어나 사물 속에 뛰어들어 그 존재를 파악한다는 두 가지 점을 말하고 있는데, 이러한 이론은 60년대에 있어서의 시작을 하는 데 비교적 편리한 유행의 와중 속에 삼베옷 걸치고 뛰어드는 느낌이 들며, 따라서 공허한 시어

주무르는 데에 발들일 우려가 되기도 한다.

위에서 말한 두 가지 시작태도는 몇몇 신진측에서 비교적 착실하게 열심히 하고 있는 것이 아닌가 하는 생각이 든다. 신인은 어디까지나 신인다운 시론과 부합되는 시를 만드는 일이지, 또한 어떤 외국의 유행적 시론에 오관이 막히도록 마비되는 것이 아니고 그것을 소화시켜 뛰어넘는 패기의 소유자이지, 어떤 유행에 손쉽게 가담하여 자기의 목소리를 죽이는 것이 아니지 않은가?

그의 어떤 시에서도 가끔 내 눈을 언짢게 하는 실용·정신·인식·내해(內海)·어휘·은화·의문·모음(母音)·방법·식탁·미로·고전·부재·식욕 등등의 시어들은 국어사전 속에서나 혹은 자기자신의 머릿속에서 약간 살아 있을 뿐, 시 속에서는 늘 죽어 있음을 느낄 수 있었다. 이젠 이미 저자의 손에서 떨어져나가서 양식있는 독자들의 손에 쥐어진 이 시집을 저자는 일단 여러 독자들의 양식에 떠맡기고, 다시 새로운 붓을 잡기 바라는 것은 비단 필자뿐만은 아닐 것이다.

『월간문학』 1970년 12월호

우정과 자위

오형, 그간 안녕하셨습니까?

오형이나 나나 젊은 문학도로서 서로 잘못이 있다면 다 함께 뉘우칠 수 있는 계기를 마련하고자 이 글을 씁니다.

본지 2월호에 실린 나에 관한 오형의 글을 읽고 느낀 점은, 오형이 그처럼 거듭 주장한 논리 있는 반론이라기보다는 독해력 부족과 그것을 깨닫지 못하는 자기기만에서 오는 신경질에 가까운 글이었다는 점입니다. 그러므로 문학인이 지켜야 할 기초적인 문장도(文章道)는 처음부터 아예 기대할 수조차 없었습니다.

그럼에도 불구하고 그런 종류의 글에 대해서 이런 종류의 글을 쓰는 까닭은, 첫째로는 오형의 시에 대한 애정이 아직도 남아 있으며, 둘째로는 순전히 부질없이 깎이우는 내 인격과 양심을 보호하기 위한 수단에서입니다.

지난 12월호에 내가 썼던 오형의 시집에 대한 서평을 다시 한번 읽어보았었는데 그렇게까지 오형이 흥분할 건덕지를 찾지 못했습니다. 더구나 비상식적이니, 도전이니, 관용할 수 없다느니, 무당의 푸념이니, 함부로 퍼붓는다느니, 무식해서 비극적이라느니, 심지어는 정상배들이나 씀직한 사이비니 하는 등등의 살벌한 어휘들을 내가 받아들여야 할 아무런 이유도 찾지 못했습니다.

오형은 서두에서부터 "활자화되지도 않은 시론을, 그러니까 사석에서 한 말을 문제삼은 것부터가 비상식적인 행위"라고 말하고 있는데 우리 사석이니 공석이니 구차스럽게 따지질 않겠습니다. 나는 오형이 말한 '사석'이 무엇을 뜻하는지 알고 있고 그리고 그 것은 누구보다도 오형 자신이 가장 잘 알고 있을 터입니다. 뿐만 아니라 오형 주변이나 내 주변의 친구들도 잘 알고 있습니다. 그런 것을 여기서 밝힌다는 건 오형을 위해서도 좋을 게 조금도 없습니다. 다만 나는 친구간으로서 오형이 부탁한 대로 쓰는 것이 예의이 겠어서 아무 다른 뜻 없이 쓴 것뿐입니다. 그런데도 오형은 수천명 이 애독하는 지면을 이용해서는 비상식적인 행위라고 시치미를 떼는 저의는 도대체 무엇입니까? 거듭 말하지만 나는 오형의 청을 들어준 죄밖에 없으며 따라서 상기의 살벌하고 재미없는 어휘들 은 이 조태일과는 전혀 무관한 것들이므로 돌려보내니 잘 정화시 켜 적시적소에 사용하시길 바랍니다.

다음은, 원고지 5~6매라는 극히 제한된 분량의 서평에 대해서 논리가 없다느니, 무엇을 밝히지 않았다느니, 대부분의 글이 어떤 의도에서 씌어졌다느니 하는 장황한 오형의 흥분에 대해서도 납 득이 안 가지만 남의 글도 제대로 이해치 못하면서 난데없는 문예 사전적인 지식을 다 털어내어서 마치 나를 사이비 평가(評家)인 것 처럼 궁지에 몰아붙이는 오형의 태도는 답답하기 짝이 없습니다. 그처럼 오해와 독단과 비논리적인 독설로 가득 찬 오형의 글에 대 한 답변을 하기 위해서라도 문제가 된 나의 졸문을 간략하게 간추 려보면, '짭짤히 읽히는 시집이지 그 이상의 쾌감을 주지 못한다는 점에서 푼수를 지키고 있다. 서문이나 발문은 이 시집을 이해하는 데는 별 도움을 안 준다. ① 한국이라는 특수한 역사적 배경으로부터 동양적인 지성과 서양의 물질주의와의 갈등을 통해 방황하는 지성의 역사의식을 표현하고, ② 사물의 존재론적 인식을 추구하기 위해 일상적 사물의 질서를 벗어나 그 사물에 깊숙이 파고들어 그 존재를 파악한다(이상 ①, ②는 오형이 준 자료)는 두 가지 점이 오형의 시론이다. 이 시론은 60년대의 몇몇 시인들도 착실히 알고 있다. 그런데 그들은 상투적인 몇몇의 어휘를 늘 가지고 있다. 오형의 시집 속에도 그런 단어인 내해(內海)·방법·어휘·의문·식탁·고전·시간·바다·비명 등등이 많이 보인다. 자칫 잘못하면 오형도 그런 유행에 뛰어들 우려가 있는데 처녀시집치고는 확고한 목소리나 체취가 아쉽다'는 내용입니다.

내 졸문에도 표현되었지만 이 말은 쉽게 표현한다면, ① 우리들 주변의 시집들은 무슨 유행처럼 서문이나 발문을 달고 나온다. 도대체가 엄격한 의미에서 우정적인 발언 이외에 시집을 이해하는 데 어떤 도움이 되겠는가. (오형은 모 평론가에 대한 뚜렷한 반론을 제시하라고 하는데 다음 문장을 읽으면 자연히 알게 될 것이다.) ② 복잡다단한 상황 속에 수천 수만의 사물들이 존재하고 있는데 그 상황을 정확히 판단하고 사물들의 존재를 인식하는 데 있어서 어디다가 그 근거를 두고 불과 40~50개의 상투적이고 도식적인 어휘들을 늘어놓음으로써 인식이니 존재탐구니 내면이니 하는지 모르겠다. ③ 시론은 멋있지만 시와 시론은 엉뚱하게 각개행동이다. 국어사전 속에서 혹은 시인들의 머릿속에서 얌전히 살아 있는 어휘들까지도 오히려 죽여놓음으로써 일상적인 시어에다가 의미를 불어넣기는커녕 그 반대다. 따라서 특수한 어휘들만 만지작거리다가 볼 일 다 못 본다. 그러니까 공허한 시어 주무르는 데 발 들일 우려가 있다. ④ 불쾌하지만 이것이 60년대 한국시의 허약한 일면이다. 오형도 거기에 삼베옷(격에 안 맞는 졸속주의) 걸치고 뛰어들 염려가 있다. 그것이 즐겁지 못하다(불쾌감). 그러나 아직 오형은 푼수를 지니고 있어 두고볼 일이다,라는 뜻입니다.

뿐만 아니라 그 글에서 특정한 시론을 지칭하여 나쁘다고 비판하지 않았으며(앞으로는 하겠지만) 시작품을 순수작품이니 참여작품이니 나누는 그 자체도 저급한 문인들이나 하는 짓들이라고 평소에도 말해왔던 것입니다. 그만큼 나는 인도적이고 편협된 생각으로 시작품을 도마 위에 올려놓지 않았습니다. 아마 오형도 그런 글을 못 보았을 것입니다.

그런데 "역사의식과 존재론적인 시로 이대별하여 상호무관한 것처럼 규정했다"느니, "역사의식으로 시를 쓰거나 존재론적으로 시를 쓰는 사람을 다 공허한 시어 주무르는 사람"이라고 했다느니, "단어를 시어로 쓸 것과 안 써야 될 것을 엄밀히 구분해놓고 몇 개의 말을 골라서 시를 쓰는 모양"이라느니 등등 남의 글도 제대로 이해 못하면서 마치 내가 그런 말을 지껄인 것처럼 오독하는 이유는 어디에 있습니까?

남의 글을 혼자 비약시키지 말고 다음 글이나 촘촘히 생각해봅시다. 현실참여를 외쳐본 적이 없는 나에게 "그의 독창적인 것처럼 외쳐대는 현실참여"라고 해놓고는 불과 몇행 건너에다가는 "씨의 현실참여론을 구체적으로 들어보지 못했다"는 등 도시 무슨 말인지도 모를 사고의 분열을 태연히 일으켜놓고 있습니다. 이러한 결과는 남의 글을 올바르게 읽지 못한 데서 또는 하지도 않은 말을 했다고 뒤집어씌우려다가 그렇게 된 것이 아닙니까?

끝으로 오형의 시집 『반란하는 빛』 속에 수록된 31편을 32편으로 한 것은 나의 절대적인 잘못일 수도 있으나 교정과정의 미스일 수도 있는 것입니다. 따라서 오형의 글 속에는 T·S 엘리어트를 Y·S 엘리어트라고 나와 있는 것이 있는데, 오형의 말대로라면 "야, 오세영이 무식하다. 중학생이면 다 아는 엘리어트를 Y·S 엘리어트라고 한다"고 내가 말할 수 있겠습니까? (이것은 분명히 교정 잘못일 것임)

오형, 앞으로는 이런 따위의 잡문이 우리 주변에서 없어지기를 각자 반성하고 공부합시다. 내내 오형의 문운에 영광 있기를 바랍니다.

『월간문학』 1971년 4월호

민중언어의 발견

다섯 분의 시를 중심으로

1

발표할 지면이 모자라서 좋은 시를 못 쓰겠다는 말은 이제 옛말이 되고 말았다. 1971년 한 해 동안만 해도 문학종합지·시전문지·동인지·개인시집·교양종합지·계간지·신문(지방지·각종 주간지 포함)·기타의 넓은 지면을 통해 '시'라는 이름을 빌려 발표된 수량은 2,500여편이나 되고 있다. 그러니까 1970년을 전후한 3년간의 수량은 무려 8,000여편에 육박하는 셈이 된다. 한마디로 말해서 최근의 '시'는 질량 면으로 풍성함을 유감없이 과시한 것처럼 보인다.

그렇게도 많이 공급된 '시'들이 과연 몇사람의 독자들을 공감시켰으며, 한국시의 발전을 위해 과연 얼마만큼의 기여를 했느냐 하는 것도 흥밋거리로 남는다. 시인이 애써 시를 쓰고 애써 발표하는 당위 속에는 기록에만 남겨둔다는 것보다는 자기 아닌 독자들을 공감시켜 공감의 폭을 될 수만 있으면 더 넓혀보자는 뚜렷하고도 폭넓은 의미가 포함되어 있다. 자고 이래로 그 공감의 폭이 넓으면 넓을수록 훌륭한 시로 남는 것이며, 거창한 말 같지만 민족정서의 풍요화와 민족운율의 힘찬 형성에도 자연히 기여하게 되는 것이다. 독자가 한편의 시를 읽고서 설레는 즐거움보다는 아무 짝에도 쓸데없는 짜증만 불러일으켰다면 그런 시인과 시는 독자들을 우롱하는 처사를 저지른 것이 되며, 그러한 시인과 시를 상대할 권리와 흥미까지를 몽땅 포기하게 되는 것이다. 따라서 '한편의 시를 한 사람이 천 번 읽는' 것보다는 '한편의 시를 천 사람이 천 번씩 읽을' 수 있는 것을 원하고 있다.

필자는 근년에 발표된 '시'들을 주의깊게 읽을 때마다 좋은 시보다는 아무래도 나쁜 시 쪽이 많다는 점을 느꼈으며, 우리 시단은 마치 외국 시론의 실험실습장이 아닌가 하는 점도 강하게 느꼈다. 지나간 외국 시론에 서툴게 접근된 듯한 시나, 모처럼 우리의 오관 (五官)으로 우리의 것을 노래하였으되, 극히 미세·말초적인 것들을 천박한 정신적 유희로 경박하게 써버린 '시'들이 많았다.

예술작품에서 시대의식이니 사회의식이니 함은, 작가나 시인은 그 시대 그 상황에 구속을 받는다는 의미를 포함한다. 따라서 작가나 시인은 그 시대와 상황에 충실하게끔 되어 있다. 저쪽의 창조행위와 이쪽의 창조행위는 인간정서의 풍부화라는 면에서는 같을 수 있지만 수단과 방법은 같을 수가 없다. 어디까지나 참고가 될 뿐이다.

이를테면 서구 쉬르풍의 시적인 방법론이 아직까지도 우리 시에 상당한 영향력을 미치고 있는데 한심한 일이다. 쉬르풍의 시는 세계대전 전후의 정신착란상태에서 안 나올 수도 없었던 필연적인 소산이며, 요즘 많이 유행되고 있는 완전 비인간·사물화의 시적 방법론도 실은 시의 원천적인 본질에의 지향이 아니라, 기계문명의 급속한 발달로 파생된 전문화·비인간화의 한 증상인 인간소외의 한 현상으로 나타난 것들이라고 봄이 타당할 것이다. 그러한 방법론을 시대와 장소가 판이한 이 땅 위에 맹목적으로 심으려는 태도는 철저히 규탄돼야 한다. 또한 그로 인해 파생된 듯한, 이해 접근이 전혀 안되는 난삽모호한 시, 이 땅에서는 아예 발을 뗀 광인의 헛소리 같은 허무맹랑한 시, 서로가 서로를 엇비슷하게 표절·모방한 무개성의 시, 무감동의 시들은 철저히 규탄되어야 한다. 그러나 이 글에서는 그런 시에 대한 규탄작업보다는 단지 우리의 정서, 우리의 사상, 우리의 아픔을 노래하여, 우리들에게 어떤 면에서든지 감동을 안겨다준 몇몇의 극히 제한된 시인들의 작품을 대상으로 하여 우리 시의 발전에 조금이라도 도움이 될 수 있는 것이 무엇인가를 살펴보려 한다.

아울러 여기에 인용된 시나, 그들의 주장이 한국시가 지녀야 할 필수조건을 다 갖추고 있다는 것은 아니며, 동시에 한국시의 모범도 아니라는 점을 밝혀둔다.

2

얼마전까지만 해도 우리들에게 비교적 생소한 이름으로 느껴지던 신경림(申庚林)의 최근의 활동은 주목할 만하다. 그는 1955년 『문학예술(文學藝術)』지에 「갈대」라는 짧은 시를 한편 발표함으로써 그 숱한 50년대의 시인 그룹에 잠시 끼이게 된다.

언제부턴가 갈대는 속으로
조용히 울고 있었다.
그런 어느날 밤이었을 것이다. 갈대는

그의 온몸이 흔들리고 있는 것을 알았다.

바람도 달빛도 아닌 것.
갈대는 저를 흔드는 것이 제 조용한 울음인 것을
까맣게 몰랐다.
—산다는 것은 속으로 이렇게
조용히 울고 있는 것이란 것을
그는 몰랐다.

—「갈대」 전문

　　해방을 맞자마자 불어닥친 1950년의 그 낯선 전쟁으로 인하여
방황·불안·좌절·회의·공포 등등이 범벅이 된 상황 속에서 누구
나 없이 인간존재 문제에 대해 깊은 관심을 표명하게 되는데, 신경
림 역시 거기서 예외자가 될 수 없었다. 갈대의 영원한 흔들림이
갈대 자신의 영원한 눈물이라는 점을 인간존재 문제에까지 확대
시키고 있다. 산다는 것은 갈대처럼 조용히 흔들리는 영원한 눈물
을 동반하고 있다는 일련의 깔끔한 사색의 시를 쓰고 그는 이내 침
묵으로 들어갔다. 그러다가 60년대 중반에 들어와 「겨울밤」과 「원
격지(遠隔地)」를 발표하고, 또 잠시 쉬었다가 「눈길」 「파장(罷場)」
「그날」(이상 『창작과비평』 1970년 가을호) 「경칩(驚蟄)」(『월간문학』 1971년 3
월호) 「전야(前夜)」 「폐광(廢鑛)」 「농무(農舞)」(이상 『창작과비평』 1971년
가을호) 등의 우수한 작품을 연달아 발표함으로써 주목할 시인으로
자리를 굳히게 되었다. 우선 60년대 중반에 발표된 두 편의 시를
여기에 전재(全載)해보기로 하자.

우리는 협동조합 방앗간 뒷방에 모여
묵내기 화투를 치고
내일은 장날. 장꾼들은 와자지껄
주막집 뜰에서 눈을 턴다.
들과 산은 온통 새하얗구나. 눈은
펑펑 쏟아지는데
쌀값 비료값 얘기가 나오고
선생이 된 면장 딸 얘기가 나오고.
서울로 식모살이 간 분이는
아기를 뱄다더라. 어떡헐거나.
술에라도 취해볼거나. 술집 색시
싸구려 분 냄새라도 맡아볼거나.
우리의 슬픔을 아는 것은 우리뿐.
올해에는 닭이라도 쳐볼거나.
겨울밤은 길어 묵을 먹고.
술을 마시고 물세 시비를 하고
색시 젓갈 장단에 유행가를 부르고
이발소집 신랑을 다루러
보리밭을 질러가면 세상은 온통
하얗구나. 눈이여 쌓여
지붕을 덮어다오 우리를 파묻어다오.
오종대 뒤에 치마를 둘러쓰고
숨은 저 계집애들한테
연애편지라도 띄워볼거나. 우리의
괴로움을 아는 것은 우리뿐.

올해에는 돼지라도 먹여볼거나.

—「겨울밤」 전문

박서방은 구주에서 왔다 김형은 전라도
어느 바닷가에서 자란 사나이.
시월의 햇살은 아직도 등에 따갑구나.
돌이 날고 남포가 터지고 크레인이 운다.
포장 친 목로에 들어가
전표를 주고 막걸리를 마시자.
이제 우리에겐 맺힌 분노가 있을
뿐이다. 맹세가 있고 그리고 맨주먹이다.
느티나무 아래 자전거를 세워놓은
면서기패들에게서 세상 얘기를 듣고.
아아 이곳은 너무 멀구나. 도시의
소음이 그리운 외딴 공사장.
오늘밤엔 주막거리에 나가 섰다를
하자 목이 터지게 유행가라도 부르자.
사이렌이 울면 밥장수 아주머니의
그 살찐 엉덩이를 때리고 우리는
다시 구루마를 밀고 간다.
흙먼지를 뒤집어쓰고 밀린 간조날을
꼽아보고. 건조실 앞에서는 개가
짖어댄다 고추 널린 마당가에서
동네 아이들이 제기를 찬다. 수건으로
볕을 가린 처녀애들은 킬킬대느라

삼태기 속의 돌이 무겁지 않고
십장은 고함을 질러대고. 이 멀고
외딴 공사장에서는 가을해도 길다.

——「원격지(遠隔地)」 전문

두 편 모두가 10여년의 침묵을 깨고 60년대 중반에 발표된 시일 뿐만 아니라 이 시를 구성하고 있는 시어 자체가 모두 우리들의 삶과 정서에 밀착한 토착어로 씌어졌다는 점에서, 그리고 한 구절도 버릴 데가 없다는 점에서 전재한 것이다.

「겨울밤」은 겨울 농촌의 무료하기만 한 농한기의 장날을 앞둔 농민들의 생활과 그들의 비애를 노래하고 있으며, 「원격지」는 도시에서 멀리 떨어진 공사장의 활력있고 또한 지리한 생태를 노래하고 있다. 두 편의 시를 이해하는 데 있어서 한 곳도 어려운 데가 없다는 점에 우리는 의견을 같이할 것이다. 소위 '현대시'라는 것에 막연히 들떠 있고 또한 시달림을 받아온 독자들은 이것이 시일까 하는 기막힌 의구심마저 갖게 되리라. 그러나 이것은 분명한 현대시며 우리들의 시라는 것을 믿어도 좋다. 두 편의 시가 모두 수다스런 수식어를 극력 배제하고 있어, 시인의 주관적인 개인감정이 들어서지 못한다.

이러한 방법은 참다운 사물의 본질을 파헤치는 데 극히 중요한 역할을 한다. 따라서 그는 객관적인 서술로써 농촌 풍경을 담담하게 묘사한다. 꺼지지 않는 힘찬 생명력과 뿌리깊은 동족의 정한을 이야기하듯이 서술하고 있는데, 그러면서도 작자 자신의 개인적인 취미로 떨어지지 않고 우리 집단의 정서적 차원에 흔쾌히 도달하고 있다. 사실적 묘사가 간결하고 정확하여 구체미는 더욱 뚜렷해지며, 시마다 깔려 있는 체념적 익살들은 장중한 비애감을 불러일으킴과 동시에 부담없이 펼쳐지는 정경들은 우리들의 슬픈 눈에 몇방울의 눈물을 더하면서 서경적(敍景的)으로 열려진다.

"겨울밤은 길어 묵을 먹고" "색시 젓갈 장단에 유행가를 부르고/이발소집 신랑을 다루러/보리밭을 질러가면"이나 "오늘밤엔 주막거리에 나가 섰다를/하자 목이 터지게 유행가라도 부르자"는 구절은 얼핏 생각하면 무슨 향락적인 풍류처럼 보인다. 그러나 그것은 농민들이 벗어나려야 벗어날 수 없는 숙명적인 고뇌의 발산책으로서의 풍류라고 보아야 할 것이다. 그러니까 시인은 "눈이여 지붕을 덮어다오" "괴로움을 아는 것은 우리뿐" "이제 우리에겐 맺힌 분노가 있을/뿐이다. 맹세가 있고 그리고 맨주먹이다"라고 절규하는 것이다. 이러한 절규 또한 강렬한 힘을 바탕으로 하지 않고 체념적인 약한 시늉으로서의 분노 같은 것이어서 더더욱 답답한 비애를 느끼게 한다.

　　징이 울린다 막이 내렸다
　　오동나무에 전등이 매어달린 가설무대
　　구경꾼이 돌아가고 난 텅 빈 운동장
　　우리는 분이 얼룩진 얼굴로
　　학교 앞 소줏집에 몰려 술을 마신다
　　답답하고 고달프게 사는 것이 원통하다
　　꽹과리를 앞장 세워 장거리로 나서면
　　따라붙어 악을 쓰는 건 쪼무래기들뿐
　　처녀애들은 기름집 담벽에 붙어서서
　　철없이 킬킬대는구나

보름달은 밝아 어떤 녀석은
꺽정이처럼 울부짖고 또 어떤 녀석은
서림이처럼 해해대지만 이까짓
산구석에 처박혀 발버둥친들 무엇하랴
비료값도 안 나오는 농사 따위야
아예 여편네에게나 맡겨두고
쇠전을 거쳐 도수장 앞에 와 돌 때
우리는 점점 신명이 난다
한 다리를 들고 날나리를 불거나
고갯짓을 하고 어깨를 흔들거나

—「농무(農舞)」 전문

　율동감이 넘치는 위의 시에서, 적막함과 소란함이 한데 어울림으로써 우리들 정한의 새로운 모습과 질서가 형성되고 있음을 본다. 철없는 쪼무래기들과 처녀애들은 악을 쓰고 킬킬대지만 어른들은 도살장 앞에 와서야 겨우 한 다리를 들고 날나리를 불거나 고갯짓을 하면서 어깨를 흔들려고 한다. 몇몇 대도시의 급속한 발달과 성장으로 인한 농촌의 희생은 결국 빈혈상태의 농촌을 만들었는데, 거기서 벗어나려는 농민들의 비장한 발버둥은 발버둥으로 끝나고 만다. 그와 같은 숙명은 또다른 숙명을 낳고, 무한한 체념과 그리움을 낳는다.

　"보름달이 밝아 어떤 녀석은/꺽정이처럼 울부짖고 또 어떤 녀석은/서림이처럼 해해대지만"에서 안타까운 그리움을 볼 수 있으며 "쇠전을 거쳐 도수장 앞에 와 돌 때/우리는 점점 신명이 난다"에서 역설적인 체념을 볼 수 있다. 그 그리움과 체념은 죽음의 현장인 '도수장' 앞에 와서야 신명의 극복으로까지 밀고 나아가는데, 그러면서도 그것은 약이 올라 있으며 악이 차 있는 그리움과 체념인 것이다. 그 그리움과 체념으로 범벅된 정한을 달래기 위해, 혹은 그 무력함과 무료함을 삭이기 위해 그들은 놀음을 하고 술판을 벌이는지도 모른다. 또한 그 판에서 빚어지는 자조와 익살로 그들은 그들 스스로를 위안시키는지도 모른다.

"학교 앞 소줏집에 몰려 술을 마신다"의 구절도 구절이지만 그의 얼마 되지 않는 20여편의 시에서 그러한 구절들은 빈번히 나타난다.

"서울로 식모살이 간 분이는/아기를 뱄다더라. 어떡헐거나./술에라도 취해볼거나"(「겨울밤」) "돌이 날으고 남포가 터지고 크레인이 운다./포장 친 목로에 들어가/전표를 주고 막걸리를 마시자"(「원격지」) "소주병과 오징어가 놓인/협동조합 구판장 마루"(「꽃그늘」) "돌아오는 골목 어귀 대폿집 앞에서 웃어보면 우리의 얼굴이 일그러진다"(「산읍일지」) "아내 대신 묵을 치고 술을 나르고"(「경칩」) "이발소 앞에 서서 참외를 깎고/목로에 앉아 막걸리를 들이켜면" "학교 마당에들 모여 소주에 오징어를 찢다"(「파장」) "살얼음이 언 냇물/행길 건너 술집"(「벽지」) "우리 집 봉당에 모여 소주를 켰다"(「폐광」) "국수 반 사발에/막걸리로 채워진 뱃속"(「오늘」) "모두 함께/죽어버리자고 복어알을 구해온/어버이는 술이 취해 뉘우치고"(「산일번지」) 등등의 술 얘기,

"친구들에게서 온/편지를 뒤적이다 홀쩍 뛰쳐나가면/나는 안다 형은 또 마작으로/밤을 새우려는 게다"(「시골 큰집」) "우리는 협동조합 방앗간 뒷방에 모여/묵내기 화투를 치고"(「겨울밤」) "오늘밤엔 주막거리에 나가 섰다를/하자"(「원격지」) "할 일 없는 집안 젊

은이들은/초저녁부터 군불 지핀 건넌방에 모여/갑오를 떼고 장기를 두고"(「제삿날 밤」) "메주 뜨는 냄새가 역한 정미소 뒷방./십촉 전등 아래 광산 젊은 패들은/밤 이슥토록 철 늦은 섰다판을 벌여"(「경칩」) "진눈깨비 치는 백리 산길/낮이면 주막 뒷방에 숨어 잠을 자다/지치면 아낙을 불러 육백을 친다"(「눈길」) "약장수 기타소리에 발장단을 치다 보면/왜 이렇게 자꾸만 서울이 그리워지나/어디를 들어가 섰다라도 벌일까"(「파장」) 등등의 노름 얘기,

"오종대 뒤에 치마를 둘러쓰고/숨은 저 계집애들한테/연애편지라도 띄워볼거나"(「겨울밤」) "사이렌이 울면 밥장수 아주머니의/그 살찐 엉덩이를 때리고 우리는/다시 구루마를 밀고 간다" "수건으로/볕을 가린 처녀애들은 킬킬대느라/삼태기 속의 돌이 무겁지 않고/십장은 고함을 질러대고"(「원격지」) "아낙은 신세타령을 늘어놓고/우리는 미친놈처럼 자꾸 웃음이 나온다"(「눈길」) "못난 놈들은 서로 얼굴만 봐도 흥겹다"(「파장」) "면장은 곱사춤을 추고/지도원은 벅구를 치고"(「오늘」) 등등의 익살·자조·자학으로 가득 채워진 그의 시는 무료하나 피할 수 없는 농촌생활의 한 면을 적나라하게 보여준다.

그의 시적 대상은 막연한 농촌의 풍경이 아니라 우리의 정서, 우리의 울분이 끈질기게 깔려 있는 장소로서의 농촌이며, 그래서 생명력이 넘치는 농촌의 깊숙한 현장이 구체적으로 노래되는 것이다. 그의 시에서는 누구의 눈에나 띄는 평범한 농촌의 일상사들이, 정교하지는 않지만 적절한 언어의 배합과 평면적이고 원시적인 리듬의 무리 없는 구사에 의하여 선명한 풍경으로 그려진다. 그리하여 그 풍경은 우리들의 삶의 문제에 깊고 아프게 파고들어 공감대를 넓힌다. 그러니까 복잡미묘한 시의 구조나 구차한 의식세계

의 장광설로 아름다운 어떤 의미를 제공하는 것이 아니라, 반대로 소박·간결·무색(無色)의 표현으로 하여금 동시대의 복잡한 의식구조에 중후한 파문을 일으켜 구체적인 현장 속으로 뛰어들게 한다. 뿐만 아니라 그의 시의 소재가 농촌현장에 밀착하면 밀착할수록 생명력 있는 서민사회의 미를 창조할 수 있음을 알 수 있다. 이 것이 시를 통해서 동시대의 사회현실에 참획(參劃)하는 진정한 길인 동시에 또한 시가 일부 담당해야 할 작업이 아닌가 생각된다. 지루하리만큼 그의 시에서 전개되는 실의·체념·회한·좌절·비정·연민, 그리고 그것을 벗어나려는 그리움의 세계는 아직 우리가 벗어나지 못한 삶인 동시에 현실인 것이다.

그러므로 우리들이 그것으로부터 벗어나기 위해서 꾸준한 성찰이 계속돼야 하는 것과 마찬가지로 그의 시도 좀더 깊은 성찰이 필요하다. 성찰은 반복이 아니라 전진이며 새로운 세계에의 지향인 것이기 때문이다.

3

70년대에 들어서 우리는 두 젊은 시인의 톤이 높고 거친 목소리를 만나게 된다. 두 시인은 복잡미묘한 소위 문단등용의 수속을 밟지 않고 대여섯 편의 시를 『시인(詩人)』지에 발표함으로써 각기 자기 위치를 굳히면서 주목할 만한 성과를 올리고 있는데, 김지하(金芝河)와 김준태(金準泰)가 그들이다. 두 시인들은 각기 제 나름대로의 탁월한 시론을 가지고 있으며 특히 김지하의 시론은 주목할 만하다.

사회현실을 압축·반영하고 사회현실과 개인 내부의 갈등을 표현하여 동시에 그것을 극복하려는 싸움을 포기하지 않고 구체적인 언어, 전통 확립에로 나가는 노력을 중단하지 않을 때, 비로소 시의 패배는 시의 승리로 뒤바뀐다.

결코 민요는 사멸한 것이 아니다, 부당한 민요 경멸은 청산돼야 한다. 군중은 시인의 시를 모른다. 군중은 자기자신의 시인 민요를 가지고 있다. 시인이 군중과 만나는 길은 풍자와 민요정신의 길이다. 올바른 저항적 풍자는 시인의 군중적 혈연을 창조한다. 풍자만이 시의 살 길이다. (「풍자냐 자살이냐」)

위의 글은 군중의식·민요정신·저항적 풍자의 세 단어로 간략히 요약된다. 현대시에 있어서의 민요정신의 좋은 면을 수용할 필요성을 조동일(趙東一)도 역설한 바 있지만(「민요와 현대시」, 『창작과비평』 1970년 봄호 참조) 김지하의 이러한 정신은 당시 「오적」에서 일차적으로 집약된 바 있다. 판소리 가락이나 민요정신의 재현, 종래 한국시의 무국적 형식·내용에 대한 통렬한 비판, 활력있는 민중언어에의 접근이라는 전투적 정신력은 그의 시에 있어 하나의 큰 주류를 이루고 있다. 옛 가락의 재현이나 민요정신의 계승은 복고주의의 소산이 아니라, 그것의 참다운 반성으로 무엇을 버리고 무엇을 취할 것인가를 다시 점검, 참다운 시가 참다운 군중의 가슴과 만나는 길을 터보자는 실험의식의 구체적인 행동인 것이다. 이러한 태도는 한국시의 고질화된 답답한 숨통을 열어줄 것이라는 기대를 갖게 한다.

그의 시집 『황토(黃土)』에 수록되어 있는 「비」 「황톳길」 「녹두꽃」「탈」 등등의 시에서 시조 고유의 가락을 변형시켜 상당한 리듬의 성과를 거두고 있음을 우리는 볼 수 있으며, 그러한 형식에 맞는 내용을 적절하게 담기 위해서 쉬지 않고 치열한 투쟁과 저항을 계속한다. 민중의 풍요화를 저해하는 비인간화·소외·빈곤에 대하여 투쟁·저항한다. 한국의 현실, 한국시의 자각을 위해서 그는 어떠한 시류(時流)도 벗어나지 않으면 안된다. 민중으로부터 초연한 것이 아니라 민중 속으로 깊이 뛰어들어 그들의 언어와 만난다. 그리하여 그 탈환한 군중언어로 군중 풍자를 통하여 어떤 폭발의 방향에로 집중시킴으로써 자기자신과 군중의 각성을 통해 활력있는 삶을 마련하려 한다. 그것은 곧 인간성의 풍요화로 향하는 길이며 자유로운 시인의식이며 민족가락의 재창조가 되는 것이다.

새라면 좋겠네
물이라면 혹시는 바람이라면

여윈 알몸을 가둔 옷
푸른 빛이여 바다라면
바다의 한때나마 꿈일 수나마 있다면

가슴에 꽂히어 아프게 피 흐르다
굳어버린 네모의 붉은 표지여 네가 없다면
네가 없다면
아아 죽어도 좋겠네
재 되어 흩날리는 운명이라도 나는 좋겠네

—「푸른 옷」 1~3연

피할 수 없는 현실 속에서의 분노·권태·부자유를 노래한 것이다. 푸른 수의를 푸른 바다로 유추해내고 있으며, 우리들이 처한 현실을 "굳어버린 네모의 붉은 표지"로 형상화하고 있다. 우리들이 처해 있는 현실이 '감옥'이라면 아직도 꿈일 수밖에 없는 푸른 바다는 우리들이 지향하는 대상이 아닐 수 없으며, 그것을 성취시키기 위해서 "재 되어 흩날리는 운명"이라도 감수할 수밖에 없다는 결의를 표명하고 있다.

그러나 그와 같은 꿈마저 무참히 밟히고 찢기는 상황인지라 그는 그런 상황을 또다른 죽음의 현장으로 표현한다. 그래서 그의 죽음의 현장은 적막한 상황이 아니라 오히려 살벌한 생동감마저 안겨주는데, 이러한 점이 그의 시에 일관하고 있는 특징인 것이다.

> 삭은 물차도 사금파리
> 눈부십디다
> 때는 멈춰버려 해는 끝끝내 못박혀버려
> 바람은 죽어 넘어지고
> 하늬 한점
> 소소리 한점마저 없는데요
> 수수밭 소리소리 내쳐 밑둥까지 타 없어지고 울던
> 아낙도 죽어
> 마른 강바닥 혀 박고 죽어 없어져버리고 어허야
> 상여는 나가는데
> 눈부십디다
> 하얀데

하얘 어허야 상여 자꾸 나가는데 온 세상
쌔하얀데요 피 흐릅디다 흘러
강바닥에 핏덩이
솟구쳐 흘러 통곡은 산너머 떠나가는데
황천길 그전 못가게 그전
핏덩이 자꾸 솟아
흘러 어허 어허야.

──「흰 극락강」 전문

　몇년 전의 남도의 가뭄을 노래한 시인 듯하다. 그런데 그 가뭄의 단순한 묘사가 아니라 우리 삶의 극한적인 현장에서의 팍팍한 행로의 묘사인 것이다. 밀폐된 자유, 기괴한 상황하에서는 오히려 모든 것이 죽어지는 질서를 우발적으로라도 재편성하지 않으면 안되는 것이다. 이러한 상황의 재편성 과정에서 늘 활력있는 군중과 만나는 계기를 찾는다. 이 처절한 상황을 체험하여 거치지 않고서는 뜻있는 민중언어와 만나지 못한다는 데에 자각이 있는 것이다. 처절한 이 시의 정경 묘사에 등장하는 '상여'는 우리 삶의 종말이 아니라 '시작'인 것이며 모든 꺼꾸러지는 생명체는 일어서기 위한 반어적(反語的)인 모습인 것이다.

　징그러울 만큼 무시무시한 그의 언어의 난도질과 능청스럽게 펴나가는 그의 시상은 무기력한 우리들의 정신 속에 '출발'의 불꽃을 일으키게 하는 것이며, 따라서 우리 시의 고질화된 양식에 대해 뜻있는 도전을 감당하게 된다. 그러므로 그의 모든 시에서 도사리고 있듯이, "칼날 선 황토" "불꽃이 타는 이마" "척박한 땅" "독한 가시나무 몸에 몸에 익어도" "우거진 칼날" "하루도 싸움 없이는

살 수 없었다" "남김없이 불사르고" "목 짤린 닭의 몸부림" "목을
조르는 명주 띠" "우물마다 피가 솟아" "등에 칼을 꽂은 채" "낡은
삽날에 찢긴 밤바람" 등등으로 상징되는 우리 시대의 상황 속에서
민중의 그리움과 만나기 위해 그는 그의 천성인 저항·투쟁·극복
을 계속할 수밖에 없는 것이다. 참다운 민중의 가슴과 참다운 시가
만났을 때 "달은 낡은 화투장 위에서만 두둥실" 떠오르는 것이 아
니라, "배추포기 춤추"는 현장을 바라볼 수 있을 것이다. 그날은
김지하뿐만이 아니라 모든 민중이 그 그리움과 만난 장소에서 잠
시나마 휴식을 취할 수도 있는 것이다.

4

    동물적인 기백의 순발력을 지니고서 전혀 새로운 목소리와 새
로운 형식으로 우리들 가슴속에 참신하게 와닿는 김준태는, 건방
지리만큼 거센 목소리로 외쳐대는가 하면 천리 물속 같은 고요한
서정으로 걷잡을 수 없을 정도의 새로운 충격을 준다. 과거 우리
시사(詩史)에서도 드물게밖에 만나지 못하는 그런 야성적인 활달
한 목소리는 일단은 우리의 관심을 끈다.

    말을 꼬불려서 곧은 文章을 비틀어서
    詩作을 그렇게 하면 되나
    참신하고 어쩌고 떠드는 서울의 친구야
    無等山에 틀어박힌 나 먼저
    어틀란틱誌나 포에트리誌를 떠들어봐도

몇년간을 눈알을 부라리고 찾아봐도
네놈의 심장을 싸늘하게 감싸는
그럴 듯한 싯귀는 없을 거다

고 요즘의 무국적 난해시를 통박하고 있으며, 진정 우리들이 써야
할 시는,

네놈이 걷어차버린 애인에게 있고
밤중에 떨어진 꽃잎 밑에 있고
里長네 집에서 통닭을 삼키는 面書記의 혓바닥에 있고
어금니로 질근질근 보리밥을 씹어대는
시골 할머니의 흠 없는 마음속에 있고
全琫準이가 육자배기를 부르며 돌아오던
진달래꽃 산 굽이에 희부옇게 있고
네놈의 뒤통수에 패인 흉터에 있고
아침마다 쓸어내는 房먼지에 있을 것이다.

— 「시작(詩作)을 그렇게 하면 되나」 부분

라고 광범위한 시의 소재들을 제시하고 있다. 그의 기초적인 시작
태도의 표명이요, 그가 즐겨 택하는 시의 대상이 어떠한 것이라는
것을 밝힌 그의 '시'이자 동시에 '시론'이다. 우리가 발딛고 있는
현실에 깊은 관심의 촉수를 내리며 그것에 접근하는 방법으로, 우
리 주위에 흩어져 있는 하잘것없는 것들에서 일차적으로 시의 의
지를 캐낸다. 그의 다음과 같은 재미난 글에서도 그러한 의지가 담
겨져 있음을 본다.

"나는 고향에서 많은 임프레이션을 획득한다. 빗물에 젖어 번쩍이는 지푸라기, 느릿느릿 흔들리는 감나무 잎사귀, 들판을 거닐면 흔히 들을 수 있는 들쥐들의 울음소리, 도시에서 내려온 무식한 처녀의 짧은 치마, 달구지 길을 어렵사리 굴러가는 ××당의 관용차, 할아버지의 간헐적인 기침소리, 마른 볏짚으로 똥구멍을 닦고 칙간을 나오는 가난한 늙은이, 언덕 밑에서 윙윙대는 땅벌, 툇마루의 거무틱틱한 부분, 라디오를 듣는 머슴의 귓부리, 마당귀에 떨어진 이빨자국 난 고구마, 6·25 때 움푹 패인 산등성이, 산길에 떨어져 퇴색한 찢어진 신문지 조각, 들꽃을 꺾어 들고 달음질치는 아이들의 뒷모습, 소의 피를 빨아먹는 진드기……"(「열 개의 이야기」, 『시인』 1970년 9월호) 등등에서 출발하는 시의 상상력은 무한히 확대되어 활달한 형태와 새로운 내용을 창조한다. 예컨대,

책 한 권도 먼지 묻은 족보도 없지만
밤마다 산딸기 소롯소롯 배인 빨간 꿈속마다
여순반란사건 때 죽은 아들이 울고 오나니
가득한 집안을 참쑥 냄새의 울음으로 텅 비우고 가나니
꼭 핏줄을 이을 아들 하나를 남기고자
피마자기름을 머리에 바르고 빗질을 한다네
高영감은 곰보인 젊은 과부를 홀리기 위하여.

—「산중가(山中歌)」 부분

이처럼 그의 시는 일차적으로는 고향의 조용한 사건들과 만나서 생생한 힘을 얻는다. 고향집의 창문을 열고 현실 현장을 직시하는데, 고향 풍물에 대한 관심들은 단순히 그것을 노래하기 위한 수

단으로서가 아니라 현실을 유추해내기 위한 수단으로서 동원되는
것이다. 이러한 태도는 일차적으로 우리에게 시의 신뢰성을 제공
함과 동시에 이차적으로는 시의 다양한 확대를 위해 매우 필요한
일인지도 모른다.

都市에서 십년을 가차이 살아온 나로선
기가 막히게 신나는 일인지라
휘파람을 불어가며 몇다발이고 연이어 털어댄다.
사람도 아무 곳에나 한번만 기분좋게 내리치면
참깨처럼 쏴아쏴아 쏟아지는 것들이
얼마든지 있을 거라고 생각하며 정신없이 털다가
"아가, 모가지까지 털어져선 안되느니라"
할머니의 가엾어하는 꾸중을 듣기도 했다.

— 「참깨를 털면서」 부분

신성하고도 경쾌한 노동의 즐거움도 즐거움이지만 율동감마저
넘치는 그 호젓한 자전적(自傳的)인 정경을 통하여 인간의 윤리적
인 문제로까지 가볍게 확대되는 놀라움을 맛볼 수 있다. 그러한 방
법으로 어린시절의 추억 속에서 커다란 현실을 유추해내며, 자기
의 내부에 깊숙이 도사린 언어가 사물들의 활달한 생명력과 만나
면서 호탕한 톤을 유지하게 된다. 그리고 그의 시에 깔려 있는 야
성적이고 원색적인 리듬들은 무한한 상상력을 이끌면서 활달한
사실묘사를 동반하고 있다. 「아스팔트」 「아메리카」 「서울역」과 같
은 시에서 이룩한 현대문명에의 비평적 요소, 「반달」 「봄」 「산중
가」에서 볼 수 있는 신묘한 경악감, 「참깨를 털면서」와 같은 시에

서 볼 수 있는 경쾌한 리듬에 의한 인간윤리 문제의 확대 등이 한 편의 시 속에서 집약되어 총화를 이룩할 때, 그의 자유분방한 상상력의 위력은 우리에게 또다른 고온적(高溫的)인 시의 체온을 안겨줄 것이다.

5

최민(崔旻)은 최근에 「밤의 서울」 「여행」 「추수」(이상 『창작과비평』 1971년 가을호)와 「회복」 「벽」 「끝장」(이상 『문학과지성』 1971년 겨울호) 등을 잇달아 발표함으로써 잠재되어 있는 그의 능력을 재확인시키고 있다.

「밤의 서울」이나 「여행」에서 보이는 바와 같이 그의 시적 관심은 도시적인 병든 삶과 거기서 연유된 병든 정신의 현상을 철저하게 점검함으로써 삶의 우울한 맛들을 톡톡히 본다. 거기서 그는 끊임없이 밀어닥치는 고뇌와 좌절을 보며 또한 그것을 극복하기 위해 그런 소시민적 삶을 철저히 비판한다. 그런데 그러한 작업은 현장에서가 아니라 결국 방황으로써 파악한다.

반동강난 반도 위로 공화국 위로 풍선보다 더 가볍게 떠올라 니뽕이 태평양이 아메리카의 징그러운 살이 온통 드러나보일 때까지 까맣게 까맣게 솟아올라 터져버릴 때까지 날아 올라갔다 올라가며 우리는 우리들의 해골들이 오골오골 비명 지르며 모여 사는 서울을 내려다보았다 (…) 우리의 여행은 싸움을 피해 영창을 피해 고문을 피해 죽음을 피해 도망다니는 길 우리는 우리에게서 벌써 멀리멀리

떨어져버려 있는 것이다

——「여행」 부분

이와 같이 그는 그 현장을 철저히 바라보기 위한 수단으로 역설적 방랑을 결행한다. 거기서 살아 있는 해골들의 아수라장을 본다. 바로 삶의 현장인 것이다. "우리는 우리에게서 벌써 멀리멀리 떨어져" 있음을 직감하고 결국 현장에서의 도피는 인간의 삶이 아니며 피할 수 없는 숙명임을 알고, 그 현장에서 빚어진 모든 비리를 맞붙어 극복하지 않으면 안된다는 것을 스스로 자각한다. 그리하여 그는,

누군가 그의 밤을 파헤쳐 뒤집어라
수백년 썩어온 무덤들을 쳐서 뭉개버리고
뼛속 깊이 잠자는 피의 쟁깃날들을 끄집어내라
농삿군의 밤은 아직 숫처녀다
누군가 그의 밤을 들쳐엎고 달아나라

——「추수」 부분

라고 노래하기에 이른다. 분열되고 좌절된 자아는 드디어 행동의 아름다움을 찾아낸다. "수백년 썩어온 무덤들"로 상징된 우리의 지루한 삶을 파헤치기 위해 잠자코만 있던 "피의 쟁깃날"을 끄집어내야 한다. 그래서 그는 급기야,

개새끼들 개만도 못한 종자들이라 결국
우리 모두 도살장 앞마당에 모인 개새끼들

짖어라 숨 붙어 있을 동안 실컷 짖기라도 해라
뜨거운 햇살 혀 빼물고 쓰러질 때까지

——「끝장」 부분

라는 극한상황을 펼쳐 보인다. '개＝사람' '도살장＝삶의 현장'으
로 묶어지는 현실인식 속에서 거짓 삶의 철저한 자아비판을 통하
여, 그 치열한 정신력의 투쟁으로 풍요한 인간성을 되찾고 말 것이
다. 그런 괴로운 역경은 바로 인간의 길이며 삶의 문제인데, 우리
들이 다 함께 극복해야 할 과제인 것이다. 우리들 스스로가 상실해
버린 인간성의 풍요는 우리들 스스로가 되찾지 않으면 안된다. 이
와 같은 끊임없는 극복에의 투쟁은 역사의식과 상황의식을 낳게
한다.

6

천상병(千祥炳)의 시는 아무런 부담을 받지 않고 읽히게 된다. 티
없이 맑은 서정을 쉬운 말로 간결·명료하게 표현하여, 우리에게
넉넉한 휴식과 여유를 안겨주기도 한다.

나 하늘로 돌아가리라
새벽빛 와 닿으면 스러지는
이슬 더불어 손에 손을 잡고,

나 하늘로 돌아가리라

70

노을빛 함께 단 둘이서
기슭에서 놀다가 구름 손짓하며는,

나 하늘로 돌아가리라
아름다운 이 세상 소풍 끝내는 날
가서, 아름다웠더라고 말하리라…

—「귀천(歸天)」 전문

　정신적·육체적으로 갖은 난삽한 경험들을 겪은 뒤, 그것을 말끔하게 여과시킴으로써 티없이 맑고 순연한 동심의 세계에까지 이르고 있음이 대견스럽고 귀엽기까지 하다.
　자연과의 친화로 그는 죽음을 하나의 아름다운 여행으로 받아들인다. 그래 그와 같은 죽음에의 관심은 시인 스스로의 초연성으로 나타난다. 그를 모르는 사람으로서는 너무 손쉬운 좌절로 보기 쉬우나, 그것은 시인 스스로의 선천적인 성품으로 받아들여야 한다. 그러나 시의 특성으로 보아 신체적인 외부조건이 정신적인 내부의 세계를 압도하고, 시인으로서는 금물인 창조정신의 해이거나 스스로의 포기로 나타나고 있음을 경계해야 한다. 창조에로 향한 치열한 정신적 투쟁이 정지된 안이한 상태는 시인과 나아가서 시 자체를 무력하게 만들거나 포기하게 만든다.
　"하늘을 안고,/바다를 품고,/한모금 담배를 뺀다"(「크레이지 배가본드」)라는 포용력과 여유있는 정신의 세계, "새는/온갖 한낮의 별빛계곡을 횡단하면서/울고 있다"(「한낮의 별빛」)라는 무한한 고독에의 의미부여, "죽어가는 자의 입에서 불어 오는 바람은 소슬하고"(「서대문」)의 생명력에의 향수와 애착은 그러나 우리에게 한없는 친근함과 애정을 안겨준다. 그의 걸걸한 웃음소리가 내 귀에 잔잔한 여운을 남겨준다. 조그마한 생명체를 친구 삼아 그는 어느 땅 어느 주막집을 서성이고 있을까. 그가 남겨놓은 언어는 요즘 어거지 시의 반성을 촉구하고 있다.

7

이상으로 나는 몇몇의 시를 놓고 내 나름의 분석을 해보았다. 시는 많은데 좋은 시는 드물고, 그 좋은 시마저 독자들로부터 잊혀져가고 있음을 안다. 그런 상태를 보고만 있을 것이 아니라 그런 독자들을 이끌고 육성해야 할 의무를 저버릴 수는 없다. 우선은 시가 되기엔 약간 부족하더라도 시인 스스로가 바른말로 바르게 표현할 수 있는 기초를 다시 한번 다져볼 필요가 있다. 자기 스스로를 향한 강한 부정과 극복이 없이는 고질화된 시의 상투성에서 벗어날 수 없다. 시는 시인의 전유물이 아니며 일부 특권층의 향유물도 아니다. 이 사회를 형성하고 있는 여러 계층의 활달한 성장을 위해서도 시인은 외면할 수가 없다. 이 글에서 언급된 시인들의 시가 모두 훌륭한 것은 아니고 꼭 한국시의 모범만은 아니다. 다만 우리가 살고 있는 이 땅 위의 상황에 관심이 집중돼 있거나 시를 형성하는 데 있어서 정직한 태도를 지니고 있기 때문에 편의상 인용한 것들이다. 이 이외의 많은 시인들의 좋은 시들은 이 글의 편의상, 그리고 내 개인적인 취향으로 인해서 제외되었을 뿐이다.

『창작과비평』 1972년 봄호

시 영역의 확대

시는 어떤 이론에 끌려가는 주구가 되어서 답답하게 막힌 결론에 도달하려는 계획된 공식이 아니라, 그 이론과 결론을 뛰어넘으려는 시작의 몸부림이고 몸부림 속에서 타오르는 불꽃이어야 한다.

나는 시라는 것을 써오고 시라는 것을 생각해오는 동안에, 그 숱한 주의주장이 나를 한번도 구원해준 적도 압도해준 적도 없을 뿐만 아니라, 그런 거추장스러운 것들에 기대어본 적도 없었다. 따라서 시를 써오는 동안에 내가 가장 많이 부딪히고 있는 느낌은 인간만이 이 우주상에서 최고의 영물(靈物)이 아니라는 것, 인간만이 말을 하는 것이 아니라 모든 만물들은 다 자기대로의 말을 지니고 있다는 것, 그런데 별 수 없이 그 사물이라는 것, 말이라는 것도 일정한 상황 속에서 생성되고 소멸되고, 거듭 소멸되고 생성된다는 것을 지각할 수가 있었다.

아무렇게나 뱉어져 거리에 찰싹 붙어 있는 가래침에서부터 천상에 자리잡은 삼광(三光)에 이르기까지 모든 만물에 관심을 갖는다는 것은 시인으로서 너무도 당연한 태도인 것이다. 하여튼 모든 만물들과 그것들이 빚는 말이라는 것은 내가 이 세상에 존재함으로써 비로소 발견되고 지각되는데, 실은 내가 존재하든 안하든 간에 이미 자기대로 존재하고 있음은 사실이다. 다만 내가 존재함으로써 그것들이 발견된다는 말은 내가 존재함으로써 모든 만물들의 속성을 내 개성의 테두리 안에서 파악하게 된다는 말이 된다. 따라서 발견하는 나나 발견되는 사물들과의 관계는 서로가 동등한 사물의 일원으로서 팽팽한 관계를 지니면서 서로가 서로를 보완하는 상태를 유지한다.

모든 사물들은 그들 특유의 권리와 긍지라고 할 수 있는 순수 속성과 동정성(童貞性)을 지닌다. 그것은 일정한 질서 속에 숨어 있으면서 시인에게 발견되어도 무방, 안되어도 무방한 상태에 놓여 있는데, 시인의 욕심은 그것들을 인간과의 관계에서 언어를 가지고 묘사해내려 한다. 바로 이것이 창조정신이다. 그런데 그것들을 묘사하는 과정에서 언어를 편애하려는 시인들이 있다. 시적 언어, 비시적 언어, 심지어 귀족어, 속어 등의 따위로 구분하여 사물에 어거지로 뜯어맞추려고 한다. 그러한 짓은 아무래도 사물 쪽에서 혹은 언어 쪽에서 생각한다면 참 부질없는 짓이다.

처음부터 어떠어떠한 언어만이 시어가 되어야 한다는 특권이 부여되지 않는다. 시어의 선택이 있는 것이 아니라 시어의 발견이 있고 시어의 부림이 있을 뿐이다. 언어는 어떤 특정한 역사와 상황 쪽에서 태어난 것이므로 시인들은 그 언어의 배면(背面)을 이루고 있는 역사와 상황을 냉정하게 투시할 수 있는 눈을 가져야 한다. 이 눈이라는 것은 철저한 체험 속에서 솟아나는 것이며 이 눈만이 태연히 끼리끼리 관계를 맺고 있는 사물의 속성을 파헤치고 그 속성을 재현시켜 새로운 긴장과 경이를 발휘하도록 하여, 인간의 공감에 와닿아야 한다. 이때 그 공감의 폭이 넓으면 넓을수록 훌륭한 시가 되는 것이며, 그 공감의 폭이 넓다고 해서 독자에게 아첨하는 타락의 시가 되는 것이 아니다. 반대로 막강한 독자를 이끌어나가는 막강한 힘이 되는 것이다.

다시 말하면 '천 사람이 천 번 읽는 시'가 되는 것이다. 그런데 어떤 젊은 시인은, 천 사람이 천 번 읽는 시가 있을 수도 없으며, 그런 시는 어중이떠중이에게 아첨하기 위해서 시를 형편없이 타락시키는 것이라고 짜증을 낸 것을 보았다. 그 시인의 말대로라면, 국민의 지지가 없고 국민이 신뢰하지 않아 따라가지 않는 정부만이 훌륭한 정부라는, 국민이 따라가고 국민이 신뢰하는 정부는 정부가 아니라는 결론에 도달하게 된다. 정부도 국민도 하나의 사물인데 하나의 사물에 사물들이 신뢰하고 공감하는 것은 당연한 일인 것이다.

하여튼 그 형식의 눈을 가정, 사회, 국가, 민족, 나아가서는 전인류의 가슴을 통해 내다본다고 해서 그 방법이 사물이나 언어에 대한 닫힌 구속이라고 말할 수 없으며, 사물이나 언어에 대한 또다른 의미의 부여, 또다른 의미의 확장에 공헌하게 된다. 그러한 방법적인 눈은 시인 개개인의 개성의 자유이지 시의 외도는 절대로 아닌 것이다. 그 눈이 넓으면 넓을수록 사물과 언어와 시인과의 관계는 자유로워지며, 그 자유로운 관계에서 사물이나 언어의 본성을 잘 파악할 수 있는 것이다. 그 무한하게 자유롭고 넓은 형식을 통해 보는 사물의 가치를 인간에게 끌어들이지 않으면 안되는데, 그 형식을 또한 간단없이 파괴하고 분열시켜 늘 새로운 혼돈을 창조해서 그 사물이나 언어가 자유로이 본성을 드러내도록 광활한 영역을 개척, 발견해줘야 한다. 그 폭넓은 영역에서 사물과 사물을 충돌시켜 또다른 사물을 창조해낼 수 있는 것이다.

어떤 시인이 현실에 관심을 갖고, 그 현실 속의 어떤 정부에 대해 비리를 꼬집고 폭로하고 질책했다 해서 그 시가 무슨 선전구호나 메씨지 역할밖에 한 것이 뭐가 있느냐고 꼬집는 부류들이 있는 모양인데, 시인의 현실에 관한 관심은 또다른 시 영역의 확대이지 결코 선전선동의 도구로 시를 타락시키는 것은 아닌 것이다. 왜냐 하면 시인에게 있어서는 현실이나 현실 속의 국가나 국민은 또다 른 의미의 사물이기 때문이다. 이 폭넓은 사물에 대해서나 언어에 대해서 시인은 공평해야 한다.

18세기의 고전주의자들이 범한 언어에 대한 편견이나 사물에 대한 편견, 19세기 낭만주의자들의 그것은 사물과 언어에 대한 속 성을 광범위하게 파악하지 못해 시의 영역을 구속하는 우를 범했 으며, 모더니즘파들이 저지른 문명어·과학어·시대어의 편애들은 다같이 반성하고 극복해야 할 과거의 유산이라고 하더라도, 60년 대의 소위 내면파의 젊은 시인이라고 불리는 자들의 사물이나 언 어의 편견과 독단은 무슨 망령이란 말인가. 그들이 주물럭거리는 몇십개 안팎의 언어나 사물에 대한 관심은 도대체 어디에 근거를 둔 망령인가. 다같이 반성하고 시의 영역을 넓히고 우리 인간의 자 유를 넓혀야 할 일이 아닌가.

『문학사상』 1972년 12월호

신동엽론

역사와 민중과 생명

지극히 말초화된 개인의식의 분장이나 극소수의 도락만을 위한 밀폐된 시에서 생명력이 넘치는 인간의 폭넓은 감정과 민중의식의 현장으로 되돌아와야 한다는 자각이, 시는 순전히 언어만의 유희로 끝나는 것은 아니고 오관(五官)을 두루 지닌 인간 본래의 본질을 표현하여 다 함께 시의 즐거움을 나누어가져야 한다는 자각이 60년대에 들어와서 서서히 일기 시작하더니, 오늘날에 와서는 매우 활발히 전개되고 있다. 바람직하고도 즐거운 일이다.

그런데 이러한 자각은 결코 우연한 일이 아니고, 한 역사의 필연적인 소산이랄 수 있는 4·19혁명으로 인한 민중의식의 발현과 그 전승을 미래에 설정하려는 자신을 갖게 된 데서 연유된 것이 아닌가 여겨지며, 이러한 시의 민중의식, 더 정확하게 말한다면 인간 본질 현장에로의 환원은 지극히 당연한 시 본령에로의 환원인 것이다.

우리들은 4·19혁명을 통하여 민중의 위대한 생명력과 그 끈질긴 영원성을 실감할 수 있었고, 따라서 이 민중의 생명력을 보다 높은 차원에까지 이끌어가는 데 있어서의 향도적 역할의 일부를 시인이 외면해서는 안된다는 자각도 볼 수 있었다. 사실 인간의 본질을 무자비하게 억압하고 말살시키려는 상황하에서 민중은 의연히 그 생명을 옹호하고 지키려는 수단으로 그 생명을 오히려 바치면서까지 저항하고 투쟁한다. 가까운 예로서 갑오동학농민혁명과 그 이후에 계속되었던 전국적 규모의 항일의병활동, 그리고 3·1 독립운동의 연쇄적 민중운동, 60년대에 기왕의 민중운동을 집약시켰다고 볼 수 있는 4·19학생혁명 등을 들 수 있다. 이러한 운동에는 늘 권력으로부터 소외되고 억압당했던 민중이 주체가 되었다는 점은 우리가 다 아는 바다.

역사는 결코 우발적인 사건들의 집적이 아니고 필연적인 사건 과정의 연속인 까닭에, 우리는 과거를 현재의 원인으로 파악하여 현재를 통한 과거의 역사적 성격을 이해하고 추찰(推察)할 수 있으며, 미래 역시 현재의 결과로 파악하여 우리는 현실의 상황을 기반으로 하여 미래를 바라볼 수 있는 미래 예측의 설렘 속에 서 있는 것이다. 따라서 이미 없어진 것처럼 보이면서 현재에 엄연히 용해되어 있는 것이 과거요, 아직 없을 것 같은데 현재에 잠정적으로 있는 것이 미래라고 확신한다면, 우리들은 과거와 미래를 동시에 포용하고 동시에 충동하고 있는 현재에 살고 있기 때문에 우리는 현재에다가 보다 철저히 생명의 정체를 조명시켜야 할 이유가 여기에 있는 것이며, 사람이 창조하는 예술작품 역시 현실에다가 보다 튼튼히 뿌리박아야 할 이유가 여기에 있는 것이다.

그런 뜻에서 인간본질의 영생하는 전통을 확신하여 투철하고 예리한 촉수를 대지와 역사와 한반도에 꽂아 인간의 생명을 재발견하고 따라서 민중의식의 활달한 재결합을 이룩하기 위해, 미래에의 설레는 개안(開眼) 속에서 60년대를 누구보다도 열렬하게 살다가 간 신동엽(申東曄)의 활동을 분석하고 평가하고 이해한다는 행위는 우리가 인간이기 때문에, 우리가 한국인이기 때문에 바람직한 작업인 것이며 우리가 60년대의 한국시를 논하는 자리에서 그를 빼놓을 수 없는 까닭도 여기에 있는 것이다.

아닌게 아니라 그의 활동 못지않게 그의 시에 대한 평설들도 많이 나와 있는데, 필자가 접해본 대로만 하더라도 그의 서사시인 「금강(錦江)」만을 논한 김우창(金禹昌)씨의 「신동엽의 금강에 대하여」(『창작과비평』 1968년 봄호), 역시 「금강」만을 논한 김주연(金柱演)씨의 「시에 있어서의 참여문제」(『상황과 인간』, 박문사 1969), 그의 초기의 장시인 「이야기하는 쟁기꾼의 대지(大地)」만을 논한 이가림(李嘉林)씨의 「만남과 동정(同情)」(『시인』 1968년 8월호), 그리고 그의 기왕에 발표된 작품 전체를 논한 김영무(金榮茂)씨의 「신동엽의 시세계」(『문화비평』 1970년 봄호), 조남익(趙南翼)씨의 「신동엽론」(『시의 오솔길』, 세운문화사 1973), 기타 김수영(金洙暎), 김종길(金宗吉), 구중서(具仲書), 백낙청(白樂晴), 염무웅(廉武雄)씨 등등의 평문들에서의 간단없는 언급 등이 그것이다.

그러나 위의 글들은 그의 시에 있어서의 극히 일부분만을 다뤘거나, 아니면 그의 시를 전반적으로 다뤘으되 포괄적이 아니거나 미흡한 감이 없지도 않았다는 생각이 들어, 기왕에 발표된 그의 시 전반에 걸쳐 포괄적으로 평설해보자는 의도에서 그의 장시 「이야기하는 쟁기꾼의 대지」(1959)를 필두로, 그의 유일한 시집인 『아사녀(阿斯女)』(1963), 그리고 『아사녀』 이후에서부터 그가 죽기 전까지의 작품들, 마지막으로 서사시 「금강」(1967) 등을 차례로 분석, 평가해보려 한다.

원초적 생명의 복원

그의 초기작품인 「이야기하는 쟁기꾼의 대지」에서부터 그의 시 정신을 찾아내보려는 이유는, 사실 이 시 속에 줄기차게 깔려 있는 시정신이 그가 죽기 전까지 써온 거의 대부분의 시를 끈덕지게 간섭하고 있어서, 이 시정신의 정체를 밝혀내는 작업은 그의 모든 시를 이해하는 관건이 되기 때문이다.

300여행에 달하는 이 시는 서화(序話), 1~6화, 그리고 후화(後話)로 이어지면서 쟁기꾼(全耕人)을 통한 대지와의 대화로 구성되어 있다. 이 시의 주제는 대지에 뿌리박은 원초적인 생명에의 귀의이다. 모든 물질문명의 전문화·세분화·말초화로 빚어진 반생명·반인간적 요소를 적나라한 원초적인 세계와 대비시킴으로써 인간정신의 파멸을 경고하고, 인간정신의 구원은 오직 활력있는 전체성으로서의 대지에서 되찾아야 한다고 주장한다.

地球는 이미 먼저 나온 사람들이 한몫씩 노놔 갖고 말아버렸데.
땅 한번 디디도 稅金이 좇아오데. 바람 마시는 값으론 코를 베어 주었네.

이처럼 살벌한 차수성세계(次數性世界)를 파악함으로써,

돌아가 묻히겠어요, 陽달진 당신의 꽃가슴으로. 아마 운명인가 봐요.

80

라고 원수성세계(原數性世界)에로의 귀의를 갈망하고 있다. 그는
「시인정신론」(『자유문학』 1961년 1월호, 『시인』 1969년 8월호 재수록)에서
대지 혹은 원시에의 귀의성을,

　　잔잔한 해면을 원수성세계라 하면, 파도가 일어 공중에 솟구치
　는 물방울의 세계는 차수성세계가 되며, 물결이 숨자 제자리로 쏟
　아져 돌아오는 물방울의 운명은 원수성세계다.

라고 말하고 있다. 이는 인간이 근원에서 잠시 이탈하더라도 결국
근원으로 되돌아간다는 운명을 말해주고 있는 것이다.
　그는 이와 같은 원수성세계에로의 귀의의 본질을 확고히 밝히
기 위해 차수성세계의 모든 반인간·반인정적 요소를 보다 철저히
점검해 보이는 것이다.

　　도끼는 신기해도
　　손재주가 만든 것이며,
　　비행기는 비싸도
　　땅에서 뜨는 것이다.

라고 기계와 물질에 대한 인간성 우위, 대지성 우위를 표명하는가
하면,

　　우리하고 글쎄 무슨 상관이 있단 말요.
　　왜 자주 와 귀찮게 찝쩍이냐 말요.
　　내 멀쩡한 四肢로 땅을 일궈서

강냉이, 고구마, 조를 추수하고
옆마을 海蔘장 전복과 바꿔오고,
시집 보내고, 장가 보내고, 잘 사는데,
글쎄 뭘 어떡허겠단 말이랑요.

이렇게, 본질과 합쳐질 수 없는 이질적 요소에 대해 강경한 저항을
나타내어 자주성을 확인하기도 하고, 그 자주성을 찾아내고 지켜
나가기 위해서,

가리워진 안개를 걷게 하라.
國境이며, 塔이며, 御用學의 울타리며
죽 가래 밀어 바다로 몰아넣라.
하여 하늘을 흐르는 날새처럼
한 세상 한 바람 한 햇빛 속에,
만 가지와 만 노래를 한가지로 흐르게 하라.

고 노래하는데, 그 큰 힘은 단일·합일화된 공동의식 속에서 생성
되어야 한다는 강렬한 생명의 의지를 나타내 보이고 있다. 그의 상
기 「시인정신론」은 이와 같은 시인의 의지를 잘 설명해주고 있다.

시란 바로 생명의 발언인 것이다. 시란 우리 인식의 전부이며 세
계인식의 통일적 표현이며, 생명의 침투며, 생명의 파괴며, 생명의
조직인 것이다. 그리하여 그것은 보다 광범위한 정신의 집단과 호
혜적 통로를 가지고 있어야 한다. (…) 철학·종교·과학·예술·농사
등 현대에 와서 극분화(極分化)된 인식을 전체적으로 한 몸에 구현한

정성어린 이야기가 있다면, 그것은 가히 우리 시대 최고의 시가 될 수 있을 것이다. 시인이란 인간의 원초적 원수성 바로 그것이다.

라고 원수성세계에로의 귀의성, 공동체로서의 생명의 발언 그 자체가 바로 시이며 시인이라고 말하고 있다. 사실 현대사회의 문화체계나 사회질서에 있어서 유형화되고 규격화되고 습성화된 비대지성과 탈인간화의 모든 성향은 우리 인류가 당면하고 있는 가장 악질적인 위급상태라고 말할 수 있다. 결국 인간의 삶을 풍요하게 하기 위해서, 인간의 생명력을 활달하게 하기 위해서 인간이 만들어낸 모든 물질문명들이, 인간으로부터 독립하여 반대로 인간을 지배하고 구속하는, 즉 인간이 발전시킨 문화가 인간성과 배치되어 인간을 지배함으로써 나타나는 몰인정한 소외현상의 해결책은 영원한 전체성으로서의 대지와 접합함으로써 인간성을 복원시킬 수 있다는 시인의 노력으로 나타나고 있다. 그래서 이러한 시인의 노력은, 맹목기능공에 의한 창백한 의식세계의 탐구, 인간의 생명과 인간의 발언을 찾아볼 수 없는 허구일변도에의 무책임성, 전문적인 지식의 테두리 안에서만 신경질적으로 화장되고 광적으로 기교화된 비인간성 세계에의 집착을 떠나, 생명력이 넘치는 원수성세계의 그리움과 공동의식생활 속에서 싹튼 강렬한 생명의 발언으로 나타나 있다.

힘은 좀 들겠지만 지상에 있는 모든 숫들의 씨
죄다 섞어 받아보겠어요. 그 반편들 껄.
욕하지 마세요. 받아 넣고 정성껏 조리해보겠어요.
문제없어요, 튼튼하니까!

이처럼 그는 대지의 위대한 포용력을 굳게 믿어, 원수성세계를 떠나 차수성세계에서 "반편"들이 돼버린 여러 생명을 되받아 원초적 생명을 복원시키려고 적나라한 생명의 활달한 세계를 펼쳐 보이는데, 이는 현실세계를 마냥 버리는 것이 아니고 시원적 세계를 보임으로써 현실세계에서의 낙원 상실을 입증해 보이려는 참으로 인간다운 몸부림인 것이다.

미래 설정을 위한 과거 차용

「이야기하는 쟁기꾼의 대지」에 나타난 그의 시정신, 즉 원수성 세계를 향한 그리움과 그 생명력에의 강렬한 집착은 시집 『아사녀』의 여러 작품 속에서 어떻게 조명되고 변모되어 있는지를 살펴보자. 사실 그의 원수성세계에의 그리움은 『아사녀』에 와서는 보다 짙은 토속어를 구사하면서 지나간 역사에의 막연한 향수로 나타나 있는 듯이 보인다. 그러나 그러한 복고주의의 경향은 현재에 서서 과거를 더듬어보고, 현재에 어떻게 용해되어 있는지를 이해하여 미래 설정을 위한 수단으로 삼으려는 '과거 차용'인 것으로 보인다.

길가엔 진달래 몇뿌리
꽃 펴 있고,
바위 모서리엔
이름 모를 나비 하나

머물고 있었어요.

잔디밭엔 長銃을 버려 던진 채
당신은
잠이 들었죠.

햇빛 맑은 그 옛날
후고구렷적 장수들이
의형제를 묻던,
거기가 바로
그 바위라 하더군요.

기다림에 지친 사람들은
산으로 갔어요
뼛섬은 썩어 꽃죽 널리도록.

—「진달래 산천」1~4연

　이처럼 전쟁이 할퀴고 간 적막한 현재의 현장을 서술하면서 "후
고구렷적 장수들이/의형제를 묻던 바위"라고 과거를 아무런 수식
없이 차용함으로써 현재와 과거를 유기적인 관계로 맺어놓는다.
　이 시에서 "후고구렷적 장수들이/의형제를 묻던 바위"라는 과
거 역사의 차용은 현재의 적들도 하나의 인류애 속에 묶는 역할을
한다. 그리해서 그 역할은 "뼛섬은 썩어 꽃죽 널리"는 미래 설정에
까지 연결되어진다. 이처럼 막연하다고 할 수 있는 차용된 역사는
책임없이 현재를 도피하려는 체념적 장소를 뜻하는 것은 아니고,

현재 상황을 보다 철저히 이해하려고 차용된 과거며, 미래를 향한 진취적 발판으로서 과거와 현재를 대비시키고 있는 것이다. 이러한 방법은 그의 매편의 시마다에 예외없이 적용되고 있다.

"내 마음 미치게 불질러놓고 슬슬 빠져나간 배반자"나 "내 암살 꼬여내어 징그런 짓 배워준 소름칠 이것"을 "빙하기를 남몰래 예약해둔 뱀과 사람과의 아름다운 인연"(『정본 문화사대계』)으로 파악하는가 하면, "발부리 닳게 손자욱 부릍도록/등짐으로 넘나들던/저기/저 하늘가"도 "조상들 넘나들던/저기/저 하늘가"(『내 고향은 아니었었네』)이며, "유월 하늘"을 묘사하는 데 있어서도 "황진이 마당가 살구나무 무르익은 고려땅 놋거울"(『아사녀의 울리는 축고(祝鼓)』)로 묘사되고, "줄줄이 살뼈도 흘러나려 내를 이루고 원한은 물레밭을 이랑 이뤄 만사꽃을 피"운 것을 보고 "북부여(北扶餘) 가인(佳人)들의 장삼자락 맨몸을 생각"(『아사녀의 울리는 축고』)하며, "숲속에서/자라난 꽃대가리"를 톡톡 두드리면서 "상고(上古)까장 울"리는 "삼한(三韓)적/맑은 대가리"(『원추리』)를 연상한다.

이처럼 그의 대다수의 시편마다 나타나는 과거 역사의 차용은 아무런 필연성이 없이 그저 추상적인 과거에의 회상이나 복귀로 보여지는 오해를 지니고 있음은 사실이나, 이는 이 시인이 시간과 공간을 마음대로 유영(遊泳)할 수 있는 상상력의 소산으로서, 현재의 상황을 폭넓은 상상의 힘으로 과거에 밀착시켜 현재를 드러내 보이고, 또한 미래를 표명하기 위한 수단인 것으로 이해하는 것이 타당한 일일 것 같다. 이와 같은 표현의 방법은 바로 「이야기하는 쟁기꾼의 대지」에서, 대지의 귀의성을 주장함으로써 현실의 모든 부조리한 요소들을 드러내, 보다 활력있는 미래에의 그리움을 나타내려고 한 방법과 동류의 것이라고 볼 수 있다.

다음은 그의 시에 아주 짙게 나타나 있는 토속어 문제를 생각해 보자. 그의 시에 나타난 토속어도 그저 막연한 과거를 향한 집착이나 퇴영적 복고주의의 소산이 아니고, 잊혀져가는 토속어를 구사함으로써 잊혀져가는 다수의 생명근거를 밝혀, 선택되고 분업화된 소수의 서정보다는 잊혀진 다수의 민중서정을 형성시켜 그것을 미래에 설정하려는 기능 역할을 하게 된다. 그의 시 속에 끈질기게 칙칙하게 구사되고 있는 토속어, 이를테면 멍석·돌창·고구·국수·호박국·콩밭·수수밭·헛간·순이네·상엿집·흙굴·홍시감·달팽이·냇둑·논둑길·꽃풀무·놋거울 등등의 토속어는 버림받는 대다수의 민중의 애환과 그리움이 뒤범벅이 된 민중의 언어이며, 따라서 민중의 생활감정과 민중의 생활력을 반영시키기 위해서는 매우 적절한 언어인 것이다.

종래의 뿌리깊은 전통적 서정양식을 그대로 현재에다가 재현시키기 위해서가 아니라, 보다 복잡한 현실 서정에 조명시킴으로써 토속어가 현대적 의미로 재생되게 하기 위해서 현실경험 속에 끌어들이는 것이다. 이것은 바로 시인이 우리의 언어를 발전시키고 지켜나가는 임무 중의 하나이다. 그리하여 전문적인 지식이나 경험을 갖지 않은 시인 이외의 독자들도 다 함께 공유하고 공감할수 있는 언어로 만들어내는 것이다. 그렇지 못하는 경우엔 그 토속어는 마냥 사어(死語)의 상태에서 못 벗어난 채 오히려 그 언어는 전문적인 인사만이 누릴 수 있는 까마득한 전문어가 되고 마는 것이다.

그런 뜻에서 그는 현재 상황의 경험에 철저하면서 현재와 과거와 미래를 추상적이긴 하지만 자유로이 왕래하면서 현재와 과거의 사실을 짙은 토속어로 밀착시키면서 언어를 현실감각에 맞게 재생하여 미래설정을 위한 수단으로써 성공하고 있다. 그렇지만 이러한 성공에도 불구하고 그의 시에 짙게 풍기고 있는 추상적·관념적인 시의 체취를 말끔히 씻어내지 못하고 있는 이유는 어디에 있는가. 그것은 이 시인이 시를 다루는 데 있어서 기교에 관한 문제에 별로 관심을 두지 않았기 때문이 아닌가 여겨진다. 물론 시의 관심은 다르지만 같은 토속어로 토속의 세계를 노래한 김관식(金冠植)씨의 다음과 같은 시와 비교해보면 쉽게 이해될 것이다.

> 수천만 마리
> 떼를 지어 날으는 잠자리들은
> 그날 하루가 다하기 전에
> 한뼘 가웃 남짓한 날빛을 앞에 두고 마즈막 타는 안스러히 부서
> 지는 저녁 햇살을……
> 얇은 나래야 바스러지건 말건
> 불타는 눈동자를 어즈러히 구을리며
> 바람에 흐르다가 한동안은 제대로 발을 떨고 곤두서서
> 어젯밤 자고 온 풀시밭을 다시는 내려가지 않으리라고
> 갓난애기의 새끼손가락보담도 짧은 키를 가지고
> 허공을 주름잡아 가로 세로 자질하며 가물가물 높이 떠 돌아다
> 니고 있었다.
>
> ― 김관식 「연(蓮)」 부분

잠자리를 묘사한 부분이다. 매우 토속적인 풍경을 묘사하고 있는 시이지만 섬세하고 치밀한 기법으로 짜여진 이 시를 통해서 현실에 조명된 동양적인 평화로운 애정과 체온을 선명하게 드러내

보임으로써 모든 관념적이고 추상적인 세계를 말끔이 씻어내고
있는 것이다.

불달은
몸뚱아리엔
꽃이 피었다.

멍석
그늘.

돌창을
던져라,

꽂힌
바위.

—「금강」 부분

이처럼 간결히 처리된 시에서 박진력은 볼 수 있지만 지나친 추
상적인 세계는 시의 이해를 돕는 데 있어서 별다른 도움을 주지 못
할 뿐만 아니라 그가 모처럼 심혈을 기울인 대지나 역사나 미래에
의 관심도 자칫 잘못하면 관념과 추상의 세계에 머물고 말 안타까
움이 깃들어 있는 것이다.

사실 시에 있어서 새롭다는 것은 낡게만 보이던 과거의 서정을
치밀한 기법과 섬세한 감각으로 현실에 잘 용해시켜 새로운 의미
를 부여했느냐 못했느냐에 달려 있다. 우리는 보다 복잡한 현실 속

에서 다수의 망각된 서정을 재구성할 필요를 인정해야 하는데, 이
는 시에 있어서 의미도 중요하지만 기법에 있어서도 결코 무관심
하지 않는 태도를 취함으로써 이룩되는 것이다.

한반도에 그리는 시인 의지의 상상도

물론 이러한 약점은 『아사녀』 이후의 시에서는 상당히 많이 씻
겨지고 있다.

그의 초기시에서부터 끈질기게 추구되었던 원초적 세계와의 대
화, 혹은 현실에 서서 과거의 역사를 점검, 미래를 향하는 시인의
강렬한 의지의 몸부림은 보다 구체적인 현실파악에로 싯점이 넘
어오고 있는데 이는 매우 중요한 발전이다. 보다 튼튼히 영원한 대
지와 역사에 밀착되었던 시선을 배경으로 한 확고한 신념을 가지
고 현실 집착, 그것도 보다 구체적인 한반도에 밀착한다. 그러므로
막연한 추상적인 세계를 짙은 관념어로 파악하려 하는 것이 아닌
가 하는 오해도 여기에 와서는 상당부분이 씻겨지고 있어서 이젠
선명하고 장중한 의미까지를 부여하고 나선다.

> 다들 남의 등 어깨 위로 올라갔지만
> 아직 너만은 땅을 버리지 못했구나
> 넌 우리네 조국
> 넌 下層構造
> 내 恨을 실어오고 또 실어간다.

90

백악관 귀빈실 주단 위에도 있었어,
대영제국 궁전 金椅子 아래에도 있었어,
종로 삼가 창녀 아랫목에도 있었지,
발바닥
코 없는 너를 보면
눈물이 날밖에.

강산은 좋은데
이쁜 다리들은 털난 딸라들이
다 자셔놔서 없다.

일어서야지,
양말 신은 발톱 흉물 떨고 와
논밭 위 세워논, 억지 있으면
비벼 꺼야지,
열 번 부러져도 그 사랑
발은 다시 일으켜 세우기 위하여 있는 것,
발은 人類에의 길
멎고 멎음을 증명하기 위하여 있는 것,
다리는, 절름거리며 보리수 언덕 그 微笑를 찾아가려 나왔다.

다시 戰火는 가고
쓰러진 폐허
함박눈도 쏟아지는데
어디서 나왔을까, 너는 또

뚜벅뚜벅 걸어오고 있었다.

—「발」 13~17연

　이처럼 초기의 대지는 한반도로, 원초적 생명력의 그리움은 민족주체성의 그리움으로, 막연했던 과거 역사에의 관심은 구체적인 현실상황으로 밀착되고 있다. 한반도와 주체성과 현실에 대한 관심은 장황하지 않은 치밀한 감정 억제 속에서 보다 철저한 저항적 요소를 강렬하게 나타내주고 있다.

　주체성을 파악하는 방법에 있어서도 상층구조를 통해서가 아니라 대지에 밀착된 발바닥 즉 하층구조를 통해서 파악하는데, 이 하층구조가 '조국'이라고까지 말하고 있다. 이는 보다 근원적이고 본질적인 주체성 파악으로서 비주체인 상층구조의 허구성을 파헤치고 있으며, 외세의 침입을 막는 것도 발바닥인 하층구조인 것이라고 한다. 그러므로 "논밭 위에 세워논, 억지"를 발바닥으로 비벼 끄는 것이며, 끄다가 발이 부러져도 그것은 "사랑"이라고 당당하게 말하면서 하층구조 즉 민중의 끈질긴 생명의 영원성을 암암리에 강조하고 있다. 부러져도 다시 일으키기 위해 절름거리면서 일어서는 정신이야말로 패배할 줄 모르는 민중의 의지이며, 이것은 불교에서 말하고 있는 자비인욕(慈悲忍辱)의 세계와도 통하는 것이다. 중생을 사랑하고 혹은 가엾게 여기는 연민의 정으로써, 오직 중생을 구제하기 위한 자비를 베풀고 온갖 욕을 참는 것인데, 중생의 고통이 사라지지 않고 구제되지 않는 한, "발"은 언제까지나 끊임없는 자비인욕의 경지를 벗어나려 하지 않고 오직 "뚜벅뚜벅" 움직이고 있는 것이다.

그 중립지대가
요술을 부리데.
너구리새끼 사람새끼 곰새끼 노루새끼들
발가벗고 뛰어노는 폭 십리의 중립지대가
점점 팽창되는데,
그 평화지대 양쪽에서
총부리 마구 겨누고 있던
탱크들이 일백팔십도 뒤로 돌데.

하더니, 눈 깜박할 사이
물방게처럼
한 떼는 서귀포 밖
한 떼는 두만강 밖
거기서 제각기 바깥 하늘 향해
총칼들 내던져버리데.

꽃피는 반도는
남에서 북쪽 끝까지
완충지대,
그 모오든 쇠붙이는 말끔히 씻겨가고
사랑 뜨는 반도,
황금이삭 타작하는 순이네 마을 돌이네 마을마다
높이높이 중립의 분수는
나부끼데.

— 「술을 많이 마시고 잔 어젯밤은」 5~7연

잠결의 몽환을 통한 의지의 진술이지만, 이것은 환상 그 자체로 머물지 않고 강렬한 인간 염원의 접근에 성공하여 "너구리새끼 사람새끼 곰새끼 노루새끼들"이 한덩어리가 된 생명의 적나라한 세계는 인위적인 모든 장벽이 무너뜨려진 화평한 땅에 펼쳐져 한정된 완충지대는 "서귀포"에서 "두만강"까지 확산되어 남쪽에서 북쪽 끝까지 완전한 중립지대가 된다. 전쟁이 없는, 모든 이질적 요소가 없는 오로지 순수한 생명력만이 넘쳐나는 장소를 그리워하여 그 상상도를 한반도에 그려 보이고 있다. 사실 여기서의 "완충지대"나 "중립지대"를 국제정치학적인 개념의 테두리 안에서 이해하려 하면 이 시의 진가는 망가지고 만다. 신화처럼 펼쳐지는 환상적인 세계이긴 하지만 인간의 염원에 밀착되어서 많은 시사를 던져주고 있다.

　　껍데기는 가라.
　　四月도 알맹이만 남고
　　껍데기는 가라.

　　껍데기는 가라.
　　東學年 곰나루의, 그 아우성만 살고
　　껍데기는 가라.

　　그리하여, 다시
　　껍데기는 가라.
　　이곳에선, 두 가슴과 그곳까지 내논

아사달 아사녀가
中立의 초례청 앞에 서서
부끄럼 빛내며
맞절할지니

껍데기는 가라.
漢拏에서 白頭까지
향그러운 흙가슴만 남고,
그, 모오든 쇠붙이는 가라.

— 「껍데기는 가라」 전문

　아사달 아사녀로 비유되는 밝음, 원초, 희망, 주체성, 생명감, "그곳까지 내논" 순수 알맹이들의 동질성, "쇠붙이"로 비유되는 비동질성 및 외세의 횡포, "중립"으로 상징되는 무한한 인간주체성의 발언 등은 모든 현실 속에서의 비리를 점검하고 극복하고 청산한 자의 냉철한 이성에 의해 나올 수 있는 정확하고 명쾌한 외침인 것이다.

　민족주체, 인간본질을 향한 무한한 애착은 급기야 "중립"의 세계를 낳고야 만다. 여기서의 "중립"이란 말은 앞에서도 말한 바 있지만 국제정치학적 개념의 한정어가 아니다. 모든 사물의 본질을 뜻하기도 하고 근원을 뜻하기도 하고 사방으로 펼쳐 나아가려는 긴장된 현장 확보의 응집의 상태를 뜻하기도 하고 모든 사물의 핵(核)을 뜻하기도 하고 정상(頂上)을 뜻하기도 한다. 다시 말해서 핵심·정상·근원·집중·순수 등의 여러 의미가 뭉뚱그려진 이 "중립"은 바로 영원한 생명의 힘을 나타내주고 있으며 영원한 민중적인 힘을 뜻한다고도 말할 수 있다. 그러므로 이 시에 나타나고 있는 모든 소리의 의미는 민중을 활력있게 하고, 모든 생명의 본질적 요소를 활력있게 하고, 4·19혁명의 핵처럼 강렬한 발언력을 갖게 된다.

끝나지 않고 진행되고 있는 현실의 부조리 앞에 서서 "가라" "가라"고 외치고 있는 팽팽한 시인의 의지는 만만찮은 상상의 힘을 빌려 계속 긴장된 분위기를 만들어내면서 많은 공감의 폭을 넓혀주고 있는 것이다. 이처럼 민족주체성의 순수한 외침은 한반도 가득히 울려퍼지면서 "맞절할" 날을 기대하고 있다. 조금도 이 일을 포기할 줄 모르는 줄기찬 시인의 의지는 우리들에게 많은 희망을 느끼게 한다.

> 마을 사람들은 되나 안되나 쑥덕거렸다.
> 봄은 自殺했다커니
> 봄은 장사지내 버렸다커니
>
> 그렇지만 눈이 휘둥그레진 새 수소문에 의하면
> 봄은 뒷동산 바위 밑에, 마을 앞 개울
> 근처에, 그리고 누구네 집 울타리 밑에도,
> 몇날 밤 우리들 모르는 새에 이미 숨어 와서
> 몸 단장들을 하고 있는 중이라는
> 말도 있었다.
>
> ──「봄의 소식」 4~5연

이처럼 현실을 파악하고 미래를 설정할 수 있는 시인만이 우연

96

이든 필연이든 간에 인간승리를 바라보는 밝은 신념을 얻어낼 수 있는 것이다.

이상에서 보는 바와 같이 『아사녀』 이후의 시에서는 보다 구체적인 한반도의 상황 점검으로, 한반도에다가 보다 활력있는 낙원의 세계를 그려보려는 노력으로 가득 차 있다. 여기에다 그의 현실에 대한 저항은 감정이 말끔히 씻겨진 격조 높은 톤을 창조해내고 있다. 그러나 그의 서사시인 「금강」에 와서는 다시 한번 감정의 짙은 소용돌이 속에 휘말리고 있음은 매우 큰 약점으로 지적되고 있는 것이다.

인간의 생명에 흐르는 자연권의 발언

60년대에 씌어지고 60년대에 발표된 시편들 중에서 가장 길고 (5천여행), 뿐만 아니라 가장 많은 문제성을 지니면서 우리 시에 많은 충격을 던져주고 있는 시가 「금강」임에는 의심할 여지가 없다. 결론부터 말하면 이 시는 역사적 사건과 역사적 인물을 다루고 있으나 시인의 주관과 장황한 감정이 이 시의 곳곳을 끈질기게 간섭하고 있어 서사시의 큰 특징인 객관성을 결여하고 있다는 점이 큰 약점이다. 이 「금강」에 대해서는 김우창씨가 비교적 자세하게 언급한 바 있다.(「신동엽의 금강에 대하여」, 『창작과비평』 1968년 봄호)

신동엽의 「금강」은 살아움직이는 역사의 사실을 취급한다. 신씨는 그의 시를 통하여 일정한 사실(史實)의 상상적인 이해를 꾀하고 다시 과거의 이해를 통하여 현재에 대한 이해를 심화시키려 한다.

연민은 분노로 이루어진다. 연민을 느끼는 데 주저앉아버리지 않고 연민의 근원을 생각하고 연민의 상황을 만들어내는 사회의 불의에 대하여 맹렬한 분노를 폭발시킨다. 연민의 충동은 한쪽으로는 불의의 제거를 위한 노력으로, 다른 한쪽으로는 인간 본연의 모습을 회복케 하려는 복원작용으로 이어진다. 오늘에 대한 시인의 격렬한 감정 속으로 역사의 사실이 녹아들어올 때 역사의 사실 그 자체도 새로운 해석을 얻게 된다.

는 등등의 긍정적인 견해와,

서사시란 한정사를 붙이고 있지만 이 시는 한편의 서정시다. 전봉준(全琫準)에 관한 사사로운 표현이 소도구로 전락하는 비속성을 면치 못한다. 신하늬의 지나친 도입은, 신하늬의 일생의 멜로드라마적 플롯이나 그가 겪은 사랑과 연민의 내밀한 경험은 작자의 역사에 대한 진지한 성찰 가운데 불협화음이 된다. 이 시는 역사적 사고가 얕고 단순하며, 복합성을 갖지 못한다.

는 등등의 부정적인 견해까지를 별다른 수정 없이 받아들이고 싶다. 따라서 여기서는 김우창씨가 구체적으로 지적하지 못했던 점을 필자 나름대로 지적해보려 한다. 거듭 말하거니와 이 시가 내포하고 있는 의미는, 그 기교상의 허점에도 불구하고 매우 중요한 문제를 제시해주고 있다.

우선 이 시에서 빈번히 출현하는 '하늘'의 정체와 그 의미를 밝혀내는 일이 급선무인데, 사실 이 하늘의 정체와 의미를 밝혀내고 보면 이 시는 매우 무의미해지고 무력해질 염려도 있다. 왜냐하면

이 하늘은 매우 상식적이고 일반적인 테두리를 벗어나지 못하면서도 이상하게도 막연하고 추상적인 형상을 띠고 있기 때문이다.

우리들은 하늘을 봤다
1960년 4월
역사를 짓눌던, 검은 구름장을 찢고
永遠의 얼굴을 보았다.

잠깐 빛났던,
당신의 얼굴은
우리들의 깊은
가슴이었다.

하늘 물 한아름 떠다,
1919년 우리는
우리 얼굴 닦아놓았다.

1894년쯤엔,
돌에도 나무등걸에도
당신의 얼굴은 전체가 하늘이었다.

서장(序章)에서 인용한 구절이다. 4·19혁명에서 3·1운동을 거쳐 갑오동학농민혁명에까지 거슬러올라가면서 나타나는 하늘의 의미는, 그리고 하늘의 역할은, 사멸하지 않는 영원한 이상·생명·자유·사랑 등이 짙게 복합된 인간 본래의 생존을 뜻하기도 하고, 비약적으로 표현한다면 영원한 민중적인 여러 요소를 다 뜻한다고도 볼 수 있다. 우주 섭리에 있어서나 종교적인 차원에서 하늘이 절대적인 존재이듯이 인간의 생명은 개인생활에 있어서나 공동집단의 생활에 있어서나 절대적인 존재인 것이다. 그러므로 하늘이 보이지 않을 때는, 인간의 생명이 인간의 생명답게 존재하지 못할 때는 그것을 찾아내기 위해서 저항하고 분노한다. 이 영원한 하늘(생명)을 다시 되찾기 위해서 시인은 공동의식의 관련 속에서나 개인 홀로의 위치에서나 분노를 능동적으로 촉발하여 능동적으로 저항한다. 이 시에서는 공동집단의식에서의 분노며 저항으로 일관되어 있다.

인간본연의 권리는, 정권의 틀 속에서 권력자의 무자비한 탄압으로 짓밟힐 수는 없다. 왜냐하면 인간의 존엄성과 기본적 인권은 국가권력 이전부터 존재하는 자연권에 속해 있기 때문이다. 이러한 자연권은 권력이 지니고 있는 본원적인 단죄로 인하여 짓밟힐 수 없는 것이다. 따라서 본원적인 인간의 존엄성과 기본인권은 어떠한 야만적 행위나 모독행위 아래서 억눌릴 수 없기 때문에 개인의 양심에 따라 저항하고 분노한다. 인간본연의 인권이 문제가 되고 있을 때 인간의 양심은 명백한 태도를 밝힘으로써 그것을 수호하려 한다. 이러한 개인의식은 점차로 공동의식을 형성하고 거대한 민중과 혈연관계를 맺는다. 이 시는 이러한 관점에서 출발하고 있긴 하나 군데군데 불필요한 인물과 사건들이 뛰어듦으로써 군중의식을 매우 불명료하게 만들고 있는데, 이것은 또한 역사에 대한 사고가 깊지 못한 채 매우 단순·소박한 관점에 서 있다는 지적들을 피할 수 없다.

세금.
이불채 부엌세간 초가집
다 팔아도 감당할 수 없는
稅米, 軍布,
마을 사람들은 지리산 속 들어가
火田民 됐지.

관리들은 버릇처럼 또
도망간 사람들 몫까지
里徵, 族徵했다.
총칼 앞세운 晋州兵使
白樂莘.

3천의 농민들이
대창 들고 관청에 몰려와
병사 내쫓고 아전 죽이고
노비문서 불살라버렸다.

　　제1장에서부터 언급되어 있듯이 1862년의 진주민란에서부터
1894년의 갑오동학농민혁명에 이르는 30여년간의 농민저항사를
사실적인 토대로 하여 현재를 보다 구체적으로 밝혀나가고 있는
이 「금강」은 앞에서도 지적했듯이 매우 단순·소박한 역사의 사고
를 노정시키고 있다. 이 30년간의 민중저항과 민중의식의 자각을
단순히 삼정(三政: 田政, 軍政, 還穀)의 문란을 포함한 관리들의 학정
과 가렴주구에서만 비롯된 것처럼 취급하고 있다. 민란의 발생요

인이 삼정의 문란 때문이라면 초기 39년간은 왜 하필이면 전국적 규모로 일어나지 않고 삼남지방에서만 일어났었는가, 그리고 봉건적 지배층의 학정과 주구(誅求)가 극심한 탓에 있다면 백골징포제(白骨徵布制)·황구첨정제(黃口簽丁制)·오가작통법(五家作統法) 등을 이용해서 징족(徵族)·징린(徵隣)했던 임진왜란·병자호란 등을 전후해서도 일어날 수 있었을 텐데, 그때엔 일어나지 않고 1862년 이후에야 본격적으로 일어났던가 하는 의문을 안 품을 수 없다. 이와 같은 의문의 해답은 김용섭(金容燮) 교수의 「철종조(哲宗朝) 민란 발생에 대한 시고(試考)」(『역사연구』 제1집, 1956)에서 비교적 자세히 나타나고 있다.

"삼정의 문란과 봉건적 지배층의 가혹한 착취에도 원인이 있겠지만, 신분적인 계층관계의 변동, 즉 농민층의 내면적·계층적 변동은 대동법(大同法)·균역법(均役法) 등 법제적 조치를 통해서 생산력의 기점이 농민층으로 이행되는 데서 비롯하여 부유해진 일부 농민층이 금력으로 신분적〔戶籍上〕으로 완전히 양반으로 승격했었는데, 승격된 양반층은 각종 면세의 혜택을 받는 반면에 잔여 농민층은 반비례해서 부담이 가중되었다. 따라서 제아무리 천한 농민이라도 재력만 있으면 양반층으로 승격할 수 있다는 사실이 일반화되어서 유교적인 윤리성 위에 구축된 이조봉건사회의 절대적인 양반층 권위가 민중 앞에서 상실되어갔다. 그러므로 삼남지방에서 민란이 자주 발생했던 것도 그 지방에 지배층이 압도적으로 많은 탓으로 그만큼 박해가 심했으며, 반비례해서 민중의 사회의식도 다른 지방보다 훨씬 발전했기 때문인 것"으로 파악되고 있는데 매우 적절한 파악이 아닐 수 없다.

또 하나의 문제는 동학 교문(敎門)에 대한 지나친 도입이다. 수운(水雲)을 그리스도나 석가 등과 동격의 종교적 인물로 다룬 제2장을 비롯, 수운의 순교를 다루면서 천도교리의 장황한 해설 및 그에 대한 집착을 나타낸 제4장, 해월(海月)의 일화를 역사적 관심 없이 다룬 제12장과 13장, 삼례(參禮)역에서의 종교적인 신원(伸寃)운동, 광화문에서의 읍소 장면과 보은집회를 다룬 제14장, 손병희(孫秉熙) 관계를 다룬 제10장 등을 통하여 장황한 묘사를 줄기차게 한 데 비하여, 혁명의 주도적 인물인 전봉준에 대하여서나 농민의 움직임, 즉 사회의식이나 역사의식의 성장과정에 대해서는 극히 일부분만을 다룸으로써 동학혁명의 주동체(主動體)를 동학교문의 종교적인 운동에 두고 있음은 이 시에 나타난 민중의식이나 생명력을 응집시키는 데 불필요한 역할을 하고 있다. 물론 농민혁명군의 구성원 중에 동학교도들이 상당량 없는 것은 아니지만, 또한 참다운 교도들도 전혀 없는 것도 아니지만, 그들 중 상당수는 동학을 빙자하여 그들의 욕망을 충족시키려는 소극적·수동적인 기회주의자들이었으므로 혁명의 순수 주체세력은 주로 거대한 농민층으로 파악하는 것이 옳을 것이다.

뿐만 아니라 삼남지방에서 혁명의 불꽃이 가열되고 있을 때, 전통적이고 보수적인 최시형(崔時亨)을 위시한 손병희·손천민(孫天民) 등의 동학간부들은, 백성을 위하여 모든 해를 제거하여 구세(救世)할 것에 목적을 둔 전봉준·손화중(孫和中)·서장옥(徐璋玉)·김개남(金開南) 등, 즉 적극적 행동주의로써 사회개혁운동을 추진하려는 인사들을 이단시하고 난적(亂賊)으로까지 몰았는데, 그들이 산하 동학접주들에 보낸 다음과 같은 통문(通文)은 그것을 잘 설명해 주고 있다.

도(道)로써 난(亂)을 지음은 불가(不可)한 일이다. 호남의 전봉준과 호서(湖西) 서장옥은 국가의 역적이요, 사문(師門)의 난적(亂賊)이라, 우리는 빨리 모여서 그들을 공격하자. (오지영 『동학사』 138면)

이렇게 오히려 봉건적 지배권력을 옹호하면서 민중혁명의 도도한 불길에 찬물을 끼얹기까지 했는가 하면, 전봉준 앞으로 보낸 동학교주나 그 고제(高弟)들의 서한에서는,

아버지의 복수를 하려면 은인자중해야 한다. 빈곤상태를 구출하려면 선량해야 한다. 은인자중은 인류의 관계를 분명히 해야 한다. 자선(慈善)이 확대되면 인민(人民)의 권리를 얻을 수 있다. 동학의 복음은 다음과 같다. "비밀을 공헌하지 말라. 급히 서둘지 말라." 이것이 오교(吾敎)의 성약(聖約)이다. 우리를 위하여 아직 그 운명이 오지 않았다. 때가 오지 않았다. 더욱 잘 진리를 연구해야 한다. 그리고 천(天)에 반항해서는 안된다. (『천도교개론』 136면)

라고 함으로써, 동학간부들은 민중의 봉건적 권력에의 저항의식을, 종교의식과 봉건적 테두리 안에서 선무(宣撫)하려는 반혁명성을 여지없이 드러내 보이고 있다.

이에 대한 분석으로 김용섭 교수의 「전봉준 공초(供草)의 분석」 (『역사연구』 제2집, 1958)이라는 논문이 있는데, 이 논문에 나타난 견해는 대체적으로 다음과 같다.

"동학교도의 중심인물들은 삼강오륜의 사상체계를 기저로 하여 가부장적 가족주의 국가사회의 이념이 충일했으며, 유교사회에 있어서의 인륜적 서열관계인 엄격한 계급성이 신념화되고 있

었는데, 전봉준의 경우는 보국안민(輔國安民)하기 위하여 탐관오리를 제거한다는 의미에서 봉건적 권위에의 도전이었다. 따라서 동학교문의 사상적인 기반 역시 보수적이고 전통적인 유교성 위에 구축된 것이어서, 그들의 민족의식도 근대적인 의미에서 진취적인 민족의식은 아니었고, 봉건적 지배층의 전통성을 고수하려는 부류들이었다.

따라서 동학혁명의 역사적 배경은 삼정문란과 농촌 내부에 있어서의 인적 관계의 동요 및 새로운 구성이 민중의 사회의식을 변질케 하여 지배층에 대한 대항의식을 부여하게 되는 역사의 발전과정에 있어서, 농민군 자신의 힘으로 목적 달성을 위해 온갖 기성 사회의 질서를 부정한 사회개혁을 위하고, 일본 군벌의 침략위기의 직면에 대한 민족적 항쟁이었다.

따라서 동학농민혁명에 있어서의 동학교문의 역할은 그 포(包) 조직을 제공하여 농민층의 동원을 위한 수단으로 이용되었다는 표면적인 역할을 했을 뿐이다. 동학혁명은 동학교리와는 별개의 것으로, 사회발전과정에 있어서 필연적으로 대두된 농민층의 사회의식이 전봉준에 의해 집약되고 결합되어서 추진된 혁명이라고 보는 것이 옳겠다."

그런데 「금강」은 동학교리와 동학지도자들의 일거수일투족을 낱낱이 열거함으로써 동학농민혁명의 원동력은 동학교리인 것처럼 오해할 소지를 남기고 있어, 역사에 대한 단순·소박한 사고를 드러내 보이고 있다. 따라서 필자의 욕심 같아서는 동학교문에 관한 종교적 행사나 그 교문의 발전과정은 별개의 작품으로 처리되었으면 하는 아쉬움을 갖게 한다.

그리고 이 「금강」에서 또 하나의 불필요한 요소를 지니고 있는 것은 신하늬에 대한 지나친 도입이다. 이 작품으로 보아서는 역사적 인물은 아닌 것 같은데, 만약 역사적 인물이라 하더라도 동학농민혁명 정신과 거리가 먼 매우 사적인 인물로 묘사되어 있다.

　역사시, 그것도 서사시에 있어서는 허구적 인물의 도입은 어디까지나 그 역사적 시대상황을 이해하는 데 필요한 접근의 수단 안에서만 가능할 수 있는 일인데, 그 이해를 돕기는커녕 오히려 역사의 객관적 사실을 이해하는 데 장애의 요소가 된다는 것은 분명히 이 시의 약점이라 아니할 수 없다.

　　　당신은 나리꽃 앞에
　　　무릎꿇고 꽃 입술에
　　　입맞춤하며
　　　날 놀리셨죠,

　　　금빛 꾀꼬리가
　　　우리 머리 위를 장난치듯
　　　아슬아슬하게
　　　날아갔어요,

　　　풀방석 위서
　　　까불며, 속삭이며 새우던
　　　하룻밤,

과 같은 부분은 훌륭한 연애시로서는 손색이 없을는지 몰라도 이 시의 주제가 돼 있는 민중의식의 발전과 그것으로 빚어질 수밖에 없는 분노와 연민과는 하등의 연관성이 없는 묘사라고 아니할 수 없다. 이처럼 신하늬와 진아의 묘사 장면은 작자의 주관적 사치성의 수식으로 사실(史實)의 현장이 충분히 나타나지 못하고 있다. 우리는 이러한 허구를 위한 허구보다는 역사적 사실을 이해하기 위한 구체성과 정확성, 객관성을 부여하는 데 적절한 허구를 요청하는 것이다. 더더구나 신하늬와 진아 사이에서 꼬마 하늬가 태어나고 있는데 이는 미래에 대한 밝은 신념을 밝혀주는 의미를 나타내주기보다는 이 시의 객관적인 민중의 분노와 저항과 연민을 매우 흐리게 하고 있다. 만일 미래에 대한 밝은 신념의 표시라고 한다면, 역사적 사건과도 긴밀한 연관을 갖는 항일의병활동을 연결시킴으로써 보다 충분한 효과를 얻을 수 있었을 것이다.

뿐만 아니라 신하늬와 진아의 관계를 묘사함으로써 모처럼 강렬했던 시인의식마저도 소승적(小乘的) 지역 편애로 낙착될 아쉬움을 담고 있는데,

"우리 할아버지가
그 할아버지를 생각하듯
몇번 안가서
백제는
우리 엊그제, 그끄제에
있다"

라든가,

"우스운 인연이군요

고구려의 밭,
　　백제의 씨",

　"그러나,
　　가십시다. 진아라고 했죠?
　　금강 언덕
　　초가삼간",

　"百濟,
　　옛부터 이곳은 모여
　　썩는 곳,
　　망하고, 대신
　　거름을 남기는 곳"

등의 표현이 그것이다. 이처럼 특정 지역에의 그리움이나 복귀 의
지는 아무래도 그 필연성을 찾을 길이 없으며, 거대한 혁명의 필연
성까지를 흐리게 하고 있는 것이다.

　　이상과 같이 필자는 「금강」에 나타난 시인의식의 모순점을 역
사에 대한 소박한 사고, 종교적 발전으로서의 동학교문과 동학혁
명의 사회의식과의 배치점, 신하늬와 진아 사이의 비역사성의 허
구, 그리고 시인의 지나친 지역 편애의 경향 등을 통해서 지적해보
았다.

　　이러한 모순점은 모처럼 시인에 의해서 발견된 민중의식의 거
대한 조류를 흐르게 할 소지가 분명히 있긴 하지만, 이 시의 곳곳
에서 민중의 지향과 분노와 연민이 서술되고 있음으로 해서 그 약

점을 어느정도는 씻어주고 있다. 따라서 역사적 사건을 현재에 끌어들여 현재를 이해하는 데 보다 명료한 역할을 하고 있는데, 이는 현재만을 밝히기 위한 역사의 차용이 아니라 미래를 설정하기 위한 수단이기도 하다. 그러므로 여기에 나타난 봉건권력체제에 대한 강력한 저항과 부정은 내일의 민중의식의 발전적인 긍정을 뜻하기도 한다. 그러니까

> 불성실한 시대에 살면서
> 우리들은,
> 비지먹은 돼지처럼
> 눈을 반쯤 감고 오늘을
> 맹물 속에서 떠 산다

고 파악한 민중은,

> 씻어내면 또
> 모여들 올 텐데,
>
> (…)
>
> 이틀도 못가
> 검은 찌꺼기들은
> 또 모여들 올 텐데,
>
> 그러나, 내일

새 거품 모여 올지라도
우선, 오늘
할 일은

씻어내는 일

이라고 다짐하면서 저항과 분노의 작업을 계속하는 것인데, 이것
은 바로 인간 본래의 자연권의 주장이기도 한 것이며 수호이기도
한 것이다.

　이상과 같이 필자는, 신동엽의 시를 종합적으로 분석하고 평가
해보려고 노력했는데, 이 글이 신동엽의 시를 이해하는 데 조금이
라도 도움을 주었는지, 아니면 오히려 이해의 길을 막는 장애가 되
었는지 나로선 판단할 수 없다. 나는 이 글을 쓰면서 누구의 어떤
편견이나 시론을 염두에 두지 않았다. 오히려 의식적으로 그것을
피했었는데, 이유는 이미 도식화되어 있는 기왕의 시론으로써는
신동엽의 시에 자유분방하게 접근할 수 없었기 때문이다. 따라서
이 글은 명석한 논리 위에서 씌어진 것이라기보다는 다분히 수상
적(隨想的)인 관점에서 씌어진 글이 되고 말았다.

『창작과비평』 1973년 가을호

민중과 70년대 시의 한 주류

1

문학은 그 시대상황을 끈질기게 투영함으로써, 그 시대에 영향을 줌은 물론 그 시대를 뛰어넘어 다른 시대에까지 영향을 주는 것이어야 한다고 나는 생각한다.

다시 말하면 그 시대에 있어서 양질의 시대의식과 양질의 민중의식이 다른 시대에까지 의미를 부여하는 문학이라야 진짜 문학이란 말이다. 누가 뭐래도 나는, 예술작품에서의 영원한 감동이란 다른 게 아니고 인간성에 뿌리를 박은 채 만인에 공통된 사상 감정을 뒤흔들 수 있는 모든 요소라는 것을 주장하고 싶다. 그러므로 어느 특정한 예술이론에 장단을 맞춰 의미 없는 허구의 파편이나 일시적인 의미만을 다룬 작품은 그 이론 아래서나 존립을 하지 그 시대와 그 이론을 떠나서는 아무런 존립가치도 없는 것이다.

따라서 저급하고 극히 어리석은 비평가는, 예술가들이라는 사람들은 비평가 자신들이 벌써부터 알고 있는 이론의 규칙에 의거하여 창작에 임하는 것처럼 오판한다. 그러나 위대한 예술가는 비평가가 알고 있는, 또한 비평가가 제시한 준거에 의하여 창작에 임하는 것이 아니라, 그 이론을 알고도 모르는 척, 혹은 아예 모르는 중에 작품을 창작해낸다. 다만 인간의 영혼을 근저로부터 진감(震撼)시키는 것이 예술이란 것만은 알고 창작하는 것이다. 이와 비슷한 얘기로는 괴테의 "모든 이론은 회색, 생명의 나무는 푸르다"라는 말이 있는데 음미해볼 필요가 있다.

그런데 이러한 예술에 대한 기초적인 진리를 다 알고 하는 창작일 텐데도 도무지 요즘 발표되는 시들을 읽어보면 무슨 말을 그렇게, 무엇 때문에 하고 있는지 알 수 없는 시들이 많이 나돌고 있어, 소수의 공감은커녕 실제로 창작활동에 임하는 시인들에게까지도 감당키 어려운 곤욕을 안겨주기도 하는 실정이다.

너무나도 타당해서 싱겁기 그지없는 말이지만, 시라는 것은 인간이 쓰는 것이고, 그 인간이 쓰는 시를 오관(五官)을 두루 지닌 인간이 감상하는 것일진대, 인간이 인간을 위해 쓴 시가 인간을 배반하고 모독하고, 인간을 위해 씌어진 시를 인간이 배척하고 타기한다면 그것은 틀림없는 모순이어서, 시라는 것을 논하고 싶은, 시라는 것을 쓰고 싶은 흥미까지를 고스란히 버리고 말 것이다.

아무튼 이 땅 위에 시인은 많지만, 비례해서 양산되는 시들도 많지만, 따라갈 독자는 없고, 시인들까지도 시를 외면하는 사태에까지는 와 있지 않다 하더라도 시인들까지도 인정할 수 없는 시들이 많이 나돌고 있는 것은 환영할 만한 일은 못된다.

따라서 이 글에서는 그런 불가해한 시의 홍수로부터 해방하여, 어떻게 하면 시가 진정한 역사와 생명의 추진력이 되고, 어떻게 하면 그 추진력을 감당하는 민중의 공감대를 넓혀 나아갈 것인가를 진단해보려는 데에 중점을 두고자 한다.

2

우리 시단의 주변에서는 아직까지도 의식이니 인식이니 하는 내면 추구의 시들이 많이도 나돌고 있다. 그런데 내면 추구의 시인들은, 언어는 곧 이미지, 언어는 곧 시라는 주장을 굽히지 않고 있다. 그리하여 이들 주장의 결과는 몇개의 시어들 속에 '시'라는 전체를 옭아매는 극히 제한된 테두리 속에서 시를 숨가쁘게 하는 데 오히려 기여하고 있으며, 또한 시라는 것은 결국 언어의 유희나 일삼는 것이라는 결론에 다다른 듯한, 말하자면 민중언어와 거리가 먼 상투적인 언어의 세분화 내지는 말초화를 초래하는 데 오히려 기여하여 민중의 현실감각이나 인간의 감성에서 자라난 언어까지도 모두 메마르게 하고 있다.

물론 시에 있어서 산문과 구분되는 애매모호성(쉽게 전달되기를 거부하는 측면)이라는 것도 시가 지니고 있는 어쩔 수 없는 특성임을 모르는 바 아니고, 그 애매모호성이 세계 시단에서도 상당히 성행되고 있음도 모르는 바 아니다. 그렇지만 그것은 시에서 극히 일부분을 차지하는 특성이며, 그것이 비록 세계 시단에서는 대단한 것처럼 운용되고 있다 하더라도, 민족의 특성으로나 우리가 처해 있는 정치적·경제적·사회적 제반 여건으로 보나 그것들은 우리의 상황과는 거리가 매우 먼 것이다. 따라서 그것을 뒷받침하는 이론이라는 것도 아무리 그 지역과 인간성을 초월할 수 있다고 하더라도 그 이론이 우리의 현실 속에 뿌리를 박을 수 있는 현장 여건이 조성되어 있지 않고, 아울러 그것을 변질·변형시켜서도 도저히 우리의 현실에 뿌리를 내릴 수 없는 성질의 것이라면 배격하는 것도 매우 바람직한 일일 것이다.

　이론이 그 현장에 발생 근거를 두지 않아서 뿌리를 박지 못한 사례는 우리의 짧은 문학사 속에서도 발견할 수가 있다. 예컨대 1930년대에 불어닥쳤던 사회주의 리얼리즘, 휴머니즘, 쒸르리알리슴 등이 작품으로 뛰어나게 성숙하지 못한 이유 중의 하나가, 우리의 현장에 근거를 두지 않은 이론들이었기 때문에 작품으로서의 실천을 부르지 못하고 그냥 공론 놀음으로 그치고 만 것에 기여했을 뿐이라는 것이 그 사례다.

　다시 말해서 휴머니즘에 있어서도, 외국에서의 휴머니즘의 발생 근거는 극과 극으로 치닫는 형식주의·주지주의 여파로 와해된 인간관계의 전체성이나 육체성을 찾으려는 데서 휴머니즘 사조가 형성됐다고 보는데, 그때의 우리의 현장 여건은 휴머니즘을 발현케 할 반동으로서의 형식주의나 주지주의의 작품들이 범람되고 있는 실정이 아니었기 때문에 별다른 실감을 얻지 못했었다.

　초현실주의 경향도 대전 후의 정신착란 상태에서 발생한 소산이었으며, 요즘 시단의 일각에서 시의 정도(正道)로만 알고 그들 끼리끼리에서만 서로 각광을 받고 있는 것처럼 보이는 소위 인식이니 내면이니 하는 내면 추구 시들의 발생 근거도 다른 데 있는 것이 아니고, 수십년의 세월이 핥고 간 초현실주의 잔재에다가 기계문명의 급속한 발달로 야기된 전문화·비인간화의 한 증상인 인간 소외의 현상을 약간 가미한 것으로 볼 수 있다.

　그런데 이처럼 우리 현장에 발생 근거를 두지 않는 해외 이론들에 억눌려 상전을 삼는 시를 그냥 순수시로 착각하고, 그것이 바로 시의 본령인 것처럼 자부하고, 우리의 현장 속에서 솔직하고도 적극적인 시의 태도를 나타낼 때는 나쁜 참여시로 몰아, 마치 그러한 시들은 시가 아니고 무슨 선전삐라, 구호 등속으로 몰아붙이는 한심한 풍조가 60년대를 통하는 동안 만개했으며 지금도 그러한 만개는 쉽게 고개를 숙이려 들지 않을 것처럼 보인다. 그들은 또한 그런 시대적 상황과 사회적 현실을 충실히 파헤친 작품을 가리켜, 소위 참여파에서는 이데올로기가 시의 중심이고, 언어나 기교 같은 건 염두에 두지 않고, 대중이 읽기 편하고, 쉽고, 덜 감동적이면 그만이고, 따라서 저질의 찬가와 구호를 부르짖는 것이 참여시라고 규정을 짓고, 의식이나 인식의 시야말로 가장 엄숙한 감동을 준다고 떠들어대는 것이다. 언젠가는 참여시를 좌경으로까지 몰아붙이는 한심한 치졸성을 드러내기까지 했었다.

그들은 우리 문학사에서도 한때 맹위를 떨쳤던 경향문학파들과 역사의식을 갖는 이들의 시인들을 동류로 보는 어리석음을 서슴없이 저지르고 있다. 그들은 진정 경향문학파만을 알고 항일시인들의 뛰어난 시들은 모르고 있다는 말인가. 이러한 것들이 바로 60년대에 있어서 소위 순수·참여의 가장 악질적인 논쟁의 한 단면이었으며, 성격은 다르지만 이 논쟁이 사이비시·정직시의 논쟁을 거쳐 오늘에 와서는 리얼리즘 논쟁, 혹은 농촌문학 논쟁으로까지 비화하고 있는 형편이다.

필자는 이 글에서 리얼리즘 또는 농촌문학 논쟁에 관해서는 언급을 하지 않겠으나, 분명히 밝히고 넘어가야 할 일은, 현실 관심의 시는 민족적 현실이나 시대적 상황 속에서 꺼지지 않고 굽히지 않는 민중의 생명력을 발굴하고 발전시켜 보편적이고 타당한 시의 원리에 충실하려는 시인 것이다. 따라서 우리는 우리의 민중이 활력있게 키워오고 키워갈 민중의식이나 민중정서를 배반하여 민족의식·민족정서·민족음률을 해치는 어떠한 사이비 시작(詩作)

태도도 배격해야 할 것이다.

3

시가 극소수의 전유물에서 다시 시의 본바탕인 활기찬 민중의 가슴으로 가까워져와야 한다는 자각이, 60년대에 들어와서 서서히 일기 시작하여 오늘에 와서는 매우 진지하게 전개되고 있는데, 우리는 이러한 현상을 마땅히 환영하여 이끌어줘야 할 것이다. 이러한 자각은 결코 우연한 것이 아니고, 역사의 필연적 소산인 4·19학생혁명으로 인해서 민중의 의식이 매우 높아졌고 미래에 대한 자신을 갖게 된 데서 연유된 것이라는 기왕의 나의 주장이 틀리는 말은 아닐 것이다. 갑오동학농민혁명, 그리고 그뒤에 전국 각지에서 일어났던 항일의병활동, 광주학생운동, 그리고 기왕의 민중운동의 연속이었던 3·1운동 등의 위대한 민중의식은 4·19혁명으로 다시 깨우쳐진 것이다.

그런 의미에서 누구보다도 진정한 역사의 전통을 믿어 현실에 투철하고 예리한 투시력을 역사의 현장에 쏟았던, 그리하여 60년대를 가장 절실하게 노래하다 간 김수영이나 신동엽의 활동에 관심을 가질 수밖에 없다. 물론 이 두 시인 이외에도 박성룡·박재삼·김관식·천상병·박봉우 등이 그들 나름대로 민중과의 거리를 좁혀가면서 어느정도의 업적을 이루고 있는 것은 바람직하다.

앞의 두 시인들은 엄격히 따진다면 한데 묶을 성질의 시인은 아니지만 크게 보아 민중의식에 촉수를 꽂고 생명력 있는 시를 썼다는 사실을 감안하면 한데 묶을 수 있다. 그들은 누구보다도 자유에 대한 변함없는 전통과 본질을 깨닫고 그 자유의 옹호를 치열하게 전개하면서 미래를 향해 꿈을 심으려고 혼신으로 노력한 시인들이었다. 이러한 자유에 대한 자각은 민중의 사랑에 대한 자각이었으며 시에 대한 새로우면서도 당연한 자각이었다.

그 시에 대한 새로움의 자각이란 다름이 아니라 시의 내용과 형식의 어느 한편에만 더 비중을 둔 것이 아니고 오직 시의 본질 면에 똑같이 관심을 쏟은 자각이다. 종래의 퇴영적이고 보수적인 시에 대해서도 자각을 일깨웠으며, 따라서 그들은 시의 대사회적인 공리성에 비중을 더 두는 언어의 단순한 서술이나 결과적으로 난해시에 공헌한 복잡한 언어의 작용 등 두 쪽의 어느 한쪽만을 특별히 두둔하고 힐책한 것도 아니고, 오직 시의 양심을 되찾기 위해서 시의 새로움을 되찾기 위해서 온몸을 투신했던 것이다. 다시 말하면 그들은 민중과 시와의 관계를 좁혔다. 그렇듯 민중에게 친근감과 감동을 동시에 주었지만 그것이 하나도 저급하지 않았다는 사실은, 우리로 하여금 종래의 시에 대해서 크나큰 반성을 불러일으켰으며 오늘날의 민중의식에 활력을 불어넣도록 한 계기를 마련해준 것이기도 하다.

4

60년대 후반에서 70년대 초두에 이르는 동안 우리는 매우 사려 깊은 일군의 시인들을 만난다. 연작시 「전라도」를 발표하여 민중들의 집요한 삶과 사랑의 힘이 무엇인가를 제시해준 이성부의 시, 도시의 병든 삶 속에서 병든 정신의 좌절이나 우울은 어떻게 나타나며, 그것을 여하히 극복함으로써 소시민적 삶을 철저히 비판하고 분열된 자아를 청산, 건전한 삶이란 무엇인가를 보여주려고 노력한 최민의 여러 작품들, 군중의 혈연을 찾아 군중의식·민요정신·저항적 풍자에로 관심을 집중시켜 우리에게 크나큰 충격을 안겨다준 김지하의 뛰어난 작품들, 폭탄적인 순발력을 가지고 과거의 시작 태도를 통렬히 비판하고, 새로운 시에의 가능성을 찾기 위해서 도시와 농촌의 현실을 적절히 배합, 경쾌한 리듬과 함께 우리들의 삶을 폭넓게 천착한 김준태의 작품들, 우리들 삶의 한복판에 서 있지 못하고 비켜서 있는 민중들의 비애를 끈질기게 파고듦으로써 끈질긴 비애의 본질을 보여준 양성우(梁性佑)의 작품들, 비록 50년대 사람이지만 60년대 중반부터 지금까지 줄곧 농촌을 배경으로 한 시를 써온 신경림 등이 바로 그들인데, 이들 모두가 크게 보아 사회의식과 민중의식에 접근한 시들을 써오고 있어, 민중과 시와의 관계를 보다 활기있게 좁힘으로써 70년대 시의 한 주류를 형성해가고 있다. 특히 김지하와 신경림의 활동은 괄목할 만하다.

먼저, 상황 점검과 그의 투시로써 일관하고 있는 김지하는, 물신(物神)의 거대한 폭력 아래 무력할 수밖에 없는 인간성을 회복하고, 물신의 폭력 아래서 비틀거리는 그들의 비애를 응결시킴으로써, 민중의 생명력을 발전시키기 위해서 우선 한의 집합소인 민중 속을 점검하지 않으면 안된다고 보고, 민중 속에서 한으로 범벅된 민중언어를 끌어내어 역시 거기에 알맞는 판소리나 민요의 가락으로 읊는 것이다.

따라서 그의 시는 집단의식 속에서 싹튼 민중의 자유는 곧 영원한 사랑임을 터득하여, 소수와 다수와의 교호(交互)관계의 모순을 낱낱이 드러내 보인다. 판소리가락이나 민요정신의 재현, 폭력적 상황의 제요소에 대한 통렬한 저항은, 결국 우리들에게 활력있는 삶이란 무엇인가를 적나라하게 보여준다.

하여튼 그의 시는 한국시의 정체성을 일깨워주었고, 독자와 시와의 거리를 순식간에 좁혀주는 역할을 하였고, 그리하여 민중의 식을 다시 한번 고조시켰다. 민중의 가슴 한복판에서 서서 당당하고 굳세게 노래하여, 민중이 영원히 죽지 않듯이 그의 시도 늘 민중의 편에서 죽지 않고, 늘 민중과 함께 호흡할 것은 추호도 의심치 않는다.

사실 60년대 후반에 신경림의 재등장은 충격적인 쾌사인 동시에 매우 의미있는 일이다. 그는 50년대의 전쟁으로 파생된 여러가지 정신적인 찌꺼기들을 말끔히 승화시켜버리고 신인처럼 등장해서 「농촌현실과 농민문학」(『창작과비평』 1972년 여름호), 「문학과 민중」(『창작과비평』 1973년 봄호) 등을 발표함으로써 그의 시작 태도를 상세히 표명하고 있다. 그의 시집 『농무』에 수록되어 있는 모든 시들이 보여주고 있는 바와 같이, 그의 시에는 개인적인 주관 감정이 들어가지 않고 객관적 서술로써 농촌 풍경의 여러 모습들을 묘사하며 꺼지지 않는 농민의 끈질긴 생명력과 민족의 정한을 이야기하듯 엮어나가고 있는데, 이러한 시들을 두고 일부의 평론가들은 그것은 곧 소재주의·지방주의이며 인정삽화의 끈질긴 되풀이일 뿐이라고 꼬집기도 하지만, 어떠한 소재를 다뤘느냐가 문제이기 이전에 어떻게 해서 무엇 때문에 이들 작품이 씌어졌고, 또한 이들 작품이 어째서 우리들에게 공감의 폭을 넓혀줬느냐는 데에 먼저 관심을 집중시킴이 현명한 비평가의 태도라고 본다.

아무튼 신경림은 초지일관 농촌의 현실을 그대로 서술하고 있는 시인이다. 평이한 말로써 평이한 것을 노래한다는 것은 자칫 잘

못하면 안일한 시정신에 빠질 우려가 다분히 있는 것이지만, 신경림의 작품이 그저 흥타령이나 한타령으로만 끝나지 않고 또한 그렇게 느껴지지 않는 상태에서 강렬한 충동을 주는 이유는, 그것이 바로 우리들의 문제이며 남의 문제가 아닌 데 있는 것이다.

제한된 지면이라 더는 자세하게 논급할 여유를 갖지 못한 터이지만, 필자 나름대로 '민중과 70년대 시의 한 주류'를 극히 단편적인 소견으로나마 훑어보았다.

아무튼 우리들은 민중을 소외시킬 수 없듯이 인간이 인간을 위해 있어온, 그리고 앞으로도 있어야 할 시를 내동댕이쳐버릴 수는 없다. 진정한 길은 끊임없이 새로운 시의 가능성을 열려는 적극적인 태도에서 열리는 것이다.

『형성(形成)』1973년 제6권 제1호

회향병적인 시의 극복

이성교와 김광협의 경우

금년에도 많은 시들이 발표되었고 수십권의 시집들도 간행되었
다. 따라서 그 시와 시집들에 대한 평문들도 뒤를 따랐는데, 그 글
들 중에는 우리들이 평소 어렵다고 말하는 시보다도 훨씬 어렵게
씌어진 경우도 있어 독자들에게 이중삼중으로 고통을 안겨주지
않았나 하는 우려도 간다. 시에 관한 글이라면 그 시보다도 쉽게
쓰는 일만이 시와 독자와의 소원하고 짜증스런 관계를 조금이라
도 밀착시켜주는 길이 아니겠는가 하는 점이 내 나름의 견해이다.

금년에 나온 시집들 중에서 내 손에 쥐어진 이성교(李姓敎)씨의
『보리 필 무렵』, 김광협(金光協)씨의 『천파만파(千波萬波)』에 수록되
어 있는 시세계도 이러한 태도로써 펼쳐보고자 한다.

먼저 이성교씨의 세번째 시집인 『보리 필 무렵』을 보자.

이 시집을 읽기엔 별다른 훈련 없이도 부담을 느끼지 않는다.
그만큼 쉽게 씌어진 시라고 말할 수 있으며, 이 말을 다시 평면적
이고 획일적인 세계를 단순한 사고로 서술하고 있다는 말로 바꿀
수도 있다. 그래서 그런지 읽고 느껴지는 감동 또한 극히 미세하고
오래 지속되지 않아 마치 내용 없는 짤막한 산문을 읽는 기분이 들
기도 하는데, 이런 시를 두고 저자는 '고향의 노래' '성장의 노래'
라고 시집 후기에 밝히면서 누가 뭐래도 이 외곬의 길을 앞으로도

꾸준히 걷겠다고 말한다.

시인이 어떤 감정을 시로 표현하려고 할 때 가장 쉽게 접근할 수 있는 방법 중의 하나가 언제나 친근해서 저항을 받지 않는 고향에 시각을 맞추는 일이라고 하더라도, 지루하게 한 세계만을 고집한다는 태도는 시의 다양성을 스스로 일정한 틀 속에 묶어 시를 획일화하는 어리석음을 초래하고 만다. 또한 시인이 태어나고 성장한 고향의 갖가지 추억과 회상과 거기에서 빚어지는 감상은 일종의 회향병(懷鄕病) 증상으로 발전할 우려도 있는데 이 시인의 시세계에서도 그런 증상이 엿보인다.

우리가 고통스러운 삶을 살면서 과거를 배운다는 것은 어디까지나 우리가 살고 있는 현실을 이해하고 폭넓은 삶을 통해 미래를 향한 올바른 혜안(慧眼)을 갖자는 데 있다. 그러므로 과거에 머문 고향의 세계, 그것도 특히 한정된 범위 안에서 회고하고 연연하는 태도는 시정신의 전진을 오히려 저해하는 결과를 낳고 만다. 따라서 이 시집에서 말하는 '성장'은 전진과 성숙을 의미하는 성장이 아니라, 멈춰서 고여 있고 한정된 세계 속에 갇혀 시를 무기력하게 만들며 감동을 줄이는 정체(停滯)를 뜻할 우려가 있다.

어느 고샅을 지나도
潤氣가 났다.

식은밥을 먹고 나도
땀이 배었고,
흙벽을 핥아도
저절로 食慾이 일었다.

122

그것은 손 누우런
바람 탓이었다.

밤마다 肝膽을
서늘케 한 감들의 落下.

자정이 넘어서도
사랑싸움은 그치지 않았다.

—「박월리(博月里)」 부분

위의 시는 어느 가난한 마을의 정황을 표현한 시다. 그런데 여
기에서 그래도 시의 감동을 독자가 느낄 수 있는 시행이 있다면
"밤마다 간담을/서늘케 한 감들의 낙하"라는 시행이다. 그러나 전
체적인 시의 흐름으로 보아서는 이 시행이 나올 만한 필연성을 찾
을 수 없다. 따라서 흔히 기교우선주의를 내세우는 쪽의 입장에서
본다 하더라도 이 시행은, 비약으로도 행간의 침묵을 지켜주기 위
한 표현으로도 볼 수 없다. 이와 같은 경우는 다른 시 속에서도 간
간이 발견되는데 어색하다.
  가령 "아이들은/묻어둔 감자도 잊은 채/따뜻한 굴뚝 모퉁이에
/잔뜩 몰려와 허기진 봄을/논의하고 있다"(「춘궁기 1」)라든지 "곱게
늙으려면/지혜가 익는/잔치에 참여해야지"(「과수원」) 혹은 "햇볕
도 떠는 산실(産室)에/혁거세(赫居世) 같은 냄새"(「산모」) 등에서의
방점(필자) 부분은 저자가 모처럼 현대적 감각의 기교를 노린 것
같으나 우리에게 어떤 의미나 강렬한 감동을 주지 않는 평이한 서

술에 머물고 만다. 그리고 앞에서 인용한 시의 끝연은 천박한 산문의 한계를 벗어나지 못하고 있다.

또 이 시인은 어느 대상이나 사건에 적극 뛰어들지 않은 채 일정한 거리를 두고 비켜서서 일정한 관념과 추정(推定)과 한탄으로 방관하고 있는 태도를 보여주고 있어 답답할 뿐이다.

- 그냥 피가 돌 것만 같다
- 큰 이변(異變)이라도 생긴 듯
- 아씨의 눈물을 보자 함인가
- 오래 오래 살고 싶다
- 우물물이 맑아질 것인가
- 지은 죄를 다 씻을 수 있을까
- 잔치에 참여해야지

등등의 산문식 표현을 보아도 알 수 있듯이 사물과 사건을 대하는 태도는 피동적이고 소극적이어서, 시의 긴장도 약하고 거기에 관련하고 있는 언어도 스스로의 힘을 드러내지 못한다. 언어의 힘이 약한 관계로 언어와 언어, 시행과 시행, 혹은 시 전체를 통해서 우러나는 감동이 약하다. 여기에 한탄과 회상과 막연한 기원(祈願)이 가세하여 시 전체가 무기력해지고 만다. 아무리 쉬운 말로 우리 인간과 친숙한 감정이나 사건을 표현한다 하더라도 거기에 긴장과 감동과 자각이 뒤따르지 않는 한, 독자는 애써 시와 가까워지려고 하지 않는다.

그런데 이러한 시의 세계를 두고 일부분에서는 한국시의 한 전통이고 바람직한 시인 양 이야기하기도 한다. 바람직한 것은 어디까지나 인간의 폭넓은 삶에 뿌리를 내리고서 새로운 세계를 향해 끊임없이 움직여야 하는 것이다. 이러한 움직임만이 시와 시인의 성장을 보장받을 수 있기 때문이다.

『천파만파』는 김광협의 두번째 시집이다. 이 시집은 첫번째 시집인 『강설기(降雪期)』에 수록되지 않았던 초기의 시들과 최근에 발표했던 시들을 모두 수록하고 있는데, 첫번째 시집과는 상당한 변모를 보여주고 있어 주목을 끈다. 남영호 침몰사건, 남북 적십자 회담 등에 관한 행사시·기념시 따위를 수록하고 있다 해서가 아니라, 이 시집의 전체적인 흐름은 시인이 살고 있는 현장에 민감한 반응을 보여주고 있기 때문이다.

물론 이러한 경향은 『강설기』에 수록되어 있는 「국립서울대학교」「비무장지대」「교과서」 등의 시에서도 보여준 바는 있었다. 그러나 『강설기』 시대의 시세계는 어디까지나 자기가 태어난 제주도의 사물들을 통한 발랄하고 참신한 서정을 노래하는 데 있었다. 유자꽃·바다·연락선·갈매기·해녀·똑딱선·서귀포·동백꽃·파도소리·보리밭 등의 어휘들을 무수히 동원하고 있었다는 점을 보아도 쉽게 알 수 있다. 그런데 같은 고향을 노래하고 있지만 이성교 씨와는 달리 그 고향을 통하여 현실을 파악하려고 한다. 고향의 친근한 사물들이나 사건들이 빚어내는 정서 따위는 일차적으로 긍정하되 시인 자신이 살아가고 있는 상황에 투영시키려고 애쓴다.

이번 『천파만파』에서는 그러한 경향을 짙게 깔면서 시인이 피할 수 없는 상황을 파헤치고 시인의 위치를 확인하려 한다.

파도가 넘실 넘실 넘실거린다.
낫의 날과 숫돌 사이에서 파도가 일어난다.

보리밭에 파도는 千波萬波로 들락퀸다.
에익, 파도를 넘자, 넘어서 가자.
남정네 한평생 까짓, 파도쯤이야.
시퍼렇게 날이 선 낫을 허리춤에 차고
이 세상 더러운 세상 까짓,
낫 한 자루, 그것이라도 휘두르며 넘어서 가자.

——「천파만파」 부분

그래서 그의 시는 자못 지사적 의기(義氣)까지를 띠면서 현실의
부조리와 정면으로 맞서 자기자신의 삶을 확인한다. 이 의기의 정
면대결을 통한 삶의 확인은, 언어의 힘을 발견할 수 있고 일깨울 수
있는 능력과 자각을 지니고 있는 시인만이 이룰 수 있는 것이다.

저자도 후기에서 '언어의 힘이란 이 시대에 있어서 너무나도 미
약하다. 그러나 언어의 힘이 과소평가되는 동안에 그 내재의 무한
한 힘은 막강한 힘으로 발전한다는 확신을 아직 버리고 싶지는 않
다. 언어는 우리들의 진심이며 양심이며 기본이다. 아름다움이며
힘이다'라고 말하고 있지만, 힘을 발견하고 이끌어가기란 그리 용
이한 일은 아니지만, 언어의 무한한 힘을 발견하고 그 힘을 확신하
는 시인만이 시에 긴장과 감동을 불어넣어줄 수 있다.

그의 시 「뼈다귀」에서 보여주는 치열하고 완강한 투쟁과 저항,
「사냥꾼의 독백」에서의 증오어린 질타, 「창호지」에서의 애정어린
연민, 「태양송(太陽頌)」에서의 열렬한 기구 등의 다양한 시정신은
김광협씨의 시에 흐르는 주류임엔 틀림없다. 김광협씨는 이러한
정신으로 자기의 삶과 사회의 온갖 부조리와의 관계를 파악하는
데 잠시도 긴장을 늦추지 않고 있는 것이다.

이는 비단 김광협씨 혼자만이 향유하는 고통과 즐거움이 아니고 모든 시인이 향유하는 고통과 즐거움으로 될 때 우리의 시는 보다 다양한 감동을 획득할 수 있을 것이다.

끊임없이 지속되고 전개되어야 할 언어와의 싸움, 자기 삶과의 싸움은 거듭되면 될수록 보다 향기 짙은 시의 아름다움을 창조해 낼 것이다.

『창작과비평』 1974년 가을호

치열한 서민혼에의 발돋움

시는 시인 자신의 삶에 대한 끈질긴 성찰과 반성이어야 하고, 그 성찰과 반성을 통하여 자기의 삶을 항상 간섭하고 있는 상황에의 투명하고 치열한 응시와 대결이어야 한다는 신념을 양성우씨는 철저하게 실감하고 있는 듯 보이는데, 이는 그의 첫시집인 『발상법(發想法)』을 읽고 난 다음이나, 이번의 두번째 시집인 『신하(臣下)여 신하여』를 읽고 난 다음이나 마찬가지로 느껴지는 여운이다.

따라서 아직은 폐쇄된 채로 있어 비좁고 칙칙한 개인세계에서 벗어나지 못한 듯 거칠고 당돌한 언어구사를 통한 음습한 사고 내지는 거친 호흡은, 시와 독자와의 접근을 차단하는 쪽으로 기울어질 기미 같은 것이 보이지 않나 하는 의문이 없는 바도 아니지만, 이것은 일단 싱싱하여 영원한 서민의 혼을 포착해보려는 몸부림으로 파악해볼 수도 있다. 왜냐하면 그가 즐겨 다루는 자기의 향토에 대한 연민들, 즉 가난·울분·갈망·갈증·저주·한·좌절 등등의 시세계는 극소수의 선택된 자들에 대한 애정이 아니라 어디까지나 우리와 늘 이웃하고 있는 대다수 서민들의 애정을 향한 시인의 몸부림인 것이기 때문이다. 「파랑새」라는 시를 보아도 그의 관심이 어디에 있는가를 쉽게 알 수 있을 것이다.

파랑새들이 무수한 파랑새들이 어머니의 뙤밭에 날아 앉아서 밭
이랑을 갈기갈기 찢어 헤치고 식구들의 눈물까지 찍어 맛보고 날마
다 허기진 채 돌아가는구나 떨어져 쌓인 녹두꽃을 밟아대면서 설익
은 녹두알을 쪼아대면서 새들은 짐승처럼 발길질하고 밤에도 꿈속
에서 발길질하고 황토 깔린 설움의 전라도 길을 떼지어 파랗게 가
로막는구나

그러나 그의 이와 같은 몸부림에도 불구하고 아직까지도 그의
시에서 산견(散見)되는 바와 같이, 우울한 자기 세계만의 고집을 꺾
지 못한 채 극히 개인적 차원에서의 관념적인 언어구사, 이를테면
"능숙한 바람" "불만의 숲" "구멍 뚫린 역사" "찢긴 능력" "미혹(迷
惑)의 외투" "미혹의 성(城)"과 같은 따위의 막연하고 아리송한 표
현을 용감히 버리지 못한다면 그가 추구하려고 하는 서민의 혼 쪽
과는 거리가 멀고먼 것이 되고 말 것이며, 이는 바로 불가해한 몇
편의 시는 얻었으되 시인과 늘 이웃하고 있는 모든 생명체와의 인
연까지도 끊어버릴 수도 있는 어리석음을 초래할 가능성이 있는
것이다.
  이는 비단 양성우의 일개인에게만 해당되는 문제가 아니라, 전
체 시인들이 함께 해결해야 할 문제이기도 하다. 끝간 데 없이 펼
쳐지는 미망 속에서의 유영(遊泳)은 어디까지나 미망 속에서의 유
영일 뿐이지 시인들이 탐구해야 할 인간생활의 생생한 현장은 아
니기 때문이다.

『한국문학』1974년 9월호

양성우, 그 몸부림의 시

　어려운 때임에도 양성우의 세번째 시집인 『겨울 공화국』이 나오게 된다니 나의 일 이상으로 마음이 기뻐진다. 시집이 나온다는 소문만을 먼 발치에서 들어도 기쁠 텐데, 양성우의 좋은 시들을 읽으며 혹은 만지작거리며 제작까지를 맡고 보니, 40년 만의 무더위쯤이야 이 기쁨 앞에서 어디 힘이나 쓰겠는가. 선풍기도 없는 사무실이지만 맥 못 추고 비실비실 물러가고 만다.

　양성우와 나는 10년 가까이를 그의 어떤 마력 때문인지 몰라도 늘 변함없는 사이로 지내온 터다. 그래서 그의 첫시집 『발상법』(1972)과 두번째 시집 『신하여 신하여』(1974)에 이어 세번째 시집이 되는 이 『겨울 공화국』까지 모두 세 권의 시집을 내가 맡아 제작을 하게 된 셈인데, 좋은 시는 자기가 쓰고 그것을 정리하여 묶어내는 자질구레하고 구차스럽고 신경질도 나는 끝일만 내게 시키니 괘씸하다는 생각이 안 나는 바도 아니다. 그렇지만 그는 민족시를 위해서는 그 누구보다도 용기를 더 내어 앞장서는 일에 부지런하여 나 같은 졸개들을 반성케 해버리는 장점을 지녔기에, 이런 일을 마다할 수 없는 염치쯤은 나도 가지고 있어 제작 일에다가 발문까지를 쓰고 있는 것이 아닌가.

　내가 양성우란 이름 석 자를 안 것은 17~18년 전쯤으로 기억된

130

다. 그는 광주에서 고등학교 다닐 때부터 『학원(學園)』이란 잡지의 시(詩)란을 혼자 휩쓸고 있을 때고, 나는 그 누구에게도 시 쓴다는 사실을 숨기고 혼자만 끙끙거리며 습작을 하면서 그를 상당히 부러워했는데, 그때 읽은 그의 시들은 하늘이나 강이나 누님을 소재로 읊은 아주 깔끔한 서정시들이었다고 기억된다.

그는 『시인』지에다가 시를 본격적으로 발표하기 시작할 때부터, 시골에서 교편을 잡고 있으면서 서로 얼굴을 모르는 사이인데도 내게 무수히 많은 편지들을 정열적으로 보내왔다. 나는 답장 못하는 내 게으름을 깨고 딱 한번 "시골에서 시를 쓰자면 중앙문단이 생각이 나서 좀도 쑤시겠지만 그런 잡념은 마냥 헛것이고, 그렇게 많이 내게 편지 쓸 여력이 있으면 그 시간에 시나 열심히 쓰는 편이 훨씬 바람직하다고 여긴다"는 내용의 짤막한 답장을 써서 보냈다. 그후 한두 달쯤 지났을까. 눈이 펑펑 쏟아지는 어느 겨울날, 그는 느닷없이 서울에 나타나 편지 대신 몸으로 만나게 되었다. 첫 만남이었다.

그가 몸으로 온 뜻을 알 것도 같았다. 도대체 답장을 그렇게 멋대가리 없이 무례하게 쓴 자의 얼굴을 한번 보고도 싶었을 것이고, 그 답장을 보고 두어 달 가까스로 참았던 자기 나름의 답답한 사연들을 털어보자는 속셈이었을 것이다. 나는 그때 세검정 산꼭대기에 있는, 서울집치고는 울타리도 없는 김관식 시인의 문간방 하나를 얻어 살고 있을 때였다. 그곳까지 오르자면 숨이 목구멍까지 컥컥 차오르는 것을 잘 참아내야 했다. 우리 둘은 그 길을 오르다가 눈 위에 풀썩 주저앉았다. 그는 그 많은 편지에다가 무수한 사연들을 써보내던 것과는 달리 뜻밖에 말수가 적었고, 나는 원래 답장 쓰기도 싫어하는 무언의 사내답지 않게 뜻밖에 많은 말을 했던 것 같다. 지금은 무슨 말을 했는지 잘 기억이 나지 않지만, 문필가 생활은 다른 생활과는 달리 굶어죽는 한이 있더라도 도도하게 해야 쓰는 법이며, 내 시도 마찬가지지만 양형의 시도 아직 설익은 데가 더러 있어 목소리가 덜 정리되어 있는 것 같으니 서로가 자기의 심장에다 더 익혀내자는 등의 이야기였던 것 같다. 그때 눈보라치는 첫 만남에서의 심야의 정담이 그리움으로 남는다.

그는 온몸이 온통 뜨거운 사람이다. 그 뜨거움을 어쩌지 못해 그대로 앉아 있질 않고 늘 움직이며 사는 사람이다. 그래서 그는 발바닥이 늘 불붙어 있다. 우리들에게는 부러운 존재다. 그 착하고 뜨겁고 열성인 마음은 오늘을 사는 우리의 본보기가 아닐 수 없다. 이 시집에 실린 60여편의 시 어느 것을 읽어도 그의 마음이 어떠한 것인가를 우리들은 쉽게 알아차릴 것이다.

> 내가 피운 한송이의 작은 꽃잎이
> 죽어서도 두 눈을 부릅뜬다면,
> 나는 허공에 구름으로 살며
> 물 묻은 씨앗들을 그리워할 것이다.
> 몇마디의 가시 돋친 슬픈 말들이
> 새떼들과 어울려서 산맥을 넘고
> 갈잎으로 숲속에 썩을지라도,
> 돌아와 뜨겁게 속삭일 때까지
> 나는 비스듬히 길가에 서서
> 두리번거리며 기다릴 것이다.

—「말」 부분

아무렇게나 골라 적은 위의 시에서도 보이듯이 그는 시를 손쉬운 '말장난'으로 쓰는 것이 아니고 그야말로 가슴으로 우리의 이야기를 쓰는 것이다. 그의 다음과 같은 말을 들어봐도 이와 같은 판단은 결코 틀린 것이 아님을 알 것이다.

"공연히 '허공'을 이야기하고, '남모를 독백'만 일삼는 '외면하는 시'가 아닌, '피를 나누고' 진실을 이야기하며 불의와 맞서는 시를 우리에게 읽도록 해야 할 것이다. 참으로 이 땅의 모든 시인들이 권력자와 민중들의 중간에서 권력중개자나 '삐에로'가 되기를 포기하고 인간의 근본적인 문제를 철저히 노래하고 이야기한다면 그들의 시는 분명히 '칼보다 강한 것'이 될 것이다."(「순수한 언어와 절실한 언어」, 『대화』 1977년 3월호)

아무튼 이러한 시의 태도를 가지고 있는 시인이 많으면 많을수록 우리 민족시의 앞날은 밝은 것이다. 여기에 실린 시들은 세상에 풍파를 던졌던 『겨울 공화국』을 비롯, 그럴 수 없다고 울며 발버둥치는 제자들을 남겨두고 구례의 천은사에서 은거생활을 하면서 썼던 것과, 홀연히 서울에 나타나 온갖 어려운 생활 속에서 얻은 60여편의 한맺힌 노래들로 된 것이다. 따라서 이 시집은 양성우의 개인 것이라기보다는 어려운 시대를 더불어 사는 우리 모두의 노래집인 것이다.

따라서 우리 민족의 창창한 미래를 위해 양성우가 차지하고 있는 위치는 결코 좁은 것은 아니다. 그에게 격려를 보내자. 아니 격려를 보내기에 앞서 우리 모두 절실하게 우리의 삶을 반성해보자. 과연 떳떳하게 살고 있는지 과연 부끄럽지 않게 살고 있는지 다시 한번 스스로를 확인해보자.

끝으로 이 시집을 위해 여러모로 힘써주신 분들께 양성우를 대신해 감사드린다.

양성우 『겨울 공화국』(1977) 발문

시인의 삶과 민족
이산 김광섭 시인의 경우

　"일제 36년＋옥고 4년＋분단 30년＝나의 인생 70 ∴ 70−70＝0의 인생"

　위의 수식은 이산(怡山) 김광섭 시인이 스스로 자기가 이 땅에서 살아온 인생역정을 간단한 등식으로 나타내 보인 것이다. 그런데 곰곰이 따져보면 위의 등식은 비단 김광섭 시인 한 사람에게만 유관하지 않고 어쩌면 지금 이 땅에 발붙여 살고 있는 우리 모두에게 해당하는 인생등식이 아닐는지. 그렇다면 우리들은 이 등식을 앞에 놓고 그저 그럴듯한 등식 같은데…… 어쩌고 하면서 웃어넘길 수만은 없는 일이 아닌가?

　비록 이 등식이 우리에게 괜한 허탈감만을 줄지라도 조금이라도 감각이 있고 조금이라도 앞을 내다볼 줄 아는 민족이라면, 누가 이 해괴한 등식을 낳게 했으며 낳을 수밖에 없었는가를 반성해봄이 바람직하지 않겠는가. 아무튼 해방 32주년을 맞는 감회는 참으로 한스럽고 답답하고 억울한 심정인 것이다.

　해방된 지 32년이나 지난 지금까지도 우리 민족은 식민지의 모든 잔재들을 청산하지 못한 채로 있다. 솔직히 쓰자면 청산은커녕 문화적·경제적·사회적 여러 분야에 걸쳐 식민지의 잔재들은 오히려 창궐하여서 감당하기 어려운 정도로까지 되고 있지 않느냐는 느낌이, 이젠 피부를 떠나서 핏줄로 심장으로 다가오고 있는 처지다.

해방이 되고 32년이란 긴 세월을 소비했는데도 우리의 땅과 민족은 둘로 갈라진 채로, 같은 민족이면서 다른 민족을 대하는 태도보다 더 심한 적대관계 속에서, 언제 이 땅 이 민족이 합쳐지고 언제 합치겠다는 막연하나마 그런 기대도 기약도 없이 오늘도 격동하는 여러 갈래의 소용돌이 속에서 분단시대를 살고 있다. 이제 우리는 다시 한번 살을 찢는 아픔의 반성과 우리의 일은 우리가 한번 해결해보겠다는 민족적 동질의 신념과 용기를 가져볼 싯점에 와 있지 않는가 여겨진다.

이런 시대적 요청이 필요한 처지에 놓인 우리들은, 얼마전에 민족시인이라 불러도 조금도 부끄러울 것이 안되는 훌륭한 시인인 이산 김광섭을 잃었다. 이 시인은 투철한 민족적 양심과 혼을 지닌 죄 아닌 죄를 쓰고 일제 암흑기에는 4년 가까운 세월을 민족의 양심과 혼을 때려잡는 치욕의 도살장인 감옥에서 보냈으며, 해방이 되자 건국대열에 잠시 끼여서 조그마한 힘이나마 보태 나라다운 나라를 이룩하고자 했는가 하면, 각종 문화단체나 각종 언론기관에서 중책을 맡아 이 나라 문화발전이나 언론창달에 이바지하려고 했으며, 대학에서는 그의 천직인 문학을 강의하면서 후진양성에 온 정열을 다 기울이기도 했다. 가정적으로는 이산이 대통령 공보비서관이었다는 이유 하나만으로 6·25 때 부친이 학살당하는 상처를 입기도 했다. 노년에는 고혈압으로 쓰러져 10년이란 긴 세월을 병과 함께 지내면서도 오히려 병을 미워하지 않는다는 달관한 철인적(哲人的) 의지로 왕성한 시작(詩作) 활동을 벌임으로써, 오히려 사회는 병들었지만 시인은 병들지 않았다는 확고한 신념을 보여주었던 시인이기에 우리들의 슬픔과 허전함은 큰 것이며 각오 또한 새롭고 큰 것이다.

　나는 이 글에서 이산이 남긴 시편들과 자전적 문집인 『나의 옥중기(獄中記)』를 통해, 한 시인이 살아온 역사적 상황은 어떠한 것이며 그 역사를 어떻게 감당해왔는가를 알아보려 한다. 이러한 작업은 내가 시를 쓰는 일, 혹은 내가 이 세상을 살아가는 일에 분명히 어떤 도움을 주리라 믿는다. 욕심을 부리자면 이러한 작업이, 어려운 시대를 사는 우리 민족에게나 아직도 방향 설정이 제대로 서 있지 못한 우리들의 시에 조금이나마 보탬이 되어주었으면 한다.

　"인생은 짧고 무상(無常)하지만 아무것도 못할 정도로 짧은 것은 아니다"라는 이산 자신의 말과 과연 맞아떨어지는 듯, 그는 무엇인가를 해놓았음이 분명하다. 여러가지 사회·문화의 집단운동에 참여했던(그는 이러한 활동으로 문필생활에 손해를 크게 보았다고 술회했다) 것 말고도, 순전한 문학적 업적만으로도 시집인 『동경(憧憬)』(1938) 『마음』(1949) 『해바라기』(1957) 『성북동 비둘기』(1969) 『반응(反應)』(1971) 『김광섭 시전집』(1974) 『겨울날』(1975)과 자전 문집인 『나의 옥중기』(1976)를 남기고 있다.

　일제식민지 치하에서는 배일 불온사상을 학생들에게 선동했다는 이유로 한인형사들에게 끌려가서 치안유지법이라는 악독한 일제식민지법에 구속되어 3년 8개월이란 세월을 감옥에서 보냈는데, 이것 또한 일제식민지 치하에서 옥고를 치른 극소수의 문학인과 더불어 우리 민족에게 무엇인가를 남긴 것이다. 옥고를 치렀다고 누구나 무엇인가를 이룩했다고는 볼 수 없다. 문제는 그 일이 민족의 양심과 사명감에 따라 했느냐 안했느냐에 달려 있다.

이산은 "자기의 안전을 위해 진리를 덮을 수는 있어도 자기를 믿는 제자들을 속여 일본제국에 팔아넘길 수 없어"(『나의 옥중기』, 이하 특별히 출전을 밝히지 않은 인용문은 모두 이 책에서 인용한 것임)서 민족의식의 도장(道場)인 학교의 교실에서 민족혼을 일깨우고 지키기 위해 학생들 앞에 섰으며, "내가 경찰 진술 외에 한가지 첨부하고 싶은 것은 독립을 희망한다는 진술의 내용인데, 독립을 희망 안한다고 주장하고 싶었지만 그것은 죄를 면할 수 있을 것이나 나의 양심이나 민족적 양심을 부정하는 것으로써 그 지독한—거짓말이라도 꾸며댈 수밖에 없는 콧구멍에 물 넣기, 비행기 태우기 등등 고문까지를 당하면서도 독립을 희망조차 안한다고 할 수 없어"서 민족의 염원인 자주독립 희망을 부인하지 않고 끝내 옥문으로 들어섰다.

이같은 시인의 태도는 식민지 치하라는 특수상황 아래에서도 물론 더없이 값지고 보배로운 것이지만, 그런 특수상황이 아닌 평상의 상황 아래서도 더없이 값지고 보배로운 것이다. 이 멸사봉공하는 떳떳한 지식인의 태도, 아니 시인의 태도는 어느 시대 어느 상황 아래서도 민족이 요구하는 태도인 동시에 시인이 당연히 걸어야 하는 길인 것이다. 오늘날 이러한 시인이 과연 몇이며 이러한 선생이 과연 몇이나 되는지 심히 궁금하다.

이산은 결국 죄가 없되 나라가 없어 죄인이 되어 죄의 십자가를 짊어지게 되지만, 그 십자가는 바로 민족 자체이기에 그것을 쉽게 거부하거나 홀가분하게 벗어던질 수가 없었다. 흔히 하는 말로 '민족은 시인의 근원'이기 때문이다. 시인이 자기의 근원을 포기하고 어디 한시라도 서 있을 곳이 있겠는가! 따라서 시인은 그 시대의 증인이요, 그 민족의 증인으로서 어느 누구보다도 감수성이 예민하고 어느 누구보다도 생명력이 강해서 그 시대의 핵심을 노래하고 그 민족을 한없이 노래해도 싫증나지 않는 법이다. 민족은 시인의 근원이기에, 그 민족이나 국가가 안팎으로 위기에 처했을 때 시인은 그 민족 그 국가를 구하기 위해 지체없이 뛰어든다. 이름하여 저항운동이고 독립운동인 것이다.

이산도 여기서 예외는 아니었다. 그가 동경 유학생활을 끝내고 귀국하여 '극예술연구회'의 조직에 가담한 것도 우연에서가 아니라 오로지 민족운동의 한 방편으로 문예운동을 벌이기 위해서였다. 나는 다행스럽게도 이런 이산에게서 대학과정 4년에 걸쳐 '문예사조사' '비평문학' '시론' '수필문학' 등등의 배움을 받았는데, 특히 일제 암흑기의 저항문인들이 벌인 문학활동, 아일랜드의 민족운동, 혹은 문예운동의 강의 내용은 나에게 특히 감명을 주었다.

아일랜드 민족은 오랜 세월 동안 근접한 여러 다른 민족으로부터 식민지 통치를 받아왔기 때문에 그들의 말과 문자는 거의 말살당했는데도 온 민족적 정열을 문학 혹은 연극활동에 쏟았다. 그리하여 억압된 민족혼을 문학과 예술에 담아서 민족의 염원과 생명을 영원 속에 묶어 아일랜드 민족의 우수성을 세계에 길이 남겼다는 강의를 할 때는 이산도 진지한 모습이었다. 아깝게도 '극예술연구회'가 오래 견디지는 못했으나 이산 선생은 상기 아일랜드의 민족운동으로서의 문예운동 방식을 민족운동이 금지된 그때의 우리 현실에 옮겨놓아 민족운동을 펴나가기 위해서였다.

아무튼 이산이 시작활동을 본격적으로 할 무렵의 현실상황은, 용기 없는 자의 눈에는 도저히 광명이 비칠 것 같지 않던 암담한 현실이었던 것이다. 민족의 혼이 그새 고갈되었거나 아니면 민족혼은 있되 한치의 앞도 내다볼 수 없게 감각이 둔한 자들이 살아남는 길은 소극적이거나 적극적이거나 간에 친일을 하는 길밖에 없었을 것이다. 아울러 문학인들의 친일행각도 다른 분야 못지않게 열심들이었던 것 같다. 민족의 운명 탓으로 눈감아주기에는 아무래도 밉살스러운 꼬락서니들이었다. 문학인은 그 어느 누구보다도 앞장서서 자기 민족의 정서와 사상이 깃들어 있는 글과 말을 지키는 일에 충실할 숙명을 타고난 이들이다. 말과 글이 없는 꼴에 어찌 문학이 있을 수 있으며 문학이 없는 주제에 어찌 문학인이 존재할 수 있단 말인가.

친일작가들은 조선문예회, 황군위문작가단, 조선문인협회, 조선문인보국회, 임전대책협의회, 조선임전보국단, 총후(銃後)부인부대 등등 이름도 기억하고 싶지 않은 친일단체들을 손수 조직하거나 가담하여 군가의 가사를 지어주는 데 앞장섰거나, 친일문학작품을 일어로 썼다. 뿐인가, "1천 5백만 여성이 한마음 한뜻으로 총후봉공한다면 우리는 천추만대 내려가면서 대대손손이 황국신민으로서의 무한한 행복을 누릴 것"이라며 부녀자들까지 친일 대열로 몰아넣는가 하면 "우리는 황국신민으로 일사보국(一死報國)의 성(誠)을 맹서하며 임전국책에 전력을 다하여 협력할 것"을 결의함으로써 황도문화 수립에 앞장서서 황민화정책에 적극 협력했다(자세한 내용은 『대화』 1977년 8월호 참조). 한마디로 쓰자면 자기 민족을 망하게 하는 데 앞장을 섰던 것이다.

도대체 말과 글 그리고 민족의 혼까지도 다 빼앗기고도 더이상 무엇을 일제에게 줄 것이 있었단 말인지. 오직 줄 것은 개인의 목숨 하나인데 그 목숨 주고 민족을 건진다면 더이상의 영광이 어디 있겠는가. 최선의 방법으로 과감히 항일투쟁 대열에 서야 할 일이며, 차선의 방법으로 절필을 하거나 감옥에 끌려가는 길밖에 없지 않았던가. 개인을 위해 국가나 민족을 팔아서는 안되기에 민족 독립을 위해 순국한 수많은 독립투사나 항일 민족시인들의 이름 은 값진 것이다. 따라서 초기의 이산을 문학적 성과 여부로만 따지 기에 앞서 그를 항일 민족항쟁의 차원에서 먼저 평가하는 일이 바람직할 것이다. 왜냐하면 그가 남긴 후기의 시편들은 초기에 보인 모든 문학적 취약점을 그런대로 상쇄할 만하기 때문이다.

    나는야 간다
    나의 사랑하는
    나라를 잃어버리고
    깊은 산 묏골 속에
    숨어서 우는
    작은 새와도 같이

    나는야 간다
    푸른 하늘을
    눈물로 적시며
    아지 못하는
    어둠 속으로
    나는야 간다

                           —「이별의 노래」 전문

    이산은 위의 시를 종로경찰서 유치장의 벽에다 낙서처럼 써놓 고 그가 사랑하던 민족과 이별하고 서대문형무소로 끌려간다. 서 대문형무소는 맞아서, 굶어서, 혹은 병들어서 하루에도 서너 명씩의 목숨이 죽어가는 그야말로 옥중옥이며 "민족의 얼을 잡는 도장 (屠場)"인 것이다. 이런 곳이었지만 이산은 조금의 동요도 없이 마음속으로,

　　나는 열반으로 간다
　　너희들은
　　칼을 쥐고 어서 망해라

고 쉰 번이고 백 번이고 외침으로써 감옥에서의 모든 고통과 번민을 이겨낸다. 경우에 따라서는 "그것도 그렇지만 형사나 간수나 조선사람이 더 무섭고 미워서…… 알면 내게 무슨 수가 있느냐, 모르고 되는 대로 따라가다가 나가달라는 날 나가면 너희들 신세보다 나을 텐데 걱정될 게 무어냐, 그냥 인간수업이라 여기고 난리를 피해온 것처럼 숨이 붙은 데까지 살자"는 소극적 태도를 갖기도 하고, 어느날 교회사(教誨師)로부터 호출되어 간담하는 자리에서 시국에 대한 감상이 어떠냐는 물음에 "지난번 대소봉대일 훈화를 감명깊게 들었고 또 곧 승전으로 끝나리라 봅니다. 모르긴 하지만 반도인의 역사적 체험도 깊어질 거지요. 더욱 문필보국은 놀랍지요"라고 대답하는데, 이는 이산이 갑작스레 마음이 변해서가 아니고 이산 특유의 역설적 답변이었다고 봄이 마땅할 것이다. 아니면 감옥은 될 수 있는 대로 쉽게 살아야 한다는, 수형자들이 감옥생활에서 터득한 철학에서 나온 답변으로 보아도 될 것이다.

　왜냐하면 이산은 "일본의 우리에게 대한 무서운 죄악은 우리들의 손에 의하여 세계역사에 기록되어야 할 것이다. 그러니 우리들이 더 견디는 것만큼 저들의 발악은 더 심해질 것이다. 어디 하늘

이 있나 없나 대동아전쟁의 결과를 보자"면서 이른바 대동아전쟁의 일본 패전을 예견하고 있기에 말이다.

이산은 감옥에서 현(玄)이라는 독립운동가를 만나 아주 가까워져서 현으로부터 그에게는 놀라운 옥중투쟁기를 듣는다. 마포형무소에서 일어난 투쟁담인데, "밥 더 달라"는 이유 하나만으로 발가벗긴 채 때려서 3명이 죽고 몇사람이 뼈가 부러지는 중상을 입은 사건을 계기로 수형자들이 "우리를 때려죽이라! 우리를 굶겨죽이라! 대한독립만세!"라고 외치면서 굽히지 않고 옥중투쟁을 벌여오며 결국 그날 8월 27일을 "동지가 맞아죽은 날, 야만적이고 원시적인 행형에 반대하는 날, 적극적 의사표시와 정신적인 시위의 날"로 정하여 해마다 그날을 기념해오고 있다는 이야기를 듣고 이산은 감복하여 "나는 과거에 독립투사도 만나보았고 민족주의자도 만난 일이 있지만 자기가 불기둥이 되어 타는 현 같은 사람을 보지 못했다. 일본신민을 만들기 위해 일본제국주의 노력이 낭비된 그의 앞에 대일본제국은 한시도 서지 못했다. 내가 형무소에 갇혀 있는 동안 현을 만난 것은 나의 옥중생활을 귀중하게 하는 잊을 수 없는 수확"이라 적고 있다. 이는 어떤 면에서 소극적인 이산의 성격에 적지 않은 충격과 새로운 각오를 안겨 주었을 것이다. 민족의식은 강하지만 실천적인 실질투쟁엔 성격 탓으로 적극적이지 못했던 이산으로서는 마음속으로나마 이를 간직하고 앞날을 내다보는 하나의 소양을 마련한 셈이 된다. "지금은 박해한 나라 사람과 박해받는 나라 사람이 다같이 '인간'으로 회복되는 시기인 줄로 믿는" 데까지 도달할 수 있는 능력으로서의 소양 말이다.

나는 이제까지 이산의 시는 거의 언급하지 않고 민족에 대한 이산의 열정이 어떠했는가를 그가 처했던 일제의 상황 아래서만 서툴게나마 추적해보았다. 사실 이산의 초기에서부터 고혈압으로 쓰러질 때까지의 시들은 여러 평자들이 지적하듯이 별로 성공한 예는 많지 않다. 이 기간은 그가 노년에 좋은 시를 쓸 수 있게끔 자양을 길러왔던 시기로 봄이 어떨까. 그래서 나는 앞에서도 잠깐 말하고 넘어왔지만, 『시원(詩苑)』지에 그의 출세작 「고독」을 발표한 1935년에서부터 1965년 고혈압으로 쓰러질 때까지의 작품들을 두고 시적 성과만을 따지는 일은 너무 성급하다고 본다.

내
하나의 생존자로 태어나 여기 누워 있나니

한 間 무덤 그 너머는 무한한 기류의 파동도 있어
바다 깊은 그곳 어느 고요한 바위 아래

내
고단한 고기와도 같다

맑은 性 아름다운 꿈은 멀고
그립은 世界의 斷片은 아즐타

오랜 世紀의 知層만이 나를 이끌고 있다

신경도 없는 밤
時計야 奇異타

너마저 자려무나

—「고독」 전문

　이 「고독」이란 시는 이산 스스로가 말한 바와 같이 그의 출세작
이기도 한데, 이 시가 발표되자 당시 시단에서는 상당히 떠들썩했
을 뿐만 아니라 이러한 시는 한국시단에 새로운 주류를 이룰 것이
라고 성급한 판단을 내리기도 했다. 이 시를 읽어보면 금방 알 수
있듯이 상당히 지적이라 할 수 있다. 그러나 이것은 이산의 창조적
인 열정에서 이루어진 지적 소산이라기보다는 1920년대부터 발레
리나 엘리어트 같은 서구의 시인들에 의해서 개척되고 실험되기
시작한 서구의 주지적 조류에 휘말린 시다. 그렇지만 이산의 창조
적 열정과 전혀 무관하지만은 않다. 시의 방법은 서구의 것을 빌렸
으되 시의 소재만은 어디까지나 일제식민지하의 암울한 현실에서
택한 것이다. 이산 스스로가 말하고 있듯이 창작의 위기를 의식하
여, 현실의식을 벗어난 순수한 자아로의 도피가 아니라 어디까지
나 민족을 의식하며 민족에 연결시킨 번뇌를 내용으로 한 시다. 그
러므로 여기서의 '고독'은 도피로서의 '고립'을 뜻하는 것이 아니
고 사회의 고독을 시인 자신의 고독으로 느낄 때 비로소 얻어지는
만인의 고독, 즉 우리 민족의 고독인 것이다.

　온갖 詞華들이
　無言한 孤兒가 되어
　꿈이 되고 슬픔이 되다

　무엇이 나를 불러서

바람에 따라가는 길
별조차 떨어진 밤

무거운 꿈 같은 어둠 속에
하나의 뚜렷한 形象이
나의 萬象에 깃들이다

—「동경」 전문

　위의 시를 비롯 이산의 많은 시들이 이처럼 지나치게 관념적인
것이 이 시인의 초기와 중기에 걸친 시들의 특징인데, 이와 같은
시를 두고 이산은 "추상(抽象)된 세계를 가지지 못하는 시인의 생
명은 의심스러운 것이다. (⋯) 추상된 세계의 거울은 곧 현실이요,
현실 없는 추상은 없다"(시집 『동경』 후기)고 말하고 있다. 시론 자체
는 나무랄 데 없이 완벽한 것처럼 보이지만, 이런 후기 또한 너무
나 추상적인 말 자체로 끝나버릴 위험이 있다. 왜냐하면 현실을 추
상했다고 한 그 추상된 세계에서 현실의 강렬한 설득력을 얻지 못
할 경우에는 그것 역시 추상을 위한 추상에 머물고 말기 때문이다.
추상을 통하여 현실을 반영하는 거울의 역할만으로 시의 임무가
끝나는 것은 아니다.
　따라서 신경림씨의 "애당초 식민지적 현실에 많은 시인들처럼
무관심할 수 없었던 이 시인이 기왕에 그 중요성을 절감하는 바에
야 좀더 그 인식이 철저해서 민중과의 일체감의 회복이 가능하게
끔 의식상의 극복이 있었던들 그의 시의 관념성은 어떻게든 해결
될 수 있었으리라"(「김광섭의 시세계」, 『창작과비평』 1975년 가을호)고 관
념성 극복이 안되고 있음을 몹시 안타까워하면서 또한 "민중과의

일치감의 회복이 가능하게끔 의식상의 극복"을 요구하고 있는데, 이산이 살았던 그 시대의 정황으로 보아 무리한 요구인 것 같다. 물론 민중의 참된 소리를 알아듣고 존중하는 길이 민족과 인류의 살길을 찾는 올바른 길임을 알고 있는 터이지만, 실로 그때는 민중의 실체조차 파악하기가 어려웠기 때문에 민중과의 일치감이 정말로 어떤 것이라는 것을 알 수 없는 시적 한계가 있었다.

단지 이산의 "시는 나에게 있어서 단순한 감정이나 서정이 아니었다. 시인은 민족의식의 첨단에 서는데, 우리의 상황의식이 곧 민족의식이 되었다. 그런 관념이 나의 감정의 저변이 되고 지주(持主)가 되어 그 관념이 곧 동화(動化)되어 옥고까지 겪게 되었다"는 글에 나타난 대로 본다면 그때의 민중은 곧 독립을 원하는 계층이 되며, 민중의 의식은 독립을 갈원(渴願)하는 바로 그 고양된 민족의식임을 알 수 있을 뿐이다.

따라서 여러 평자들이 지적하듯이 그때의 이산 시에 있어서 관념의 극복 문제는, 이산 한 사람만의 문제가 아니라 민중 모두의 한계가 아니었나 싶다. 이산은 결코 후기에 와서 관념을 극복한 것이 아니고 그 관념 위에 관념을 쌓아올림으로써, 말하자면 결코 뚜렷하지만은 않더라도 체험 위에 체험을 쌓아올림으로써 어렵게 자연과 친화하는 경지에 도달한 것이다. 하기야 이같은 경우도 관념을 극복했다고 말할 수 있지만.

나는 지금 광섭이로 살고 있으나
나는 지금 잃은 것도 모르고
나는 지금 얻은 것도 모르고 살 뿐이다

그러나 푸른 하늘 아래로 거닐다가도
아지 못할 어둠이 문득 달려들어
내게는 이보다 더 암담한 일은 없다

그리하여 어느덧 눈시울이 추근해지면
어디서 오는 눈물인지는 몰라도
나의 눈물은 이제 드디어
사랑보다도 運命에 屬하게 되었다
인권이 유린되고 자유가 처벌된
이 어둠의 보상으로
일본아 너는 물러갔느냐
나는 너의 나라를 주어도 싫다

—「벌(罰)」 부분

어떻든 이 시 한편으로 이산은 그 고달팠던 옥고도 그 치열했던
일본에 대한 적개심도 쓸어버린다. 그에게는 옥중의 고통도 일제
에 대한 혐오도 조국의 광복 앞에서는 아무것도 아니었다. 어떻게
보면 너무나 단순한 민족의식의 소유자 같기도 하고 어떻게 보면
모든 것을 경험하고 달관해 있는 성인군자 같기도 하지만, "나는
너의 나라를 주어도 싫다"는 이 마지막 한마디의 단호한 시인의
외침은 자질구레한 제스처보다는 훨씬 시인다운 면모가 드러나
있는 것이다. 아울러 다음과 같은 애국시 두 편을 보자.

地上에 내가 사는 한 마을이 있으니
이는 내가 사랑하는 한 나라이러라

世界에 無數한 나라가 큰 별처럼 빛날지라도
내가 살고 내가 사랑하는 나라는 오직 하나뿐

半萬年의 歷史가 혹은 바다가 되고 혹은 시내가 되어
모진 바위에 부딪쳐 地下로 숨어들지라도

이는 나의 가슴에서 피가 되고 脈이 되는 生命일지니
나는 어데로 가나 이 끊임없는 生命에서 榮光을 찾아

南北으로 兩斷되고 思想으로 分裂된 나라일망정
나는 종처럼 이 무거운 나라를 끌고 神聖한 곳으로 가리니

오래 닫혀진 沈默의 門이 열리는 날
苦悶을 象徵하는 한 떨기 꽃은 燦然히 피리라
이는 또한 내가 사랑하는 나라 내가 사랑하는 나라의 꿈이어니

　　　　　　　　　　　　　　　　　　－「나의 사랑하는 나라」 전문

　위의 시를 두고 어떤 이들은 너무나 단순하고 케케묵은 시가 아니냐고 물을 수 있으며, 혹은 한갓 정치구호의 추상성을 벗어나지 못했다고도 말할 수 있으리라. 그러나 이 시는 정치구호의 한계를 벗어나지 못한 시는 결코 아니다. 이는 오히려 구체적인 우리의 현실 속에서 나타난 민족적인 염원과 결의를 알기 쉽게 노래한 애국시일 뿐이다.

車는 달린다 푸른 山脈을 따라 차는 간다
서는 곳마다 제 마을이요 가는 곳마다 내 故鄕이다
아침 하늘에 빛나고 저녁 노을에 물든다

山너머 첩첩한 光隱 사이에 創世의 鄕愁가 흐르고
江건너 벌판에 자라는 未來의 꿈을 자랑삼는 곳
돌아서 千里길 하루의 거울에 비치다

蒼空에 빛나는 芳草 우거진
千萬年 情든 흙에 뿌리박고 이어선
나무들 變容하여
하늘 아래 한 집을 이루니

白雲과 함께 疆土가 부풀어 鼓動하고
南北 山川과 景槪가 한자리에 모이어
展開된 마음 위에 不滅의 나라가 선다

오 車야 달리라 山脈이 뻗친 대로 가라
서는 곳마다 네 마을이요 가는 곳마다 내 故鄕이라
아침 하늘에 빛나고 저녁 노을에 길이 물들라

——「차를 타고」 전문

　　정치적 구호나 우리들이 겪고 있는 현실상황은 항상 변할 수 있
다. 그래서 우리들은 단순한 애국시나 상황시는 생명이 길지 않다
고 생각한다. 그렇지만 어느 시대건 그 시대의 보편성만은 발견할

수 있을 것이다. 애국시나 상황시에 있어서의 보편성이란 그 시대에서 나타나는 민족의식이나 상황의식이라고 말할 수 있겠는데, 지금의 우리의 상황 속에서 혹은 삶 속에서 하나의 뚜렷한 상(像)으로 강하게 부각되고 있는 자주적이고도 능동적인 통일의식이 바로 오늘의 보편적인 그런 의식이 아니겠는가. 이산은 오로지 이 통일에 대한 근원의식을 아무런 꾸밈도 없이 솔직히 노래했을 뿐이다.

그러나 그 열의만으로 좋은 나라가 되고 좋은 사회가 되지 않는 다는 것을, 일제 암흑기를 살아보았고 해방을 맞아 건국대열에 끼여본 체험을 가진 그로서 누구보다도 잘 알고 있을 터인데도 이상하게 정치적 상황의 암적 요소에 대해서는 시를 통하여 직접·간접적으로 반영하지 않고 있다. 우리가 들어도 대번에 이해가 가는 송건호(宋建鎬)씨의 말을 빌린다면 해방을 맞아 "일제의 유물인 모든 잔재를 과감하게 제거하지 않았기 때문에, 일신의 부귀영화를 위해 자기 민족을 배반하고 해족(害族) 행위를 한 사람이 민족정기의 심판을 안 받고 오히려 부귀영화를 누림으로써 국민적 정의감이 상실됐고, 정신적·체제적 일제 잔재를 방치함으로써 민주화에 결정적 피해 구실을 하게 했고, 일신의 부귀영화를 위해 다른 민족에게 충성을 바치는 기풍이 그대로 남아 정치적 부정부패, 아부풍조를 조장하여 이 나라 정치를 만성적인 불안정 속으로 몰았다"(「이승만과 김구의 민족노선」, 『창작과비평』 1977년 봄호)는 사실도 암적인 요소에 큰 몫을 차지한다. 이산의 이러한 진술 기피 현상이 평자들로 하여금 관념적·추상적이라고 지적하는 구실을 마련해주고 있다. 내심은 열화로 들끓지만 행동하기는 너무 소극적이다. 타고난 겸손의 덕성 때문일까. 이산 특유의 역설과 기지로 능히 가능하리라

고 보는데 안타까울 뿐이다. 모처럼 정치적인 발언을 하는가 하면, 결국

　집을 떠났다가
　백악관에 들러
　국민들에게
　나라를 위한 일을
　어떻게 한다는 것을 일러주다가
　임기가 되니

　옛 친구들과 이야기하고 싶어
　고향 가는 길이다

　나는 아기를 제일 좋아한다
　나는 아기들에게서 새 것을 배운다

—「대통령」전문

이렇게 나라 안의 갑갑함을 먼나라를 통해 달래는 이산 특유의 체질을 보기도 하지만 이내 아기처럼 순해지고 마는 느낌을 받는다. 그러나 이산은 자유에 대한 신념이 대단하여, 그는 "위대한 거장들이 나는 데는 정치적 자유의 이념이 절대 필요하다. 시인은 자유의 음성 그 자체이다. 몇세대를 통하여 존재한 시인들은 그것을 어디까지나 지지했고 거기에 우선하는 것은 아무것도 없다. 그것을 왜곡하거나 그 품위를 떨어뜨릴 아무것도 없다. 위대한 시인이 취하는 태도는 폭군에 대해서는 위험천만이지만 노예에게는 희망

이 된다"는 신념을 가졌으면서도 끝내 시인의 권리와 의무를 시에서는 약간 유보시키며 살아왔던 것이 아닌가 여겨진다. 그리하여 이산은 그 자유 실천 유보 대신 "나무와 같이 서면 나무가 되고/돌과 같이 앉으면 돌이 되고"(「시인」), "구름은 봉우리에 둥둥 떠서/나무와 새와 벌레와 짐승들에게/비바람을 일러주고는/딴 봉우리에 갔다가도 다시 온다"(「우정」)고 노래할 수 있는 유유자적의 경지에 머물고 만다. 이산 혼자만을 통해서 본다면 물론 납득이 가고도 남는다. 그렇지만 일제의 투옥 경험은 너무도 값진 것이기에 그의 시가 노경에 이르러 더욱 치열한 공감을 우리에게 안겨주었으면 하는 아쉬움을 남겼다. 진정한 민족혼이나 진정한 시인의 혼은 마지막 한 획을 마무리지어 찍는 순간까지 이어져야 하기 때문이다. 그런데도 다음과 같은 시들은 우리로 하여금 저버리지 못하고 오히려 가까이 껴안게 하는 감동을 준다.

이상하게도 내가 사는 데서는
새벽녘이면 산들이
학처럼 날개를 쭉 펴고 날아와서는
종일토록 먹도 않고 말도 않고 엎뎃다가는
해질 무렵이면 기러기처럼 날아서
털만 남겨놓고 먼 산속으로 간다

산은 날아도 새둥이나 꽃잎 하나 다치지 않고
짐승들의 굴 속에서도
흙 한줌 돌 한 개 들성거리지 않는다
새나 벌레나 짐승들이 놀랄까봐

지구처럼 不動의 姿勢로 떠간다
그럴 때면 새나 짐승들은
기분 좋게 엎데서
사람처럼 날아가는 꿈을 꾼다

산이 날 것을 미리 알고 사람들이 달아나면
언제나 사람보다 앞서 가다가도
고달프면 쉬란듯이 정답게 서서
사람이 오기를 기다려 같이 간다

산은 양지바른 쪽에 사람을 묻고
높은 꼭대기에 神을 뫼신다
산은 사람들과 친하고 싶어서
기슭을 끌고 마을에 들어오다가도
사람 사는 꼴이 어수선하면
달팽이처럼 대가리를 들고 슬슬 기어서
도로 험한 봉우리로 올라간다

산은 나무를 기르는 법으로
벼랑에 오르지 못하는 법으로
사람을 다스린다

산은 울적하면 솟아서 봉우리가 되고
물소리를 듣고 싶으면 내려와 깊은 溪谷이 된다
산은 한번 신경질을 되게 내야만

高山도 되고 名山도 된다

산은 언제나 기슭에 봄이 먼저 오지만
조금만 올라가면 여름이 머물고 있어서
한 기슭인데 두 계절을
사이좋게 지니고 있다

—「산」 전문

　이산이 이룩해놓은 시 중에서 가장 뛰어난 「성북동 비둘기」를
기억해둠으로써 서툴게나마 이 글을 끝내려고 한다.

성북동 산에 번지가 새로 생기면서
본래 살던 성북동 비둘기만이 번지가 없어졌다
새벽부터 돌 깨는 산울림에 떨다가
가슴에 금이 갔다
그래도 성북동 비둘기는
하느님의 광장 같은 새파란 아침 하늘에
성북동 주민에게 축복의 메시지나 전하듯
성북동 하늘을 한 바퀴 휘 돈다

성북동 메마른 골짜기에는
조용히 앉아 콩알 하나 찍어먹을
널찍한 마당은커녕 가는 데마다
채석장 포성이 메아리쳐서
피난하듯 지붕에 올라앉아

아침 구공탄 굴뚝 연기에서 향수를 느끼다가
산 1번지 채석장에 도루 가서
금방 따낸 돌 溫氣에 입을 닦는다

예전에는 사람을 聖者처럼 보고
사람 가까이
사람과 같이 사랑하고
사람과 같이 평화를 즐기던
사랑과 평화의 새 비둘기는
이제 산도 잃고 사람도 잃고
사랑과 평화의 사상까지
낳지 못하는 쫓기는 새가 되었다

　우리 시사 속에서도 드물게밖에 찾아볼 수 없는 시다. 이토록
우리들에게 공감을 주는 이유를 어디서 찾아 무어라고 설명할 수
있으며, 과연 설명될 수 있을까. 문명비평? 근원에의 향수? 우리들
이 처한 상황? 도무지 잡히지 않아 확실하게 오는 느낌은 약하지
만 오는 공감만은 어쩔 수 없이 크다. 오랜 투병생활에서 기적적으
로 얻어진 시라고만 말할 수도 없다. 이는 자연과의 친화에서만 이
룩될 수 있는 시겠지만 마음을 닫아놓고는 아무나 쉽게 자연과 친
화를 가질 수는 없다. 삶의 어려움을 겪고 이겨냄으로써 마음이 열
려 있는 자만이 자연의 평등함과 신비함과 고귀함에 함께 놓일 수
있는 것이다.
　이산은 "시에 있어서 진미(眞味)에 이르는 첩경은 단순성에 있
다"고 했다. 계속해서 이 단순성에 이르는 길은 "만물을 보는 눈이

마음에서 열려야 한다"고 말했다. 이 마음이 열려 있는 상태는 시에 있어서 관념적이고 추상적이고 비현실적이고 하는 경지를 이미 넘어서 있는 후에 오는 상태다.

우리 역사 속에서 민중운동으로 다소나마 성공할 수 있었다고 보는 갑오동학농민혁명, 3·1운동, 4·19학생혁명도 민족의 마음이 열려 있었기에 가능했으리라고 본다. 이 단순한 진리를 이산은 시에서 증명해주고 있다. 퍽 다행한 일이다. 시인과 민족의 마음이 열려 있을 때는 어떠한 난관이 닥치더라도 능히 그 난관을 제치고 앞을 향해 나아가리라 믿는다. 그러므로 마음을 열어놓고 살자. 아픈 시대가 온다. 마음을 열어놓고 아픈 시대를 이겨나가자.

『창작과비평』 1977년 가을호

오늘의 나의 문학을 말한다
시집 『국토』를 생각하며

(이 글은 1978년 10월 24일, 가톨릭 서울대교구 사목연수원 주최로 명동 가톨릭문화회관에서 있었던 화요문화강좌 '오늘을 말하는 문학—나의 시, 나의 소설을 말한다'라는 제목으로 강연한 것인데, 녹음상태가 고르지 못해 불확실한 대목은 그때 사용했던 강연 메모를 참작하여 정리한 것이어서 곳에 따라 첨삭된 부분이 있을 수 있다는 점을 밝혀둔다.)

여기 올라앉은 까닭

방금 사회를 보시면서 고은(高銀) 선생께서 저의 성격이며 행동거지에 대해 과찬의 말씀을 해주셔서 고맙기도 하고 한편 쑥스럽기도 합니다. 기왕에 칭찬을 해주시려면 아주 곤란할 정도로 철저히 해주시든지 아니면 나의 시에 대해서도 칭찬을 해주셨으면 좋았을 것을 하는 생각도 듭니다. 그러나 하여튼 감사합니다.

주최자 측에서 문학강연을 해보는 것이 어떻겠느냐고 해서 처음에는 선뜻 그러자고 할 수가 없었습니다. 여기 참석하신 여러분들도 익히 알고 계시리라 믿습니다만 지금은 '때가 때인 만큼' 제가 감히 무엇을 어떻게 말해서 책임질 수 있겠으며, 더더구나 지금 이 순간에도 문학인의 본분을 충실히 한 댓가로 친구나 선배문인들이 감옥에서 많은 고생들을 하고 있는 판국에, 밖에서 편히 지내는 내가 무엇이 그리 잘났다고 나설 수 있겠느냐는 생각에서였습니다.

그렇지만 한편으로는, 요즘은 관 주도의 행사 이외는 별도로 사람들이 많이 모이는 기회도 없고, 또 많이 모여 있는 것이 그립기도 하고, 여기 나오면 무엇인가를 기다리는 많은 사람들의 얼굴도 모처럼 볼 수도 있고, 그래 서로 얼굴이나 마주보며 눈길이라도 부딪쳐보면 서로 무엇인가를 함께 배울 수도 있을 것 같아서 여기 이렇게 나와 있는 조태일입니다. 딱딱한 분위기는 여러분이나 나나 다 싫어할 것 같으니 여담 비슷한 몇마디를 하고 나서 별로 신통할 것 없는 일반적인 문학 이야기와 내 시에 관해서 단편적이나마 이야기해보기로 하죠.

별로 작품활동을 못하고 있어서

나는 소설가 조해일(趙海一)씨와 이름이 엇비슷하여 착각들을 한 나머지, 만나는 사람들마다 작품에 대한 찬사와 안부를 아끼지 않을 때가 한두번이 아니어서, 요즘처럼 문학활동에 열을 올리지 않고 있는 처지임에도 심심치도 않고 외롭지도 않습니다. 정말 이 말은 거짓말이 아닙니다. 바로 엊그저께도 어느 자리에서 친구(전 조선대학교 임영천 교수) 부인과 초면 인사를 나누며 "조태일입니다" 했더니 가운데 자를 잘못 알아들었던지, "아, 그러세요. 『겨울

여자』참 재미있게 읽었습니다" 하고 맞인사를 하더군요. 바로 옆 좌석에는 평론가 염무웅씨며 백낙청 교수도 있었습니다.

그뿐만이 아닙니다. 집안 친척들도 마찬가지입니다. 오랜만에 누이동생을 만나면 "오빠, 신문에서 오빠 사진 보았는데 얼굴이 수척해 보입디다" 하는가 하면, 누님들도 만나도 "니 사진 신문에서 자주 본다"라고 합니다. 활발하게 글을 많이 쓸 적에는 내 사진도 신문에 가끔씩 비친 적은 있지만, 요 몇년간은 시다운 시를 쓰지 못해 나온 적이 없습니다. 나의 친척들은 원래 배운 것이 없는 터라 소설이 무엇인지 시가 무엇인지를 알 턱이 없고, 그저 문학하는 오빠나 동생을 두었다는 것만 어렴풋이 알고는 있어 그런 기분나쁠 것 없는 오해를 할 것입니다.

아무리 배움이 없는 친척들도 자기 성씨인 나라 조(趙)자는 알 것이고, 세워놓아도 쓰러뜨려도 엎어놓아도 뒤집어놓아도 아니면 그냥 내팽개쳐도 작대기 하나인 한 일(一)자를 알 것이지만, 가운데의 클 태(泰)자와 바다 해(海)자는 한문에 대한 상당한 소양이 없고서는 음독하는 데는 어려울 것이고, 또 '태'와 '해'를 발음하는데 있어서도 자음 옆에 붙어있는 'ㅐ'는 모두 양성모음이므로 알아듣는 데에 착각을 할 소지가 많아, 요즘처럼 적당히 살아가며 적당히 의문을 표시하고 적당히 답변하고 적당히 인사를 나누는 적당주의가 팽배하는 세태 속에서는 자기 이름을 몰라준다고 나무랄 수는 없습니다. 오히려 문학인으로 해야 할 일들도 제대로 못하는 주제꼴에 이름 석 자 중에서 두 자만이라도 기억해준다는 사실만으로도 주제넘는 일이 아니겠습니까?

뿐만 아니라 70년대의 우수한 작품을 많이 창작함으로써 많은 독자를 휘어잡았던 조해일씨와 요즘 많은 화제를 뿌리며 엄청나게 선풍을 일으키고 있는 『난장이가 쏘아올린 작은 공』의 저자 조세희(趙世熙)씨와는 성씨도 같지만 경희대학교 국문학과 동창인 관계로 서로 어울려서 이름자도 섞여, 인사치레에서 빚어지는 그런 일들은 오히려 즐거운 마음까지도 안겨줍니다. 이 어려운 시대에 함께 섞여 인구에 회자된다는 것은 가뜩이나 정이 메말라 있는 세태에 얼마나 정겨운 일입니까? 신경림 시인의 시에도 "못난 놈들은 서로 얼굴만 봐도 흥겹다"라는 구절이 있습니다. 이름이 섞이고 또한 마음씨와 생각 그리고 행동까지도 함께 섞여 어울려 서로 신뢰하고 사랑하는 풍토는 좋은 것입니다.

　기왕 이름 타령이 나온 김에 내 이름 자랑을 한번 하겠습니다. 이희승 박사의 국어대사전을 보면 태일(泰一)의 뜻이, 나의 사람 됨됨에 비해 어마어마하게 풀이되어 있는데, 첫째는 중국철학에서 "천지만물의 출현 또는 성립의 근원 혹은 우주의 본체"라고 설명되어 있습니다. 또 태일이란 이름 밑에 별 성(星)자를 붙여 '태일성' 하면 "신령스런 별인데 하늘 북쪽에 있으면서 병란(兵亂)·재화(災禍)·생사(生死)를 맡아 다스리는 별"이라고 풀이되어 있습니다. 또 중국에는 태일교(泰一敎)라는 종교가 있는데 그 종교는 "중도(中道)를 숭상하고 대처(帶妻) 즉 마누라 갖는 것을 금하고 음주를 금하는 종교"라고 풀이되어 있습니다. 앞의 태일성은 그런대로 쓸 만하지만 태일교는 마음에 들지 않습니다. 물론 '중도'라는 원래의 뜻은 좋은 것이지만 해석하기 나름이어서 요즘 누군가 한참 떠들어대는 '중도통합론'을 연상하니 좋을 리가 없고, 나는 마누라 없이는 살 재간이 없는 터고 술은 내 조상 대대로 좋아하는 것이어서 그것을 금하니까 싫습니다.

　전번 강연 때 소설가 이문구(李文求)씨는 『토정비결』을 쓴 자기

선조(한산 이씨) 이지함(李之菡) 선생을 추켜세우고 "그 『토정비결』이 오늘날까지 오랜 세월을 거쳐서도 베스트쎌러가 되어 있기 때문에 후손으로서 자기의 소설집 『장한몽(長恨夢)』이나 『해벽(海壁)』 그리고 『관촌수필(冠村隨筆)』이 안 팔리더라도 서운하지 않다"고 의미심장한 말을 함으로써 은근히 자기 선조를 선전(?)하며 자기자신을 슬쩍 위로한 적이 있는데, 나는 여러분 앞에서 그처럼 자랑할 만한 조상도 없고 해서 겨우 나의 선친이 지어주신 기호에 지나지 않는 이름 석 자를 가지고 이름타령을 했습니다. 이것은 내 시집 『국토』가 긴급조치 9호로 판금되어 약이 올라서 그런 것은 아니고, 내가 그동안 게으름 피우느라 제대로 할 일도 못하고 시다운 시를 쓰지 못한 탓으로 내 이름이 여러분 기억에서 영원히 사라지지 않나 하는 세속적인 두려움에서 그럴 것이라고 생각들을 하고 많이 꾸짖어주시기를 바랍니다. 그리고 앞으로 긴급조치에 걸릴 시는 절대로 쓰지 말라고 타일러주셔도 무방합니다.

어려운 시대에서의 시인

어려운 시대이든 태평성대이든 시인은 줄기차게 시를 씀으로써 자기를 확인할 수 있습니다. 얼마간의 침묵도 자기 확인의 방법이 됩니다만 그 침묵이 길면 창조적 감각이 둔해집니다. 마치 바위처럼 침묵을 즐기다가는 영원히 굳어버리는 바위 꼴이 됩니다. 침묵을 깨고 발언을 하며 실천을 해야 합니다. 특히 어려운 시대일수록 시인뿐만 아니라 모든 지식인들은 침묵보다는 발언을, 발언보다는 실천을 해야 합니다. 자기가 지니고 있는 양심을, 자기가 알고 있는 상식만큼이라도 상식에 어긋남이 없이 실천하는 일이야말로 자신도 살고 남도 함께 사는 확인이 될 것입니다. 이것저것 계산하고 이 눈치 저 눈치 살피다가는 딱 한번 세상에 태어나서 여러번 죽는 꼴이 되고 맙니다.

여러번 죽기 싫어서 혹은 몇번 죽었으나 거듭나기 위해서, 구겨지고 싶지 않은 양심과 자유를 실천하기 위해서 요 근래에 와서 실천꾼들이 여기저기서 솟아나고 있습니다. 그 결과로 전에 없던 직업이 하나하나 생겨나고 있는데, 바로 그것이 '전직(前職)'이란 직업입니다. 그래 요즘 많은 분들이 진저리나는 실직(침묵)을 청산하고 전직 교수, 전직 언론인, 전직 근로자, 전직 변호사, 전직 학생, 전직 회사원, 전직 농민, 전직 신부, 전직 목사 등등 이른바 '현직 양심수'로 취직이 되고 있는데 전직 대통령은 불행히도 딱 한분밖에 없습니다.

그러나 바람직한 것은 문학인 특히 시인들에게는 전직, 현직이 따로 있을 수 없다고 봅니다. 행동은 시의 시작이요 언어로써의 표현은 시의 완성단계라고 말할 수 있으니까요. 시는, 문학은, 아니 모든 창조적 예술은 그 시대의 산물이라는 평범한 말이 있듯이 진정한 시인은 자신이 처해 있는 현실을 관망만 할 수는 없고 더구나 자신의 안일만을 찾아 도피할 수는 없습니다. 방관자나 도피자는 창조자(생산자)가 아니라 '소비는 미덕'이라는 시대에나 걸맞는 소비자일 뿐입니다. 문학인은 그 시대의 핵심체인 민중과 함께 파헤쳐야 하고 함께 점검해야 하고 함께 고민해야 하고 함께 울어야 하고 함께 고발해야 하는 실천적이고 능동적인 민주시민으로부터 출발해야 합니다. 그러기 위해서는 무엇보다도 용기가 필요한데, 나는 그런 용기가 없어 이 자리에 앉아서 별로 실감 없는 이야기만을 내뱉음으로써 여러분의 귀중한 시간을 갉아먹고 있습니다. 나는 용기가 없어 여기에 앉아 있는 처량한 신세이지만 기왕에 용기가 있어 이 자리에 보이지 않는 친구문인이나 선배문인들의 이야기를 빠뜨리지 않는 것이 '오늘을 말하는 문학'에 가장 적절할 것입니다. 그리고 그분들에 관한 이야기는 바로 내 문학을 말하는 나의 이야기가 될 것입니다.

투옥된 문인들의 문학적 태도

사실은 사실인데 신문엔 단 한 줄의 기사도 안 났지만, 여러분도 익히 알고 있듯이 지금 문학인 몇명이 감옥에 들어가 있습니다. 그냥 들어가 편히 쉬는 게 아니고 진실에 가득찬 문학을 낳기 위해 고생을 하고 있습니다. 동물에 비교해서 안됐지만 마치 한 마리의 씨암탉이 알을 낳아 병아리로 부화시키기 위해, 긴긴 날을 자유스럽게 나돌아다니지도 못하고 별로 잘 먹지도 못하고 밤이나 낮이나 두 눈을 껌벅이며 알을 품고 있듯이 말입니다.

그러나 그들은 너무 오래 감옥에 있습니다. 문학인의 당연한 양심에 따라 행동한 것이 그렇게도 긴 세월을 감옥에 있어야 하는 현실이 마냥 괴롭습니다. 그들이 삶을, 문학을 포기하지 않도록 우선 격려의 편지라도 띄우는 것이 도리일 것 같습니다. 김지하 시인은 서울구치소 수번 5085번이고, 양성우 시인은 청주교도소 수번 18번이고, 소설가 송기숙(宋基淑) 교수는 광주교도소 수번 1419번입니다. 오늘 이 강연이 끝나면, 밤의 명동이 화려하다고 할일 없이 배회하지 말고 모두 일찍 다투어 집으로 돌아가서서 꼭 편지를 띄워주시기를 부탁합니다. 이것은 여러분이 문학을 아끼고 문학인을 아끼고 나아가서는 문학행위에 동참하는 계기가 될 것입니다.

여러분들 중에서 어떤 분들은 자기 시를 이야기하지 않고 어째서 곤란스럽고 불편스러운 옥중문인들 이야기를 끄집어내느냐고 생각하실 분도 있겠지만, 이분들 이야기를 하지 않고 덜 돼먹은 내 시를 이야기한다는 것은 사치스러운 시간낭비일 뿐입니다. 더구나 이들은 좁게는 나의 친구이며 선배이지만 넓게는 문학의 끝도 없는 험난한 길을 함께 걷는 동시대의 문학인들입니다. 뿐만 아니라 그들의 문학작품을 좋아하고 그들의 용기있는 실천들을 한없이 존경하고 있습니다. 도저히 따라갈 수 없는 그들의 훌륭한 문학적 태도를 생각할 때마다 내 행동 폭의 비좁음, 행동 폭이 비좁음으로써 차단되는 상상력의 단조로움과 무기력은 내가 시를 쓸 때마다 가장 한탄해 마지않는 것 중의 하나입니다.

김지하 시인에 대해서는 너무나도 많이 알려져 있는 관계로 신상적인 소개는 줄이고, 그의 문학관을 잠깐 생각해보기로 하겠습니다. 10여년 전에 『시인』지에 발표됐던 그의 「풍자냐 자살이냐」라는 시론에는 다음과 같은 대목이 있습니다.

> 사회현실을 압축·반영하고 사회현실과 개인 내부의 갈등을 표현하여 동시에 그것을 극복하려는 싸움을 포기하지 않고 구체적인 언어, 전통 확립에로 나가는 노력을 중단하지 않을 때, 비로소 시의 패배는 시의 승리로 뒤바뀐다.

라는 구절입니다. 그렇습니다. 물고기가 건방지게 물을 떠나 뭍에서 살 수 없듯이 모든 인간은 현실을 떠나 너나없이 덤벙대며 미래를 향해 살 수는 없습니다. 현실과의 싸움 없이는 미래를 그냥 바라볼 수도 없습니다. 그 현실을 만족만 하고 있는 시인은 미래를 꿈꾸는 창조의지를 스스로 포기하는 것입니다.

그러므로 시인은 사회현실과 자기 내부간의 갈등을 끊임없이 부딪쳐 현실도 밝히고 미래도 밝히는 불꽃을 점화시켜야 합니다. 이 점화의 순간이 시작(詩作)의 순간이요, 시완성(표현)의 순간이 됩니다. 또한 사회현실을 진단하고 자기 내부의 갈등을 부단히 부딪치며 모순을 극복하려는 과정은 바로 싸움의 저항의 과정인 것입니다. 그 저항의 과정을 거친 시인만이 특수 계층의 사람뿐만 아니라 평범한 사람들도 공감하여 향유할 수 있는 구체적인 언어를 발견하고 제시할 수 있게 하는 시인입니다. 그 구체적인 언어야말로 시인이 결코 외롭지 않은 민중과의 혈연을 맺는 '고리 역할'을 하는 것입니다. 이런 면에서 김지하 시인은 천성적으로 저항의 시인이며 민중의 시인이며 매순간마다 패배할 줄 모르는 승리의 시인이자 부활의 시인인 것입니다.

다음은 양성우 시인에 대해서 알아보도록 하죠. 양시인은 「겨울 공화국」이라는 시를 광주의 어느 기도회에서 낭독을 한 것이 당국의 미움을 사서 마침내는 그가 교편을 잡고 있던 광주중앙여고에서 '교직원과의 불화'라는 얼토당토 않은 이유로 파면을 당한 후, 지리산 밑 구례의 천은사란 절에서 잠시 유배생활(?)을 하다가 무엇이 그리 그리웠던지 상경하여 지내다가, 얼마 후 「노예수첩」이란 시를 일본에서 발행되는 월간지 『세까이(世界)』에 발표를 했는데 그것이 또 문제가 되어 구속된 후 4년형을 확정받고 청주교도소에 수감되어 있습니다. 그는 법정최후진술에서 "나에게 죄가 있다면 이 땅에 태어난 죄밖에 없다. 만일 나에게 죄가 있다면 이 시

166

대에 산 죄밖에 없다. 만일 내가 죄가 있다면 이웃을 사랑한 죄밖에 없다. 만일 나에게 죄가 있다면 시를 쓴 죄밖에 없다"고 간단명료하게 단호히 말을 했습니다.

이 말은 이 땅에 태어난 보람으로 이웃(민중)과 고통을 함께하고 이웃과 함께 숨쉬며 시를 썼다는 말이 됩니다. 이런 그의 문학적 태도는 김지하 시인과도 통하는 것입니다. 시인은 일단 현실과의 부딪침 없이는 민중과 함께 살아 있는 시를 쓸 수가 없습니다. 이런 태도는 김지하 시인이나 양성우 시인이나 소설을 쓰는 송기숙 교수나 마찬가지로 나타납니다.

송기숙 교수는 잘 알려진 대로 소설을 쓰는 소설가입니다. 송기숙 교수는 금년에 전남대학교에서 동료교수 10여명과 함께 '민주교육지표'란 성명서 겸 건의문을 작성하여 배포했다는 죄로 4년형을 선고받고 광주교도소에 수감된 '전직 교수'인데 이 무렵 간행된 그의 소설집 『도깨비 잔치』 서문을 보면,

우리가 제정신을 가지고 살아간다는 것은 우리가 처한 역사적 현실 속에서 자기 존재를 확인하고 그것을 성실하게 실현하는 것이겠고, 글을 쓴다는 것은 그러한 존재의 가장 적극적인 발현이라 생각한다. '너는 도깨비다'라는 말을 뒤집으면 '나는 도깨비가 아니다'가 되는데, 나도 그런 도깨비 중에 하나로 살아온 것이다. 문학의 사회적 기능은 도깨비가 도깨비인 줄 모르고 살아가는 것을, 그것은 도깨비의 삶이라는 것을 깨우쳐주고 서로가 도깨비가 아닌 사람으로 살아가자는 것일 것이다. 도깨비가 세상에서 활개를 치고 도깨비들이 세상에서 득세를 할 때 작가의 사회적 사명은 그만치 커지는 것이 아니겠는가.

라고 적고 있습니다. 인용이 좀 길어지겠습니다만 그가 법정최후 진술에서 한 말을 옮겨보겠습니다.

어머니가 젖먹이 아이에게 젖을 안 줘서 애가 죽게 되는 경우 어머니는 아무런 행동을 하지 않았지만, 않았다는 사실 자체만으로 부작위(不作爲)의 범죄를 저질러 살인죄와 같이 취급된다. 학생들에게 진실을 가르쳐야 할 교수가 진실을 말하지 않는다는 행위도 똑같은 부작위 범죄라고 믿는다. 나 자신 소설가로서 이 시대의 진실을 기록하고 증언하는 것이 나의 임무라 믿고, 요즘 재판을 받고 들어갈 때마다 그날 있었던 일 하나, 표정 하나라도 안 놓치려고 애쓴다. 재판부의 결정이 진실에 어긋난다고 생각될 때는 이렇게 증언할 것이다. 판결이 어찌 되든 나로서는 역사의 아픔으로 알고 담담히 받아들이겠으나 재판부는 자신의 결정에 대해 책임을 져라.

참으로 감동적인 글이어서 길게 읽어드렸습니다만, 송기숙 교수의 위 두 글에서 나타난 요지는 문학의 사회적 기능과 문학인의 사회적 책임을 강조함으로써 허위로 가득찬 현실을 방관하거나 도피하지 않겠다는 문학과 문학인의 단호한 태도를 설파한 것입니다. 이런 태도야말로 세월 몰라라 몽혼(曚昏)의 늪에 빠져가는 반역사·반사회·반인간·반문학적 부작위의 범죄를 추방하는 것이며, 미래를 꿈꾸는 좋은 문학을 창조하는 능력을 갖추는 것입니다.

문학과 권력과의 갈등

그런데 이들의 이와 같은 문학적 태도는 권력의 노여움을 사게
마련입니다. 그래서 이들은 감옥에 갇혀 있습니다. 그들이 사회
적·역사적 현실을 망각하고 책임을 저버리고 개인의 안일만을 추
구해 침묵했거나 도피했다면 그들은 지금 여러분이나 나와 함께
이 자리에 이렇게 있을 것입니다. 그렇다고 여러분이 역사의 죄인
이라는 말은 절대 아닙니다. 여러분을 다 받아들일 수 있도록 감옥
이란 것이 그렇게 넓은 것은 아닙니다. 될 수만 있으면 감옥에 가
지 않는 것이 좋습니다.

아까 권력의 노여움을 사기 일쑤라고 말했는데 정도의 차이는
있지만 어느 나라 어느 사회에서도 끊이지 않습니다. 문학인은 현
실 속의 모든 비리나 허위의식 같은 것을 없애고 보다 나은 미래를
창조하려는 의지의 창조인이고, 권력은 될 수만 있으면 모든 의식
을 잠재우고 있는 현실을 그대로 감추어 유지해나가려는 속성을
가지고 있기 때문입니다. 문학이 있는 한, 양심이 있는 한, 현실적
권력과 참 삶을 살려는 문학인 사이에 이런 마찰은 없어지지 않을
것입니다. 시인이나 지식인이나 혹은 평범한 사람들이나간에 깨
어 있는 사람이라면, 시대를 아파하고 괴로워하면서 그 암흑 속에
서 진실을 캐내려고 할 것이고 그 권력은 그 캐냄을 한사코 저지하
려 할 것입니다. 시인이 시대를 아파하고 괴로워한다면 분명 그 시
대는 병들어 있는 것입니다. 시인은 이 사회가 병들었다고 외치고,
권력은 이 사회가 성성한데 극소수의 불평분자들이 까분다고 몰
아세웁니다.

나는 고은 선생이랑 함께 잠깐 구속되었던 일이 있습니다. 양성우 시집 『겨울 공화국』을 편집·제작·배포함으로써 허위사실을 공공연히 유포했다는 혐의였습니다. 양성우의 시는 현실의식이 강한 점이 특징인 것은 사실입니다. 그러나 그것이 현실을 소재로 했다 해서 허위사실은 아닙니다. 오히려 사회의 모든 허위를 파헤쳐 그 속에 감추어져 있는 진실을 밝히려는 보람된 진실의 작업입니다.

한쪽은 허위사실이라 하고 한쪽에서는 진실이라는 팽팽한 싸움이 벌어집니다. 문학은 원래 그럴듯한 허구라고 말하고 문학인도 국민이니 모든 사람 앞에 골고루 적용되는 법을 피할 수 없다고 맞섭니다. 아무튼 수사를 받는 동안 시어 하나하나를 꼬치꼬치 살벌한 의미를 부여해 묻는 수사관 앞에서 솔직히 겁도 났습니다. 시작 활동으로 투옥된 동료문인의 옥바라지할 경비를 염출하기 위해서 시집을 만들어 배포한 것이 구속까지 되었다면 이것은 분명히 큰 충격입니다. 사회가 엄청나게 경직되어 있다는 증거입니다. 수많은 문인들의 도움으로 1개월여 만에 풀려나왔지만 수사과정에서 수사관과 특별히 신경전을 벌였던 말 중에서 재미있었던 대목을 말하겠습니다.

양성우 시에는 남산·북악산 등 산 이름과 이리·늑대·너구리·여우·살모사·능구렁이 등등 인간사회에서는 기분 좋은 동물로는 보지 않는 동물 이름들이 나오는데, 수사관이 내게 다그쳐 묻는 말은 "남산은 중앙정보부를 지칭하고 북악산은 청와대를 지칭하고, 동물 이름들은 그곳에서 공무를 담당하는 공무원들을 빗대 욕함으로써 총화를 저해하는 사실 왜곡의 허위사실을 퍼뜨린 것이 아니냐"는 것이었습니다. 나는 기가 찰 노릇이어서 처음에는 어리벙

병 망설이다가 이렇게 대답했습니다. "남산은 중앙정보부를, 북악
산은 청와대를 지칭한 것이라고 믿을 사람이 대한민국에서 과연
몇사람이나 되겠습니까? 오히려 남산이나 북악산에 동물들이 득
실거린다는 표현을 두고, 우리 대다수 국민들(특히 서울 아닌 시골
사람들)은 그동안 정부에서 강력히 추진한 애림녹화사업이니 육
림사업이니 하는 것이 잘되어서 서울의 산에도 이제 갖은 동물들
이 번식하고 있구나 생각할 것입니다. 비록 번식하고 있지는 않더
라도 많은 국민들은 그렇게 번식하는 자연천국을 바라고 있을 것
입니다. 또 우리 고전문학작품에도 남자와 여자, 선인과 악인, 양
반과 상놈, 남쪽과 북쪽 하는 식으로 서로 대칭되는 개념의 표현들
이 많이 나오는데, 현재 우리나라 산 중에서는 '남산'은 있고 '북
산'이란 말이 없어 '남산'에 대칭되는 산으로 '북악산'을 쓴 것으로
생각합니다. 만일 수사관의 말씀대로라면 우리나라 3천만이 부르
는 애국가 2절에 '남산 위에 저 소나무 철갑을 두른 듯'이라는 가
사가 있는데 이 애국가를 부르는 사람이나 듣는 사람들이 '중앙정
보부 위에 저 소나무 철갑을 두른 듯'이라고 곡해해서 들을 사람이
도대체 우리 국민 중에 몇명이나 되겠습니까? 요즘 신문 만평란에
보면 자주 나오는 만화이고 가십이지만, 국민의 선량인 국회의원
을 두고 감히 애보는 사람으로 표현하고 그리고 있는데 이거야말
로 엄청난 사실 왜곡이 아니겠습니까? 양성우 시나 만화·만평도
모두 비유고 풍자이고 상징이고 허구이지 그 이상의 것도 그 이하
의 것도 아닙니다" 하고 수사관의 얼굴을 무척 조심스럽게 살피며
진실이 가득찬 어조로 대답했었습니다. 그랬더니 서로의 우문현
답을 여기서 넘길 요량에서인지 수사관이 "하여튼 조선생 당신 말
잘합니다. 문학하는 사람은 그렇게 말을 다 잘합니까?" 해서 "말

을 잘한 것이 아니고 사실 내 진심을 진실대로 말했을 뿐입니다"라고 답변했었습니다. 물론 이 말끝에다가 미소를 흘리면서 말입니다.

여러분! 한번 함께 생각해봅시다. 시 작품은 객관보다는 주관이 훨씬 강하여 객관적인 표현보다는 주관적인 표현이 훨씬 앞섭니다. 그러니까 시에 동원된 시어들은 거개가 비유·암시·함축·우의(寓意)·익살·엄살 등 상징적인 역할을 하고 있는 것이 아닙니까? 시어와 시어의 사이, 행과 행의 사이, 연과 연의 사이의 상징적 표현기법을 도외시하고 어떤 법조문이나 과학논문의 단어 풀이하듯 객관적 뜻만을 시에서 찾는다는 것은 처음부터 큰 잘못입니다. 시에 대한 문학에 대한 기본적인 애정이 결여된 이상 권력과 시인과의 관계는 항상 팽팽한 긴장이 감돌게 마련입니다. 권력에 문학이 편입되어서는 그 문학은 한갓 구호나 격문의 도구가 될 것입니다. 오히려 문학 쪽에 권력은 한 소재로써 편입되는 것입니다.

『국토』를 쓸 무렵, 내 시의 관심사

이제 내 시집 『국토』에 대해 말씀드리기로 하죠. 막상 내 시집에 관해서 이것저것 말씀드리려 하니 괜히 쑥스러워집니다. 자기 시에 대해서 설명한다는 것은 무척이나 어렵습니다. 그리고 무척 괴로운 일입니다. 사소한 비밀까지를 털어놓는 실없는 짓이라고 믿기 때문입니다. 그러나 여러분이 이해한다면 실없는 짓도 마다하지 않겠습니다. 여러분이 궁금해하는 것들은 사실은 지금까지 내가 말한 말 속에 모두 들어 있습니다. 그래서 내 시를 말함으로써 다시 이야기가 중복될 수도 있겠습니다만, 이 강연의 결론으로써 말하겠습니다.

『국토』는 1975년 창작과비평사에서 펴냈습니다. 그런데 그만 판금당하고 말아서 여러분들은 이 시집을 접할 기회가 없었을 것입니다. 혹 접한 사람이 있더라도 호기심에서 보았을 것이고, 읽어본 사람들은 "뭐 이런 것이 있어" 하고 거부반응을 일으켰을 것입니다. 달콤한 시들이 아니어서 말입니다. 달콤하지 않은 것이 사실입니다. 일부러 어거지로 달콤하게 쓸 내 성격도 아닙니다. 어려운 시대인데 헛바닥에나 와닿는 그런 달콤함을 추구할 때가 아닙니다. 그 시집 후기에 나는 이렇게 적었습니다. "목숨 부지하며 살아가기가 참말로 부끄러워 괴로움에 온 마음과 온몸을 조인 채 허위적거리며 살아온 5년 남짓한 소용돌이 속에서 썼던 연작시 「국토」 48편……" 운운이라고. 그리고 맨 마지막에 "따라서 나는 이 시집을 계기로 뉘우치고 깨달으면서 나에게 채찍을 가할 것이다. 줄기차게 시를 써야 할 것이고, 때에 따라서는 절필도 각오해야 한다면서"라고 끝맺었습니다.

남들은 살기 좋은 시대라고 말할지 모르지만 시를 쓰는 나로서는 어쩐 일인지 목숨 부지하며 살아가기가 무척 부끄러운 시대였습니다. 일찍이 교과서에서 배운 대로 펼쳐지는 시대가 아니었습니다. 이러다간 내 개인의 존재마저 거대한 허위의 물결 속에 휩쓸리고 말 것이라는 불안감에 싸였습니다.

나더러 친구들은 '곰'이라고 곧잘 부릅니다. 출생지가 지리산 근처이고 자랄 때는 멧돼지·이리·여우·늑대·사슴·고라니 등등 온갖 동물들과 어울려 자랐기 때문에 '곰'은 낯설지 않은 별명입니다. 내 몸짓이 우람스럽게 커서 그런 연상들을 하겠지만, '곰' 하면 여러분들도 금방 떠오르겠지만 미련하고 우직스럽게 여기는 동물이 아닙니까? 자기 새끼들에게 먹이를 찾아주기 위해 큰 바위를 들어 그 밑으로 새끼들을 불러들인 다음 슬그머니 바위를 놓아버림으로써 자기 새끼들을 다 죽게 하는 그 덩치 크고 미련한 동물 말입니다.

그런데 그 미련하고 우직스러운 곰의 눈에 펼쳐지는 현실은 그리 쓸 만한 것이 아니었습니다. 그러니 미련한 곰도 자기가 살기 위해서는 어떤 방법을 강구할 수밖에 없었습니다. 이 사는 방법은 깊은 산속으로 슬슬 기어가 숨어들어가는 것이 아니라, 현실과 슬슬 대결하는 것이었습니다. 일상적 삶의 자유도 급하지만 무엇이나 쓸 수 있는 창조의 자유가 더 급했습니다. 나는 시인이기 때문입니다. 표현된 문학이 후세에 전해지지, 표현되지 않는 문학성은 현실과 함께 사장되는 법입니다.

문학은, 특히 시는 원래 작품에 자유의 행사를 그 생명으로 한다고 합니다. 이 자유의 행사는 바로 새로운 창조의 세계를 획득하려는 의지이기도 합니다. 김수영 시인도 시에 자유를 행사한 흔적이 있느냐 없느냐에 따라서 새로운 시인지 낡은 시인지를 구별할 수 있다는 말을 한 적이 있습니다. 이 창조적 세계를 획득하려는 자유의 행사가 바로 저항이라 할 수 있습니다. 이 저항은 현실과 유리되어 있는 것이 아니라 항상 현실과의 밀착된 관계에서 항상 긴장으로 있는 것입니다. 그러니까 시인과 현실과의 최선의 거리는 유리가 아니라 밀착이란 것입니다. 이 밀착이 곧 참여가 됩니다. 그런데 이 참여는 일신상의 모든 어려움을 견디며 새로운 자유, 새로운 창조정신을 전제로 해야지, 어떤 정치권력이나 정치체제에 순응하는 참여를 말하는 것은 아닙니다.

그런데 소위 순수 소설가다 순수 시인이다 하는 사람들(이들을
진실로 소설가다 시인이다 부를 수 없지만)은 정치권력에 붙어 뒷
구멍으로 제 현실적·세속적인 실속을 다 챙기고 있습니다. '글은
곧 그 사람이다'라는 말이 있듯이 '사람 따로 글 따로'를 생각할 수
있겠습니까? 거듭 말합니다. 참여정신은 현실의 순응과 순응에서
얻어지는 세속적·현실적 실속을 얻는 정신이 아니요, 저항정신이
며, 저항정신은 자유를 찾아 자유를 행사함으로써 가능한 새로운
창조의 정신입니다.

내 시의 관심은 우선 현실 쪽입니다. 현실을 제대로 알지 못하
고 어찌 감히 미래를 창조할 수 있겠습니까? 내 시의 진실은 바로
현실입니다. 현실 속에 모든 시의 싹이 움트고 있습니다. 현실의
부조리함이나 허위의식, 거기에서 파생되는 인간정신의 위기로부
터 도피하거나 현실을 만족하고 방종하게 살아갈 아무런 이유도
내겐 없습니다. 꼼짝없이 나는 현실인일 뿐입니다. 나는 지식인의
무사안일한 침묵이나 혼자만 아는 지적인 유희를 경멸합니다. 인
간 삶의 정도(正道)가 흐트러진 사회에서 침묵은 굴종이며 허위에
대한 방조에 지나지 않습니다. 인간의 순수함이 짓밟히는 획일주
의나 독재주의 횡포 아래서 인간정신의 상실을 막기 위해 저항합
니다. 꼭 이길 것을 알고 저항하는 것은 아닙니다. 옳으니까 저항
하고 저항하는 순간이 곧 자유가 탄생되고 신장되는 승리의 순간
이기 때문입니다.

이미 작고하셨습니다만 시인 김광섭 선생님은 『나의 옥중기』라
는 자서전에서, 자신의 무사안일만을 위해서 진리를 덮어둘 수는
있어도 자기를 믿는 제자들을 속여 일본제국주의에 팔아넘길 수
가 없어 학생들을 올바르게 가르치려고 노력했으며, 죄를 면하기

위해서는 독립을 희망하지 않는다고 말하려 했지만, 그것은 나의 양심이나 민족의 양심을 부정하는 것이어서 고문을 참았다고 적고 있는데, 이 시대에 이 말은 시사함이 크다고 하겠습니다. 불의의 시대에 의인이 갈 곳은 감옥뿐이라는 뜻입니다. 감옥은 자유가 사장되는 곳이 아니요, 잉태되는 곳입니다. 창조인은 종말에서 출발을 보고 죽음에서 부활을 찾는 것을 생명으로 알고 있습니다.

우리 현실은 분단의 현실입니다. 분단 속에서 살면서 분단을 의식하지 않으면 통일을 꿈꿀 수 없습니다. 우리 현실은 급격한 산업사회의 구조로 변혁되고 있습니다. 이 산업사회의 모순을 의식하지 않고는 인간정신의 발굴을 꿈꿀 수 없습니다. 우리 현실은 빈부격차가 심화되어가고 있습니다. 빈부격차의 현실에 살면서 이의 폐해를 의식하지 않는다면 민주사회의 우애와 평등을 꿈꿀 수 없습니다. 우리 현실은 여사여사한 이유로 국민의 기본권이 상당량 유보되고 있습니다. 이 현실을 인식하지 않고는 폐쇄사회를 벗어날 수 없습니다. 『국토』를 쓸 무렵의 내 의식은 대충 이런 것들로 가득 차 있었습니다. 아직도 이런 의식은 계속되고 있습니다.

「국토서시」에서 「강간」까지

『국토』 첫머리에 있는 「국토서시」는 바로 나의 이런 의식을 집약해 내 시의 의지를 나타내본 것입니다.

발바닥이 다 닳아 새 살이 돋도록 우리는
우리의 땅을 밟을 수밖에 없는 일이다.

숨결이 다 타올라 새 숨결이 열리도록 우리는
우리의 하늘 밑을 서성일 수밖에 없는 일이다.

야윈 팔다리일망정 한껏 휘저어
슬픔도 기쁨도 한껏 가슴으로 맞대며 우리는
우리의 가락 속을 거닐 수밖에 없는 일이다.

버려진 땅에 돋아난 풀잎 하나에서부터
조용히 발버둥치는 돌멩이 하나에까지
이름도 없이 빈 벌판 빈 하늘에 뿌려진
저 혼에까지 저 숨결에까지 닿도록

우리는 우리의 삶을 불지필 일이다.
우리는 우리의 숨결을 보탤 일이다.

일렁이는 피와 다 닳아진 살결과
허연 뼈까지를 통째로 보탤 일이다.

―「국토서시」 전문

　내가 『국토』를 쓸 전후의 내 마음속을 잠시도 떠나지 않았던 핵
심적인 관심들은 자유·민주·헌법·노동·민중·언론 등등 실로 내
못난 능력으로는 감당하기 어려운 말이었고, 그 말들이 빚어내는
참담한 정서들이었습니다. 어떻게 생각하면 순수인간들이라고 자
처하는 순수파들이 가장 꺼려하며 기피하는 사고(思考)의 영역이

라고 할 수 있습니다. 제 자신 하나 제대로 감당하기 어려운 주제에 나 아닌 다른 공동사에 관심을 표명한다는 점은 지나친 욕심이랄 수도 있습니다. 내 '개인'을 지키는 일도 중요하지만 개인을 서로 연결하여 '우리'를 확인해보는 것도 시인에게 있어서는 중요한 임무입니다. 이 '우리'는 바로 역사의 실체이며 주체이며 문학의 주체이기 때문입니다.

나는 곧잘 내 개인의식이나 감정을 '우리'와 '역사'의 것으로 비약시켜보는 데 흥미를 갖고 있습니다. 나는 1970년 10월에 진주에서 개최된 '개천예술제'에 서정주 선생님, 이원수 선생님이랑 함께 백일장 심사위원의 한 사람으로 참석한 적이 있는데, 남강에 발가벗고 뛰어든 사건이 있습니다. 시인 강희근도 모래사장 위에서 나의 하는 짓을 발을 동동 구르며 지켜보고 있었지만, 나는 남강을 헤엄쳐다녔습니다. 그 추운 새벽 강물 속을 말입니다. 왜 그랬느냐고 하면 내가 대학 다닐 때 친하게 지내던 여자친구가 진주 출신이어서 그때 그 사람 생각이 간절히 떠올라서였습니다. 그 사건을 소재로 쓴 시가 「논개양(論介孃)」이란 시였습니다.

논개양은 내 첫사랑
논개양을 만나러 뛰어들었다.

초겨울 이른 새벽
촉석루 밑 모래밭에다
윗도리, 아랫도리, 내의 다 벗어던지고
내 첫사랑 논개양을 만나러
남강에 뛰어들었다.

논개양은 탈없이 열렬했다.
내가 입맞춘 금가락지로 두 손을 엮어
왜장을 부둥켜안은 채
싸움도 끝나지 않고 숨결도 가빴다.

잘한다, 잘한다, 남강이 쪼개지도록 외치며
논개양의 혼 속을 헤엄쳐 다니는데,
물고기란 놈이 내 발가벗은 몸을 사알짝 건드렸다.
아마 그만 나가달라는 논개양의 전갈인가부다.
내 초겨울 감기를 걱정했나부다.

첫사랑 논개양을 그렇게 만나고
뛰어나왔다.
논개양을 간신히 만나고 뛰어나왔다.

—「논개양」 전문

시 한편의 출발은 완전히 개인적이고 그것도 남녀간의 평범한
사랑에서 비롯된 것이었지만 역사의 현장(남강)에서는 그 사소한
사랑이 역사적인 사랑으로 승화되어 나타나게 됩니다. 박제된 역
사가 아니라 지금도 한창 살아서 진행중인 역사의 소용돌이로 본
것입니다. "왜장을 부둥켜안은 채/싸움도 끝나지 않고 숨결도 가
빴다"는 구절은 한·일 관계가 서로 대등한 나라 사이의 일로 정상
을 회복하지 않는 한 현재진행형으로 있을 것입니다. 바로 이것은
개인인 '나'의 진행이자 '우리'의 진행인 것입니다.

통일문제도 그렇습니다. 개인의 행복과 자유가 보장되기 위해
서는 '우리'의 문제가 해결되어야 합니다.

> 잠든 금수강산엔 잡초만 자란다.
> 그 잡초들을 흔들며
> 움직이지 못하는 바람은
> 움직이지 못하는 바람만 낳고
> 빈 목소리는 빈 목소리만 낳는구나
> 갑순아.
>
> 심심한 판에 나아가 밀어버릴까부다
> 육자배기나 한 목청 뽑으면서
> 우리 사이에 가로놓인
> 그 바람이거나 목소리거나
> 가령 휴전선 같은 거를
> 나아가 밀어버릴까부다.
>
> 밀다가 죽으면? 송장으로 밀지.
> 송장이 썩어 문드러지면?
> 거 있지 않은가.
> 빛깔 강한 흰 뼈거나
> 검은 머리칼로,
> 갑순아.
>
> ─「흰 뼈로」 전문

180

통일문제만큼 우리에게 가장 절박한 것은 없습니다. 이 통일문제 논의를 꺼려해서 해결하려는 능동적인 의지를 스스로 꺾어버린다면 우리는 이 분단으로 인해 야기되는 온갖 불행을 피할 수 없습니다. 그런데 우리들 중에는 이 분단을 정치적 맥락에서만 보려 하는 버릇이 있습니다. 분단 해결 노력은 정치적 노력에서만 가능한 것은 아닙니다. 경제·사회·문화·정치·예술의 모든 분야에서 표명되어야 합니다. 아니 인간이 살아가는 데 있어서 필요한 모든 필요조건이 분단극복의 필요조건이 되는 것입니다. 분단시대에 사는 우리의 사고가 곧 분단극복이라는 자랑스러운 책임으로 각성되어 있을 때라야만 우리는 통일을 앞당길 수 있고, 통일 후에야 비로소 우리는 삶을 폭넓게 향유할 수 있습니다.

온갖 것이 남편을 닮은
둘쨋놈이 보고파서
호남선 삼등 야간열차로
육십 고개 오르듯 숨가쁘게 오셨다.

아들놈의 출판기념회 때는
푸짐한 며느리와 나란히 앉아
아직 안 가라앉은 숨소리 끝에다가
방울방울 맺히는 눈물을
내게만 사알짝 사알짝 보이시더니

타고난 시골솜씨 한철 만나셨나
山一番地에 오셔서

이불 빨고 양말 빨고 콧수건 빨고
김치, 동치미, 고추장, 청국장 담그신다.
양념보다 맛있는 사투리로 담그신다.
―엄니, 엄니, 내려가실 때는요
  비행기 태워드릴께.
―안 탈란다, 안 탈란다, 값도 비싸고
  이북으로 끌고 가면 어쩌게야?

옆에서 며느리는 웃어쌓지만
나는 허전하여 눈물만 나오네.

―「어머님 곁에서」 전문

　통일과 어머니를 생각하며 쓴 시입니다. 나의 가족들은 고향 곡
성에서 여순반란사건을 만나 죽을 고비를 수십차례씩이나 겪으며
살다가 가산을 다 팽개치고 광주 시내로 피난와서 살았었습니다.
6·25를 만나서도 고생을 했습니다. 아버지께서는 홧병으로 돌아
가셨고, 어머님은 35세의 나이로 홀몸이 되어 7남매를 먹여살리느
라 별 고생을 다 하신 분입니다.
　홍은동 산 1번지인 김관식 시인 댁에서 문간방 하나를 세내어
신혼을 차리고 사는 아들녀석 집에 오셔서 타고나신 일을 하시는
걸 보고 '호남선 삼등야간열차' 대신 비행기를 태워드릴까 하는
생각이 미쳐 넌지시 꺼낸 말을 받아, 어머님은 "이북으로 끌고 가
면 어쩌게야" 하시면서 나의 제의를 단호히 거절하는 것이었습니
다. 우리가 무슨 통일 이야기 끝에 오고간 말이 아니고 평범한 일
상 이야기 끝에 나온 말치고는 나의 가슴을 그렇게 크게 때릴 수가

없었습니다. 물론 그 무렵 KAL기 납북사건이 터지고 해서 어수선했기는 했습니다.

우리는 늘 이런 불안의식 속에서 살고 있습니다. 이 불안의식이 우리들의 자유를 좀먹고 있는 것입니다. 이 불안의식의 해소는 남북통일이 이룩된 후에 없어질 것입니다. 내가 "비행기 태워드릴게요" 했을 때 "오냐 오냐 태워달라, 압록강을 거슬러 백두산 천지도 한 바퀴 돌란다"의 대답이 우리의 모든 어머니에게서 나올 때는 통일 이후의 이야기가 될 것입니다. 그렇다고 해서 압록강도 보고 백두산도 보고 싶다는 국민적 희망을 포기하고 의지를 꺾어버릴 때도 통일은 저절로 오는 것이 아닙니다. 통일의지는 우리 5천만 국민의 염원인 동시에 의무이며 권리입니다. 통일논의의 자유가 보장되었을 때 통일의지는 탄력을 갖게 마련입니다. 그래서 통일논의는 처음부터 '적막'을 요구하지 않습니다. '적막'을 요구할 때 모든 통일논의는 기피의 대상이 되고 맙니다. 통일뿐만 아니라 우리가 사는 사회가 '적막'을 요구한다면 그 사회는 모든 것을 포기해버린 죽은 사회입니다.

우리들이 흔히 역사적 교훈을 되새기고 역사적 일화를 되새기는 이유는 그 역사의 죽어버린 듯한 과거가 현재에도 살아 있고 미래에도 살아 있을 것이기 때문입니다. 고사(古事) 하나를 인용해보겠습니다. 옛날 주나라의 무왕이 옆의 은나라를 쳐들어갈 요량으로 정탐꾼을 보내 은나라의 지금 분위기를 살펴오라고 했습니다. 돌아와 보고하기를 "어지러워져 있습다." "얼마만큼 어지럽더냐?" "악한 자들이 착한 사람들을 억누르고 있습다." "아직 멀었다"고 무왕이 말하고 얼마쯤 세월이 지난 다음에 정탐꾼을 또 보냈습니다. 돌아와 보고하기를 "대단히 어지러워졌습다." "얼만큼?" "어진 사람들이 나라 밖으로 달아나고 있습디다." "아직 멀었다"고 말하고 얼마쯤 지난 다음에 또 정탐꾼을 보냈습니다. 돌아와 보고하기를 "몹시 어지러워졌습디다." "얼만큼?" "백성들이 불평을 입밖에 내지 못하도록 형벌로만 다스리고 있습디다" 하니 그때서야 무왕은 "그럼 됐다" 하고 쳐들어가서 손쉽게 은나라를 정복했다는 고사입니다.

내 시 「눈보라가 치는 날」이나 「풀어주는 목소리」 「푸른 하늘과 붉은 황토」 「목소리」 등은 다 이런 관점에서 씌어진 시들인데, 「푸른 하늘과 붉은 황토」를 읽어보겠습니다.

아내와의 모든 접선도 끊어버리고
말 배우는 어린 새끼들과의 대화도 끊어버리고
나를 가르친 모든 책으로부터도
중고가 돼버린 철없는 장난감으로부터도
멍청한 가구들로부터도 떠나버리자.

아이고 무서워
아이고 무서워

그림자를 고요히 고요히만 밝혀주는
달빛 별빛으로부터도,
무수히 발바닥을 포개보던
광화문이며 종로며 태평로로부터도
자유다 평등이다 인권이다 민주다 의무다 국민이다
어쩌고 하는 한국적 표준말로부터도 떠나버리자.

184

아이고 무서워
아이고 무서워

망우리 근처 푸른 하늘 밑의 풀잎들은
그렇게 푸르기만 하며
푸른 하늘 밑의 황토들은
그렇게 붉기만 하며
푸른 하늘 밑의 무덤들은
그렇게 고요히만 누웠냐

아이고 무서워
아이고 무서워

바람 자고 소리 끊겨 고요하기는 해도
끝간 데 없는 푸른 하늘은 저리 답답하단다.
푸른 풀들이 흔들리긴 해도
하늘 밑에 깔린 황토들은 저리 답답하단다.

　　　　　　　　　　　　　　　—「푸른 하늘과 붉은 황토」 전문

　불평이나 비판이 없는 사회는 죽은 사회입니다. 언론이 없는 사
회는 썩음을 재촉하는 사회입니다. 비록 무서워 말을 못하는 '적
막'한 사회지만, 진리는 잠시 움츠리지만, 쌓이고 쌓여서 언젠가
폭발하고 맙니다. 역사가 그것을 가르치고 있습니다.
　정치적·권력적 집단이 민중을 억압하는 사회는 잠시 조용할지

는 모르지만, 민중은 곧 그 진실과 생명을 옹호하고 지키기 위해 그 생명을 바치면서 저항합니다. 즉 개개인의 개인의식은 공동의 식을 형성하여 거대한 민중의식을 낳습니다. 우리 역사에서만 보더라도 갑오동학농민혁명이 그렇고 항일의병운동, 3·1운동, 4·19 학생혁명이 그 좋은 예입니다.

누우런 주먹들이 운다.
불끈 쥐고 불끈 쥐고 사랑을 불끈 쥐고
어느 놈들은 벌판에 홀로 홀로 남아
어느 놈들은 청과물시장 멍석 위에서
불붙는 살빛 불붙는 서러운 마음씨 부비며
누우렇게 허옇게 운다

누우런 뙤약볕을
오드득 오드득 3·4조 4·4조 가락으로
잡아 씹어먹고 씹어먹고
엎드려서 등으로 누우렇게 저항하는,

허연 달빛을
오드득 오드득 3·4도 4·4조 가락으로
잡아 씹어먹고 씹어먹고
뒤집혀서 배꼽으로 허옇게 저항하는,

저것들은 하느님이다. 얼굴 고운 악마님이다.
때 찌든 삼베치마 앞에서 털 앞에서

땀 나는 가슴 앞에서 콘크리트 앞에서
저것들은 하느님이다. 얼굴 고운 악마님이다.

자유가 있느냐, 숨죽여 눈으로 물으면
민주가 돼 있냐, 숨죽여 뼉다귀로 물으면
없다, 안돼 있다, 뚜렷하게 대답하고
엎어졌다 뒤집혔다, 등으로 배꼽으로 뚜렷하게 저항하며
누우렇게 허옇게 운다.

굶주린 이빨 안에서
침들도 그 말 좀 들어보자고
불끈 쥐고 불끈 쥐고 주먹을 불끈 쥐고
왼쪽 오른쪽 귀 앞세우고 솟아난다 솟아난다.

—「참외」전문

참외를 민중의 모습으로 쓴 시입니다. 인간 본능 중에 참기 어려운 것이 식욕을 참는 일입니다. 억눌린 자의 식욕은 바로 저항욕입니다. 자유나 인권을 지키겠다는 저항권이야말로 인간 본연의 권리로써 국가권력이나 정치권력 이전에 있는 자연권입니다. 이 자연권이 억압당하고 있을 때 양심에 따라 저항하고 분노하는 것은 민중의 올바른 권리행사인 것입니다.

「국토」를 쓸 무렵 나의 관심은 통일·민주·민중·저항·분단 등등이었다는 말은 아까 말씀드렸습니다. 이 모든 관심들은 모두 정당한 행동이 뒤따라야 하는 것들입니다. 그러므로 70년대는 바로 행동이 필요한 시대이나 행동을 제대로 못하는 시대이기도 합니다. 역사가들은 이 시대를 어떻게 기록할 것인지 짐작은 가지만 여기서는 생략하기로 하겠습니다.

어느 강연에서 서남동 목사님은 "옛날은 옳은 일을 위해 행동하지 않아도 더러 천당에 갔는지 모르지만, 요즘은 망원경이니 컴퓨터니 하는 과학기계가 발달되어 하느님도 인간의 행동 여부를 정확히 판단하시므로 행동하지 않고는 천당 가기 어렵게 됐다"고 의미있는 말씀을 하신 적이 있습니다.

여러분, 오랫동안 하나도 재미없는 내 말을 듣느라 수고 많았습니다. 이 강연의 끝을 시 한편 더 읽어드림으로써 끝마칠까 합니다.

강者도 아니면서
먼지가 바위를 깔아뭉개니.

카시미롱 이불까지도
내 굶주린 배를 무겁게 올라타네.

안 비킬래? 안 비킬래!

— 「강간」 전문

감사합니다.

화요문화강좌(1978년 10월)

시, 리얼리즘 그리고 70년대의 시

1. 머리말

원고 청탁자가 위의 제목을 정해주고 집필 내용까지를 세심하게 주문하였는데 그 전문은 아래와 같다.

"시의 본래의 의미와 리얼리즘이 갖는 의미를 대비해보고, 70년대부터 활발해진 시작(詩作)활동을 통해 본 리얼리즘의 반영과 그 한계성을 알아보고, 또한 시에서 어느 정도까지 리얼리즘을 수용하고 접근할 수 있는지 생각해본다. 80년대의 한국시에서의 성과는 또 어떠하며 앞으로의 전망은 어떠한지 연구한다."

솔직한 심정으로 위의 원고청탁서를 받고 필자는 심히 망설였다. 리얼리즘이란 용어 자체는 많이 들어왔고 또한 책을 통해서도 더러 접해 낯설지 않은 용어인데도 심히 망설이고 당황한 까닭은 무엇인가.

아마도 리얼리즘이란 용어 자체가 이 나라 문학풍토에서 생성된 것이 아니고 서구문학사에서 파생된 것이어서 필자 자신 거기에 대해서 별로 아는 바가 없고, 특히 끝대목의 "전망은 어떠한지 연구한다"는 이 '연구'라는 단어가 시작(詩作)을 주로 하는 필자에게 대단한 위압감을 주었기 때문이리라.

그럼에도 필자가 이 글을 서툴게나마 쓰려고 마음을 굳힌 까닭은, 필자 자신이 싫으나 좋으나 이 현실, 이 상황, 이 역사 속에서 60년대와 70년대를 살아왔고, 지금 이 순간에도 80년대를 살아가면서 무딘 펜으로나마 좋은 시를 한편이라도 더 써서 더불어 살아가는 이웃들과 함께 시를 즐기려고 안간힘을 다하고 있는 터라, 시 아닌 이러한 글도 어쩌면 한국시의 발전에 조그마한 도움이라도 될 수 있겠지 하는 희망이 작용해서다.

　　필자는 필자 나름대로 시작을 통해서 혹은 독서를 통해서 얻은 경험을 바탕으로, 될 수 있으면 청탁의 내용에 부합되도록 써보려고 노력하겠지만 필자의 능력은 도저히 그에 미치지 못할 것만 같다. 겨우 어떻게 주문에 가깝게 쓴다손 치더라도 시문학개론의 범주를 못 벗어난 따분한 글이 될 터이고, 시를 쓸 때의 자유로운 마음으로 글의 형식에 아랑곳하지 않고 멋대로 쓴다면 아마 저급하고 싱거운 잡문에 머물 우려도 있을 것이다. 그러나 이 글은 내가 쓰는 글이므로 평소 내 나름으로 내 성격에 맞게 쓸 마음가짐은 되어 있다. 이 점을 독자는 이해해주기 바란다.

2. 시의 본래 의미와 리얼리즘의 의미

1) 시의 본래의 의미

　　시란 무엇인가를 한마디로 정의하기도 어렵지만 여러 마디로도 정의하기 어려운 일이다. 그래서 엘리어트 같은 시인은 시의 정의의 역사는 '오류의 역사'라고까지 말하고 있다. 이처럼 시의 정의

는 어려운 일이지만 시의 정의에 어느정도 접근해보는 일을 포기
해서도 안될 일이다. 우선 우리나라에서는 어떻게 정의되고 있는
지, 시의 사전적 정의는 어떠한지를 알아보자.

시(詩): 문학의 한 부분. 자연·인생 등의 모든 사물에 대하여 일
어나는 정서·감흥·상상·사상 등을 일종의 운율적 형식으로 표현
서술한 것. 원래 시의 어원은 과학에 상대하여 창조적 상상문학을
일컬었음. 본질적 특징은 언어예술로서의 미적가치를 가지며 시어
는 내용 의미가 풍부하게 또는 깊고 넓게 해석할 수 있고, 리듬을
갖추고 감동을 수반하는 개성적 내면의 진실을 표현하는 것임. 압
운과 자수 등의 격식을 갖춘 정형시와 산문적인 산문시가 있으며,
또 서사시·서정시·극시 등으로 나눔.[1]

여기서 어렴풋이 알 수 있듯이 시란 소설·희곡·수필 등 일반
산문이 아니라, 어떤 대상을 접해 일어나는 인간의 정서나 감흥 따
위를 인간이 운율적 형식을 통해 창조적으로 표현한 언어예술이
라고 할 수 있겠다.

시의 정의를 좀더 확인하기 위해 흔히 접했던 문학개론을 들추
어볼 필요가 있다.[2]

우리가 흔히 말하는 시는 좁은 뜻으로 서정시를 말한다. 이 서
정시의 경우에도 보는 관점에 따라 ① 기능·효용 면에서 ② 내용
과 형식을 구별할 수 있다는 전제에서 ③ 구조 또는 구성과정에서

---

1 이희승 편『국어대사전』, 민중서관 1972, 1774면.
2 장백일·홍석영『문학개론』, 대방출판사 1983, 100~103면 참조 및 최원규·신용
  협·이숭원 편저『한국현대시의 이해와 감상』, 대방출판사 1983, 33~36면 참조.

달라진다.

①의 관점에서는 공리설 또는 교훈설과 쾌락설이 있다. 공자의 "시삼백일언이폐지왈사무사(詩三百一言而蔽之曰思無邪)"는 공리적·교훈적 견해이고, 엘리어트의 "시는 일종의 고급 오락"이란 견해는 쾌락주의적·심미주의적 관점에서 본 것으로, 이런 관점은 문학사상 영원한 평행선이다.

②의 관점은 시의 내용 면을 보고 정의한 것인데 "시는 평정한 상태에서 환기된 강력한 감정의 자발적 범람"이라는 워즈워스의 말이나, 포우의 "시는 미의 운율적 창조"라는 말은 내용 면에서 본 정의이다.

③의 관점은 '시란 무엇이냐'보다는 '시는 어떻게 구성되는가?'의 관점인데, "좋은 시는 외연과 내포의 가장 먼 양극에서 모든 의미를 통일한 것이다"는 테이트의 말이나 "시를 구성하는 두 개의 중요한 원리는 격조와 은유다"라는 웰렉이나 워렌의 말은 시를 구조 또는 구성과정에서 본 정의라 할 수 있다.

또한 시를 문예비평사에서 볼 때 모방론이나 표현론의 입장에서 설명하기도 한다.[3]

모방론은 사물 그 자체나 우주·자연의 실제, 근본원리, 또는 이념이나 진리를 문학이 복사 내지는 구현하거나 재현한다는 사상이다. 표현론에서는 시가 단지 사물을 있는 그대로 묘사하는 데 그친다고 보지는 않았지만 우주나 자연 및 인간의 근본적인 진리를 구현 상징한다고 믿었는데, 그런 진리는 다만 종교·철학·과학이 알려주는 것이 아니라 시인이 가진 독특한 능력인 상상에 의하여

---

3 이상섭 『문학비평 용어사전』, 민음사 1981, 157~160면 참조.

직관적으로 파악하는 것이라고 하였다. 표현론이 사물의 진리를 다룬다는 면에서는 모방론과 상호 관련이 있는데, 그 진리의 발견은 보편적인 이성이 아니고 극도로 주관적인 상상에 의한다고 주장한 점만이 특징이다. 이 양면성은 시에 대한 중요한 관점이다. 모방론은 시와 객관적 진리(사실)의 관계를 긴밀하게 맺기 때문에 진리의 전달 즉 가르침이 자연스런 시의 효용가치라고 보나, 서정시를 위주로 하는 표현론에서는 시가 일상적인 사물에 대한 현실적 정보를 제공한다든가 현실적 행동지침을 가르치지 않고 시인의 상상력으로 도달한 정신의 세계를 보여줌으로써 독자를 황홀케 하고 감동시키고 즐거움을 준다는 주장이다. 이렇게 감동시키고 즐거움을 줌으로써 인간의 윤리의식의 밑바탕을 튼튼히 해준다는 것이 표현론 이후의 시의 효용론이다.

여기서 모방론이나 표현론에서 시의 효용론은 도외시되지 않았지만 좀더 급진적인 사람들은, 서정시는 개인적 감정의 표현이므로 타인에게 전달하는 것이 아니라 시인 자신의 내적인 충동을 자기자신에게 가장 만족스럽게 토로하는 것이라는 극단적인 자위론에까지 이르고 있기도 하다.

이제까지는 주로 문학개설적인 입장에서 서구중심적인 시의 정의를 어렴풋이나마 훑어보았으나 좀더 우리와 가까운 거리에서 시란 무엇인가를 알아볼 필요성을 갖는다.

우리 민족이 낳은 최대의 사상가이며 학자이며 탁월한 시인이기도 했던 다산 선생은 18년이란 길고 긴 유배생활을 하면서 아들들에게 보낸 편지에 다음과 같이 시에 관해서 말한 적이 있다.

　　임금(오늘날은 민중 : 역자주)을 사랑하고 나라를 근심하는 내용이 아니면 시가 아니다. 시대를 아파하고 퇴폐한 세속을 분개하지 않는 내용은 시가 될 수 없다. 대도(大道)를 알지 못하고 민중에게 혜택을 주려는 마음가짐을 지니지 못하는 사람은 시를 지을 수 없다. 세상을 걱정하고 백성을 긍휼히 여기며 항상 무력한 사람을 들어올려주고, 없는 사람을 구제하고 싶어 방황하고 안타까워서 그냥 두지 못하는 그런 간절한 뜻이 있어야 시가 되는 것이다. 자기자신의 이해(利害)에 연연하는 것은 시가 아니다.[4]

나라와 민중을 걱정하고 사랑하고, 함께 살아가는 세상과 이웃을 걱정하는 마음이 사사로운 이해에 앞서야 한다는 시의 입장은, 시의 효용론에 서 있는 것이지만 오늘의 갈피잡을 수 없을 정도로 상상력을 빙자한 공상의 세계에서 유영하고 있는 한국현대시의 어떤 일면에 대해서 다산은 일찌감치 걱정하고 있는 것이다.

이때까지 주로 고양된 말과 운문으로 된 이야기시, 즉 희곡이나 서사시를 염두에 두지 않고 흔히 시라고 말하는 서정시에 대한 정의들을 살펴본 셈이다. 아무튼 시는 본래의 의미가 따로 있는 것이 아니라 시대와 사람에 따라 각기 다른 시의 정의를 다양하게 보여주고 있는 것이 시에 대한 일반적인 견해이다. 여기서 강조하고 넘어가야 할 점은 시대와 사람에 따라 시의 정의가 각기 다르다는 것이다. 우리가 이 땅의 이 역사적 상황을 민중과 함께 살아가면서 함께 겪는 폭넓은 체험과 거기서 발현되는 공통의 사상이나 생각을 토대로 하여 우리다운 떳떳한 관점에서 시를 다시 한번 생각해볼 필요가 있는데, 우리 모두가 살아가는 일을 서구중심적인 관점

---

4 정약용 지음, 박석무 옮김 『유배지에서 보낸 편지』, 시인사 1979, 83면 참조.

에서 파악함도 반성해야겠지만 특히 시에 있어서는 더욱 그렇다. 서구중심적인 개념이나 방법론이 한국적인 것으로 곧바로 통용될 수 없으며 그것이 곧 세계적인 것으로 통용되고 치부된다는 안이한 문학관은 이 땅의 현실을 무시한 사대주의 혹은 매판적 문학관이지 우리 스스로 창출해낸 문학관은 아니다.

2) 리얼리즘의 의미

이상섭 교수는 리얼리즘의 의미를 세 가지로 구분하여 설명하였는데 그 대략은 다음과 같다.5 ① 작품의 어떤 부분에서 외부 사실에 대한 세밀하고도 정확한 재현을 기하는 것, ② 작품 전체의 형성원리이며 예술적 의도로서의 사실주의인데 인생관과 관련된 보다 철학적인 태도, ③ 19세기 중엽에서 말엽까지 사실주의적 철학에 따라 주로 소설문학에서 크게 성행했던 경향, 즉 역사적 사조의 하나.

그런데 ①의 첫번째 문학적 태도는 문학이 있어온 이래 지금까지 줄기차게 논의되어온 것이다. 그러나 이러한 리얼리즘의 개념도 어떤 특정한 문예사조에 따라 계속 변천해왔다. 따라서 문학에서의 사실 취급방법이 달라질 수밖에 없다. 그러나 19세기의 사실주의는 사실에 집착하여 그것을 묘사하기 위한 방법을 가장 철저하게 개발했고 그 영향은 아직도 우리가 받고 있다. 사실주의자들은 평범한 개인들이 섞여 사는 사회를 자세히 관찰하면서 사회의 모순점을 찾아내어 사회윤리 문제를 제기하기도 한다. 사회주의

---

5 이상섭 『문학비평 용어사전』, 민음사 1981, 114~117면 참조.

적 사실주의자들은 사회주의적 이념을 향하여 사회를 이끌어가는 의도를 분명히 가진 사실주의를 추구하기를 주장했으나, 특정한 이념을 분명히 제시한다는 것은 이미 사실주의의 객관성이나 탈이념성을 범하는 것이 되므로 사실주의의 본령을 벗어난다.

우리는 위와 같은 사전적인 리얼리즘의 정의에 지나치게 신경을 쓸 필요는 없다. 협의의 사실주의, 즉 외부현실이나 사회현실을 실증주의적 시각에서 복사 내지는 모사하는 편협된 경향을 지나치게 생각한 나머지 리얼리즘의 기법을 현실에의 충실도에 따라 기준을 삼을 필요는 없을 것이다. 환상이나 상상력을 통해서도 현실적·역사적인 핵심의 의미를 파악할 수 있기 때문이다. 그러나 이러한 상상력이나 환상도 어디까지나 현실 파악의 한 수단이어야지 그것이 문학의 목적이 되어서도 안될 것이다.

문학에서 중요한 근본적인 문제는 지엽적인 기법이 뛰어나고 안 뛰어나고가 아니라 사회와 단절되어 경험전달이나 의사소통이 막힌 어떤 특정한 개인의 체험만이 아닌 사실성, 즉 현실의 객관성을 존중하고 그 바탕 위에서 그 현실의 일원으로 인식하고 행동하려는 의지가 담겨 있는 문학이냐 아니냐 하는 기준을 문제삼아야 할 것이다.

리얼리즘의 개념이 특정한 문예사조에 따라 변천해왔다고 하지만, 리얼리즘의 비판정신은 그 기저에 보다 살기 좋은 사회의 지향이라는, 역사 이후 전인류의 한결같은 비원이 깔려 있다고 할 수 있는데, 이러한 삶의 보다 풍요한 가능성에 대한 열렬한 믿음과 그 실현 가능성에 대한 부단한 탐구야말로 리얼리즘이 갖는 기본 의미라고 말할 수 있다. 객관적 현실에 대하여 항상 비판적인 인식을 가지면서 사람들 사이의 경험 교환 가능성이나 그 경험의 공유야말로 이 사회를 보다 나은 쪽으로 이끌고 가려 하는 강한 실천적 의지의 바탕이 된다고 할 수 있다.

따라서 우리의 참된 리얼리즘 작가나 시인은 식민지 민중에 대한 탄압과 수탈을 통해 유지·발전된 서구의 산업자본주의 독점자본주의 사회가 만들어낸 문학과 문학이론을 맹목적으로 추종할 것이 아니라, 이 현실 속에서 자신의 관심사이자 대다수 이웃들의 절실한 관심사가 될 절실한 문제들을 형상화하는 데 열의와 정성을 쏟는 일을 바로 리얼리즘이 담당해야 된다[6]는 주장에 인색할 필요가 없을 것이다.

3. 70년대 시에 반영된 리얼리즘

70년대의 시작(詩作)활동을 점검해보기 위해서는 우리는 60년대의 문학적 현실을 잠시 되돌아볼 필요를 갖는다. 다 아는 바와 같이 60년대 벽두에 이박사 독재정권을 무너뜨린 4·19혁명이 일어난다.

4·19혁명 자체가 미완성으로 끝나고 그 좌절의 흔적은 60년대 한국문학에 그대로 발견되며, 4·19의 전통을 계승한 문인들의 자기반성이 초기의 다분히 추상적이면서도 소박하던 참여문학론에서 김수영·신동엽 들에 이르러서는 보다 심화된 참여시론으로 발전되고, 뒤이어 60년대 말·70년대 초의 리얼리즘론·시민문학론·

---

6 염무웅 「사회현실과 작가의 책임」, 『한국문학의 반성』, 민음사 1977 참조.

농민문학론 등으로 세분화되고 구체화되는 계기를 만드는 과정에서 외국문학에 대해서도 한걸음 나아간 시각을 획득하게 되었는데, 그것은 19세기 서구의 리얼리즘문학에 대한 새로운 이해가 생겨남과 동시에 실존주의를 포함한 20세기 서양의 넓은 의미로 모더니즘이라 부름직한 흐름들에 대한 본격적인 비판이 시작되었다. 아무튼 60년대 말·70년대 초 한국문단에서 제기된 리얼리즘론은 한국 작가가 당면한 현실과 리얼리즘 원칙 사이의 내재적 연관성에 주목했으며, 민족문학론도 다른 각도에서 리얼리즘 논의와 병행해서 제기되었다.[7]

그러면 이런 과정 속에서 논의되기 시작한 리얼리즘은 시문학에서 어떻게 반영되었는가를 알아보자. 리얼리즘론을 세계사적 관련 속에서의 우리 문학과 올바르게 관련시킴으로써 민족문학론 정립에 새로운 지평을 열었던 백낙청 교수의 다음과 같은 글은 70년대의 리얼리즘 시를 살펴보는 데 도움이 된다.

시에서의 리얼리즘이란 훨씬 미묘한 문제인 것이 사실이다. 신경림의 『농무』 같은 시집은 당대 현실의 사실적인 묘사라는 단순한 기준에 따르더라도 상당한 리얼리즘의 업적이었고 실제로 70년대 리얼리즘론의 전개에 어느 소설 못지않게 큰 자극이 되었다. 그러나 70년대 벽두를 장식한 유명한 담시들을 비롯하여 이 시기의 많은 걸작들이 결코 좁은 의미의 사실주의 시는 아니었다. 도대체 시에서 어느정도 이상의 사실성을 요구한다는 자체가 무리일 터이

---

7 백낙청 『인간해방의 논리를 찾아서』, 시인사 1981, 171~173면에서 대부분 인용했음.

다. 그러므로 리얼리즘이 산문문학에만 국한된 용어가 되지 않으려면—그것도 특히 특수한 종류의 산문문학에만 국한된 용어가 되지 않으려면—시 분야에서의 두드러진 성과를 포용할 수 있는 리얼리즘론이 필요해진다. 그렇다고 좋은 시는 곧 리얼리즘 시다, 라고 일률적으로 못박아버리는 것도 무의미한 일이다. 결국 당대 현실의 사실적 묘사 그 자체보다도 현실에 대한 정당한 인식과 정당한 실천적 관심이라는 다소 애매한 기준이 적용되게 마련인데, 신경림이나 김지하, 또는 고은·이성부·조태일 들의 업적을 주로 이런 각도에서 평가하는 일이 70년대의 리얼리즘 소설에 대한 평가와도 자연스럽게 이어질 수 있다.[8]

리얼리즘은 당대 현실의 사실적 묘사보다 당대 현실의 정당한 인식과 정당한 실천적 관심이 선행되어야 한다는 말은 시에 있어서 리얼리즘 수용 한계가 그만큼 어려운 문제임을 시사해주고 있다. 따라서 시에 있어서 리얼리즘의 논의는 소재나 형식의 차원이 아닌 의식의 차원에서 이루어져야 할 것이다. '소재 선택의 과정' '형식의 이루어지는 과정'이야말로 의식이 주도하기 때문에 시의 형식은 의식을 동행하는 자연적인 현현인 것이다. 우리가 이룩해야 할 리얼리즘은 현실복사적·무비판적·선택포기적인 문학방법은 아니다. 그것은 현실과 역사에 대한 철저한 인식을 바탕으로 한 인류의 미래적인 비전을 제시하기 위한 좀더 '무시당하고 짓밟힌 것'에 대한 관심이며, 의식적으로 무장된 선택적인 현실 묘사 방법이며 비판적·구원적인 문제 제기[9]라는 일반적이고 절실한 말은

8 백낙청 「리얼리즘에 관하여」, 『한국문학의 현단계 I』, 창작과비평 1982, 316면.

거듭 강조되어도 지나침이 없다 하겠다.

이러한 시각에서 리얼리즘과 연관지어 살필 수 있는 70년대의 시적 업적은 과연 어떤 것들을 들 수 있겠는가? 우선 얼른 떠오르는 것으로 신경림의 시집 『농무』를 비롯한 일련의 작품과 김지하의 시집 『황토』를 비롯한 그의 유명한 담시 「오적」과 「비어」, 그리고 「소리내력」, 고은의 시집 『새벽길』, 김광섭의 시집 『성북동 비둘기』, 양성우의 시집 『겨울 공화국』, 문익환의 시집 『꿈을 비는 마음』이 있고, 여기에 이성부·최하림의 여러 업적들이 가담되고, 김준태의 시집 『참깨를 털면서』와 이시영·하종오·문병란·정호승·이동순·박봉우의 여러 시편들이 그 사실적인 튼튼함에서 마땅히 가담되리라 본다. 그런데 나는 이들 중 신경림·김지하·김준태의 시에 대해서는 70년대 초에 이미 리얼리즘의 관점에서 언급한 적이 있다.[10]

거기에서 나는 신경림의 시들을 가리켜 "소위 '현대시'라는 것에 막연히 들떠 있고 또한 시달림을 받아온 독자들은 이것이 시일까 하는 기막힌 의구심마저 갖게 되리라"고 전제한 다음 "작자 자신의 개인적인 취미로 떨어지지 않고 집단의 정서적 차원에 흔쾌히 도달하고 있다. 사실적 묘사가 간결하고 정확하여 구체미는 뚜렷해지며, 시마다 깔려 있는 체념적 익살들은 장중한 비애감을 불러일으킴과 동시에 부담없이 펼쳐지는 정경들은 우리들의 슬픈 눈에 몇방울의 눈물을 더하면서 서경적(敍景的)으로 열려진다"고

---

9 김정환 「리얼리즘 시에 대한 몇가지 생각」, 『반시의 시인들』, 문학세계사 1982, 59면 참조.
10 졸고 「민중언어의 발견」, 『창작과비평』 1972년 봄호 참조. 이 졸고는 『고여 있는 시와 움직이는 시』(전예원, 1980)에도 실려 있다.

언급했다. 또 김준태의 여러 시편들에 대해서는 '동물적인 기백의 순발력과 야성적인 활달한 목소리로 걷잡을 수 없는 시적 충격을 준다. 이것은 우리가 발딛고 있는 현실에 깊은 관심의 촉수를 내려 우리 주위에 흩어져 있는 하잘것없는 것들의 모습을 드러내어 인간의 윤리적인 문제로까지 확대시켜 무한한 상상력을 이끌면서도 활달한 사실 묘사를 동반하고 있다'고 평했다. 김지하의 시에 대해서는 '그의 시의 기저는 군중의식·민요정신·저항적 풍자'라고 전제한 다음 '민중으로부터 초연한 것이 아니라 민중 속으로 깊이 뛰어들어 민중의 풍요화를 저해하는 비인간화·소외·빈곤에 대해 투쟁하며 그 군중언어로 군중 풍자를 통하여 군중을 각성시키는 데 그것은 곧 인간성의 풍요화로 향하는 길이며, 자유로운 시인의식이며 민족가락의 재창조가 되는 것이다'라고 내 나름의 견해를 밝힌 바 있었다.

이는 쉬운 말로 시인 스스로가 바르게 표현할 수 있는 기초적인 방법을 터득한 다음이라야 이 사회를 형성하고 있는 여러 부류의 사람들에게 활달한 성장을 보장해줄 수 있는 길을 함께 열 수 있고, 그런 태도야말로 우리가 살고 있는 이 땅 위에 펼쳐지는 상황을 올바르게 비판하는 인식을 갖출 수 있다는 말이다. 그런데 이와 같은 견해는 어디까지나 우리들이 서정시라고 부르는 시를 통한 견해였고 김지하의 장시 혹은 담시에서 얻어진 결과는 아니었다. 마땅히 김지하의 서사시적 뼈대를 갖춘 장시를 빼놓을 수 없는 일이지만 여기서는 생략하기로 한다. 다만 그의 그런 시들에 대해서는 이러저러한 이유로 아직 본격적으로 논의된 바는 없지만 그에 대한 작업이 서서히 일고 있음[11]은 때늦은 감은 있지만 70년대 시의 큰 산맥을 이루는 한국시를 위해 매우 바람직한 일이다.

70년대 시를 기술하면서 빼놓을 수 없는 것은 역시 70년대의 상황이다. 국민 기본권의 제약과 거기에서 파생되는 인권의 문제, 소외의 문제, 나아가서 분단극복의 문제 등을 문학인들이 외면할 권리는 조금도 없다.

외면의 반대 개념은 참여와 실천이다. 이런 참여와 실천의 양상은 작품을 통해서 나타났지만 흔한 일상의 생활이나 정치적 결단과 행동에서도 유감없이 나타난 시기였다. 인간의 길을 찾고 인간성의 회복을 위해 그들은 감옥을 택했고 '자유실천문인협의회'라는 실천적 문학인 모임이 사상 최초로 결성됐던 시기였다. 시는 아니 문학은 현실인식에 투철하게 입각해서 상황과 시대와 역사의 문제를 응축시켜야 하며, 따라서 문학은 인생과 세계의 고뇌를 묘사하기 위해서만 있는 것이 아니라 그 문학작품을 통해 부정을 부정하여 극복 지양되어야 한다는 현실 개조의 열정과 맥을 같이하고 있는 것이다.

이런 관점에서 씌어진 시들을 몇편 살펴보자.

① 신새벽 뒷골목에
　네 이름을 쓴다 민주주의여
　내 머리는 너를 잊은 지 오래
　내 발길은 너를 잊은 지 너무도 너무도 오래
　오직 한가닥 있어
　타는 가슴 속 목마름의 기억이
　네 이름을 남 몰래 쓴다 민주주의여

11　윤구병 「억압으로부터의 해방과 시적 진실」, 『실천문학』, 실천문학사 1982.
　　염무웅 「서사시의 가능성과 문제점」, 『한국문학의 현단계』, 창작과비평사 1982.

(…)

숨죽여 흐느끼며

네 이름을 남 몰래 쓴다

타는 목마름으로

타는 목마름으로

민주주의여 만세

―김지하 「타는 목마름으로」 1, 3연

② 벗들이여!

이런 꿈은 어떻겠소?

155마일 휴전선을

해뜨는 동해바다 쪽으로 거슬러 오르다가 오르다가

푸른 바다가 굽어보이는 산정에 다다라

국군의 피로 뒤범벅이 되었던 북녘땅 한 삽

공산군의 살이 썩은 남녘땅 한 삽씩 떠서

합장을 지내는 꿈,

그 무덤은 우리 5천만 겨레의 순례지가 되겠지.

―문익환 「꿈을 비는 마음」 3연

③ 이럴 때는 모두들 눈물을 닦고

한강도 무등산도 말하게 하고

산새도 한번쯤 말하게 하고

여보게

우리들이 만일 게으르기 때문에

우리들의 낙인을 지우지 못한다면

차라리 과녁으로 나란히 서서
사나운 자의 총끝에 쓰러지거나
쓰러지며 쓰러지며 부르짖어야 할 걸세

—양성우 「겨울 공화국」 7연

①은 70년대에 변질되었던 민주주의에 대한, 유신헌법에 대한
시인으로서의 강력한 반응이며 ②는 분단극복에 대한 시인의 처
절한 비원이고 ③은 ①과 ②로 빚어진 소외된 상황에서 시인이 결
단할 수 있는 실천적 의지를 표명한 대표적 시다. 이 시들은 시에
서의 리얼리즘의 반영과 한계성의 문제를 떠나서도 논의할 수 있
는 정직한 시적 성공의 예라 할 수 있다.

4. 80년대 시의 바람직한 방향

80년대 문학의 지향은 어디까지나 70년대의 상황이 문학을 통
해서건 직접적인 행동을 통해서건 점검되고 지적되었던 여러 부
정적인 요소를 극복할 수 있느냐 없느냐에 따라 그 올바른 향방을
가늠할 것이다. 예컨대 민주제도의 복원 문제, 산업화시대의 인간
소외 문제, 분단극복 인식 등의 부단한 문학적 성찰과 뜨거운 실천
적 문제 등이 그것이다.

분단인식의 문학은 내용적으로 분단을 고착화시켜 통일을 포기
하는 문학이 아니라 남북을 통일적 공간으로 설정하고 인간존엄
의 주체의식을 형상화함으로써 통일을 지향하는 문학이 되어야
마땅할 것이다. 또한 진정한 민족문학의 정립을 위해서는 우리도

예외없이 제3세계 문학권이라는 인식을 철저히할 때야 비로소 가능할 것이다. 제3세계 문학은 국제사회의 바람직스럽지 못한 부조리 틈바구니에서 피해를 당해온 당사자들이 민족성을 회복하고 자기를 회복하여 인간다운 삶의 터전을 마련하자는, 즉 종속적 영향으로부터 벗어나려는 문학이라고 할 수 있다. 지난 수세기 동안 세계를 지배해온 서양의 획일화된 문화는 각 민족마다 다른 고유한 문화나 정신이나 정서를 말살함으로써 인간의 보편적 가치와 진실성을 마비시켰기 때문에 우리는 이를 되찾는 데에 실천적 정열을 쏟아야 할 것이다.

그러므로 시인들은 이제 고답적인 자기기만에서 깨어나야 할 것이다. 시에 있어 좋든 싫든 자기도취의 만족은 금물이다. 폐쇄적인 공상세계나 사적인 상상력은 다름아닌 '매판적 감수성'에 지나지 않는다. 시는 어디까지나 집단적 무의식이나 허위의식으로부터 깨어나서 좀더 좋은 세상 쪽을 지향하는 것이 바람직하기 때문이다.

『숙대학보』 24집(1984)

농민의 땅은 농민에게

　수마가 할퀴고 간 이 지방의 드넓은 들판을 바라보면서, 또 긴긴 세월을 농토에 매달려 살아온 우리의 농민들이 통한의 눈물을 퍼올리며 복구작업에 열중하는 모습을 지켜보면서 필자는 그저 망연할 수만은 없었다. 이는 곧 '하늘의 뜻'이라며 순종하고 풍비박산난 가재도구나 챙기며 수해물자에 죽지 않을 정도로 호구하면서 허탈감에 빠져 있을 수만은 없다는 농민들의 의지가 내 가슴을 울렸으며, 휩쓸어져 뻘창에 처박힌 벼포기를 일으켜세우고, 다른 한편으로 그들의 송글송글한 땀방울 속에서 농정의 구조적 모순과 정면으로 맞서 싸워나가고 있는 의지를 바라볼 수 있었기 때문이다.

　그렇다. 작금의 농촌현실은 척박하기 비길 데가 없다. 저 농산물 가격정책이며 농축산물 전면수입 등이 농민들을 가난의 구렁텅이로 다시 밀어넣고 있는 것이다. 어디 이뿐인가. 대재벌들을 위시한 도시자본의 농촌 유입, 5할대에 가까운 소작료 부담 및 각종의 농지세, 수세, 비료값, 농약값, 농기구값 등으로 농민들은 엄청난 빚을 짊어지고 있는 것이다. 따라서 농민들은 숨 한번 제대로 쉬지 못하면서 일관된 농정이 부재함을 원망하기도 한다. 이렇게 정책이 부재되어 있음이 분명한데도 농정당국이나 각종 언론매체들은 작금의 농촌문제의 표피만을 핥도록 호도하고 있단 말인가. 노총각 장가보내기 운동, 농촌에서 살 수가 없어 농촌을 떠나온 도시빈민들을 다시금 농촌으로 보내야 한다는 등의 임시적이고도 허황한 방법으로 농촌의 근본적인 문제를 회피하거나 왜곡하고 있는 현실을 볼 때, 주름살 깊이 고랑져 분노하는 농민들의 얼굴들이 필자의 가슴 깊이 파고든다.

60~70년대를 거치면서 경제개발정책의 일환으로 정부는 공업화·도시화 정책을 폈다. 그 결과 경제는 나름대로의 풍요를 거두기도 했으나, 그 댓가로 부익부 빈익빈이라는 사회적 괴리와 함께 도농간의 빈부격차를 여실하게 드러내기도 했다. 또 농촌의 마지막 희망이라 할 수 있는 훈훈한 정서마저도 이른바 새마을사업으로 인하여 상당부분 허물어지기도 했다.

우리는 여기서 보다 더 심도 있고 원천적인 농민문제와 그 해결 방안이 제시된 1945년의 해방과 1948년 단정수립 전까지의 이른바 해방공간의 상황을 간과할 수 없다. 왜냐하면 그때의 상황이야말로 오늘의 농촌현실의 근본적인 물음에 분명하게 닿아 있기 때문이다.

최근 한 권의 책으로 묶여나온 『농민의 땅』(해방공간의 농민운동 소설선집)은 이와 같은 논지에서 대단한 의미를 부여하고 있다. 이 책에 실린 소설들은 해방공간에 씌어진 작품들인데 그동안 유폐되어 있다가 이제야 복원된 것이다. 안회남의 「농민의 비애」 「폭풍의 역사」, 백두성의 「땅」, 채만식의 「논 이야기」, 강형구의 「목석」 「조춘」, 홍구의 「뒷골방천 사람들」, 이근영의 「고구마」, 조명희의 「낙동강」, 권환의 「목화와 콩」 등을 비롯한 14편의 옥고가 실려 있는데 편편마다 우리 농민들의 처절한 삶과 함께 그들의 희망과 좌절과 현실에 대한 그들의 각성 등을 보여주고 있다.

1910년 한일합방 이래 계속되어온 농민과 농토의 분리, 일제와 그에 의탁한 친일 지주층의 농민에 대한 억압과 착취의 상황이 전혀 개선되지 않은 채 해방을 맞았고, 이의 청소는 이 땅의 민중에게 필연적인 과제였음을 부인하지 못할 것이다. 이러한 현실인식 아래 농민의 절대적 희망이라 할 수 있는 토지 소유권 문제에 관심을 갖게 되고 이의 해결만이 새로운 삶이 도래할 것으로 믿는 작품으로 백두성의 「땅」이 대표적이라 할 것이다.

또 채만식의 「논 이야기」, 강형구의 「목석」「조춘」, 홍구의 「뒷골방천 사람들」, 안회남의 「농민의 비애」 등은 해방된 삶이 일제강점기와 하등의 차이가 없는 삶임을 구체적인 농민의 생활을 통해 극명하게 보여주고 있다. 또한 안회남의 「폭풍의 역사」, 박찬모의 「어머니」, 이근영의 「고구마」 등은 지주들의 횡포와 친일파의 득세로 말미암아 해방 당시의 현실을 개혁하고자 하는 노력을 그려내고 있다.

나는 『농민의 땅』에 실려 있는 소설들을 한줄 한줄 읽어나가면서 유년의 삶을 다시 한번 체험해보았고, 또 현재의 나이보다 더 늙어버린 친구들의 얼굴을 떠올려보았다. 그것은 곧 아픔이었고 분노였다. 나는 이 소설들을 읽으면서 이제 모래알처럼 흩어져 순종을 미덕으로 삼으며 땅만 갈던 농민들은 없을 것이란 생각을 해보기도 했다.

"농민의 땅은 농민에게!"

해방공간에 전국 방방곡곡을 풍미했던 이 슬로건이 40년이 지난 오늘에도 더 큰 외침으로 되살아오고 있다.

이 『농민의 땅』을 엮은 문학평론가 신덕룡은 "해방 직후 발표된 농촌소설들은 공통적으로 낡은 지배질서의 몰락에 대한 염원을 드러내고 있다. 우리나라의 경우 봉건제도가 무너지기도 전에 제국주의의 침탈로 말미암아 봉건 모순과 제국주의 모순의 묘한 밀월관계가 형성되었고, 이를 바탕으로 농민을 수탈하던 사회구조적 모순이 해방 후까지 지속된 것을 우리 자신의 힘으로 척결하지 못하고 해방을 맞이한 때문이었다"고 지적하고 있다. 그런데 이와 같은 지적이 오늘 이 싯점에도 계속 유효하다고 나는 믿는다. 전정한 해방은 앞으로 몇십년이나 더 있어야 할까.

『금호문화』 1989년 9월호

여성해방문학의 지평이 보인다

70~80년대를 거치면서 민주·자주·통일을 향한 대중운동이 줄기차게 확산·심화되고 있다. 이 대중운동은 우리 인구의 절반을 차지하고 있는 여성계에서도 예외는 아닌데, 이른바 여성해방운동은 우리 문학계에서도 작품을 통해 한참 무르익고 있다.

한국현실에서 여성은 성적·계급적·민족적으로 삼중의 억압 속에 살고 있다. 분단 이후 여성운동은 유한계층의 이른바 저명한 여류들이 사회봉사적 차원의 활동과 관의 입장에서 체제내적 어용운동이 주류를 이루어왔으나, 요즘의 여성운동은 매판적·어용적 성격의 여성운동과는 궤를 달리하는 민중해방의 일환으로 전개되고 있다.

여성해방운동의 한 중심운동으로 요즘 우리 문학계에서는 여성해방문학론의 논의가 한창이다. 여성해방운동이라는 여성해방의 이념을 전면에 내세운 운동도 매우 중요하나 여성을 억압·착취하는 사회구조적 모순에 대항하는 다른 부문운동에 여성이 능동적으로 참여하는 것을 모두 문학행위에 포함한다 하겠다. 여성문제 해결의 한 방법으로 현실 속에 엄연히 존재하고 있는 계급간의 차별성과 외세문제 등을 구체적이고도 총체적으로 인식하는 태도가 중요하며, 그래서 여성문제의 정확한 인식과 그것을 토대로 하는 작품의 형상화가 중요하다 하겠다.

　따라서 기존의 민족문학론이 민중문학론·분단문학론·노동문학론·여성문학론으로 구체적 내용을 획득해나가고 있다. 노동자·농민을 비롯한 기층민중이 70~80년대 한국역사의 전면에 나섬과 동시에 억압의 역사가 매우 유구하고 뿌리깊은 여성도 역사의 전면에 나서고 있다는 증거라 할 수 있다. 민중문학론·농민문학론·노동문학론·분단문학론·여성문학론 등의 용어가 자칫하면 소재상의 분류로 그치고 마는 위험도 있겠으나, 여성문학은 그것이 독특하고 흥미있는 소재여서가 아니라, 이 나라 인구의 절반을 차지하는 여성일 뿐만 아니라 이 땅에서 가장 억압받고 소외된 여성이기에 이 여성의 해방은 곧 민중해방과 동궤의 것이다. 따라서 올바른 여성문제의 인식이란 곧 우리의 현실에 대한 올바른 인식인 것이다.

　이러한 논의를 염두에 두고 볼 때, 최근에 화제를 모으고 있는, 매춘이 외세와 밀접한 함수관계가 있음을 밝히려고 한 윤정모의 『고삐』, 여성을 일방적인 피해자, 남성을 가해자로 그려 여성문제를 남녀의 대립으로 파악했던 이경자의 『절반의 실패』, 보수적이고 소극적이었던 어머니가 고추수매를 둘러싼 싸움을 통해 스스로 투쟁의 대열에 나서는 모습을 그린 홍희담의 『이제금 저 달이』 등의 소설은 큰 수확이 아닐 수 없다. 여기에 시를 통한 여성해방 문학의 본보기로 여류시인 차정미가 최근 펴낸 여성문제 시집 『눈물의 옷고름 깃발 삼아』를 주목하지 않을 수 없다.

　여기에는 모두 여성문제만을 다룬 78편의 시가 실려 있다. 한마디로 말하면 이 시집은 '여성해방 시집'이라고 할 수 있겠다. 이 시집의 해설을 쓴 평론가 김명인은 "차정미가 아직은 여성억압, 착취의 현상을 드러내고 폭로하는 차원에 머물고 있다"고 전제하고 "차정미의 시에는 인식은 있으나 방법과 실천이 없음"을 아쉬워하고 있다. 그렇다. 그것은 차정미의 한계 이전에 우리 여성해방운동의 계몽적 단계의 한계라고 볼 수 있겠다. 이러한 계몽적 단계의 한계에도 불구하고 그 폭로의 직접성과 구체성은 여성을 옭아매고 있는 '적'에 대한 인식을 명확히해주고 있기도 하다.

연작시 형태인 「이 땅의 어머니들」 1~8까지는 70~80년대를 살면서 분신자살했거나 의문사를 했거나 아니면 간첩의 누명을 쓴 자식들을 둔 이 땅의 서러운 어머니들을 노래하고 있다. 그런가 하면 「매매춘 공화국」 1~10에서는 매춘부들의 처절한 생존의 싸움을 보여주고 있으며, 「일지」 1~3에서는 '경찰과 강간' '미군과 강간' '미군과 위안부'라는 부제를 각각 달고 있는데 몇구절을 인용해본다.

1978년 7월 17일 서부경찰서 아미파출소에서 허모 순경과 오모 방범대원이 공장 내 도난사건의 용의자로 연행된 박모(17세) 양을 몸수색이라는 명목으로 목욕탕으로 끌고 가 윤간. (『조선일보』 1978년 7월 24일자, 「일지 1」 중에서)

미군병사 다섯 명이 용산구 삼각지로타리 부근에서 택시를 기다리던 가정주부 원모 윤모씨를 자기들의 흰색 군용 세단으로 데려다 주겠다며 강제로 끌고 가 미8군 영내 막사에서 차례로 욕을 보임. (『한국일보』 1979년 9월 20일자, 「일지 2」 중에서)

미군 바비로 존슨 하사가 위안부 김현숙 양을 발가벗긴 채 때려

죽임. 이에 분노한 동료 위안부 300여명은 살인자 물러가라는 플래카드를 앞세우고 격렬한 항의시위를 벌임. (『대전일보』 1971년 7월 18일자, 「일지 3」 중에서)

이처럼 신문기사를 그대로 시의 형식 속에 끌어들임으로써 상상을 초월한 시적 구체성을 획득하고 있다. 이 기사가 과연 시가 될 수 있느냐 없느냐의 판단은 독자에게 일임하기로 한다. 다만 세세한 시적 논의를 접어두고 훌륭한 여성문학의 기준은 올바른 여성문제의 인식을 토대로 해서 출발한다는 점을 재삼 강조해두고자 한다.

『금호문화』 1989년 10월호

어머니해방, 여성해방, 인간해방

나는 작년에 광주민중항쟁을 다룬 마당극을 본 일이 있다. 광주의 한 마을을 배경으로 절름발이 남자와 곱사등이 여자가 사건을 이끌어가는 주인공으로 등장한다. 이 둘은 온전하지 못한 육신에 천덕꾸러기 신세를 걸머지고 있으나 서로의 아픔과 고통을 이해하고 어루만져주면서 마침내는 육신이 멀쩡한 떡두꺼비 같은 아들놈을 낳게 된다. 이 아들놈은 천대받고 몸이 온전치 못한 부모의 유일한 희망과 기쁨으로 의젓하게 커가는데, 이 무슨 청천벽력인가, 광주민중항쟁 속에서 아들놈은 폭도로 몰려 죽어서 어미 앞에 돌아온다. 그 주검과 넋을 자신의 흉물스런 곱사등에 걸머지고야마는 어미는 처절한 고통 속에 갇혀 몸부림을 쳐댄다. 그러나 그 주검은 더러운 오명을 벗어버리고 다시 부활을 하고 마침내는 그 어미와 아비도 자신들의 질곡을 끊어내며 온전한 인간으로 서게 된다. 특히 그 어미는 평생의 삶에서 풀 길 없는 숙명처럼 달고 다녔던 곱사등이를 떨쳐낸 것이다.

이렇듯 자신의 삶을 옭아맨 멍에를 풀어헤치고 마침내는 모든 것이 온전하게 일어설 수 있는 해방에 이르기까지 그 어미가 감수하고 이겨내던 고통스러움이 감동적이었다. 그런데 이번에 나온 고정희(高靜熙)씨의 장시집 『저 무덤 위에 푸른 잔디』를 읽으면서 그때 나를 강타했던 감동의 의미가 다시금 새롭게 되살아옴을 느꼈다. 그것은 그 마당굿과 그 노래굿 시집이 모두 어머니라는 대상을 통하여 구원과 해방으로 참된 인간의 길이 열려지고 있기 때문이리라.

한 여성으로서의 어머니, 그 어머니를 옥죄고 내리쳤던 모든 질곡과 모순이 결국은 어머니를 통해 치유되고, 서로 갈라져서 반목했던 것들이 화해를 하고, 더 나아가서는 우리 민족의 가장 큰 모순인 분단구조를 허물어내며 통일의 길로 향하는 구원의 표상으로서 어머니에 대한 자리매김이 이루어지는 과정을 우리는 이 시집을 통해 똑똑히 바라볼 수 있었던 것이다.

『초혼제』이후 두번째 장시집이 된 이 굿시집은 저자 자신이 후기에서 말하고 있듯 "글쓰고 연출해서 마당에 설 수 있도록 여자 셋의 힘이 한데 어울려 멋진 굿판을 펼칠 의도로 씌어진 시집"이다. 그러니만큼 작품 전체의 짜임이 굿거리 형식으로 이루어져 그 리듬과 가락이 걸팡지고 구성진 점이 특색이라 하겠다.

첫째 거리인 축원마당에서 출발하여 일곱째 거리인 통일마당과 마지막 뒷풀이에 도달하고 있는 이 장시는, 씻김굿의 주제인 억울하고 원통하게 죽은 영혼들을 불러모아 그들의 넋을 위로하고 달랜다. 여기에서 원통한 영혼들이란 문학평론가 박혜경씨가 지적했듯이 잘못되고 폭압적인 역사의 흐름 속에서 죄없이 죽은 사람들 뿐만 아니라 이 땅에서 부당한 제도와 힘에 의해 억눌리고 유린당한 삶을 살아가고 있는 상처받은 산 사람들의 영혼까지를 포함하고 있는데, 이 모든 것들이 응집된 대상이 바로 어머니인 것이다.

첫째 거리인 축원마당에서는 사람의 본(本)으로서의 어머니가 끊임없이 눌려 지내온 한많은 여자로 드러나서 이에 대한 해방을 발원하고 있다. 어머니라는 대상이 갖는 의미는 성적·개인적 차원을 떠나서 부당하게 억눌리고 희생당한 사람들 모두를 포함하고 있는 보편적인 표상이듯이, 여기에서 발원하는 해방은 역사와 민족의 맥락에 접목되어 민족 전체에 대한 해방으로까지 나아가고 있다.

이러한 흐름은 둘째 거리인 해원마당과 셋째 거리인 본풀이 마당에서 민족의 통한과 수난이 역사와 현실 속의 어머니를 통해 드러난다. 넷째 거리인 진혼마당에서는 광주민중항쟁을 배경으로 이러한 어머니의 모습이 더욱 뚜렷하고 구체적인 모습으로 나타난다. 1980년 5월의 광주가 우리 사회의 모든 질곡과 모순의 폭발이었으며 이 땅을 살아가는 민중들의 한 그 자체이듯 "저 무덤 위에 푸른 잔디 돋아/하늘도 파랗고/들도 산도 파란 오월에/일천 간장 각뜨는 수백 수천 무덤 앞에/아들 젯상 차려놓고 어머니 웁네다/딸 젯상 차려놓고 어머니 웁네다" 이렇게 통곡하는 어머니의 한을 푸는 것은 오월의 원혼을 불러 그들의 피를 닦아주는 일이며, 민족 전체의 가슴에 박힌 한과 염원을 풀어내는 일인 것이다. 이것은 마침내 분단의 벽을 허무는 큰 강물, 통일의 강물로 흐르게 되며, 다섯째 거리인 길닦음 마당에서는 해방세상 길을 닦는 행동이 이루어지고 지금껏 이를 방해해왔던 오만가지 원인들이 구체적으로 펼쳐진다. 여섯째 거리인 대동마당에서는 앞에서 갈고닦은 해방의 터에 반듯하게 세워지는 민주 집과 참된 사람들의 세상, 그 화복대길을 노래하고, 일곱째 거리 통일마당에서는 다시금 우리 민족의 분단현실을 극심한 아픔으로 강조하면서 간절한 소망으로 통일을 염원하고 있다.

화해와 치유와 만남으로, 세상 갈라서고 찢어진 모든 것들을 한

데 손잡게 했던 어머니—한반도의 어머니며 인류 생명의 어머니—그 어머니의 강물은 마침내 통일의 강물로 삼천리 방방곡곡에 굽이치며 흘러가고 마지막 뒤풀이에서는 딸들의 노래로써 어엿하게 돌아오는 어머니의 해방강토와 통일산천을 찬미하고 있다.

아무튼 『저 무덤 위에 푸른 잔디』에서 애절하고도 구성지게 펼쳐지는 어머니의 해방은 모든 여성의 해방으로, 더 나아가서는 인간의 해방으로 귀결되고 있다. 이는 반만년 동안 한결같이 갈구해온 우리 민족 모두의, 모든 것에 걸친 회개와 치유, 화해를 통한 해방의 염원인 동시에 전인류의 해방에까지 울려퍼지는 염원인 것이다.

『금호문화』1989년 11월호

5월로부터 시작된 광주문학

80년대의 의미와 문학적 대응

한정된 지면에다 10년간의 문학을 개괄하기란 그리 쉬운 일이
아니다. 특히 80년대는 정치·사회·문화적으로 복잡한 양상을 지
녔을 뿐만 아니라, 역사 진행이 파행적이었기에 더욱 그렇다.

아무튼 80년대의 한국 역사와 사회는 광주로부터 전개되었으
며, 80년대의 한국의 문학 역시 광주로부터 발아됐다고 해도 그리
지나친 표현은 아닐 것이다. 따라서 80년대의 광주·전남지역의
문학을 논의한다는 말은 바로 80년대의 한국문학을 논의한다는
점과 거의 궤를 같이한다고 할 것이다.

우리는 현실을 떠나서 문학을 생각할 수 없다는 사실을 잘 알고
있다. 문학의 산실은 바로 현실이기 때문에, 현실의 올바른 이해와
해석이 문학의 올바른 이해와 해석에 도달하는 길목이 될 것이다.
따라서 80년대를 이해한다는 것은 80년대의 문학을 이해하는 중
요한 관건이 될 것이다.

많은 사람들이 한결같이 광주항쟁의 성격을 규정했듯이, 반통
일 분단체제, 반민주 군부독재, 반자주 외세, 그리고 경제적 불균
형, 지역간 차별정책 등 온갖 모순 때문에 일어난 대단위 민중항쟁

이 바로 광주민중항쟁이었다. 따라서 이러한 역사적·사회적 배경이 가장 광주적인 문학을 낳았고, 가장 광주적인 문학은 가장 한국적인 문학을 낳았으며, 이러한 가장 한국적인 문학은 가장 세계적인 문학에까지 다다를 수 있으리라는 개연성을 확보할 수 있었다.

80년대의 급격한 변화는 민중의 역량을 크게 신장시켰고 역사를 주체적으로 볼 수 있는 안목을 획득하게 되었다. 이러한 안목은 민족적·민주적 역량을 최대한 확대시킴으로써 문학의 영역도 최대한 확대시킨 연대였다고 할 수 있다.

5월의 시문학

80년대의 문학은 '광주 5월'이라는 정신적 모태로부터 출발하였다. 70년대의 퇴폐·향락주의문학과 상업주의문학에 독자들은 식상해 있었다. 그런데 광주를 통해 이러한 식상에서 탈출할 수 있었다.

군부독재에 항거하기 위한 무기로서 문학은 시를 택했다. 그것이 80년대 시의 시대를 열게 된 동기가 되었다. 즉 광주 5월의 비극적 상황 이후 이 땅의 민중들은 역사의 진실에 목말라 있었고, 그들의 골깊은 상처를 치유해줄 수 있는 무기로서 순발력이 강하고 기동성 있고 감응력이 강한 올곧은 시를 택한 것이다.

아무튼 80년대는 '시의 시대'라 일컬을 만큼 질적·양적으로 풍성한 성과를 올린 시기였다. 80년대 초반 현저하게 드러난 현상인 무크지와 동인지들의 양적 증가를 보더라도 이것은 증명된다. 80년대 언론통폐합이라는 미명 아래 70년대 민족문학을 일궈왔던

『창작과비평』이나 『문학과지성』 등이 폐간되자 민족문학권 내에서는 나름의 자구책 통로를 암중모색하게 되었고, 그 길트기로서 바로 동인지 발간과 무크지 발행이 잇따랐다. 『5월시』 『자유시』 『반시』 『목요시』 『원탁시』 『시와 경제』 『시운동』 등의 동인지들이 직·간접으로 광주 5월과 연관을 맺고 있다. 무크지로서는 『시인』 『민중시』 『실천문학』 『삶의 문학』 등이 80년대의 목소리를 지니며 암울과 억압의 시대를 메워나갔다.

이러한 무크지와 동인지를 통해 참신하고 개성있는 신인들이 대거 문학활동을 하게 되는데, 기성문단에 신선한 충격과 함께 무서운 존재로 부각되기도 했다. 황지우·나해철·최두석·박노해·김용택·나종영·오봉옥·고재종·차정미·김해화·박영근·곽재구·임동확·박선욱·강형철 등 무수한 신인들이 거의 이 지방과 연고가 있는 사람들이다.

어쨌든 여기서는 80년대 시문학에 있어 가장 두드러졌던 몇가지 현상을 그 구체적인 성과물을 대상으로 검토해보기로 하자.

첫번째로는 5월민중항쟁의 정신을 수용·계승한 5월문학의 확립이다. (5월문학의 역사적 의미와 역할은 다른 지면에서 논의된 바가 많으므로 여기서는 5월문학을 발전시킨 시인들의 성과를 조감하기로 한다.) 광주민중항쟁의 확성기 역할을 담당했던 『5월시』 동인의 활동은 괄목할 만한 것이었다. 이들 동인들은 1980년 광주를 근거로 한 젊은 시인들이 중심이 되어 결성되었는데, 그 이름이 말해주듯 '광주 5월'이 그들 시의 텃밭이었다.

"우리가 이 땅에 내렸다고 생각하는 삶의 뿌리는 도대체 누구의 뿌리이며 누구의 삶인가? 분단을 수락한 상태에서 이룩한 삶이란 근본적으로 뿌리뽑힌 것이 아닌가?"라고 그들은 첫 모임에서 이와 같은 물음에 합의하며 그 출발을 알렸다. 이 합의된 물음엔 많은 뜻이 함축되어 있음을 알 수 있다.

즉 1980년 광주의 비극적 현실을 역사의 큰 분수령으로 인지하고 그러한 상황이 돌출하게끔 된 민족의 제모순을 사회과학적 안목으로 걸러내고 투사하겠다는 선언이었다. 그것은 곧 분단의 아픔이며 외세의 강점이며 국가독점자본의 횡포임이 분명하며, 반공이데올로기의 소산임을 처절하게 체득하는 울분이었다. 그들의 이같은 물음은 80년대가 끝나가는 지금에도 가슴깊이 남아 있다.

『5월시』는 광주와 민중의 삶을 끈끈하게 연결시켜주는 촉매작용을 충분히 해냈고, 활발한 작품활동으로 민족의 제모순을 파헤쳐놓은 공헌을 한 것이다. 1980년에서 1985년까지의 동인지 5집과 곽재구의 『사평역에서』, 고광헌의 『신중산층 교실에서』, 이영진의 『6·25와 참외씨』, 박몽구의 『십자가의 꿈』, 나종영의 『끝끝내 너는』, 최두석의 『대꽃』, 박주관의 『남광주』, 강형철의 『해망동 일기』, 나해철의 『무등에 올라』 등 개개인의 시집을 훑어보더라도 그것은 여실히 드러나고 있다.

80년대를 되돌아볼 때 광주민중항쟁이 맨 먼저 떠오르듯이, 우리는 격동의 10년 세월을 감옥에서 지샌 비극적 시인 한 사람을 생각하지 않을 수 없다. 바로 김남주(金南柱) 말이다. 70년대의 대표 시인을 김지하로 꼽듯이 80년대 대표적 시인으로 그를 꼽는다. 이처럼 그의 삶과 시는 80년대 민족문학을 한 정점으로 이끌어올린 눈부신 것이었다.

1979년 이른바 '남민전사건'에 연루되어 1988년 광주의 진상규명과 함께 우리 곁으로 걸어나오게 된 김남주는 광주가 낳은 제3세계의 전형적인 민중시인이었고, 감옥에서 불같은 열정으로 써

댔던 200여편의 시는 『진혼가』 『나의 칼 나의 피』 『조국은 하나다』 등의 시집으로 간행되었다.

그는 "시는 촌철살인의 풍자여야 하고, 백병전의 단도여야 하고, 밤에 붙였다가 아침에 떼어지는 벽시여야 하고, 치고 도망치는 유격전의 형식이어야 한다"고 말한다. 반제 민족해방과 조국통일에의 열망을 누구보다도 정열적으로 노래하고 싸운 혁명시인 김남주는 "사과 한 쪽도 둘로 쪼개 갖는" 뜨거운 사랑의 시인이다.

5월항쟁을 소재로 한 임동확(林東確)의 『매장시편』은 좀더 다른 의미에서 80년대의 문제시집으로 주목된다. "현재 살아 있는 이 땅의 사람들을 위해 씌어진 시편"이라는 설명을 맨 서두에 붙인 연작시인데 광주항쟁에 직접 참여하지 못하고 참혹한 현실 앞에 부들부들 떨고 서 있었던 소시민적 비겁함과 자괴감을 질책하고, 새로이 열린 세계로의 길을 터주는 몫을 담당해내고 있다. 즉 광주의 상흔을 유장한 호흡과 풍부한 비유로 치유하고 질서화하는 데 성공하고 있다 하겠다.

광주민중항쟁이 발발한 지 7년이 지난 1987년, 『누가 그대 큰 이름 지우랴』라는 제목의 광주항쟁 시선집이 출간되었는데, 5월의 민족사적 관점과 지향점 등을 검토·종합한 그 첫번째의 작업이었다는 점에서도 80년대 시문학의 큰 성과 중의 하나라 하겠다.

"광주! 이제 그것은 광주만의 것이 아니다. 외세에 의한 타율적 분단의 역사가 만든 한반도 모순의 총체적 집약으로서의 광주는, 우리 민족의 이상적 좌표인 민주와 통일을 향해 나아간 민족적 에너르기의 뜨거운 분출"이었음을 편자 서문에 밝히고 있듯이, 민족문학 큰 틀 안에 '5월의 시'가 차지하는 역량을 웅변해주고 있는 벅찬 작업이었고, '광주'라는 지역적이고 정체된 시점이 아닌 전

국 도처에서 계속되고 있는 역사의 흐름임을 공식적으로 천명한
울림이었다.

> 엄동 같은 독재에도 얼지 않고
> 총알처럼 눈 퍼부어도
> 눈 쌓이지 않는
> 생수 솟는 김나는 샘
> 우리 사랑 광주
>
> ─김용택 『우리 사랑 광주』 부분

  광주는 군부독재의 엄동에도 생수를 콸콸 솟게 하는 민주·민중
운동의 엑기스였고, 오늘을 뛰어넘어 내일의 승리를 쟁취하는 샛
물 같은 실천의지였다.
  이 시선집에 실린 고규태의 「직설이 아니면 타살이다」, 이승철
의 「용봉동의 삶」, 송기원의 「한파」, 박선욱의 「광주 4」, 김형수의
「배고픈다리」, 강태형의 「5월 넋」, 이도윤의 「오월의 꽃」, 김남주
의 「학살 1·2」 등 수많은 민족시인에 의해 헤아릴 수 없는 시편들
이 발표되어 광주는 구체적인 민족현실이며 혁명임을 다시 한번
인식케 하고 있다.

노동자·농민 시인들

  또다른 80년대의 두드러진 특징 중의 하나는 기층민중이 문학
의 창작주체로 등장한 것이었다. 이는 70년대부터 고양되어 확산

된 노동운동의 사회·경제사적인 배경을 굳건히 딛고 출현한 노동자·농민 시인들의 괄목할 만한 성과물인데, 이들 시인들 역시 대부분 이 지방 출신들로 그 핵심을 이루어 주도하고 있다.

1980년 이후 양산된 노동자 시인과 시집을 구체적으로 들어보면, 박노해의 『노동의 새벽』, 김해화의 『인부수첩』, 박영근의 『취업공고판 앞에서』, 정명자의 『동지여 가슴 맞대고』 등을 들 수 있다.

박노해의 대부분의 시는 노동현장의 모순이 산업재해를 계기로 하여 첨예한 갈등·대립구조로 발전하는 양상을 보여준다. 이러한 대립구조로 하여 자본과 노동자의 삶이 구조적 모순을 띠고 있음을 시사하고 있다. 그러나 박노해의 시는 여기서 끝나지 않고, '문학성'과 '혁명성'을 조립하여 노동자를 각성케 하고 해방의 참의 미를 곱씹어 뱉도록 탁월한 시적 형상화를 꾀하고 있다는 점에서 문학적 탁월성을 평가받고 있다. 아무튼 박노해의 출현은 80년대 문학에 일대 변화를 불러일으켰고 기층민중이 문학창작의 주체가 되는 노동문학의 가능성을 천명한 기념비적 성과였다.

농민시에서도 뛰어난 성과를 이룩했는데 그 성과로 고재종의 『새벽들』과 김용택의 『섬진강』 『맑은 날』 등을 들 수 있다. 이제까지의 전원에 대한 막연한 동경과 귀향 심리를 벗어젖히고 70년대 고도성장 산업화에 유전되어온 농촌의 참 실상을 투박하면서도 진솔하고 당찬 목소리로 표현하고 있다.

세번째로 80년대 시문학의 큰 특징으로 서사시 혹은 이야기시로서의 장시에 대한 실험과 그 가능성을 들 수 있는데, 김지하의 『대설 남(南)』, 문병란의 『동소산의 머슴새』, 고은의 『백두산』, 장효문의 『전봉준』 등이 그것이다. 이중에서 특히 『백두산』과 『대설 남』은 완결되지 않은 작품이지만 완결이 된다면 한국서사시의 경지는 물론이려니와 민족·민중문학의 새 지평을 열어젖히는 훌륭한 업적이 될 것이다.

다음으로 80년대 시문학에서 빼놓을 수 없는 성과물로 김준태의 『아아, 광주여 영원한 청춘의 도시여』『국밥과 희망』 등의 시집과, 화가 홍성담의 판화와 함께 묶어 간행된 『오월에서 통일로』라는 시집, 송수권의 『아도』, 김희수의 『뱀딸기의 노래』, 황지우의 『새들도 세상을 뜨는구나』, 차정미의 『눈물의 옷고름 깃발 삼아』, 고정희의 『저 무덤 위의 푸른 잔디』, 이시영의 『바람 속으로』, 양성우의 『그대 하늘길』 등을 들 수 있으나 지면 관계상 일일이 언급할 수 없음을 아쉽게 생각한다.

80년대의 소설

김명인(金明仁)이 지적했듯이 80년대 초반은 소설의 침체기임이 분명하다. 그는 "당장의 비탄과 고통을 넘어서 그 엄청난 재앙의 원인과 결과를 되씹으면서 이야기로 풀어나가는 것이 소설의 본령이라면, 그 혹독했던 시절 바로 소설을 기대하는 것은 무리였다. 그런 시기엔 소설이 나온다고 해도 그것은 우화이거나 신변잡기를 벗어날 수 없다"고 「지식인문학의 위기와 새로운 민족문학의 구상」이라는 글에서 밝힌 바 있다. 또한 작가적 양심에서 비롯되는 자괴감과 행동하지 못하는 지식인의 자기분열적 양상 때문에 80년대 소설 침체현상이 일어났다는 지적도 있다.

이는 곧 광주의 비극적 상황과 무관하지 않으며 소설이 갖는 특수성에 연유한 것이다. 그러므로 소설다운 소설이 나올 수 있으려면 광주의 비극을 극복하고 그 역사적 의미를 총체적으로 파헤칠 수 있어야 했다. 항쟁이 있은 지 5년이 지난 1985년에야 간접적으로나마 광주항쟁을 다룬 임철우(林哲佑)의 「직선과 독가스」 「사산하는 여름」이 발표된 것도 이와 같은 맥락에서 이해할 수 있을 것이다.

「직선과 독가스」는 광주항쟁의 후유증후군을 가늠케 하는 병리현상을 제시하고 있고, 「사산하는 여름」은 성교중에 유착되어 영영 떨어지지 않는 남녀가 향민의원에 입원했다는 유언비어 가운데서 당시의 사회상황과 역사현실을 고발한 작품이었다. 이들 두 작품은 최초로 광주항쟁을 다룬 소설이라는 의미를 부여받았지만, 너무나 작위적인 알레고리의 기술과 1980년 5월의 광주 역사를 '상처'나 '병리현상'으로 보았다는 지적을 받기도 했다.

임철우의 일련의 소설 이후 여러 작가들의 의욕적인 작업에 의해 광주항쟁을 소개한 소설들이 속속 발표되었다. 문순태의 「일어서는 땅」, 한승원의 「당신들의 몬도가네」, 정도상의 「십오방 이야기」, 홍희담의 「깃발」, 윤정모의 「밤길」, 이영옥의 「남으로 가는 헬리콥터」 등이 그것이다. 이들 소설들을 중심으로 『일어서는 땅』 『깃발』이라는 제하의 광주항쟁 소설선집이 묶여나와 지대한 관심을 끌기도 했다. 여기서는 이들 작품 중 중요한 몫을 담당했던 몇 편만을 골라 언급하겠다.

문순태(文淳太)의 「일어서는 땅」은 항쟁에 참여한 자식을 찾아나선 어머니의 눈을 통해 항쟁의 역사적 의미를 조감하고 있는데, 특히 여순사건과의 연관성을 추론하고 있다는 점에서 관심을 끌고 있다. 윤정모(尹靜慕)의 「밤길」은 광주에서 탈출한 신부와 기층민 중과의 이야기인데, 이 탈출기 속에 현장의 참상에 대한 기억과 지속되는 과업에의 투신의지가 맞물려 있는 단편으로 상당한 성공을 거둔 작품으로 평가받고 있다. 정도상(鄭道相)의 「십오방 이야기」는 당시 공수대원이었던 형과 항쟁에 참여한 동생의 기묘한 만남을 통해 분단조국의 아픔을 피력하고 있는데, 속도감 있는 문장과 사실적인 상황묘사로 큰 성과를 올린 작품으로 평가받고 있다.

홍희담의 「깃발」은 시기적으로 80년대 후반에 발표되었지만, 광주항쟁의 총체적 의미에 가장 근접한 작품으로 주목받았다. 항쟁에 참여한 여공들의 이야기를 통해 광주의 5월은 반미자주화, 민족계급모순에 의해 발발했다는 시각을 보여주는데, 이는 지식인에 대한 극단적인 혐오감을 드러내면서 최초로 5월항쟁을 계급투쟁으로 본 소설이라는 점에서 주목을 받기도 했다.

그러나 광주항쟁을 소재로 한 이러한 성과에도 불구하고 그 역사적인 큰 흐름을 가름하는 '광주'를 테마로 한 장편소설이 아직 나오지 않고 있다는 점은 아쉬움으로 남는다.

80년대 소설에 있어 괄목할 만한 특징 중의 하나로 대하장편소설의 출현이라는 점을 들 수 있겠다. 황석영(黃晳暎)의 『장길산』은 조선민중들의 구체적인 삶을 광주항쟁을 겪은 현재의 시각에서 마무리지었는데, 소설의 결말 부분의 배경이 화순의 운주사로 된 것은 매우 깊은 상징성을 띠고 있다.

80년대 최대의 소설적 성과로 평가받으면서 최근에 그 대미를 장식한 조정래(趙廷來)의 『태백산맥』은 방대한 한국의 현대역사소설이다. 일제강점기에서 벗어난 해방공간의 싯점에서부터 6·25와 4·19, 5·16쿠데타에 이르는 분단조국의 격동했던 한국현대사의 조감을 통해 민족분단의 원인을 캐고 조국통일을 염원하는 소설이다. 2만장이 넘는 방대한 분량의 이 소설은 현대사의 격동기를 가장 탁월하게 재구성함으로써 "이념적 금기지대를 용감히 넘어서면서도 이데올로기의 관념성에 얽매이지 않고 식민지 현실의 모순을 극복해가는 역사발전의 과정에 오히려 깊은 관심을 보인" 작가의 태도를 권영민은 높이 사기도 했다.

문순태의 『타오르는 강』은 우리 민중의 뿌리인 영산강 유역 농민들의 처절하고도 끈질긴 삶을 전7권으로 형상화한 대하소설이다. 1886년 노비폐습제에서부터 시작되는 길고 슬픈 이야기(땅을 빼앗긴 농민들의 동학 가담, 개항장의 부두노동자로 흩어지는 삶 속에서도 끝끝내 고향을 지키는) 등을 적절히 배합하며, 영산강 일대의 가뭄과 홍수 속에서 내우외환으로 송두리째 뿌리뽑힌 농민들의 유민사를 통해 민중의 각성과 삶을 탁월한 구성과 말솜씨로 이끌어올린 대작이다.

아직 완간을 보지 못했지만 송기숙의 『녹두장군』(전3부 6권 중 제1부 2권 출간)은, 외세의 압력이 가중되고 경제가 송두리째 흔들리는 19세기 말의 피폐한 민중현실 속에서 봉건지주와 관료들의 수탈과 착취를 거부하며 동학농민전쟁에 뛰어드는 이 땅 농민들의 전형적인 삶을 그려낸 것으로 평가된다.

위에 든 장편소설들은 풍부하고 실감나는 민중언어와 생생한 역사현실을 파헤쳐놓은 점에서, 또는 정도의 차이는 있지만 광주 5월의 체험을 통해서 형성된 현재의 시각에서 과거의 역사와 민중들의 삶을 재조명하려 했다는 점에서 획기적인 성과라 할 수 있다.

80년대 문학론, 기타 앞으로의 전망

　다음으로 80년대의 문학론을 간단히 언급하기로 한다. 80년대의 문학론은 상당히 진취적인 발전을 이룩한 것으로 평가하고 있다. 70년대의 농촌문학론·분단문학론·제3세계문학론 등의 민족문학론을 극복·변혁·전개시켜 민족·민중문학론을 정립하고자 부단히 노력했던 연대였음을 부정할 수 없다. 이같은 작업은 젊은 평론가들에 의해 왕성하게 이루어졌다. 김진경·최두석·조정환·백진기·현준만·김도연·채광석·강형철·김명인 등이 그들이다. 아무튼 민족·민중문학론도 '1980년 5월체험'의 결과로 나타나 80년대를 관통하면서 성립된 기념비적 문학론이라 하겠다. 여기서는 지면관계상 생략하기로 하고, 검토되지 않은 80년대 문학에 있어 두드러진 현상 몇가지를 점검해보기로 하자.

　첫번째로 교포문학·북한문학의 고무적인 소개로 남북이 같이 하는 통일문학에 대한 일대 접근을 시도한 점이다. 『민중의 바다』(원제『피바다』)『한 자위단원의 운명』『꽃 파는 처녀』 등 북한에서의 불후의 고전적 3대 명작과, 박태원의 『갑오농민전쟁』, 이기영의 『두만강』, 조기천의 『백두산』, 남대현의 『청춘송가』 등이 잇달아 출간되었고, 이회성의 『금단의 땅』, 김학철의 『격정의 시대』, 이은직의 『탁류』 등 뛰어난 교포문학이 속속 발간되어 큰 반향을 불러일으켰다. 이는 남북한의 문학이 우리의 근·현대사를 어떻게 해석해서 형상화하고 있는지 비교·대조함으로써 통일문학의 지평을 전망해보는 데 획기적 도움을 주었다고 본다. 또한 납·월북 작가들의 해금으로 뿌리뽑힌 우리 민족·민중문학사의 리얼리즘

문학이 구체적으로 복원되고 심화되었다.

두번째로 빨치산운동에 대한 문학적 관심이 높아진 것이다. 이태의 『남부군』, 정지아의 『빨치산의 딸』, 오봉옥의 장시집인 『지리산 갈대꽃』 등으로, 지배이데올로기에 의해 묻혀버렸던 역사의 진실을 바른 시각으로 볼 수 있는 계기를 마련한 쾌거라 할 수 있는데, 이들 문학적 배경이 주로 지리산을 중심으로 한 호남지역이라는 점에서 우리들의 관심을 끈다.

이밖에도 『죽음을 넘어 시대의 어둠을 넘어』 『화려한 휴가』 『광주항쟁 증언록』 『오월 그날』 등 기록물이 잇달아 발간되어, 문학적 장치로는 광주항쟁의 의미를 미처 형상화하지 못한 부분을 심도있게 파헤쳐 국민에게 알렸다는 점도 놓쳐서는 안될 것이다.

또한 80년대의 문학은 중앙 중심에서 지방으로 급격히 분산되어 지역단위 문학활동이 전개되었다는 점도 한 특징이라 하겠다. 광주를 중심으로 한 『원탁시』를 비롯, 『해남문학』 『화순문학』 『보성문학』 『전남문학』 『무안문학』 『칠산문학』 『진도문학』 등은 90년대의 이 지역문학 발전에 크나큰 잠재력으로 작용할 것이다.

광주의 비극적 상황을 굳건히 딛고 출발한 이 지역의 문학은 80년대의 한국문학을 주도했으며 그만큼 큰 성과를 이룩했다. 90년대는 이를 발판 삼아 분단의 아픔을 뚫고 통일된 조국의 문학이 기필코 이루어질 것을 간절히 바란다. 80년 5월의 온갖 체험은 이러한 통일문학 성취를 위해 충분한 역량이 될 것을 믿는다.

『금호문화』 1989년 12월호

윤동주론
그의 생애와 문학세계를 중심으로

1. 머리말

윤동주(尹東柱)는 1917년 12월 30일, 외지인 두만강 건너 만주의 북간도 명동촌(明東村)에서 태어나 1945년 해방을 불과 6개월 앞둔 2월 16일에 적지인 일본의 큐우슈우(九州)의 후꾸오까(福岡) 형무소에서 29세라는 짧은 나이로 식민지 시대의 암흑기를 살다 간 민족 시인이다.

이 짧은 생애 동안 이 지상에 머물며 그는 시 76편, 동시 35편, 산문 5편 등 116편의 작품을 남겼다.[1] 이 많지 않은 문학작품만 가지고도 그는 우리의 현대 시문학사에 금자탑을 쌓아올렸을 뿐만 아니라 김소월(金素月)과 버금가는 많은 독자를 확보하고 있는, 불행한 시인이자 행복한 시인이기도 하다. 뿐만 아니라 그의 문학에 대한 연구 업적도 벌써 1백여편을 넘어서고 있다.

이 글은 본격적인 연구논문에 앞서 그의 생애와 작품세계를 해설적 입장에서 다루어보자는 데 목적이 있다. 따라서 이 글의 진행 순서는 그의 생애를 알기 쉽게 기술한 다음, 그의 작품세계를 ①

---

1 이 작품들은 모두 『나라사랑』 제23집(외솔회 1976)에 실려 있다.

동시의 세계 ② 갈등과 대립의 세계 ③ 저항의 세계로 나누어 살펴
보고자 한다.

2. 윤동주 시인의 생애

1) 출생과 성장

한 인간이 세상에 태어나서 의식이라든지 개인성(personality)
을 형성하는 데 가장 큰 영향을 받게 되는 요인으로 가정환경, 지
정학적 환경, 교육환경 등으로 요약될 수 있는 환경요인을 들 수
있다. 윤동주의 문학세계를 이해하는 데 이 환경요인을 빼놓을 수
없다는 점이 필자의 입장이기 때문에 먼저 그의 출생과 성장을 살
펴볼 필요가 있다.

윤동주가 태어났던 북간도 지방은 청나라와 우리나라 사이에
국경문제가 끊이지 않던 지방이었다. 역사적으로도 이곳은 청나
라가 건국한 후에 청나라 사람도 조선인도 들어갈 수 없는 봉금지
역(封禁地域)이었다. 그러나 기름진 이 땅에 감시의 눈을 피해 들어
가 농사짓는 조선인이 많았다. 더욱이 일제가 한반도를 침략하자
수많은 애국지사들이 몰려들어 독립운동의 기지가 된 곳이기도
하다.

조국을 등지고 쫓겨온 애국지사들, 일제의 수탈에 고향을 떠난
조선인들이 모여 사는 땅이 된 것이다. 그렇기에 다른 어느 지역보
다 일제에 대한 적개심이 강했던 사람들이 이곳 사람들이요, 독립
운동에 적극 참여한 사람도 많았다. 그중 윤동주가 태어난 명동촌

은 1899년 독립운동가이며 교육가이며 윤동주의 외삼촌인 김약연(金躍淵) 선생 등이 개척했던 곳이다. 청국인으로부터 토지를 사들여 부락을 만들고 자기 재산을 털어 교육기관을 세워 한학(漢學)을 가르치는 등 다른 지방보다 문화운동이 활발했고, 거기다 할아버지는 기독교 장로였고 그의 아버지는 명동학원(明東學院)의 선생이었다.

당시의 기독교가 일제의 침략에 대해 조직적인 저항세력이었고 명동학원이 민족주의를 교육했던 곳임을 상기할 때, 윤동주의 출생과 성장은 특별한 것이었다. 이렇듯 윤동주가 나고 자란 환경은 여러가지 면에서 그에게 큰 영향을 주었다고 할 수 있다.

첫째는, 어린시절부터 민족주의에 대한 교육을 받았다는 점이다. 민족주의와 배일사상을 형성해준 소학교 시절의 분위기는 그의 친구였던 문익환(文益煥)의 회고에서도 잘 나타난다.

동주의 민족애가 움튼 곳은 명동이었다. 국경일·국치일마다 태극기를 걸어놓고 고요히 민족애를 설파하시던 김약연 목사님(교장)의 넋이 어떻게 동주의 시에 살아나지 않고 말았겠는가. 어떤 작품이든 '조선독립'이라는 말로 결론을 내리지 않으면 점수를 안 주던 이기창(李基昌) 선생의 얽은 모습이 어찌 잊히랴.[2]

윤동주가 다니던 명동소학교는 그의 외삼촌이며 독립운동가인 김약연 선생이 설립한 학교로서 민족주의 교육을 시행했으며, 가장 중요한 과목은 조선의 역사와 조선어로 하는 민족주의 및 독립

---

2 문익환 「太初의 終末과 만남」, 『크리스찬 문학』 제5집, 1973.

사상의 교육이 중심이었다.

둘째로, 명동촌의 자연환경과 소학교 시절은 문학에 대한 열정을 형성하게 하였다. 사방이 산으로 둘러싸인 아늑한 고장에서 자란 그는 일생 동안 고향에 대한 향수를 지니고 살았다. 대자연의 숨결 속에서 어머니의 정을 느끼며 시심(詩心)을 키웠다. 그의 조용하고 사색적인 성품과 문학과의 만남은 소학교 시절부터 비롯된다. 윤동주는 송몽규(윤동주와 함께 일본 후꾸오까 형무소에서 옥사)와 함께 서울에서 간행되던 『어린이』 『아이생활』 등의 아동 잡지를 구독하였고, 송몽규와 함께 월간잡지 『새명동』을 등사판으로 발간하여 거기에 동시를 발표하기도 했다.

명동소학교를 졸업하고 윤동주는 명동에서 20여리 떨어진 중국인 도시 따라쯔(大拉子)에 있는 소학교 6학년에 편입했다. 중국인 소학교에서의 1년간의 추억은 그의 시 「별 헤는 밤」에 나타난 이국적인 중국인 소녀들의 패(佩)·경(鏡)·옥(玉) 등의 이름에도 나타나 있다.

다음해인 1932년 윤동주는 명동을 떠나 은진(恩眞)중학교에 입학했다. 은진중학교는 캐나다 선교부가 경영하던 미션계 학교로 용정(龍井)에 있었다. 이때 윤동주의 집안은 이곳으로 이사를 했다. 농토와 집은 소작인에게 맡기고 이사를 하게 된 이유는, 첫째로 명동에 중학교가 없어진 까닭이고, 둘째로는 당시 조선인 사이에 유행하던 공산주의와 무정부주의가 명동지방에 흘러들었기 때문이었다. 즉 독립운동단체 내에서의 좌·우익의 극한 대립은 급기야 민족주의 진영과 공산주의 진영으로 갈라졌고, 무정부주의가 이 지방에 들어왔다. 이들의 주장은 못사는 소작인들의 각성과 공산주의를 통해서만 민족의 해방이 달성될 수 있다는 것이었다.

당시 소지주 계급에 속하고 기독교 장로 집안이었던 윤동주네 집안은 이들의 주장과 도저히 타협할 수 없는 상황이었다. 따라서 종교 집안인 그의 집은 농촌보다는 도시의 생활을 선택했을 것이라는 추측이 가능하다.

은진중학교 시절의 윤동주는 다방면에 걸친 취미생활을 하였다. 축구·농구와 같은 운동에다 웅변·문학 등에도 소질을 보였다. 중학교 시절에 대한 그의 동생 윤일주(尹一柱)씨의 회고에 따르면,

> 은진중학교 때의 그의 취미는 다방면이었다. 축구선수로 뛰기도 하고 밤늦게까지 교내 잡지를 내느라고 등사 글씨를 쓰기도 하였다. 기성복을 맵시있게 고쳐서 허리를 잘록하게 한다든지 나팔바지를 만든다든지 하는 일은 어머니 손을 빌지 않고 혼자서 재봉틀로 하기도 하였다. 2학년 때이던가. 교내 웅변대회에서 '땀 한방울'이란 제목으로 1등한 일이 있어서 상으로 탄 예수 사진의 액자가 우리집에 늘 걸려 있었다. 절구통 위에서 궤짝을 올려놓고 웅변연습을 하던 모습이 눈앞에 선하다.[3]

그 무렵 간도지방에서 공부하는 학생들은 고국에서 공부하고 싶어했고, 고국으로의 유학이 유행이었다. 내 나라 내 땅에서 공부하고 싶어하는 젊은이들이 속속 고국의 학교로 유학을 왔다. 이를 부러워하던 그는 부모님을 설득하여 1935년 9월 평양 숭실중학교로 전학을 했다. 숭실중학교에서의 기숙사 생활은 그에게 깊은 사색과 문학적인 열정을 한껏 심화시켜주었다.

---

3 윤일주 「윤동주의 생애」, 『나라사랑』 제23집.

숭실중학교에서의 학교생활은 외적 환경의 변화 때문에 1년도 못되어 중단되었다. 소위 신사참배의 강요였다. 일제는 종교와 사상의 자유를 억압하고, 그들의 정책을 일사분란하게 실행하기 위해 신사참배를 강요하였다. 이에 반대한 많은 우국지사와 기독교인들이 희생되었는데, 숭실중학교도 역시 반대했다. 이때의 윤동주에 대한 문익환 목사의 회고는 다음과 같다.

동주는 평양 숭실중학교에서의 일어난 신사참배 반대운동에 참가했다. 신사참배 사건은 민족심과 기독교 신앙이 한꺼번에 짓밟히는 사건이었다. 이 사건은 동주에게 큰 충격을 주었다.[4]

감수성이 예민한 이 시기에 윤동주는 일제에 대한 저항정신을 갖추고 있었음을 알게 된다. 물론 그가 태어나서 자란 환경이 일제에 대한 저항정신을 심어주고 있었지만, 고국에서의 이러한 체험은 중요한 것이었다. 신사참배로 인한 폐교로 일제에 대한 적개심은 그의 내면으로 침잠해들어갔다. 폐교로 인해 다시 용정으로 돌아온 그는 광명학원(光明學院) 중학부에 편입하여 2년 동안 중학 과정을 계속했다. 이 시절에도 그는 낮에는 운동경기 등 다방면에 걸친 취미생활을 하였고 밤이면 글쓰는 데 열중하였다. 당시 연길(延吉)에서 발간되던 『카토릭소년』지에 동시 「고향집」 「병아리」 「오줌싸개 지도」 등을 발표하기도 했다.

광명중학 시절은, 졸업반인 5학년 2학기가 되면서 상급학교 진학문제로 사실상 끝이 났다. 졸업 후의 학과선택에 대한 부자간의

---

4 문익환, 앞의 글.

대립이 있었다. 소년시절부터 남달리 감수성이 강했고 문학에 대한 열정을 심화시켜온 윤동주는 문과에 가길 원했지만, 아버지는 시국과 관련된 직종보다는 안정된 의과대학을 권했다. 당시와 같은 일제 식민통치하에서 글로써 세상을 피력하기보다는 전문직종에 종사하는 것이 안전하리라는 배려에서였다.

2) 연희전문학교

할아버지와 외삼촌의 도움으로 윤동주는 자신의 뜻대로 이듬해인 1938년 연희전문학교 문과에 입학하였다. 이때 그의 고종사촌인 송몽규도 같이 연희전문학교에 입학했다. 송몽규는 북경·상해 등지에서 독립운동을 하다가 용정에 돌아와 요시찰인으로 옥살이를 한 후, 그곳의 대성중학을 마치고 윤동주와 함께 서울로 유학올 수가 있었던 것이다.

연희전문학교에서의 윤동주의 생활은 최현배(崔鉉培) 선생의 조선어 시간에서부터 감격 속에 시작된다. 그해 3월부터 중등학교에서 조선어 과목이 폐지되었음을 상기할 때, 최현배 선생과의 만남은 조선어에 대한 애착과 민족의식을 높이는 직접적인 계기가 된다. 또한 장진태(張晋泰) 선생의 역사시간, 이양하(李敭河) 선생의 영문학 강의 등의 영향으로 윤동주의 청년시절은 민족에 대한 새로운 각성과 우리말에 대한 자부심을 얻는 계기가 되었다. 이러한 일들은 장덕순(張德順) 교수의 회고에서도 잘 나타난다.

당시 만주땅에서는 볼 수 없는 무궁화가 캠퍼스에 만발했고, 도처에 우리 국기의 상징인 태극마크가 새겨져 있고, 일본말을 쓰지

않고, 강의도 우리말로 하는 '조선문학'도 있다.[5]

윤동주는 연희전문학교 시절 이미 자기가 걸어가야 할 길을 보다 확고하고 뚜렷하게 생각하고 있었다. 자신의 길에 대한 확고한 신념은 그를 더욱 성숙시켰다. 그는 친구들과 어울려 담론하기보다는 오히려 서강의 논둑길, 뒷산의 오솔길을 거닐기를 더 좋아했다.

1941년 일제의 혹독한 식량정책으로 윤동주는 학교 기숙사를 나와야 했다. 그래서 5월 그믐께 소설가 김송(金松)의 집에서 하숙생활을 시작했다. 그러나 일제의 요시찰 인물로 감시를 받고 있던 김송의 집에 일본 형사들이 저녁마다 찾아왔고, 요시찰인과 연희전문학교 학생들에 대한 의심과 감시는 갈수록 심해져 그 하숙생활도 오래갈 수 없었다. 결국 4개월 만에 그 집을 나올 수밖에 없었다. 이 시기에 「무서운 시간」 「태초의 아침」 「십자가」 「또다른 고향」 등의 작품이 완성된 것으로 보아 김송 집에서의 하숙생활은 그에게 많은 도움이 되었음을 짐작하게 된다.

윤동주는 그해 전시(戰時) 학제 단축으로 3개월이 앞당겨진 12월에 연희전문학교를 졸업했다. 그는 졸업을 기념하며 자선시집(自選詩集) 『하늘과 바람과 별과 시』를 77부 발간하려 했으나 발간하지 못했다. 출간하기 전 자필로 된 3권의 시집 중 한 권을 스승인 이양하 선생에게 보였으나, 스승이 출판을 보류하도록 충고하였기 때문이었다. 시집에 들어있는 「십자가」 「또다른 고향」 「슬픈 족속」 등의 시가 일본관헌의 검열에 통과되지 않을 뿐만 아니라 신변의 위험이 있을 것이라는 충고였던 것이었다. 동주는 스승의

---

5 장덕순 「윤동주와 나」, 『나라사랑』 제23집.

충고에 따라 출판을 보류하고 친구인 정병욱(鄭炳昱)과 이양하 선생에게만 자필로 된 시집 한 부씩을 기념으로 주었다. 이때의 울분과 노여움은 이 시기에 씌어진 「간(肝)」이란 시에 잘 나타난다. 처음에는 이 시집 제목을 「병원」으로 하려고 했다. 그는 이 세상이 모두 환자투성이로 보였던 것이다.

졸업을 하고 고향집에 갔을 때 일제의 단말마적인 탄압은 극에 달해 있었다. 고향집에서는 윤동주의 일본유학을 위해 성씨를 히라누마(平沼)로 창씨개명하였다. 창씨개명은, 일본과 조선은 하나라는 것〔內鮮一體〕과 조상이 같은 뿌리에서 시작된 나라〔同祖同根〕라는 미명 아래 우리의 고유한 문화와 전통을 말살시키려는 정책의 하나였다. 이 당시 창씨를 하지 않고는 일본유학이 불가능했다.

3) 일본유학과 죽음

1942년 4월에 동경의 릿꾜오대학(立敎大學) 영문과에 입학했다. 동경 유학시절에 열심히 시작(詩作) 생활을 했다. 이국에서의 고독과 일제에 대한 저항의 시로 「쉽게 씌어진 시」 등이 있다. 한 학기가 끝나고 그해 여름방학에 고향을 다녀간 것이 마지막이었다. 윤동주는 여름방학을 마치고 도오시샤(同志社)대학 영문과에 입학하였다.

윤동주는 1943년 여름방학 귀향 일자를 알리는 전보를 치고 짐까지 고향에 부치고, 출발 직전 일본 경찰에 체포되었다. 그의 죄명은 치안유지법 제5조 위반이었다. 그 내용은, 첫째 사상이 불온하고 독립운동을 했으며, 둘째 비국민(일본신민이 아니라는 뜻), 셋째 서구사상이 농후했다는 것으로, 구체성이 전혀 없는 내용의 죄명이었다.

1944년 6월, 재판 결과 동주는 2년, 고종사촌인 송몽규는 2년 6개월의 형을 받고 후꾸오까 형무소에 투옥되었다. 1945년 2월 16일 "2월 16일 동주 사망. 시체 가지러 오라"는 내용의 전보가 고향집에 날아들었다. 아버지와 당숙이 일본으로 떠난 후 형무소로부터 우편이 왔다. 그 내용은 "동주 위독함. 원한다면 보석(保釋)할 수 있음. 만약 사망시엔 시체를 인수할 것. 아니면 큐우슈우 제국대학에 해부용으로 제공할 것임. 속답 바란다"는 것이었다. 죽기 전에 보낸 편지가 오히려 나중에 도착한 것이었다.

윤동주의 죽음에는 의혹이 있다. 그가 왜 죽었냐는 의문이다. 아버지와 당숙이 일본에 갔을 때 송몽규는 윤동주와 함께 매일 이름 모를 주사를 맞고 있었다고 했다. 후에 밝혀진 것이지만 당시에 일제는 조선인 독립운동가들을 의학실험 대상으로 하였음이 폭로되었다. 윤동주의 죽음도 일제의 잔학무도한 행위에 의해 희생되었으리란 추측을 가능케 한다. 윤동주는 조국광복을 반년 앞두고 적지의 감옥에서 순절함으로써 생을 마감했다.

"윤동주는 이 민족사가 유례없는 질곡에서 이른바 무의식의 존재마저도 지탱하기 어려웠던 시대를 살아온 수많은 한국인 중의 한 사람이다. 윤동주는 짓밟힌 민족의 역사적 주어(主語)를 계승시켜 민족 정통사의 회복을 의식적으로 갈구하는 박해받던 일제 말기의 한사람"[6]이기도 하다.

---

6 정세현 「윤동주 시대의 어둠」, 『나라사랑』 제23집, 22면.

3. 윤동주의 작품세계

윤동주는 『하늘과 바람과 별과 시』라는 시집 제목에서 보듯, 별 그리고 바람이라고 하는 낭만적인 언어에 특별한 애정을 갖고 있음을 알 수 있다. 현실적 언어가 아닌 낭만적 언어에 대한 의미 부여는 당시 시대적인 환경과 결부시켜볼 때 몇가지의 의미가 추출된다.

첫째, 너무도 암울하고 답답했던 시대에 대한 극복에의 의지가 낭만적인 언어 속에 형상화되었다는 점이다. 언어를 통한 형상화란 추상적인 관념이나 의지가 구체적인 모습을 띠고 눈앞에 펼쳐지는 것을 말한다. 즉 한 시대의 어둠에 대한 상대적인 의미가 오히려 쉽고 구체적인 모습으로 드러나고 있다는 것이다. 이러한 점은 일제 치하 지식인으로서의 분노와 좌절이 직접적인 저항으로서가 아닌 보다 높은 차원으로 승화되고 있다는 데서 잘 드러난다.

둘째, 낭만적인 언어는 상대적으로 그 시대의 어둠과 암울함의 깊이를 보다 선명하게 보여준다는 점이다. 칠흑 같은 어둠 속에서 반짝이는 별이 더욱 선명하게 보이듯, 일제 암흑기의 질곡 속에서 그의 시심(詩心)이 더욱 빛을 발하고 있음을 의미한다. 또 그 시대에 가장 양심적이고 정직하고자 했던 순수한 인간의 모습이 잘 드러난다.

이렇듯 어두운 시대에 고뇌하고 번민했던 윤동주의 생활은 어둠과 밝음의 이미지를 통한 그의 시 전반에 걸쳐 드러난다. 밝음과 어둠의 대조는 어둠 속에서의 고뇌와 갈등, 그리고 밝음에로의 지향을 보여준다. 이러한 작품세계에 있어서의 특징은 그의 내성적이며 고고했던 생활과 더불어 그의 시를 이해하는 데 도움을 준다. 그의 시를 이해할 때 시인과 시를 직접 연결시켜 이해하는 데에는 약간의 주의를 필요로 한다. 그것은 저항시인으로서 일제에 대한 직립적인 저항이나 투옥된 경험이 있느냐는 물음만 가지고 시를 이해할 수 없다는 말이 된다. 앞서 윤동주의 생애를 통해 보았듯, 그의 성장과정이나 학창시절에 일제에 저항한 구체적인 활동이 없었음을 우리는 볼 수 있었다. 일제에 대한 직립적이며 구체적인 항거의 모습이 보이지 않는다 해서 일제에 저항했던 시인이 아니라고 할 수 없기 때문이기도 하다. 다만 그의 생활과 의식세계를 통해서 시를 이해하고, 시를 통해 그가 지향하고자 했던 것을 찾아가는 것이 올바른 작품해석의 태도일 것이다. 이러한 점을 염두에 두고 그의 작품세계를 살펴보기로 하자.

1) 동시의 세계

윤동주의 동시(童詩)에 대해서는 별로 언급이 되지 않았지만, 그의 작품 총 116편 중 산문이 5편, 시가 76편, 동시가 35편임을 보아 알 수 있듯이 시의 절반에 가까운 작품이 동시로서, 분량이 아주 많다. 또 이 동시들이 20세를 전후한 시기, 특히 1936년 후반기인 9월 이후 3개월간 오직 동시만이 집중적으로 씌어졌다는 점에서 그의 시를 이해하는 데 도움이 되리라 생각한다. 20세를 전후한 시기라면 성인으로서의 의식세계를 갖추고 있는 나이이다. 이 시기에 동시를 썼다는 점은 몇가지 의문을 제기케 한다.

첫째, 왜 동시를 썼겠는가 하는 의문이다.

동시는 아동들이 쓴 시이기도 하며, 어른이 아이들을 위해 쓴 시라는 정의가 내려질 수 있다. 더 설명을 하자면, 동시는 어린이다운 심리와 감정을 제재로 하여 성인이 어린이를 위해 쓴 시로서 성인시와 다른 점은 '어린이답다'는 점에 있으며 어린이가 이해할 수 있는 언어, 소박하고 단순한 사상 감정을 담아야 한다.[7] 다시 말하면 동시는 어린이의 눈을 통해서 세계를 보고, 어린이의 목소리(어법, 어조, 리듬)를 통해 진술된 시, 즉 동시의 핵심은 '화자가 어린이'여야 한다는 점이다.[8] 따라서 어린이가 쓴 동시와, 성인이 문학 본래의 조건인 문학적 의도를 가지고 지은 동시를 다 동시의 개념에 포함시킬 수 있으나 좁은 의미에서는 성인이 쓴 것만을 의미한다.

윤동주의 경우 그 나이를 고려할 때, 어른이 어린이를 위해 쓴 시로서 그의 동시를 이해해야 한다. 1936년 당시 만주 연길에서 발행되던 『카토릭소년』지에 발표한 것이나 조선일보에서 발행하던 『소년』지 등에 동시를 발표한 것으로 보아 의도적으로 동시를 썼던 것임을 알 수 있다. 또한 윤동주는 세계를 보는 그의 입장이 고뇌에 찬 젊은이의 시각에서 천진난만한 어린이의 그것으로 변화하였음을 뜻한다. 이 변화는 현실적 자아가 성장과정에서 퇴행하여 일어난 것도 아니며 성인적 고뇌에서 일탈하기 위해서도 아니다.[9] 이처럼 동시를 쓴 이유는 내면적인 데에서 찾아야 할 것이다.

내면적 이유에 대한 의문은 한 젊은이로서의 시인의 의식세계를 이해할 때 풀려질 것이다. 즉 어둡고 암울했던 시대에 대한 절망적 몸부림이 천진난만한 어린아이의 입장에 서게 했고, 그렇게

---

7 문덕수 편 『세계문예 대사전』 하권, 성문각 1975, 480면 참조.
8 김흥규 「尹東株論」, 『문학과 역사적 인간』, 창작과비평사 1980, 123면 참조.
9 같은 글 124면 참조.

함으로써 정신적 좌절의 늪을 극복할 수 있지 않겠느냐는 것이다.

둘째로 동시를 썼다는 것의 의미는 무엇이냐는 것이다.

이것은 동시 자체를 이해하면 풀려질 문제이지만, 시인의 의식과 관련해 볼 때 중요한 의미를 지닌다. 즉 시인의 시적 변화과정을 살피는 데 도움이 될 것이다.

이러한 두 가지 의미를 생각하면서 그의 동시 「조개껍질」을 이해하도록 한다.

아롱아롱 조개껍데기
울언니 바닷가에서
주어온 조개껍데기

여긴여긴 북쪽나라요
조개는 귀여운 선물
장난감 조개껍데기

데굴데굴 굴리며 놀다
짝 잃은 조개껍데기
한 짝을 그리워하네

아롱아롱 조개껍데기
나처럼 그리워하네
물소리 바다물소리.

—「조개껍질」(1935) 전문

244

여기서 어린아이인 화자는 조개껍데기 하나를 보면서 이야기하고 있다. 그 조개껍데기는 '울언니'가 보내준 귀한 선물로 나타난다. 여기서 생각해야 할 것은 조개껍데기가 바다와는 멀리 떨어진 '북쪽나라'에 왔다는 것과, 잃어버린 한짝을 그리워하고 바닷물소리를 그리워한다는 점이다. 그리고 조개껍데기가 귀하고 사랑스런 언니의 선물이기도 하지만 단순한 물체가 아닌 생명력이 있는 것으로 생각하고 있다. 여기서 어린아이인 화자는 조개껍데기를 자신과 같은 생명이 있는 것으로 받아들이고 있다. 즉 나처럼 무언가를 그리워할 줄 아는 존재로 생각한다. 그것은 조개껍데기와 내가 다름아닌 하나라고 하는 사실이다. 조개껍데기의 고향이 바다이듯 나 역시 고향을 그리워한다는 공감을 불러일으킨다. 고향을 떠나 있는 같은 심정을 노래하고 있다.

이러한 심정의 동화(同化)는 나와 사물이 다름이 아닌 하나임을 말해준다. 너와 내가 분리되지 않은 어린아이의 천진스러움이 배어 있다. 이러한 천진스러움은 '아롱아롱' '데굴데굴' 등의 귀여운 느낌의 언어를 반복함으로써 멋을 잃어버린 안타까움보다 평화스럽고 사랑이 넘치는 고향을 다시금 생각하게 해준다.

여기서 우리는 시인의 고향에 대한 그리움과 애착을 보게 된다. 윤동주의 고향으로서의 간도는 ① 고향을 등지고 쫓겨온 사람 ② 나라를 찾기 위해 결의를 품고 찾아든 애국지사들 ③ 침략자의 착취와 박해에 생존권을 빼앗긴 헐벗은 겨레가 새로운 삶의 길을 찾아 모여든 사람들로 이루어진 풍토로서 고향인데,[10] 여기 나타난 고향은 단순히 태어난 곳으로서가 아닌 따뜻하고 언제든 평화를

---

10 정세현, 앞의 글 23~24면 참조.

가져다주는 곳으로 나타나고 있음에 주목한다. 그렇기에 고향은
어머니의 품속과 같은 곳으로 나타난다.

> "뾰, 뾰, 뾰,
> 엄마 젖 좀 주"
> 병아리 소리.
>
> "꺽, 꺽, 꺽,
> 오냐 좀 기다려"
> 엄마닭 소리.
>
> 좀 있다가
> 병아리들은
> 엄마품 속으로
> 다 들어갔지요.
>
> ──「병아리」(1936) 전문

병아리들에 있어서 어미닭은 절대적인 존재요 전세계라고 할
수 있다. 그리고 언제든지 곁에 있는 존재요, 품속에 안길 수 있는
공간이다. 여기서 화자의 시선은 봄볕에 노니는 어미닭과 병아리
의 모습에서 따스한 고향으로 던져지고 있다.

유년시절의 아름답고 즐거운 추억이 있는 곳, 그렇기에 언제든
지 평화와 안식을 주는 곳이 고향이다. 현실생활의 어떠한 고통이
나 시련도 없는 곳이 고향인 것이다. 따라서 화자는 자신과 대립된
현실세계가 아닌 합일된 상태의 고향을 어미닭에서 발견하고 있

246

다. 현실적인 어떠한 가치기준도 개입될 수 없는 완전하고 절대적인 공간을 발견하고 있는 것이다. 병아리들이 어미닭의 품에 안기듯 항시 따스한 미소로써 맞아주는 어머니의 품속을 생각하고 있다. 햇살 비치는 양지 쪽에서 노니는 병아리들의 작고 귀여운 모습에서 연상되는 고향은 갈등과 대립이 없는 평화로움을 연상하게 된다. 그리고 이와 같은 고향의 모습은 그의 시에 자주 나타난다.

따라서 이러한 추억 속의 그리움이 상상 속에서나 가능할 것일지라도 우리에게 더할 수 없는 즐거움으로 다가온다. 울긋불긋 온 산에 진달래 피고 보리밭 위에 종달새 울고 버들피리 꺾어 불던 시절에의 추억은 잠시나마 현실생활의 피곤함을 덜어주기에 충분하다. 이것을 현실도피라고 할 수는 없을 것이다. 잠시나마 과거의 추억 속에 잠기는 것은 오히려 또다른 생활에의 활력소로 변하기 때문이다. 각박하고 냉정한 현실을 보다 풍요롭고 아름다운 마음으로 정화하여 삶의 여유를 되찾을 수 있을 것이다. 우리가 동시를 읽고 잔잔한 감동을 맛보는 것도 이런 이유에서일 것이다.

위에서 살펴본 두 편의 동시는 고향에 대한 아련한 추억과 함께 어린시절의 행복이 잘 나타나고 있다. 현실과의 아무런 거리감이나 갈등이 없는 합일된 공간으로서의 고향이었다. 이와 같은 경우는 「햇비」에서도 잘 나타나고 있다.

아씨처럼 나린다
보슬보슬 햇비
맞아주자 다같이
  옥수숫대처럼 크게
  닷자엿자 자라게

햇님이 웃는다
나보고 웃는다.

하늘다리 놓였다
알롱알롱 무지개
노래하자 즐겁게
　동무들아 이리 오나
　다같이 춤을 추자
　해님이 웃는다
　즐거워 웃는다.

　　　　　　　　　　　　　　　　— 「햇비」(1936) 전문

　이 동시의 분위기는 평화로움에 한껏 젖어 있다. 갈등과 대립이
없는 세계의 평화로움에 대한 한없는 믿음으로 충만되어 있으며,
잘 다듬어진 가락은 원초적인 생명력과 안정감을 우리에게 보여
준다. 사뭇 동화적이기까지 하다. 이처럼 "자아와 세계와의 사이
에 갈등과 대립이 없는 유년적 축제의 세계를 보여준다. 이는 미분
화된 평화의 공간으로 만드는 유년의 화법"11이다.
　그러나 다음과 같은 동시에서의 고향은 아름다움과 평화만이
깃든 곳이 아님을 보여주고 있다.

　빨래줄에 걸어논
　요에다 그린 지도

―――――――――――――
11　김흥규, 앞의 글 125면.

248

지난 밤에 내 동생
오줌 싸 그린 지도

꿈에 가본 엄마 계신
별나라 지돈가?
돈 벌러 간 아빠 계신
만주땅 지돈가?

—「오줌싸개 지도」(1936) 전문

장난스럽고 천진난만한 발상이 아무런 흠도 티도 없이 잘 그려
져 있다. 이 시에서는 오줌 싸고 엄마한테 혼나던 시절의 천진스러
움 속에 깃든 우울한 기억을 보게 된다. 빨랫줄에 걸어놓은 동생의
오줌 싼 흔적을 보면서 언뜻 떠올리는 상실감을 느끼게 된다. 어린
시절의 추억이 된 죽은 엄마와의 이별, 돈 벌러 간 아빠와의 이별
에 대한 기억이 그것이다. 이러한 기억은 어린아이의 눈물을 통해
비쳐진 심상치 않은 현실의 일면을 생각게 해준다.

여기서의 고향은 이미 상실된 낙원이요 현실의 쓰라림이 깃든
슬픈 공간이 된다. 때문에 더이상 아름다울 수 없는 고향이다. 당
시의 식민지인 조국의 현실은 고향조차도 평화롭고 행복할 수 없
게 하고 있는 것이다. 특히 일제의 수탈에 의해 고향을 떠나 먼 만
주땅으로 갈 수밖에 없는 현실이 어린아이의 눈 속에서 의문으로
남겨지고 있는 것이다. 더이상 견딜 수 없는 삶의 고통이 어린아이
의 마음속에 잔잔하게 스며 있다. 엄마와의 이별은 모상실(母喪失)
이요 조국 상실을 의미한다. 조국을 잃은 조선인의 마음이 어린아
이의 눈을 통해 나타나고 있다.

1연에서의 장난스러움과 천진난만한 발상은 2연에 와서는 이와 대조적으로 어두운 그림자가 어린이의 천진난만한 어법 속에 가려져 있다. 엄마는 이승을 떠난 저승사람이요, 아빠는 고향을 지키는 평화스러운 모습이 아니라 일그러진 모습으로 멀리 돈 벌러 고향을 비운 비참한 모습이다. 그래서 여기 나타난 고아의식 혹은 단절의식은 현실 파탄의 음영이 반영된 것이라 할 수 있다.

　이렇게 볼 때 성인의 입장을 떠나 어린아이의 눈으로 본 세계는 동화적인 아름다움으로 가득 차 있지만은 않은 것임을 알게 된다. 이는 고향을 자신과 분리되지 않은 어린시절의 낭만이 깃든 곳으로 설정하고자 하는 노력 속에 나타나고 있다. 어둠으로밖에 표현할 길이 없는 현실세계와 반대되는 순진무구의 세계는 오히려 그 어둠의 깊이를 선명하게 해줄 뿐이다. 시인은 밝고 아름다운 세계를 열심히 지향하고 있으나 현실은 떠날 수가 없었던 것이다. 따라서 도피로서의 고향에 대한 추억이 아니게 된다. 즉 정신적인 퇴행이 아니라 오히려 유년시절의 아름다움을 통해 현실의 고통을 보다 정확히 보고자 하는 노력의 일환인 셈이다. 때문에 어린아이의 눈 속에 답답하게 들어오는 역사적 현실의 슬픔이 깃들어 있는 것이다.

　윤동주는, 1936년 신사참배 거부로 숭실중학교가 문을 닫자 고향인 용정으로 돌아와 광명학원 중학부 4학년에 전학한 무렵, 그러니까 그의 나이 20세에 이르러 순수한 화해의 세계로 눈을 돌려 동시를 본격적으로 쓰게 되었는데, 그의 성인시에 나타나 있는 동시적 발상의 전단계로 동시를 썼음을 추측할 수 있는 것이다. "윤동주의 시적 과정은 외계와 자아의 통합을 위한 행동의 모색, 즉 윤리적 자아의 변증법적 반응을 보이기 전에 상당히 긴 시간을 예의 자족적 방식의 시적 세계에 몰입하게 된다. 그것은 다름아닌 동시의 창작인 것이다."[12]

따라서 윤동주는 "동시들을 통해서 초기 시의 소재와 이미지를 확장하였고 또한 그의 글은 주제라 할 수 있는 '삶-불안'으로서의 세계와 대립하면서 상호 호명하는 세계를 보여줌으로써 시적 사고의 폭을 넓혔다"[13]고 할 수 있다.

2) 갈등과 대립의 세계

20세를 전후한 시기에 씌어진 동시에 나타난 세계는 완전함 속에 깃든 일말의 불안을 보여주고 있다. 「오줌싸개 지도」에서 보이는 이별과 상실의 세계는 이러한 불안을 잘 나타내고 있다. 추억 속의 그리움을 통한 현실생활에의 활력을 추구하는 노력은 현실의 고통이 너무 깊다는 것에서부터 좌절과 절망을 드러낸다. 자기 자신 내부에서의 갈등, 그리고 현실의 모순에서 느끼는 소통과 대립이 그것이다. 따라서 정신적·현실적인 갈등은 자신 내부에서의 대립, 현실과 자신과의 대립으로 나아간다. 이러한 갈등과 대립의 양상을 시대적 어둠과 그 어둠 속에서의 고뇌를 통해서 잘 드러낸다. 그의 시에 자주 드러나는 상실과 부끄러움, 슬픔과 고독, 고통과 번민…… 등등의 세계가 그것이다.

> 파란 녹이 낀 구리거울 속에
> 내 얼굴이 남아 있는 것은

---

12 김영석 「모순의 인식과 內面化」, 『語文論叢』 제2집, 경희대학원 1986, 198면.
13 김흥규, 앞의 글 127면.

어느 王朝의 遺物이기에
이다지도 욕될까

나는 나의 懺悔의 글을 한 줄에 줄이자
—滿 이십사년 일개월을
무슨 기쁨을 바라 살아왔던가

내일이나 모레나 그 어느 즐거운 날에
나는 또 한줄의 懺悔錄을 써야 한다.
—그때 그 젊은 나이에
왜 그런 부끄런 告白을 했던가

밤이면 밤마다 나의 거울을
손바닥으로 발바닥으로 닦아보자.
그러면 어느 隕石 밑으로 홀로 걸어가는
슬픈 사람의 뒷모양이
거울 속에 나타나온다.

—「참회록(懺悔錄)」(1942) 전문

　　이 시에서 시인은 녹이 낀 구리거울을 들여다보며 자기자신을 신랄하게 꾸짖고 있다. 도대체 무엇을 위해 어떻게 살아왔는가 하는 자책이다. 여기서 자기자신은 한 개인이 아니라 역사 속에서의 개인으로 나타난다. "어느 왕조의 유물"이라고 하는 데서 알 수 있듯이 역사 속에서 존재하는 개인이다. 이미 내가 있어야 할 역사적 시간을 상실한 슬프고도 외로운 모습인 것이다. 그렇기에 일제하의 식민지 상황에 처한 나는 더욱 욕되고 부끄러운 존재일 수밖에 없다. 당연히 있어야 할 역사가 아닌 부끄러운 역사 속에 살아 있는 자신을 냉정하게 바라다보고, 욕된 존재임을 탄식하게 된다. 이러한 탄식은 또다시 부정된다. "그때 그 젊은 나이에/왜 그런 부끄런 고백을 했던가" 하는 것이다. 이러한 자신의 존재를 다시금 인정하고, 부끄럽고 욕된 현실 속에 내가 무엇을 해야 할 것인가 하는 자성으로 이어진다. 자기 스스로에 대한 반성과 욕된 현실에 대한 대응은 거울을 닦는 것으로 나타난다.

밤이면 밤마다 나의 거울을
손바닥 발바닥으로 닦아보자.

이는 부끄러운 삶을 벗어나고자 하는 노력이다. 암담한 현실과 시대적 고통 속에서 자기성찰이 부족했던 사실이 녹슨 거울로 나타난 반면, 혼신의 정열로 닦는다는 사실은 역사적 존재로서의 자신을 찾아가는 행위라 할 수 있다. 역사적 존재로서의 자기성찰은 곧 아무리 절망적인 현상이라 하더라도 그것을 직시하고 대응하고자 하는 적극적인 삶의 모습으로 나타난다. 따라서 역사적 존재로서의 삶이 아무리 외롭고 슬픈 길이라 할지라도 그것을 감수해야 한다는 처절한 절규이게 된다.

이렇듯 시대적 삶과 자신과의 갈등과 대립의 양상은 자신을 잃지 않으려는 노력 속에 구체화된다. 자신의 게으름에 대한 자책으로, 역사적 현실 앞에 무력하기만 한 자신의 부끄러움으로 나타나기도 한다. 비례하여 불안과 초조를 더해준다.

故鄉에 돌아온 날 밤에
내 白骨이 따라와 한방에 누웠다.

어둔 房은 宇宙로 通하고
하늘에선가 소리처럼 바람이 불어온다.

어둠 속에 곱게 風化作用하는
白骨을 들여다보며
눈물짓는 것이 내가 우는 것이냐
白骨이 우는 것이냐
아름다운 魂이 우는 것이냐

志操 높은 개는
밤을 새워 어둠을 짖는다.
어둠을 짖는 개는
나를 쫓는 것일게다.

가자 가자
쫓기우는 사람처럼 가자
白骨 몰래
아름다운 또다른 故鄉에 가자.

—「또다른 고향」(1941) 전문

고향에까지 나를 따라와 누운 백골은 시대적 암담함과 거기에
대응하는 데 있어서의 제약을 상징하고 있다 할 것이다. 시인의 현

254

실적 고향인 용정에까지 몰려오는 시대적 고통은 시인으로 하여
금 고향조차도 안식의 공간으로 여길 수 없게 한다. 고향은 "어둔
방"이며 "하늘에선가 소리처럼 바람이 불어"오는 쓸쓸하고 적막
한 곳으로 변해 있다. 스산하고 불안한 고향의 어둠 속에서 시인은
자기자신에게 묻고 있다. 시대의 고통이 울고 있는지, 자신이 울고
있는지, 아니면 암울한 현실을 초월하려는 혼이 울고 있는 것인지
를 스스로에게 묻고 있는 것이다. 이러한 자문을 통해 어둠으로 상
징되는 현실과 자아와의 갈등이 구체화되고 있다. 현실적인 고통
과 모순 속에서 진정한 안식이 이루어질 수 없음을 보여준다. 조국
을 잃어버린 상황에서 그것을 되찾으려는 의지나 확신 또는 전망
이 없는 자신에게 고향은 있을 수 없다. 그에게 남아 있는 것은 칠
흑 같은 어둠의 세계와 그 속에서 불안해하고 초조해하는 자신뿐
이다.

불안하기만 한 시인에게 개가 어둠을 향해 짖는 소리가 들려온
다. 이 개가 밤을 새워 어둠을 향해 짖고 있다는 것은 시대적 어둠
에 대한 항거의 의미가 담겨져 있으며 경우에 따라서는 "유년시절
혹은 추억에의 강한 탈각(脫却)의 의지를 표상하는 것"[14]으로 볼 수
있다.

불안과 고통을 안겨주는 어둠을 향해 밤을 새워 짖고 있는 개의
처절한 모습은 시인에게 새로운 각성의 계기를 마련해준다. 어둠
속에 곱게 사그라져가는 백골이나 들여다보며 울고 있는 자신을
돌아다보게 하고 있다. 때문에 시인은 "또다른 고향"을 찾으려는
의지를 갖게 된다.

---

14 김윤식 「한국 근대시와 윤동주」, 『나라사랑』 제23집, 79면.

그러면 여기서 "또다른 고향"의 의미는 도대체 무엇인가. 김윤식 교수는 ① 근원적 고향 ② 실제적 고향 ③ 이념의 고향으로 나누어 이 시의 고향을 설명하고 있다.[15] 근원적 고향은 대지를 일컫는데, 현대인의 상실감은 문명에 의한 인간의 본래적 가치 기반의 상실에서 오고, 실제의 고향은 자기가 실제로 나고 자란 곳으로서 평화의 장소, 화해의 장소, 추억의 장소이기도 하지만 도피하고 싶은 증오의 장소이기도 하며, 이념적 고향은 종교인이 설정하는 천국·정토이거나 사유인(思惟人)의 이데아의 세계, 범상인의 어떤 안주의 자리 등으로 설명할 수 있겠는데, 여기서는 '실제의 고향' ─ 평화·화해·추억·증오 등에서 벗어난 '아름다운 혼이 깃든 고향'으로서 문학의 세계이든 관념의 세계이든 미지의 세계이든 추억에서의 탈출된 고향으로 설명하고 있다.

이렇게 볼 때 여기서의 "지조 높은 개"는 단순히 시대적 상황에 항거하는 존재만이 아닌 시인에게 삶과 행위에 대한 새로운 결단을 요구하는 존재가 된다. 그런데 "또다른 고향"이란 단순히 추억에서 탈각한 고향만이 아니라 희망과 이상이 있는 곳, 새로운 시대와 진실된 삶이 영위되는 세계임을 짐작할 수 있다.

위의 시 「또다른 고향」은 백골과 아름다운 혼, 현실에 소극적인 나와, 보다 적극적 삶을 지향하라는 지조 높은 개와의 대립을 통해 긴장감을 유지하고 있다. 또한 어둠 속으로 드러난 현실 속에 고뇌하고 진실된 삶을 모색하려는 한 시인의 정직한 노력을 보여준다. 이와 같이 시대적 어둠 속에 부끄럽게 살지 않으려는 자세는 잘 알려진 「서시(序詩)」에서도 찾아볼 수 있다.

---

15 같은 글 79~80면 참조.

죽는 날까지 하늘을 우러러
한 점 부끄럼이 없기를,
잎새에 이는 바람에도
나는 괴로워했다.
별을 노래하는 마음으로
모든 죽어가는 것을 사랑해야지
그리고 나한테 주어진 길을
걸어가야겠다.

오늘 밤에도 별이 바람에 스치운다.

—「서시」(1941) 전문

   죽는 날까지 부끄럼 없이 살겠다는 말은 삶의 태도에 대한 결의를 나타낸다. 더욱이 그 부끄러움은 잎새에 이는 바람의 흔들림에도 자신을 용서하지 않겠다는 결심으로 나타난다. 이때 바람은 언제든지 불어오는 자연현상이 아니라 시인 자신에게 다가오는 유혹이거나 자신의 나약함으로 변화된다. 어떠한 조그마한 흐트러짐도 있을 수 없다고 하는 준엄한 정신자세로 나아간다. 이런 진실성을 바탕으로 하는 순결한 삶에의 결의와 희망은 별이라고 하는 이상세계의 동경으로 확대된다. 이상의 세계, 절대의 세계로 향하는 시인의 마음은 자신이 아닌 다른 모든 것에도 애정을 지니게 하고 있다.

   당시의 식민지 상황으로 보아 너와 나, 그리고 민족 전체에 대한 공동의 연대감은 "모든 죽어가는 것"을 사랑한다는 데서 잘 드러난다. 시대적 고통과 아픔을 함께 받아들이면서 참다운 삶의 길을 걷겠다는 의지를 보게 되는 것이다. 여기서 어둠과 밝음의 심상은 뚜렷하게 대조를 이루고 있다. '오늘 밤' '바람'으로 나타난 어둠의 표상과 '하늘' '별'로 나타난 밝음의 세계를 보게 되는 것이다. 이들의 대조를 통해 참다운 길이 어떤 것인가를 보여주고, 그 길을 가야겠다는 도덕적인 자세와 공동 운명의 연대감을 보여주고 있다.

이렇게 볼 때 윤동주의 시에 나타난 갈등과 대립의 세계는 시대적 어둠 속에 고뇌하는 양심적인 지식인의 생활을 보여준다. 조국을 잃은 존재, 역사 속에서의 존재는 스스로의 삶을 개인적 차원에 머물게 할 수 없다는 자각이다. 그렇기에 일제에 대한 대응과 극복에의 결의에 대해 끊임없이 반문하고 있는 것이다. 그리고 이러한 반문은 자신의 생활에 대한 부끄러움과 그 때문에 생겨나는 고독과 불안, 현실에 대한 갈등과 대립 속에 구체화되고 있다.

이런 대립과 갈등은 다른 작품에도 자주 나타나는 현상이다. 시 「슬픈 족속(族屬)」을 보자.

흰 수건이 검은 머리를 두르고
흰 고무신이 거친 발에 걸리우다.

흰 저고리 치마가 슬픈 몸집을 가리고
흰 띠가 가는 허리를 질끈 동이다.

—「슬픈 족속」(1938) 전문

위의 「슬픈 족속」에도 대립·갈등은 첨예화된다. 자아와 세계는 이런 대립적 갈등으로 거리를 유지해가는데 결국 불가항력적인 사회적 현실을 백안시하고 소멸시켜버림으로써 그의 내부에서는 임의로 정신적 균형을 세우게 되는 것이다.

제목의 "슬픈 족속"은 의미상 사회적인 면에서 식민지화했거나 가난하다는 측면이 우선적으로 인식된다. 또한 "기독교 정신의 측면에서 보면 하나님을 모르는 민족, 그래서 헛된 것뿐인 현실에만 집착하는 불쌍한 민족임을 절실히 느끼는 데서 나온 것"[16]으로 볼 수 있다. 덧붙여서 이 시에 나타난 흰빛의 상징은 어떤 구체적인 지시가 아닌 우리 민족 전부를 상징하는데, 이는 윤동주 개인과 외부세계와의 갈등이 아니라 바로 전체 민족과 사회적 여건과의 대립 갈등인 것이다. 그래서 여기서의 "슬픈 족속"이란 일제와 맞선 우리 민족으로서 이 민족이 슬픈 족속이란 것이다.

3) 저항의 세계

시에서 저항이라 함은 모순된 시대적 상황을 똑바로 바라보고, 그 모순에 대항하는 시인의 적극적이고도 능동적인 자세 표현을 의미한다. 주체와 객체가 조화되지 않을 때 저항정신이 나타난다. 즉 주체와 객체가 대립되었을 때 저항정신이 나타난다. 이 저항정신은 대립으로 나타났다가 어느 때는 그것이 침잠하여 각성·참회·자각·후회·자성·반성·성찰 등으로 나타나기도 하는데 이는 정화의 단계를 거쳐 자기 생명의 확대, 자기 신장의 확대 등으로 나타난다.

이 저항을 위해서는 자기자신의 결의도 중요하지만, 모순된 현

---

16 박이도 『한국현대시와 기독교』, 종로서적 1987, 72면 참조.

실을 직시하고 올바로 인식하여 어떠한 위협에도 굴하지 않는 용기를 필요로 한다. 자기자신의 이익만이 아닌 다른 사람을 위한 순교자와 같은 용기가 필요하게 된다. 그리고 이러한 자세야말로 일제 식민지 현실을 살았던 지식인의 가장 양심적이고 부끄럼 없는 삶과 연결된다. 식민지 현실의 좌절과 절망, 그리고 억압·수탈·공포 속에서도 민족에게 미래의 희망을 심어주는 일 역시 시인의 이러한 자세에서 비롯된다. 윤동주 시에서 보이는 갈등과 대립 역시 모순된 현실을 극복하고자 하는 시인의 양심이라 할 수 있다.

윤동주의 시에서 시대적 어둠과 자아와의 갈등을 넘어 그 어둠에 대응하는 결연한 의지를 보여주는 시로「십자가」를 들 수 있다.

쫓아오던 햇빛인데
지금 敎會堂 꼭대기
十字架에 걸리었습니다.

尖塔이 저렇게도 높은데
어떻게 올라갈 수 있을까요.

鐘소리도 들려오지 않는데
휘파람이나 불며 서성거리다가,

괴로웠던 사나이,
幸福한 예수 그리스도에게
처럼
十字架가 許諾된다면

260

모가지를 드리우고
꽃처럼 피어나는 피를
어두워가는 하늘 밑에
조용히 흘리겠습니다.

—「십자가」(1941) 전문

　윤동주의 부끄러움은 식민지 지식인이 보여주는 의식의 갈등이며 독백이다. 곧 그의 "부끄러움은 그 자신의 무능력과 행동을 하지 못하는 자기혐오에서 나온 것이라 할 수 있는데"[17] 윤동주 시의 이러한 측면은 그의 순교정신을 가장 잘 나타내는 작품이라 알려진 이 시를 보아도 알 수 있다.

　이 시는 윤동주의 순교자와 같은 마음의 자세를 잘 보여주고 있다. 시인이 바라보는 현실은 교회에서 종소리를 들을 수 없는 것으로 나타나 있다. 교회에서 들리는 종소리를 듣는 것은 자연스럽고 당연한 일이다. 그러나 이 당연한 일조차도 거부당하는 제한된 현실 앞에 "휘파람이나 불며 서성거리는" 불안과 괴로움을 맛보게 된다. 그러나 괴로움과 불안은 곧 극복된다. 예수 그리스도에게처럼 십자가가 허락된다면 순교자의 자세로 죽어가겠다고 결심하고 있다. 예수의 죽음을 슬픔이 아니라 행복으로 보고 있는 시인을 발견하게 된다. 인류 대신 죽은 예수에게 구원을 바라고 찬미만 하는 것이 아니라 스스로 예수의 고통을 짊어지는 기쁨을 누리겠다는 것이다. 자기자신을 위해서가 아니라 인류를 구원하고 용서하는

17　마광수 「형이상학적 저항의 시인 윤동주」, 『식민지시대의 시인연구』, 시인사 1985, 243면 참조.

큰 사랑의 실천이었기에 행복한 죽음이라 할 수 있다. 시인 역시 어두운 현실을 극복할 수 있다면 자기희생을 감수하겠다는 결연한 각오를 하고 있다.

> 모가지를 드리우고
> 꽃처럼 피어나는 피를
> 어두워가는 하늘 밑에
> 조용히 흘리겠습니다.

자기희생이 바탕이 된 이 시에서 '십자가'는 매우 상징적이다. 즉 첫연에서 보이는 십자가가 교회당 꼭대기에 솟은 것을 그대로 나타내고 있는 반면, 넷째연의 십자가는 희생의 상징이 된다. 그리고 이 상징성은 단순히 기독교와 결부된 의미에 그치지 않고 민족적 차원에까지 확대된다. 또한 이 십자가에 모가지를 드리운다는 표현은 "자기 응시 다음에 죽음의 이미지를 제시한 것은 순수한 예술적 목적에서가 아니라"[18] 민족을 대신해서 자기자신을 희생함으로써 자신도 부활하고 민족도 부활되게 하려는 인간적 의지의 표상으로서, 단순히 비저항 또는 유희공간으로 읽어서는 안된다.

어두운 시대에 대한 죽음으로의 항거—여기서 시인의 역사의식이 드러난다. 나 자신이 아닌 '우리'라고 하는 공동 운명의 확인, 그렇기에 일제의 암흑기를 벗어날 수 있다면 목숨을 기꺼이 바치겠다는 마음의 자세를 보게 되는 것이다. 즉 시대적 고통을 당하고 있는 너와 내가 남이 아니라 '우리'라는 사실을 너무도 잘 알고 있

---

18 김용직 「윤동주 시의 문학사적 의의」, 『나라사랑』 제23집, 53면.

기에, 자신의 죽음을 역사발전의 토대로 삼겠다는 결연한 의지가
그것이다.

   이러한 시인의 역사의식은, 역사와 현실 앞에 좌절하지 않고 미
래에 대한 확신을 지니겠다는 예언자적 자세로 나타난다.

   季節이 지나가는 하늘에는
   가을로 가득 차 있습니다.

   나는 아무 걱정도 없이
   가을 속의 별들을 다 헤일 듯합니다.

   가슴 속에 하나 둘 새겨지는 별을
   이제 다 못 헤는 것은
   쉬이 아침이 오는 까닭이요,
   來日 밤이 남은 까닭이요,
   아직 나의 靑春이 다하지 않은 까닭입니다.

   별 하나에 追憶과
   별 하나에 사랑과
   별 하나에 쓸쓸함과
   별 하나에 憧憬과
   별 하나에 詩와
   별 하나에 어머니, 어머니,

   어머님, 나는 별 하나에 아름다운 말 한마디씩 불러봅니다. 小學

校 때 册床을 같이했던 아이들의 이름과 佩, 鏡, 玉, 이런 異國少女
들의 이름과, 벌써 애기 어머니 된 계집애들의 이름과, 가난한 이웃
사람들의 이름과, 비둘기, 강아지, 토끼, 노새, 노루, 프랑시스 쟘,
라이너 마리아 릴케, 이런 詩人의 이름을 불러봅니다.

　이네들은 너무나 멀리 있습니다.
　별이 아슬히 멀 듯이,

어머님,
그리고 당신은 멀리 北間島에 계십니다.

나는 무엇인지 그리워
이 많은 별빛이 내린 언덕 위에
내 이름자를 써 보고,
흙으로 덮어버리었습니다.

딴은 밤을 새워 우는 벌레는
부끄러운 이름을 슬퍼하는 까닭입니다.

그러나 겨울이 지나고 나의 별에도 봄이 오면
무덤 위에 파란 잔디가 피어나듯이
내 이름자 묻힌 언덕 위에도
자랑처럼 풀이 무성할 게외다.

—「별 헤는 밤」(1941) 전문

이 시는 크게 세 부분으로 나뉘어진다.

첫째 부분은 1~3연으로 끝없는 상념의 날개를 펼치면서 무언가 그립고 절실한 것을 찾아 헤매는 심정을 노래하고 있다. 여기엔 가을이라고 하는 시간적 배경으로 인해 고독하고 외로운 모습이 잘 드러나고 있다. 둘째 부분은 4~7연으로 상념이 점점 구체화되어 결국 어머니에 대한 그리움으로 번져가고 있음을 보게 된다. 셋째 부분은 8~10연으로 부끄러운 자신에 대한 고백과 함께 오늘의 어둠(겨울)을 넘어선 내일(봄)로 연결되는 희망의 도래를 예언하고 있다.

첫째 부분과 둘째 부분은 고향을 멀리 떠나온 나그네의 심정이 드러난다. '북간도'라는 말에서 볼 수 있듯, 시인은 고향을 떠나 모든 것이 낯선 타향에서 그리움을 노래하고 있다. 그렇기에 어둔 밤에 간절하고 애절한 목소리로 과거의 아름다운 추억과 함께, 어둠을 모르고 살았던 시절을 생각해내고 있다. 어린시절 중국인 소학교에서 1년간 공부했을 때의 소녀들, 비둘기, 강아지, 라이너 마리아 릴케 등은 모두 평화와 안식을 주는 이름들이다. 때문에 이런 이름들을 통해 고향의 따사로움은 더욱 절실하게 된다.

상대적으로 자신의 현실은 더욱 고통스럽고 외롭다는 사실이 부각된다. 특히 4연과 5연은 고통과 외로움 속에 느끼는 고향에 대한 간절한 마음이 잘 드러나 있다. 4연에서는 별 하나를 계속 반복함으로써 얻어지는 명상적 분위기를 보게 된다. 이러한 반복은 현실의 직접적인 고통을 하나하나 떨쳐내며 5연에서 보이는 동화적인 세계에도 상상의 효과를 펴게 하는 효과를 가져온다.

5연에서는 숨쉴 틈 없이 빠르게 진행되는 호흡 속에 아름다운 추억들이 떠올랐다가는 사라지는 동화적 세계에의 극적인 체험을 맛보게 한다. 아름답고 순박했던 것들이 떠올랐다가는 사라지는 데서 느끼는 허전함과 상실감이 그것이다. 이런 것들은 모두 현재에는 없는 과거 속 아름다운 추억의 단편들이기 때문이다.

이 시에서 가장 중요한 부분은 셋째 부분이라 할 수 있다. 시인을 과거 속에 묶어두지 않고 현실로 끌어내고 있으며 미래에로 나아가고 있기 때문이다. 시인의 현재는 아름답고 평화로웠던 것들이 모두 없어진 냉혹한 시간이라는 자각을 보게 되는 것이다. 이는 시대적 현실 앞에 무력하기만 한 자신의 존재를 새롭게 인식하는 데서부터 비롯한다. 조국을 잃어버린 시인이라는 슬픈 존재로서의 자기 발견이 그것이다. 그러나 이와 같은 소극적인 자세는 미래에 대한 확신과 함께 변화된다.

그러나 겨울이 지나고 나의 별에도 봄이 오면
무덤 위에 파란 잔디가 피어나듯이
내 이름자 묻힌 언덕 위에도
자랑처럼 풀이 무성할 게외다.

어둠으로 나타난 현실의 고통은 다시 죽음과 겨울이란 계절로 구체화되고 있다. 그리고 계절의 변화는 자연의 순리이듯 오늘의 죽음과도 같은 계절은 봄이 오듯 반드시 극복되리란 믿음을 발견하게 된다. 죽었던 대지에 새로운 생명이 돋아나듯 나라 잃은 부끄러운 존재인 나와 민족의 삶은 반드시 부활되리란 믿음을 말해준다. 현재는 슬픔과 비극으로 가득 차 있지만 미래에 대한 동경과 신념은 희망 속에 다가오는 것이다. 이런 점에서 이 시는 갈등과

대립의 세계를 미래에 대한 희망으로 극복해가는 시인의 진지한
모습을 보여준다고 할 수 있다.

  '봄' '내일' 등으로 나타난 미래에의 확신과 그것을 맞기 위한
자신의 정신적 자세에 대한 성찰을 보여주는 시로 「쉽게 씌어진
시」를 들 수 있다.

　　窓밖에 밤비가 속살거려
　　六疊房은 남의 나라,

　　詩人이란 슬픈 天命인 줄 알면서도
　　한 줄 詩를 적어볼가.

　　땀내와 사랑내 포근히 품긴
　　보내주신 學費封套를 받아

　　대학 노-트를 끼고
　　늙은 敎授의 講義를 들으러 간다.

　　생각해보면 어린애 동무를
　　하나, 둘, 죄다 잃어버리고

　　나는 무얼 바라
　　나는 다만, 홀로 沈殿하는 것일까?

　　人生은 살기 어렵다는데

詩가 이렇게 쉽게 씌어지는 것은
부끄러운 일이다.

六疊房은 남의 나라
窓밖에 밤비가 속살거리는데,

등불을 밝혀 어둠을 조금 내몰고,
時代처럼 올 아침을 기다리는 最後의 나.

나는 나에게 작은 손을 내밀어
눈물과 慰安으로 잡는 最初의 握手.

—「쉽게 씌어진 시」(1942) 전문

이 시는 1942년 6월 3일 동경유학 시절에 씌어진 시로 그의 최
후의 작품으로 서울의 친구에게 우송했던 시다. 여기서는 시인으
로서의 자신의 운명과, 자신에 대한 비판, 새로운 시대를 맞기 위
한 자세를 촉구하고 있다. 남의 나라인 일본 땅에서 안이하게 생활
하는 것은 죄악이라고 자신을 몰아세우고 있다. 고향과 친구들과
조국을 떠나 적의 나라에 와서 조금도 흐트러짐이 없는 생활을 하
겠다는 것이다. 이국땅에서의 정서, 밤비 내리는 시간에 느끼는 낭
만적인 어떠한 감상도 있을 수 없다는 순결한 삶을 보게 된다.

그리고 자신을 일으켜 이 시대의 어둠과 맞서 새벽을 기다리는
존재이고자 한다. "등불을 밝혀 어둠을 조금 내몰고/시대처럼 올
아침을 기다리는 최후의 나"이고자 하는 것이다. 어둠을 밝히고자
하는 의지, 이 의지는 어둠으로 나타난 이 시대의 종말과 함께 찾

268

아올 새로운 시대를 맞이하는 근본적인 준비임을 말해준다. 따라서 자신의 안이한 생활에 대한 솔직하고 준엄한 비판과 그 비판 위에서 얻어지는 새로운 자세를 보게 되는 것이다. 여기서 어둠에 대해 타협하거나 도피하지 않고 과감히 도전하고 저항하며 대응해가는 시인의 정직한 삶이 드러난다.

4. 결론

우리는 그의 작품세계를 이해하기 위해서 그의 전기적 사실을, 즉 성장에서 죽음에 이르는 과정을 비교적 소상하게 살펴보고 그의 작품세계를 ① 동시의 세계 ② 대립과 갈등의 세계 ③ 저항의 세계 등으로 나누어 살펴보았다.

이상에서 살펴본 바를 간략히 정리하면, 우선 일제의 암흑기에 가장 정직하게 살았던 시인들 중의 한 사람이 윤동주란 사실이다. 일제의 발악이 극심했던 시기에 윤동주는 이 시대 종말에 대한 믿음과 새로이 다가올 시대를 노래하고 있었다. 그것은 어둠 속에서 그 어둠을 온몸으로 내몰고 새벽을 맞이하고자 하는 시인의 삶 속에 나타나고 있었다. 그렇기에 누구보다도 부끄럼이 없는 삶을 추구했고 그 삶은 더욱 찬란한 빛을 발할 수 있었던 것이다. 이 빛은 어둠을 밝혀주는 등불로 미래의 희망과 확신을 심어주는 예언으로 나타나고 있음을 우리는 보았다.

또한 윤동주의 시는 동주 자신과 떼어놓을 수 없는 관계를 지니고 있다는 사실이다. 시에 대한 객관적이고 정확한 이해와 평가를 위해서 시인이 배제되어야 한다고 하지만, 윤동주의 경우 그의 삶이 곧 시이고 시가 곧 그의 삶이었음이 이 글에서 드러났다. 자신의 정직하고 순결한 삶의 흔적이 시 속에 삶에 대한 번민으로 나타났기 때문이다. 이런 점에서 29세를 일기로 순절한 그의 삶은 곧 한편의 고고하고 지조 높은 시라고 할 수 있을 것이다.

어둡고 암울했던 시대에 대한 절망적 몸부림이 그를 천진난만한 어린아이의 입장에 서게 했고, 그렇게 함으로써 정신적 좌절의 늪을 극복할 수 있으리라는 믿음에서 그는 동시를 썼다. 동시의 세계는 고향에 대한 아련한 추억과 함께 어린시절의 행복이 잘 나타나고 있는데, 이는 현실과의 아무런 거리감이나 갈등이 없는 평화와 화해로 합의된 공간으로서의 고향임이 드러나기도 하지만 「오줌싸개 지도」 같은 동시에서는 반대로 고향은 상실된 낙원이요 현실의 쓰라림이 깃든 슬픔의 공간으로 설정되기도 했다.

그의 시에서는 갈등과 대립의 세계가 주조를 이루었음을 우리는 보았다. 현실의 모순에서 느끼는 고통과 대립의 양상을 시대적 어둠과 그 어둠 속에서의 고뇌를 통해 드러내고 있음을 보았는데, 그것은 상실과 부끄러움, 슬픔과 고독, 고통과 번민 등의 세계다.

또한 대립과 갈등의 세계는 잔잔한 저항의 세계로도 나타났음을 볼 수 있었다. 저항이라 함은 모순된 시대적 상황을 똑바로 바라보고 그 모순에 대항하는 시인의 적극적·능동적 자세 표현을 의미하는데, 윤동주는 적극적·능동적이 아니라 정관적·소극적 입장에서 저항의 자세를 취했다.

식민지 치하에서의 그 암울했던 시기에 조금도 흐트러짐이 없이 자기의 본성을 최대한으로 드러내 민족해방을 꿈꾸었던 윤동주는 그의 시 「십자가」에 나타난 논리대로 그의 죽음까지 적중시켰다. 식민지 시대의 어둠이 오늘날까지도 청산되지 않는 시대를 살면서 우리는 그에게서 많은 교훈을 받는다.

『예술논문집』 제30집(1991년 12월)

체험과 시의 길
이재본의 시세계

1

싫든 좋든 우리는 피할 수 없는 많은 체험들을 하면서 살아간
다. 이런 수많은 체험에서 일어나는 정서를 형상화한 것이 시다.
그러므로 체험 속에서 발견한 형상이나 깨달음(인식)은 어디까지
나 소재에 머물 뿐 시 그 자체는 될 수 없고, 형상화가 적절히 이루
어졌을 때 우리는 그것을 비로소 시라고 부른다. 따라서 체험에서
형상화에 이르기까지 등한히 할 수 없는 기본요소는 정서·사상·
상상(력)·형(양)식이다.

시는 인간의 희노애락애오욕과 같은 여러가지 정서를 미적으로
표현한 예술이다. 이 정서는 시인이 개별적으로 체험한 정서지만
시라는 형식을 통해 문학의 정서가 되며 마침내 보편적 정서가 된
다. 생경한 정서를 여과시키는 데는 상당한 시간과 장치가 필요
하다.

다음으로는 사상이다. 인간이 세계 속에서 끊임없이 부딪치는
온갖 체험들을 통해 얻은 정신적 의미와 도덕적·윤리적 신념이나
역사·상황적 태도, 이념적 성향으로서의 시인의 인생관·세계관·
가치관 등을 사상이라고 하는데, 이 사상이 바로 문학의 깊이를 이

룬다. 이 사상이 튼튼하지 못하고 인간성을 옹호하지 못하는 것이라면 문학은 한갓 정신병자나 몽유병 환자의 넋두리에 지나지 않는다.

다음은 상상(력)이다. 상상력은 일상적인 사실의 세계에 얽매이지 않고, 그런 사실을 시인의 의도대로 독특하게 변형시켜 그 사실보다도 더 다양하고 아름다운 진실의 세계에 접근하는 힘이다. 이 상상력의 빈곤은 사물의 본질을 꿰뚫어볼 수도 없으며, 진실의 세계는커녕 사실의 세계까지도 혼란스럽게 한다. 이런 정서·사상·상상이란 내용을 담는 그릇을 우리는 형식이라 부른다.

이처럼 체험에서 형식을 통한 형상화에 이르기까지는 중요한 요소와 과정이 있는데, 그리고 이런 것들이 문학의 가장 기초적인 조건들인데도 놀랍게도 이를 무시한 듯한 시 비슷한 작품들이 괴물처럼 횡행하는 꼴을 우리는 종종 볼 수 있다.

2

이러저러한 생각들을 하면서 이번에 이재본의 시 30여편을 읽었다. 물론 나는 이전에도 그의 시 100여편을 읽은 적이 있다. 솔직히 말해 나는 이재본을 새로운 시인으로 소개하는 데 적지 않게 망설였다. 그는 얼마전에 이미 『성한 데 없구나』라는 시집을 세상에 내놓은 바가 있기 때문이다. 시집을 내는 것도 시인의 창작활동이고 그만큼 당당하고 값있는 일인데, 조금은 까다롭고 번거로우면서 시인의 자존심 문제도 따를 수밖에 없는 또하나의 관문을 뚫어보고 싶어하는 그의 겸손함과 열정적 자세를 이해하면서, 여기에 간추려진 10여편의 시편마다 간단한 비평(판)과 함께 그의 시를 소개하고자 한다.

「갈가마귀떼」 이 시는 새로운 시각을 통해 새로운 사물의 형상을 발견한 점에서 독특한 감동을 준다. 그러나 "이 땅에 물것들은 가만두지 않구나"라는 끝행은 표현이 아리송해서 정확성이 결여되어 있다. '물것들'은 사람의 살을 잘도 무는 모기·이·벼룩·빈대 따위들을 일컫는다. 그런데 여기서는 '갈가마귀떼'가 곧 '물것들' 그 자체인지, 아니면 갈가마귀떼가 물어야 할 대상인지, "물것들은"에서 토씨 '은'의 쓰임의 범위로 보아 이해가 잘 되지 않는다. 또한 '갈가마귀떼'='물것들'이 될 때 갈가마귀들을 물것으로는 우리들의 경험상 도저히 받아들일 수 없는 노릇이다. 반대로 '물것들'을 갈가마귀떼가 물어야 할 어떤 대상으로 이해할 때는 갈가마귀떼들이 "한점 까만 원형"으로 보이는 아스라한 창공에 모기·이·벼룩·빈대 등이 살지 않기 때문에 적절치 못한 표현이 되고 말았다. 시에서의 모호성(다의성)을 인정하기 싫어서가 아니라, 될 수 있으면 앞으로는 토씨 하나에까지도 세심한 주의를 기울였으면 한다.

「낮달」 「낮달」은 또다른 시 「제삿날」과 함께 표현의 순간순간 독창성을 엿볼 수 있는 좋은 본보기의 시다. "먹장구름 째고 나온 낮달/푸르르 떨며 소리치고 있다"나 "공중에 뜬 낮달 하나/주먹을 휘두르고 있다"라는 시행이 바로 그것이다. 상식적이지 않은 상황 즉 비정상적인 상황은 우리에게 시의 긴장감을 조성할 뿐만 아니라 이러한 비정상적인 상황이 곧 인간적 상황으로 결부되어 이해될 때 새로운 의미를 안겨주며 이러한 순간적인 감정표현은 서정시의 본질을 잘 드러내주기도 한다.

「실비」 이 시는 우리의 전통적인 서정시와 맥을 같이한다. 자연과 인생에서 느끼는 기쁨이나 슬픔 등을 잔잔하고 투명하게 노래한 시다. 서정시의 정신은 세계와 자아와의 일체감, 즉 세계와 자아와의 동일성을 이룩하는 정신이다. 세계 속의 모든 사물은 순수성과 동정성(童貞性)을 지니고 있다. 그런데 시인은 이 순수성과 동정성을 인간과의 관계에서 묘사하고 표현하여 세계를 자아화하려 한다. 이것이 바로 서정시의 정신이다. 이러한 정신은 보수성을 띨 가능성도 많다 하겠으나 이 보수성을 살리며 현대적 감각으로 형상화하려는 노력이야말로 시를 시답게 하는 덕목이 아닐 수 없다. 이재본의 이런 전통적인 서정성 지향의 시편들은 비교적 무리 없이 독자를 이끌어내는 힘을 지닌다.

「집터에서」 마치 한폭의 동양화를 보는 듯한 편안한 '서경시'다. 사라져가는 것들에 대한 아쉬움이 절절히 배어 있지만, 감상에 빠지지 않고 사물에 접근하는 자세가 엄정해서 안정감을 준다. 조금 아쉬운 점은 "않았구나" "두려웠을까"라는 푸념 섞인 시어의 사용인데 구체적이고 객관화된 표현에 관심을 기울였으면 한다.

「참새」 이 시는 앞의 「실비」 「집터에서」와 마찬가지로 우리의 전통적인 서정의 세계다. 잃어버린 세계, 아니면 우리들의 의지와는 상관없이 빼앗긴 세계, 그러므로 우리가 다시 찾아서 지켜야 할 세계, 보여줘야 할 세계, 현재에 살아 꿈틀거려야 할 세계를 보여주고 있다. 과거와 현재와 미래를 함께 아우르는 상상력의 결구(結構)가 바로 문학이 아니던가. 흔히 전통적 서정세계를 노래한 시들이 시어의 복고적 운용 때문에 현대감각에 맞지 않는 빈말에 끌리는 일이 종종 있는데 이 시는 그러한 염려에서 멀리 떨어져 있다.

「부산 제수씨」 "나 하나 뜨건 몸 한쪽 찬 이슬 물방울로 식히면 내 아래 모두는 푸른 이파리로 피리니"라는 구절은 가히 절창이다. 별다른 과장도 없고 너스레도 없이 표현의 탁월함을 보여주는 시다. 이러한 삶의 진솔한 태도는 삶을 깊은 데까지 관찰하는 데 매우 긴요한 원동력이 된다. 진실한 시에 이르는 길은 현란한 수사에 있지 않고 오히려 이러한 따스하고 정 깊은 단순한 심성에서 찾아야 하지 않겠는가. 그러나 숨김없이 곧고 단순한 심성은 끝행의 "목이 메인다 가슴 터진다"에서 보는 바와 같이 감정 노출이 노골적으로 나타나 시로서 독립되지 못하고 시인의 감정의 포로가 될 염려가 있는 것이다. 쉼표 하나하나, 마침표 하나하나, 시어 하나하나에까지 세심한 주의를 기울일 때 치밀한 구성에 도달할 수 있으며 튼튼하고 활력있는 시의 생명력을 유지할 수 있는 것이다.

「봄은 오는데」 힘들이지 않고도 쉽게 읽히는 시다. 물론 시는 될 수 있으면 쉽게 읽혀야 한다. 그러기 위해서는 독자들의 폭넓은 문학적 소양도 필요하나 시가 우선 쉽게 읽히기 위해서는 구체적이고 객관적인 보편성을 띠는 정황이나 정서가 드러나야 한다. 우리는 흔히 봄을 기쁨과 희망, 해방과 출발의 계절로 여긴다. 그만큼 일상적이고 그만큼 거부감을 느끼지 않는 것이 봄이다. 그러나 이 시에서는 기쁨·희망·해방·출발·생성이라는 통념의 심상은 찾아볼 수 없다. 이런 점에서 일단은 봄을 생각하는 상투성에서 벗어난 새로운 시각의 시라고 할 수 있다. (물론 4연에서는 봄의 본질이 표현되어 있지만 봄이라는 계절의 현상일 뿐 시인의 주관으로 해석한 봄은 아니다.) 이 시에서의 봄은 슬픔·절망·구속·정지·출발의 정서가 더 짙어서 두려움과 긴장을 안겨주는 계절로 인식되어 있기 때문이다. 그러나 왜 "봄은 왔는데 봄 같지 않은 봄(春來不似春)"인지 구체적 정황이 드러나 있지 않아 깊은 감동에는 미흡함을 떨칠 수 없다.

이재본은 다양한 소재를 자기 의지대로 다룰 수 있는 능력을 갖춘 시인이다. 때묻지 않은 그의 감수성은 능히 우리 시단에 신선한 바람을 몰고 올 수도 있는 잠재력이다. 다만 때로 걷잡을 수 없이 분출되는 감정을 좀더 억제할 수 있는 노력을 계속하고 좀더 세세한 부분까지도 신경을 썼으면 하는 주문을 하고 싶다. 말을 줄이고 줄여서 마침내 백지 위에 한 개의 시어도 보이지 않을 때까지 말을 아끼는 고행을 통해서 시인은 더 큰 시의 길에 이르지 않을까.

『현대시학』 1992년 11월호

삶의 모짊과 껴안음의 따뜻한 시

김남주 유고시집 『나와 함께 모든 노래가 사라진다면』, 창작과비평사 1995
임동확 시집 『벽을 문으로』, 문학과지성사 1994
나희덕 시집 『그 말이 잎을 물들였다』, 창작과비평사 1994

1

1970년에서 1977년 사이, 필자가 본지에 이런 서평을 비롯해 평론 비슷한 산문을 쓴 후 길게는 25년의 세월이, 짧게는 20여년의 세월이 흘렀다. 이는 얼굴 곱던 새색시가 자식새끼 다 키워내고 머리칼 희끗희끗한 중년의 아낙이 되어 실로 오랜만에 친정집에 가는 것처럼 가슴 설레는 일이 아니겠는가. 그러나 필자 또한 시를 쓰는 사람으로서 다른 이의 시에 대해 이러쿵저러쿵한다는 것이 여전히 부담스럽고 조심스럽기도 하다. 자기 눈의 티는 안 보여도 남의 눈의 티는 유난히 잘 보인다든가, 가랑잎이 솔잎더러 왜 그리 바스락거리냐고 한다든가, 뭐 묻은 개가 뭐 묻은 개를 나무란다든가 하는 속담들을 익히 알고 있기 때문이다. 더구나 시 한편, 시집 한권 여유롭게 읽을 수 없도록 시끄럽게 돌아가는 세상 속에서 내 몸 가누기도 버거워하면서, 남들이 정성들여 자식처럼 보듬고 키워낸 시집들에 얼마나 진실되게 접근해서 감동을 끌어낼 수 있을지 필자 자신의 역량도 생각해봐야 하기 때문이다.

필자는 6년 전, 80년대를 마감하고 90년대를 전망하는 주제로 열린 어느 잡지의 좌담회에 참석, '80년대는 이승과 저승의 구분이 안되던 시대'로 규정하고, 제발 '90년대는 이승과 저승이 구분되는 시대'였으면 하는 소박한 희망을 나타내 보인 적이 있다. 그만큼 80년대는 벽두부터 죽음으로 시작하였고 죽음으로 막을 내린 시대였다. 그런데 90년대는 어떤 시대인가. 비행기를 타면 떨어져서, 기타를 타면 탈선해서, 배를 타면 가라앉아서, 자동차를 타면 다리가 무너져서, 집에 들어앉아 있으면 폭발해서, 대낮에 끌려가 불에 태워져서, 벗겨져서 생목숨들이 순식간에 저승 가는, 역시 이승과 저승이 구분 안되는 시대이다.

이렇듯 '겁나는 시대' '모진 시대'에 한 목숨 제대로 부지하고 살아간다는 일이 어렵다고, 삶은 여전히 고통스럽고 절망스럽고 모질다고 느끼면서도 끝끝내 삶에 대한 믿음과 전망을 버리지 못하는 것은 왜일까? 그것은 어려우면 어려울수록 우리들의 삶은 더욱 소중하게 느껴지고 우리들 지혜 또한 날로 깊어지리라는 믿음 때문이리라. 그러면서 이러한 우리들의 삶 속에서 '시는 과연 무엇을 어떻게 노래해야 하는가'라는 낡은 듯하면서도 항상 새로운 물음을 던져보게 된다.

2

김남주의 유고시집 『나와 함께 모든 노래가 사라진다면』을 대하면서 흔히 느끼는 반가움도 없이 나는 눈시울을 붉게 물들였다. 김남주는 이 시집을 이 땅의 우리들에게 마지막으로 남겨놓은 채 우리 곁을 떠나갔다. 그의 불꽃 같은 한 생애가 내 온몸을 들쑤시며 지나가는 듯 뜨겁게 아파온다. 스스로 민중의 전사, 혁명의 전사라 하였던 그와 그의 시들은 이 땅 민중들의 친구였고 사랑이었고 깊고도 힘찬 울림의 노래들이었다. 여기에는 괜히 높은 목소리 큰 몸짓이 아니라 그 자신의 절실함에서 우러나온 진정성과 아울러 이 세상에서 절실한 것들을 담고 있었다. 즉 그의 시들은 목구멍을 통해서가 아니라 가슴을 뚫고 나온 소리였고 몸 떨림 바로 그것이었다.

위에서도 언급했거니와 김남주는 자타가 인정하듯이 민중의 전사, 혁명의 전사였다. 그러므로 그의 시들이 갖는 가장 중요하고 명료한 특징인 전투성과, 시인 스스로의 확고한 자세이며 명제였던 '전사'나 '혁명성' 등에 대해서는 평자들의 숱한 언급이 있었던 바, 필자는 이 시집에서 김남주의 시가 그러한 요인을 갖게 된 가장 원천적인 것, 다시 말하면 시 밑바닥에 면면히 흐르는 물줄기 같은 것에 주목해보기로 한다.

김남주의 고향은 농촌이다. 그것도 전라도땅 농촌이다. 물론 많은 시인들이 고향을 농촌에 두고 있지만 김남주에겐 이 농촌이 단순히 고향의 의미뿐만 아니라, 그의 시의 주된 기반을 이루고 있는 것이 이 농촌체험이라는 점에서 주목된다. 즉 농촌의 표상이라고 할 수 있는 대지(흙)는 그 자신과 더불어 그의 부모, 형제, 이웃사촌들 모두가 자리잡은 삶의 터전이다. 그러나 그곳은 삶을 옥죄는 온갖 질곡에 허덕이는 곳이 아니던가! 죽도록 일해도 먹고살기 힘들고 수탈당하고 억압받고 깔리고, 그래서 그들 삶에 한숨과 절망이 떠나지 않는 곳이 아니던가.

　　망할 자식 몹쓸 자식은
　　폐허 질러 가로질러

280

갈 곳으로 가버렸는데
똥값보다 못한 곡식
등지고 가버렸는데
나오자마자 또다시
나오기가 무섭게 가야 할 곳
갈 곳으로 뒷걸음질치며 가버렸는데
(…)
아비야
확확 숨통 터지는
논바닥을 기다니면
보람도 없이 뿍뿍
논바닥을 허물면 뭣한다냐

—「아버지」 부분

   뿌리 달린 온갖 것들에게는 대지(흙)가 그 어미이고 아비듯이
농부에게는 땅이 어미이고 아비이며 자식들에겐 그 부모가 그들
의 대지라고 할 수 있다. 이런 의미에서 대지와 부모는 한 모습이
기도 하다. 그런데 아버지의 땅은 이미 '폐허'가 되어버린 곳으로
나타난다. 그 폐허를 껴안고 살아가야 하는 아버지의 참담한 삶이
견딜 수 없도록 가슴 아프기에 시의 화자는 감옥에서 "나오기가
무섭게 가야 할 곳"으로 끌리면서도 차마 발걸음을 돌리지 못하고
"뒷걸음질치"는 것이다. 그러므로 아비의 삶은 물론 자신이 뿌리
내린 터전으로서의 대지를 이토록 참담한 '폐허'로 만든 것들에 대
한 증오와 싸움은 김남주에게는 필연적인 일이었을 것이다. 하찮
은 미물들조차도 자기의 기본적인 생존을 위협받을 때에는 죽기

살기로 싸울 줄 아는데 하물며 사람으로서 안 싸울 수가 없는 노릇 아닌가!

최소한의 생존을 되찾아 지켜내기 위한 싸움, 이미 '폐허'가 돼 버린 그 대지(부모)를 온전하게 살려내어 제대로 인간다운 삶의 터전을 만들기 위한 싸움으로서 그의 시는 대지 위에 탄탄하게 뿌리를 내렸던 것이다. 김남주의 시 속에 등장하는 싸움의 직접적인 무기들이 대부분 농부의 연장들로 비유되거나, 증오의 대상이 농촌에서 흔히 볼 수 있는 벌레나 짐승들로 비유되는 것도 이러한 이유 때문이다. 더구나 '폐허'가 된 그곳에서 가장 고통받는 사람들이 그가 사랑하는 아버지이고 어머니이고 형제들이고 바로 그들의 이웃들이라는 점을 볼 때, 그들에게 참된 기쁨과 행복을 누릴 수 있도록 하고픈 그 순박한 열정이 김남주의 싸움을 그토록 순결하고 명료하게 만들었는지도 모른다.

"손톱 끝에 피나는 노동이/칠십 평생 우리 어머니 명줄이었습니다/(…)/내 어머니 노동의 착취에 대한 증오가 내 명줄입니다"(「명줄」, 『조국은 하나다』)에서처럼 모든 착취와 수탈이 집약된 대지는 바로 일평생을 빼앗김으로 희생당한 그 어머니와 다름아닌 존재였던 것이다. 이처럼 김남주의 시는 자기자신에게 가장 절실하고 그가 가장 사랑하는 것들로 기반을 삼았던 것이다.

내 시의 기반은 대지입니다
대지를 발판으로 일어서서 그 위에
노동을 가하는 농부의 연장과 땀입니다
씨를 뿌리기 위한 바람과의 싸움입니다
뿌리를 내리기 위한 어둠과의 격투입니다

노동의 수확을 지키기 위한 거머리와 진드기와의 피투성이의 실
랑이입니다
추위를 막기 위한 벽과의 싸움이고
불을 캐기 위한 굴속과의 숨박꼭질입니다
대지 노동 투쟁이 기반을 잃으면
내 팔의 힘은 깃털 하나 들어올릴 수 없습니다

—「편지 1」 부분

대지는 가장 원초적인 삶의 터전이다. 맨 처음으로 인간의 순결
한 노동이 시작되고 그 댓가로 곡식과 열매를 거둬들여서 가정이라
는 보금자리도 꾸미고 자식새끼들을 낳고 키우게 만든 곳이다. 그
러므로 대지에는 인간의 생명과 직결되는 원초적인 힘이나 순결성
이 들어 있다. 하지만 현실 속에서 이러한 것들은 산산이 부서지고
인간과 더불어 대지도 참담한 몸이 되어버렸다. 그것이 바로 질곡
이고 압제인데 그것들은 스스로 사라지거나 물러나지 않는 것이다.

집을, 보습 대일 한 뙈기의 땅을, 빚을 갖고 싶어하는
제 새끼도 남의 새끼마냥 키우고 싶어하는

—「시를 대하고」 부분

곡괭이에 찍혀
잘려나간 대지의 뿌리

—「자유를 위하여」 첫부분

보아다오 가지는 이미 그 씨방을 퍼뜨려

땅속 깊은 곳 대지의 자궁에서
반전의 싹을 틔우고 있나니

—「자유를 위하여」 끝부분

시대의 절정에서
대지의 사상에 뿌리를 내리고
새벽을 여는 사람이 있다 어둠의 벽을 밀어
혁명하는 사람이 그 사람이다

—「혁명의 길」 부분

가을을 바라보며 봄의 언덕에
제 보습 한번 대고 죽고 싶다던 내 이웃
골아실댁 할아버지의 한치 땅의 소망도
다 쓰잘 데 없음

—「도로아미타불」 부분

역사는 그들을 민족의 선각자라 부르기도 하고
시인은 그들을 대지의 별이라 노래하기도 한다

—「역사에 부치는 노래」 부분

질그릇처럼 투박한 갯가의 아낙네들
봄이 와도 씨를 뿌리지 않는 어머니의 땅
산전수전 다 겪고도 꺾이지 않는 불굴의 잡초들

—「거대한 뿌리」 부분

아무렇게나 뽑아본 위의 시구절에서 보는 바와 같이 그의 대지에 대한 신뢰와 사랑은 각별한 것이다. 그렇기 때문에 신성하기까지 한 대지의 순결성을 짓밟고 원초적인 힘을 꺾는 온갖 적들과 싸울 수밖에 없는 것이다. 그렇다고 해도 당장에 승리가 주어지는 것도 아니며 싸우는 자는 어떠한 댓가를 분명히 치러야 한다. "나 하나 묻혀/담 너머 저 어둠 속에 묻혀/우리 부모 생전에 한번/밝게 웃으시게 할 수만 있다면"(「도둑의 노래」, 『사상의 거처』) 하는 바람으로, 자신을 희생해서라도 그들의 웃음, 그들의 기쁨을 보고 싶어하는 열망은 '증오'와 '싸움'이 가열차면 찰수록 더욱 깊게 더욱 넓게 퍼져나가는 것이다.

그러나 김남주는 시의 바닥에 흐르는 이러한 따뜻함에도 불구하고 지나치게 메마르고 급하다는 느낌을 지울 수 없는데, 이러한 것들은 그의 편지글을 보면 어쩔 수 없는 것임을 곧 이해하게 된다.

……나는 이 시대를 위해서 쓴 것이지 사후의 시대를 위해서 쓴 것이 아니네. 지금 써먹지 못하면 아무 소용없는 종이쪼각에 다름 없네. 이 부탁 꼭 이행해주면 고맙겠네. (편지 「무적에게」 부분)

이러한 절박한 생각들이 그의 시들을 급하게 만들고 거칠게 했을 것이다. 특히 창작의 태반이 감옥에서 이루어졌는데, 감시를 피해가며 우유곽이나 책갈피 같은 데에 펜이 아닌 못 같은 것을 갈아썼기에 더욱 그랬을 것이다.

따라서 다음과 같은 시에서 보듯 그는 자신의 운명을 일찍 예감했는지도 모른다. 그가 그토록 사랑하는 대지를 뒤덮고 있는 어둠은 두텁고 무거운 것이고, 그 어둠을 지워버릴 현실적 빛은 개똥벌

레의 그것만큼도 안 보이고, 그 어둠을 밀어붙이기 위한 현실적 힘
또한 이슬방울만큼도 못됨을 인식하고 있었기 때문이다. 그래서
그는 희생으로써 제 몸 스스로 빛이 되었던 것이다.

빈 들에 어둠이 가득하다
물 흐르는 소리 내 귀에서 맑고
개똥벌레 하나 풀섶에서
자지 않고 깨어나 일어나
깜박깜박 빛을 내고 있다

그래 자지 마라 개똥벌레야
너마저 이 밤에 빛을 잃고 말면
나는 누구와 동무하여
이 어둠의 시절을 보내란 말이냐

밤은 깊어가고
이윽고
동편 하늘이 밝아온다
개똥벌레는 온데간데 없고
나만 남아 나만 남아
어둠의 끝에서 밝아오는 아침을 맞이한다

풀잎에 연 이슬이 아침 햇살에 곱다
개똥벌레야 나는 네가 이슬로 환생했다고
노래하는 시인으로 살련다

먼 훗날 하늘나라에 가서

─「개똥벌레 하나」 전문

이제 남주는 우리 곁을 떠나 그 영혼은 저 하늘나라(서방정토)에서 살고 있다. 그러나 그가 남긴 숨가쁜 시들은 이 대지 위에 남아서 어둠이 있는 곳마다 저 개똥벌레처럼 불 밝히고 있는 것이다. 마침내 맑은 이슬이 영글 때까지. 시인의 어머니인 대지에 바치는 순결한 사랑으로.

3

임동확의 시집 『벽을 문으로』는 우리들의 관심을 끈다. 첫 시집 『매장시편』(1987) 이후 네번째로 나온 이 시집은 그의 왕성한 창작의욕이 담겨져 있으리라는 기대감과 함께 '심경(心經)'이라는 어휘의 연작시 형태로 씌어진 시편들이기 때문이다. '심경'은 일상적 언어가 아니라 불교용어로, '반야바라밀다심경' 즉 '반야심경'의 준말로서 그 뜻은 삼라만상의 모든 본질을 이해하고 깨닫는 '완전한 지혜' 혹은 '지혜의 완성'이라는 구도적·진리적 의미이다.

시인 또한 이 시집의 자서에서 "맑고 탁한 것, 좋고 싫은 것, 쓰고 단 것들 구별 없이 희고 붉은 연꽃 한 송이로 피어오르는 마음의 반야"를 참으로 오랫동안 갈구하며 찾아 헤매다녔다는 심정을 밝힌 것으로 보아, 이 시집은 이러한 시인의 '심경(心境)'을 집중적으로 보여주는 듯하다. 특히 '심경'이라는 부제와 함께 화자의 내면에 가장 크고 깊게 자리잡고 있는 '상처'라는 시어가 이 시집의 전반에 걸쳐 줄기차게 나타나는 점을 볼 때, '심경'과 '상처' 이 둘의 관계는 아주 절대적인 것임을 알 수 있다.

그렇다면 시인을 그토록 집요하게 붙잡고 시인 또한 거기서 헤어나지 못하고 있는 '상처'의 근원은 어디며 어떤 모습일까 하는 의문을 독자들이 가져볼 법한데, 여기에서 우리는 임동확 시의 출발이 저 1980년의 '광주 오월'이었다는 점을 놓쳐서는 안될 것이다. "그날 이후 모두에게 형벌처럼 각인된 살아 있음의 죄의식이 온통 나의 시와 삶도 지배해온 것이나 아닌가 하는 것"(『매장시편』 자서 중에서)이라고 밝히고 있는 것이나, "오월은 화두다. 또는 거대한 벽이다. 그래서 나의 모든 시는 그곳에 새겨진 음화에 지나지 않는다"(『살아 있는 날들의 비망록』 자서 중에서)라고 했듯이 '오월 광주'는 그의 시가 갖고 있는 절대적 소재였고 주제였다.

그는 스물두살이라는 가장 예민하고 감성적이던 청년기에 그 '오월'의 현장에 있었고 그때의 체험들은 그의 영혼과 육체에 깊숙이 새겨져서 결코 치유할 수 없는 상처로 남아 있는 것으로 보인다. 그가 지금까지 써온 시들은 이 광주의 체험들에 대한 무한한 정서와 상상력의 증폭에 의한 하나의 연속선들이라고 보아도 무방할 것이다. 즉 그는 자신의 정신과 영혼 속에서 끊임없이 광주의 그날에 희생당한 모든 것들을 집요하게 추적하고 있었고, 그들의 아픔과 함께 살아왔던 것이다. 이것이 그에게는 더할 수 없이 견디기 힘든 고통이었음에도 불구하고 여기에서 떠날 수 없었던 까닭은, 정작 그때 깊이 상처입은 사람은 시인 자신이기도 했기 때문이다. 그러므로 그는 그 상처를 끌어안은 채 참으로 오랫동안 고통스러워했던 것이다.

① 그토록 열애하던 사랑의 기억마저도
   깨진 유리 거울처럼 흩어져갔을 뿐이거늘
   그리하여 이리저리 개처럼 끌려다니다가
   늘 마주쳐야 했던 것은 몹쓸 병과
   뿌리칠 수 없는 슬픔뿐이었거늘
                         ─「수레를 따르는─심경 2」 부분

② 상처 입은 맹수처럼 제 동굴에 웅크린 채
   허세뿐인 증오와 회한의 이빨을 으르렁거리며
   필사적으로 기억의 스크럼을 풀지 않으며
   당연한 시간의 간섭을 거부해왔다. 그러나,
                         ─「회망의 근거─심경 11」 부분

③ 난 면벽 중이다. 문이란 문 죄다 걸어잠근 채
   이미 더럽혀진 生을 찬찬히 곱씹으며
   더욱 생생한 상처의 한가운데 좌정하고 있다
                         ─「벽을 문으로─심경 19」 부분

　①에서는 시의 화자가 한때의 열애 때문에 삶은 더없이 비굴해
져버렸고 이미 남아 있는 것이라고는 마음의 병과 슬픈 덩어리들
이 주는 회한뿐이다. 그리고 이러한 슬픔의 자학과 함께 결코 풀
수 없는 감정의 하나는 ②에서 보는 바와 같이 증오라는 것이다.
그는 사나운 짐승의 이빨처럼 으르렁대기도 하고 앙갚음이라도
해보겠다는 듯이 지나간 일들에 대한 기억을 단단히 붙들고 있다.
이 모두가 그의 삶 한가운데를 관통하고 지나간 상처들 때문이다.

그러나 이러한 상처 때문에 ③에서는 이제 시의 화자는 수도승처럼 "생생한 상처의 한가운데"에 앉아서 면벽하고 있는 것이다. 여기에는 그 상처들과 정면으로 대결해보려는 결의와 함께 어떤 구원이나 깨달음을 얻으려는 화자의 마음이 나타난다. 그리하여 마침내 제 아픈 상처들 위에 희미하게 돋아나는 새로운 살들을 보듯 어떤 깨달음을 발견하게 된다.

> 그러니까 지금껏 내가 세상에서 받은
> 상처만을 짐승처럼 웅크려 생각해왔을 뿐
> 내가 그들에게 주었을 상처 따위는
> 미처 따져보지 못했다는 증거가 된다
>
> ──「얼어붙은 폭포──심경 38」 부분

> 고요한 호수 속을 스쳐가는 달처럼 생생한 현재만을
> 벗하지 않고 오직 지난 일들을 돌덩이처럼 끌고 다녔다
>
> ──「왜 남자에게도 젖꼭지가 있는가──심경 39」 부분

> 난 너무도 오래 낮은 것만을 노래하였다
> 어쩔 수 없는 키를 강제로, 혹은
> 자진하여 낮춰 제 발등만 내려보거나
> 한번 쓰러져 영영 일어설 줄 모르는
> 상심한 추억만을 전부로 알고 살아왔다
>
> ──「노래하는 나무──심경 26」 부분

비로소 시의 화자는 자신의 상처 속에서만 웅크리고 있었음이

이기적이고 어리석었음을 깨닫는다. 상처는 과거의 것이었는데 거기에 붙들려 집착함으로써 현재를 제대로 살아보지 못하고 어쩌면 자신도 모르게 남에게 상처를 주었을 것이라는 새로운 눈뜸을 하게 된다. 그리하여 "한번쯤 누릴 법도 한 생의 온갖 기쁨들과/아름다움의 순간들을 마냥 흘려보내왔는가"(「독백─심경 42」)라고 자문해보기도 한다.

이제 시인은 지난 세월 힘겹게 지고 다니던 '상처'로부터 또는 절망으로부터 조금씩 자유로워져 생에 대한 기쁨과 아름다움을 조금씩 발견해내기에 이르렀다. 그러므로 그는 아주 하찮은 생명들로부터도 아름다움과 삶에 대한 경건한 마음까지도 갖게 된다.

> 난 여태껏 외면해왔다. 하지만 말하련다, 한겨울 책상 위 유리컵
> 속에 다 자란 양파 뿌리처럼 길고 하얀 내 영혼의 촉수들이여. 난
> 예전처럼 아프지 않다. 누군들 저마다 아픈 상처 하나쯤 왜 없으랴
> (…) 실내등마저 꺼버렸던 나의 가장 어두운 중심에서 말없는 말로
> 더할 수 없이 환한, 아무도 흉내낼 수 없는 나만의 호흡을, 감각을,
> 리듬을 꿈꾸며
>
> ─「뿌리에 대하여─심경 10」 부분

그의 어둡던 의식은 환한 빛으로 들어차며 미래에 대한 희망들을 꿈꾸기 시작한다. 예컨대 "누군들 저마다 아픈 상처 하나쯤 왜 없으랴" 하는 너그러움과 함께 동병상련의 연대감으로 남의 상처까지도 따뜻하게 감싸고 있음을 본다. 그리하여 "그저 무심히 스쳐 지나가기만 해도/둥글게 공기 속으로 퍼져오는 향기뿐인/수수꽃다리의 향연도 편하게 맞이"(「노래하는 나무─심경 26」)할 줄 알게

되었고 "눈 들어 잠시 쉬어갈 때만 나뭇가지에/내려앉는 새들도"
(같은 시) 바라보는 여유를 갖게 되었다. 이처럼 그의 마음속에, 아
니 상처들 속에서 일어나고 있는 이 따뜻하고도 융융한 변화들은
마침내 "난 지금 누구의 방해에도 상관없이 아름다움을/탐닉할
권리와 의무를 느끼고 있는 중이다/만일 그게 불가능하다면 생떼
라도 쓸 만큼 도착된/사랑의 무한하고 황홀한 인력(引力) 속에 빠
져"(「귀향—심경 43」)들기도 하며 앞으로 다가오는 시간들을 노래 부
르리라는 다짐도 한다.

> 모래밭에서 막 알 깬 새끼 거북이가
> 사나운 새떼에 쪼아먹히지 않기 위해
> 온 힘을 다해 해안선으로 향해 가듯
> 필사적으로 다가오는 시간들을 노래해야 하리
> 그저 관념어처럼 막연하고 난해한
> 현세의 군림에도 잊어버릴 건 잊어버리며
> 다시금 천년 고독의 염전 위에 썩지 않은
> 흰 소금의 생명들로 빛나야 하리
> 후회할 틈 없고 예견할 새 없이
> 타오르는 생의 절정들을 노래해야 하리
>
> —「먼 바다로 배를 내밀듯이—심경 55」 부분

여기쯤에 이르면 우리들은 한가지 의문이 생기는데 이제 시의
화자에게 '상처'의 의미는, 바다를 건너온 사람이 산에 이르러 그
가 타고 왔던 배를 짊어지고 가는 것처럼 그것에 연연해하는 것이
과연 어리석은 일인가 하는 점이다. 또한 그러면서 그가 갈구한 반

야의 지혜에 얼마만큼 도달했느냐 하는 점이다.

그러나 그는 여전히 '상처'에서 완전히 자유롭지 못하다. 비록 그가 '상처'에 대해서 예전에 지니고 있던 시각들을 바꾸고 스스로 그 상처들을 희망으로 치환하고 있다 하더라도, 그는 지금도 '지혜의 꽃 한송이'를 찾아 헤매는 구도자일 뿐이다. 이런 점들을 생각할 때 『벽을 문으로』는 시인의 이러한 내면들을 형상화한 것이라 볼 수 있으며, 역설적으로 '상처'는 '반야의 지혜'에 도달하기 위해서 그가 반드시 생의 바다에서 타고 갈 '배'이며 산을 오를 때도 지고 가야 할 '배'라는 점이다. 왜냐하면 그것을 버리고는 그곳에 도달하지 못할 것이기 때문이다.

4

나희덕(羅喜德)이 이번에 선보인 『그 말이 잎을 물들였다』는 『뿌리에게』(1991)에 이은 그의 두번째 시집이다. 등단 5년 만에 두 권의 시집을 낸다는 일은 부지런함과 시에 대한 깊은 애정 없이는 불가능한 일이다.

나희덕의 시에는 자신을 이겨내면서 그 아픔과 슬픔 들을 한없는 사랑으로 바꾸어버리는 모성적 따뜻함이 배어 있다. 흔히 아픈 사람은 자신의 고통 때문에 외마디 비명을 질러대거나 넋두리 혹은 한탄·원망 등을 내뱉게 마련인데, 나희덕은 그 아픔들을 자신의 내부 깊숙이 갈무리하고 인내하면서 끊임없이 세상의 사물을 따뜻한 사랑으로 감싸안는다. 이는 마치 세상의 어머니들이 당신이 받는 숱한 고통 속에서도 인내하고 자신을 희생하면서 자식들에게 한량없는 사랑을 퍼붓는 그 모습을 떠올리게 한다.

이미 첫 시집 『뿌리에게』를 통해 이러한 모성적 따뜻함과 사랑을 느낀 바지만, 이번 시집에서도 그가 갖는 가장 덕성스러운 면모들을 잘 보여주고 있다. 그러면서도 특히 우리의 눈을 끄는 것은 이러한 모성적 사랑의 의미가 시인에게 이 세상과 삶을 살아가는 방법이며 길이라는 것을 더욱 구체적으로 보여준다는 점이다.

시인도 지극히 평범한 한 사람으로서 일상의 생활 속에서 나름대로 많은 난관과 고통 들을 만나게 되는데 나희덕은 이러한 삶 속에서의 아픔이나 고통에 자신을 가두거나 혹은 주변의 것들을 배척하지 않고 오히려 세상에 대한 사랑으로 뒤바꾸어버린다. 흔한 이야기로 다른 사람 손가락 하나 완전히 잘린 아픔보다 자기 손가락 약간 스친 상처에 대해 더 아파하는 게 뭇 사람들의 속성이라고 한다. 어찌 보면 자신이 아프기 때문에 주변을 둘러보거나 이해할 여유조차 잃어버려서 이기적인 인간이 되고 만다. 그러나 나희덕은 자신의 아픔을 통하여 사람과 사물 들의 아픔을 헤아리고 읽어낸다. 자신과 어울려 살고 있는 이 세상의 모든 것들에 그의 따뜻한 마음을 촉촉한 물기처럼 스며들도록 한다. 여기에는 받기 위해 주는 사랑, 이해관계에 얽혀든 수치적(數値的) 사랑이 끼어들 틈이나 시간이 없다. 오히려 자신의 희생과 인내를 통하여 주위의 모든 것들에 흘려보내는 무한한 사랑이 있을 뿐이다.

네 물줄기 마르는 날까지
폭포여, 나를 내리쳐라
너의 매를 종일 맞겠다
일어설 여유도 없이

아프다 말할 겨를도 없이
내려꽂혀라, 거기에 짓눌리는
울음으로 울음으로만 대답하겠다
이 바위틈에 뿌리 내려
너를 본 것이
나를 영영 눈뜰 수 없게 하여도,
그대로 푸른 멍이 되어도 좋다

네 몸은 얼마나 또 아플 것이냐

—「풀포기의 노래」 전문

　폭포가 내리치는 바위틈에서 간신히 피어나 생명의 끝에 다다르게 되는 그 순간까지 물줄기의 아픈 짓눌림을 받아야 하는 풀포기는 항변이나 원망이라도 해볼 만한데 그러한 내색도 전혀 없다. 어찌 보면 자학적인 모습으로도 느껴진다. 단 한마디의 원망도 없이 오히려 자신을 때리는 그 물줄기가 얼마나 아플 것인가를 걱정한다. 자신의 아픔에도 불구하고 타자(他者)에게로 향하는 무한한 연민과 사랑, 이것은 자신의 아픔을 상대방 즉 타자의 그것과 동일한 것으로 여기기 때문이다.

우리가 후끈 피워냈던 꽃송이들이
어젯밤 찬비에 아프다 아프다 아프다 합니다
그러나 당신이 힘드실까봐
저는 아프지도 못합니다

—「찬비 내리고—편지 1」 부분

제비는 내 안에 깃을 접지 않고
이내 더 멀고 아득한 곳으로 날아가지만
새가 차고 날아간 나뭇가지가 오래 흔들릴 때
그 여운 속에서 나는 듣습니다
당신에게도 쉽게 해 지는 날 없었다는 것을
그런 날 불렀을 노랫소리를

—「나뭇가지가 오래 흔들릴 때—편지 2」 부분

잔설처럼 쌓여 있는 당신,
그래도 드문드문 마른 땅 있어
나는 이렇게 발 디디고 삽니다

—「殘雪—편지 4」 부분

위에서 부분적으로 인용한 세 편의 시에 모두 상대방에 대한 넉넉하고도 따뜻한 마음 씀씀이가 배어 있다. 이처럼 자신의 고통스러움보다도 남의 고통을 먼저 걱정하고 그에 대한 사랑을 흘려보내는 것은 시인이 이 세상의 모든 것들과 자신의 삶을 하나의 것으로 연결하면서 일체감 내지 동일성을 갖는 탓이다. 세상의 삼라만상이 시인 자신처럼 나름대로 삶의 무게를 지니고 힘겹게 버팅기면서 존재하고 있다는 이 동질감의 의식 때문에 그것들을 향한 시인의 가슴은 따뜻하게 젖어버린다. 그리하여 시인은 마침내 울게 된다.

새도 짐승도 될 수 없어
퍼드득 낮은 날개의 길을 내며

종종걸음 치는 한 生의 지나감이여
톱밥가루는 생목의 슬픔으로 젖어 있고
그것을 울며 가는 나여

—「다음 생의 나를 보듯이」 부분

"종종걸음 치는 한 생의 지나감"이 어찌 시인 한 사람만이 갖는 삶의 모습이겠는가. 그것은 보잘것없는 하루살이에서부터 우리들에 이르기까지 모두의 모습이라고 할 수 있을 것이다. 그러므로 한 목숨 가지고 태어난 모든 것들은 제 삶의 크기만큼의 슬픔이나 아픔을 갖게 될 것이다.

이러한 사실을 어느 누구보다도 가슴 깊이 받아들이는 나희덕으로서는 이들에 대한 연민과 사랑 때문에 '울음'이 많다. 이번 시집에서 눈물과 울음이 자주 보이는 것도 바로 이 때문이다. 그런데 우리가 특히 눈여겨보아야 할 것은 이 '울음'의 모습이다. 시인의 울음은 솟구치는 대로 쏟아내는 헤프디헤픈 소란한 울음도 아니요, 아무데서나 퍼질러앉아서 목을 놓아 마구 울어대는 싸구려 울음도 아니며, 제 속이 후련해지도록 실컷 배설하는 그런 울음도 아니다. 그것은 자신의 내부 깊숙이 가만가만 소리없이 삭아내리거나 조용히 번져가는 울음, 즉 견딤을 통한 울음인 것이다. 이 견딤의 자세야말로 시인이 세상을 살아가는 모습이며 시인이 지닌 사랑의 밑바탕에 흐르는 원초적 힘이라고 할 수 있다.

어떤 행위로도 다할 수 없는 마음의 표현
업어준다는 것
내 생의 무게를 누군가 견디고 있다는 것

그것이 긴 들판 건너게 했지요.
그만 두 손 내리고 싶은
세상마저 내리고 싶은 밤에도
저를 남아 있게 했지요.

—「밤, 바람 속으로」 부분

  자신의 무게를 누군가 견디고 있다는 사실을 통하여 시인은 사
랑의 실체를 알아낸다. 누군가 자신의 무게를 견뎌준 그 힘으로 그
가 삶을 살아왔듯이 자신도 그 견딤을 통해 사랑을 실천하려는 것
이다. 시인에게 사랑을 맨 처음 가르쳐준 것도 바로 이 '견딤'이며
또한 그가 이 세상을 사랑하는 방법도 이 '견딤'의 자세인데, 우리
는 이 시집에서 '견딘다'는 시어들을 적지 않게 찾아볼 수 있다.

  나는 우두커니 서 있습니다
  물결을 거스르며 견디는 돌멩이처럼

—「십년 후」 부분

  나뭇잎들은 떨어져나가지 않을 만큼만
  바람에 몸을 뒤튼다
  저렇게 매달려서, 견디어야 하나

—「흐린 날에는」 부분

  허기로 견디던 한 시절은 가고, 이제
  밥그릇을 받아놓고도 식욕이 동하지 않는 시대

—「딸기나무 덤불 있다면」 부분

눅눅한 유월의 독기를 견디며 피어나던
그 여름 때늦은 진달래처럼

—「살아 있어야 할 이유」 부분

조각배는 뭍에 매어져 달아나지 못한다
묶인 발을 견디며 살라는 말인가

—「정도리에서」 부분

결국 닭은 닭장 속에서 견디며
우리 二代를 견디게 한 셈이다

—「양계장집 딸」 부분

이러한 견딤의 자세들은 삶에 대한 소극성을 의미하는 게 아니라 고통 때문에 내질러야 하는 비명들을 이 세상에 대한 사랑의 노래로 울려퍼지도록 만드는 적극적인 힘인 것이다. 이 견딤 속에서 시인은 얼마나 많이 자신과의 치열한 싸움을 벌였을 것인가. 혹은 얼마나 많은 자기희생을 치러냈을 것인가. 보이지도 소리나지도 않는 이 싸움을 한번 상상해보라.

이 견딤을 통해서 솟아나는 사랑, 이 사랑은 마침내 어머니의 그 크고 넓고 깊은 가슴팍이 되어서 이 세상을 껴안게 된다.

어디서 나왔을까 깊은 산길
갓 태어난 듯한 다람쥐새끼
물끄러미 나를 바라보고 있다

그 맑은 눈빛 앞에서
나는 아무것도 고집할 수가 없다
세상의 모든 어린것들은
내 앞에 눈부신 꼬리를 쳐들고
나를 어미라 부른다
괜히 가슴이 저릿저릿한 게
핑그르르 굳었던 젖이 돈다
젖이 차올라 겨드랑이까지 쩡해오면
지금쯤 내 어린것은
얼마나 젖이 그리울까

                                    —「어린것」부분

    어린 다람쥐새끼의 눈앞에서도 젖이 도는 어머니의 마음, 이 세
상의 모든 삼라만상에 던지는 도무지 형언할 수 없는 따뜻한 눈길
의 사랑, 이러한 사랑을 견딤으로 지탱해온 어머니의 가슴이 아니
고는 어떻게 가져볼 수 있으랴. 드디어 나희덕은 모든 것들의 따뜻
한 어머니가 되어서 세상 속에 서 있다.
    모든 것이 각박한 세상에서 이처럼 가슴 뭉클한 시를 만난다는
것이 우리들로서는 한없이 기쁜 일이 아닐 수 없다.

                                  『창작과비평』 1995년 봄호

서정은 살았는가 죽었는가

이가림 시집 「순간의 거울」, 창작과비평사 1995
김용택 시집 「강 같은 세월」, 창작과비평사 1995
김형수 시집 「빗방울에 대한 추억」, 문학동네 1995

1

날이 갈수록 겉모습만 그럴싸하게 치장한 시들이 쏟아져나오고 있다. 컴퓨터의 모니터 안에서나 나뒹굴어야 할 인정머리 없는 시들이 제 세상 만난 듯 마구 뛰쳐나와 독자들의 심기를 불편하게 만들고 있다. 성질 급한 시인들이 원래 시의 보편적인 본질과는 한참 떨어진 해괴한 모습의 시 비슷한 것들을 자신과 세계에 대한 고민도 애정도 없이 대량으로 찍어내고 있는 것이다. 컴퓨터산(産) 시들이 범람한다는 말이다. 곰곰이 들여다봐도 삶을 새롭게 하려는 시정신이나 기백 같은 것을 엿볼 수 있는 시들은 드물고, 겉으로만 지나치게 꾸며낸 시들이 컴퓨터의 위력을 업고 시의 근본을 짓밟고 있는 것이다.

이가림의 시들은 서정시의 정신이나 원형 같은 것을 나름대로 잘 지켜내는 것으로 보인다. 이 말은 곧 시인의 서정적 자아가 세계(대상)와의 일체감을 꿈꾸며 갈망하는 몸짓들이 오랜만에 내놓은 새 시집 『순간의 거울』 속에서 잔잔하게 물결치는가 하면 세찬 힘으로 분출한다는 이야기다. 그러기에 여기에는 세계를 향한 그리움, 목마름, 갈망이 범벅된 '하고 싶다'는 원망형(願望形) 언어가

빈번히 나타난다.

> 별빛 초롱한
> 밤이면
> 찌르륵찌르륵 울며
> 네게로 가고 싶다
>
> 그렇게 맨몸으로
> 몰래 다가가서
> 내가 네 속에 스며들고
> 네가 내 속에 스며드는
> 그림자가 되고 싶다

—「찌르레기의 노래 1」 부분

시인이 세계와 융합·합일하여 일체감을 이루고 싶어하는 것은 서정시 정신의 뿌리다. 시인이 자신을 둘러싸고 있는 세계와의 숱한 만남으로 이루어진 체험들을 시인의 주관적 정서를 통해 하나의 통일된 세계로 창조해낼 수 있는 것은 체험적 자아인 시인이 세계와의 일체감을 꿈꾸기 때문이다. 그러기에 시인은 자아를 세계화하고 세계를 자아화하는데, 서정성은 바로 여기에서 비롯된다 할 수 있다. 인용한 시도 이와 같은 태도를 잘 드러내준다. 시의 화자 즉 주체인 '나'가 갈망하는 '너'는 세계의 단적인 표상이다. '나'라는 존재와는 영원히 하나가 될 수 없는 객체이며 타자인 것이다. 그러므로 '나'는 '너'를 끊임없이 갈망하고 그리워한다. 왜냐하면 "내가 네 속에 스며들고/네가 내 속에 스며드는" 상태, 서로가 하나로 융합되는 세계, 즉 일체감을 꿈꾸기 때문이다.

　너무나도 직설적이고 평면적이기조차 한 단순사고로 표현된 화자의 갈망이 진부함을 넘어서서 새삼 필자에게 절절하게 느껴지는 이유는 무엇일까? 우리가 물질문명 속에서 소위 산업화가 가져다준 여러 병적인 증후군들(인간소외, 고립주의, 자아분열, 자기폐쇄)로 시달린 것이 어제 오늘의 일은 아니지만 이제는 서로 고립된 자아들이 극단적인 이기심으로 치달아 이러한 일체감의 갈망조차도 아주 낡은 가치로 여기거나 정신나간 것으로 치부하기에 일어나는 반작용이리라. 그러므로 우리들의 시 속에서도 일체감의 갈망은 여러가지 뒤틀린 모습으로 나타나거나 비아냥거림, 조롱, 자학, 위기의식, 상실감 등을 보여주기 일쑤였다. 그런데 이가림의 시는 이러한 병적인 모습이 아니라 아주 건강하고 진솔하게 순수한 인간의 목소리를 내고 있는 것이다.

　　그대 따스한 슬픔에
　　내 언 슬픔을 묻을 수 있다면

　　　　　　　　　　　　　　　　　　—「찌르레기의 노래 3」 부분

　　한줄기 무지개 그리움으로 서서
　　손짓할 수 있다면

　　　　　　　　　　　　　　　　　　—「찌르레기의 노래 1」 부분

　　기어이 가야 할 먼 강물의 뿌리 그리워
　　온 비늘로
　　삶의 독 내뿜고 있다　　　　　　　—「가물치」 부분

너무 눈부신 달빛 만리에 내려 쌓여
눈먼 그리움
저 혼자서 떠돌다가
돌아올 뿐

—「목마름」 부분

공중에서 떠돌아다니는 사내의
시퍼런 시퍼런 그리움

—「도깨비불」 부분

　이렇듯 시인의 내면 속에서 꿈틀거리며 자라기 시작한 그리움
과 갈망 들은 어머니의 뱃속에서 열달을 채운 태아처럼 세상 밖으
로 나가고자 한다. 그러므로 시인은 몸을 풀어야 할 임산부처럼 그
만삭의 충만감을 견딜 수 없어 노래하지 않을 수 없다.

언제부터
이 잉걸불 같은 그리움이
텅 빈 가슴속에 이글거리기 시작했을까

지난 여름 내내 앓던 몸살
더이상 견딜 수 없구나
영혼의 가마솥에 들끓던 사랑의 힘
캄캄한 골방 안에
가둘 수 없구나

나 혼자 부둥켜안고
뒹굴고 또 뒹굴어도
자꾸만 익어가는 어둠을
이젠 알알이 쏟아놓아야 하리

—「석류」 부분

　익으면 충만감을 못 이겨 제 스스로 벌어지는 석류를 통해, 시인
의 가슴속에서 솟구쳐오르는 그리운 갈망을 드러내고 있다. 그런
데 뜨거운 갈망을 노래하면서도 이가림의 시들이 들뜨거나 답답
한 감상적 흐름으로 떨어지지 않는 것이나, 세계와의 일체감을 갈
구하면서도 그 무엇인가 저항의 의지를 암시하고 있음은 주목해
볼 만한 부분이다.
　시인은 무턱대고 그 무엇인가를 갈망하지 않는다. 그러므로 그
가 지향하는 일체감의 시정신 속에는 우리와 불화하는 세계, 우리
의 본성이 꺼려하고 싫어하는 세계가 있음을 보여준다. 즉 시인의
일체감에 대한 갈망은 눈먼 그리움이나 공허한 낭만적 열정이 아
니라 '와야 할 세계' '있어야 할 세계'에 대한 갈구이며, 그렇지 않
은 세계에 대한 식별이요 암시요 저항인 것이다.

성큼 들어서지 못하고
문밖에서만 엿보는 마당
퀴퀴한 청국장이라도 끓이고 있는가
어둑한 부엌에서
새어나오는 어머니의
밥그릇 달그락거리는 소리

나는 돌아가야 한다
부서진 얼굴을 감추고
돌아가야 한다
저 번쩍이는 도시의 수렁 속으로
밤 속으로

—「오랑캐꽃 10—슬픈 귀향」 부분

시의 화자는 아무도 몰래 고향땅에 발을 딛고, 그리워서 한걸음
에 달려왔을 집을 먼발치에서만 보고 있다. 집에 들어서기만 하면
그의 부모형제들을 볼 수 있을 텐데 화자는 선뜻 들어서질 못한다.
더구나 그곳엔 참으로 그리운 어머니가 계신다. '어머니'는 누구
인가? 만인에게 영원히 따사로운 사랑의 품이 아니던가? 결코 훼
절되지 않는 사랑의 원형이 아니던가? 그러므로 시공을 초월하여
어머니의 모습은 동일성을 지니게 된다. 그 어머니의 품이 그리워
서 달려왔을 화자는 끝내 어머니의 품에 안기지 못하고 "돌아가야
한다"고 몇번이고 자신에게 다짐한다. 화자가 돌아가야 할 곳은
어디일까? 그곳은 '나'와 합일되지 못한 채 갈등하거나 대립하는
세계이며 '나'를 소외시키는 곳, 즉 자본과 욕망의 표상이며 상징
인 도시이다. 그 도시는 제 스스로 번쩍이고 있지만 시의 화자에게
는 끊임없이 허우적대야 하는 삶의 '수렁'에 지나지 않는다. 우리
는 여기에서 '어머니'와 대조를 이루는 도시가 그 무엇을 암시하
는가를 느낄 수가 있다. 결코 시인과 일체감을 이룰 수 없는 세계
가 집약된 '도시', 그러나 시인은 역설적이게도 이 도시의 한복판
에서 그가 꿈꾸고 갈망하는 일체감의 환희를 맛본다. 그 도시로부

터 소외된 혹은 익명의 하찮은 사람들의 거칠고 지친 삶 속에서 그
들의 역동적인 힘을 발견해낸 것이다.

그 꿈틀거리는 몸뚱어리 마디마디
환히 불 밝힌 방안에서
학생 공원 선생 군인 회사원
창녀 수녀 신문팔이 소매치기
이 땅의 눈물겨운 살붙이들 모두가
서로 뺨을 맞대고
서로 어깨를 비벼대고
서로 밀치고
서로 부추기고
서로 껴안으며
즐거운 지옥의 밧줄에 묶여 끌려간다

(…)

너의 살결에
나의 살결이 닿고
너의 숨결에
나의 숨결이 섞이는
황홀한 세상

— 「2만 5천 볼트의 사랑」 부분

우리는 이 시 속에서 시인이 갈망하는 일체감의 실체가 과연 무

엇인가를 분명히 알아차릴 수가 있게 되었다. 사람의 삶이 비록 서럽고 고달프지만 공동의 연대감으로 어우러지는 세계, 사람과 사람 사이의 교감이 뒤섞이고 껴안음이 있는 곳에 시인의 눈과 마음이 가 있다. 더구나 도시 교통의 상징물이라 할 수 있는 지하철을 통하여 그 도시로부터 소외받은 사람들의 공동체적 삶에 대한 인식은 도시보다도 더 강한 원초적인 힘을 느끼게 한다. 바람 같기도, 파도 같기도 한 이들의 무한한 역동성은 태풍도 될 수 있고 해일도 될 수 있을 것이라는 예감마저 든다. 그러므로 시인이 꿈꾸는 "너의 숨결에/나의 숨결이 섞이는/황홀한 세상"은 타자를 향해 열려 있고, 다가가려 하는 인간정신의 아름다움을 보여줄 뿐만 아니라 이로부터 파생하는 무한한 힘까지도 노래하는 것이라 할 수 있다.

끝으로 한마디 덧붙인다면 이가림 시인이 시집 후기에서 "이번 시집이 하나의 봉화가 되어 먼 곳에까지 존재의 신호를 보낼 수 있기"를 바란다고 하였듯이, 참 오랜만에 나온 이 시집을 계기로 우주의 삼라만상에까지 그 존재의 신호를 보내 시적 감동의 떨림이 있기를, 그의 시를 아끼는 독자들에게도 가까이 가까이 그 존재의 신호가 다가가기를 바란다.

2

김용택(金龍澤)의 시가 눈부시도록 투명하고 아름다운 서정성을 주축으로 하고 있음은 그의 첫 시집 『섬진강』에서부터 역력하게 드러난 바 있다. 이 서정은 시인의 삶이 뿌리내린 자연(국토)의 순박한 아름다움과 그 속에 어우러져 살고 있는 사람들의 삶을 진솔하게 드러냄으로써 우리들의 정서에 강한 친화력을 안겨주었다. 한 사람의 시인이 한 자연(지역) 속에서 줄기차게 그곳의 삶을 노래하기란 쉽지 않다. 독자들 또한 그의 시에 물리는 일 없이 여전히 새롭게 느낄 수 있는 것은, 그가 섬진강 유역의 작은 풀잎 하나, 붙박이로 박혀 있는 돌멩이 하나를 노래할지라도 우리 국토에 지천으로 널브러져 있는 풀들이며, 자꾸만 메말라가는 하천이며, 그 자연의 아름다움을 본질적으로 드러낼 줄 알고 그곳에서 어울려 살고 있는 사람들의 숨결조차도 고스란히 호흡할 줄 알기 때문이다.

예로부터 인간이 자연에 대해 싫증을 느껴본 적이 있던가. 단 한번도 멈춰본 적이 없는 바람이며 단 한순간도 흔들림을 멈춰본 적이 없는 풀잎이며 단 몇초도 쉬어본 적이 없는 강물에 대해 싫증을 느낀 사람이 있다는 소문을 들어본 적이 있던가. 여기에 함께 어우러져 사는 인간의 호흡이 싫증난 적이 있는가. 김용택의 시에는 이러한 천진무구한 순수성으로 오염된 우리들의 마음을 씻어 맑고 깨끗하게 하는 힘이 넘쳐난다.

이번의 새 시집 『강 같은 세월』도 예전부터 그의 시들이 보여준 이와 같은 성취를 고스란히 잇고 있다. 그러나 이번 시집이 담고 있는 내용은 지난해에 출간된 연가 시집 『그대 거침없는 사랑』과는 많은 차이점을 보여준다. 이 시집의 전편에 흐르는 일관된 모습은 타오르는 사랑의 정서였다. 사랑의 충만감, 기쁨, 들끓음, 애탐 등 사랑의 한복판에 서 있는 사람의 마음을 집중적으로 드러낸 바 있다. 그러므로 시인의 서정은 '사랑'을 주제로 집약되어 있었다. 그런데 이번 시집은 이러한 열애 속에서 한바탕 열병을 치르고 난 사람의 뒷모습이랄까, 깊은 병을 앓고 난 환자가 회복기에 서서 다시 세상을 마주 대하는 형형하고도 애련한 눈빛 같은 것이 짙게 어려 있다.

시집 후기에서 시인 스스로 밝히고 있듯이 실제로 그는 심신의 깊은 아픔을 견뎌냈고, 그러한 흔적들은 시집의 곳곳에서 드러난다. 또한 "이 세상에 아름다운 사람, 좋은 시인이었던 고 이광웅·김남주 두 분께 이 시집을 눈물로 바칩니다"라는 헌사를 보더라도 여기에는 이미 (모진 고문과 감옥생활의 후유증 때문에) 요절한 두 시인을 향한 각별한 애정과 슬픔, 그리움 등이 서려 있다. 이 시집의 표제시인 「강 같은 세월」도 김용택의 삶과 함께, 이곳에서 아름답게 피었다가 져버린 사람들의 삶과 이 두 작고 시인들의 삶이 한데 어우러져 흘러가는 모습을 읊은 노래일 것이다.

꽃이 핍니다
꽃이 집니다
꽃 피고 지는 곳
강물입니다
강 같은 내 세월이었지요.

—「강 같은 세월」 전문

시인의 삶에 대한 성찰이 진하게 녹아 있는 듯한 느낌을 주는 시다. 자연의 섭리에 따라 생성하고 존재하다가 소멸하는 온갖 생명의 모습이 스며 있고, 시인 자신을 비롯하여 이미 떠나가버린 이들의 모습이 있다. 강가에서 꽃들이 피었다 지듯이 그가 사랑하였던 사람들 또한 삶의 강가에서 아름답게 피었다가, 피었나 싶더니만 이내 져버리고 만다. 유장하게 흐르는 강물 속에는 시인의 삶뿐만 아니라 이미 져버린 이들의 삶이 한데 섞여 흘러간다. 그러므로 시인은 다시 이렇게 노래한다.

앞산에 꽃이 지누나 봄이 가누나
해마다 저 산에 꽃 피고 지는 일
저 산 일인 줄만 알았더니
그대 보내고 돌아서며
내 일인 줄도 인자는 알겠네.

　　　　　　　　　　　　　　　　　　　　—「일」 전문

떠나보낸 자만이 그 떠나보냄의 의미를 절감할 수 있는데, 이별 앞에서 가누기 힘든 쓰라린 심사를 자연의 순리에 기대어 담담하게 진술하고 있다. 이렇듯 자연의 섭리는 가혹하리만큼 엄한 스승이 되어 사람에게 하나의 깨달음을 일깨워주지만 유정한 인간의 마음은 회한을 떨쳐버리기 어려운 법인가. 시인은 오래도록 강물을 붙들고 있다.

숨이 가쁘게 흘러온 것들이 어찌
저 강물뿐이겠습니까
이만큼 떨어져서 걷다 뒤돌아다보면
내 발자욱도 형님 발자욱도 잔물결에 씻기어
사라지고
물만 흐릅니다
형님
우리의 아름다운 일생도

정겨운 형님과 나의 인연도 언젠가는
저 물새 발자욱처럼 이 세상에서 사라지고
산그늘 잠긴 물만
흐르겠지요.

— 「하동에서 — 이광웅 형님」 부분

세월은 흔적들을 지우게 마련이다. 특히 이 세상을 떠나버린 사람들의 흔적은 더욱 그러하다. 삶의 유한성이 자연의 무구함 속에 묻혀버리고 아무 일도 없었다는 듯이 강물은 흐른다. 결국 이 세상에서 먼저 떠남과 나중 떠남이 무슨 차이가 있겠는가. 시의 화자는 이렇게라도 먼저 가버린 이들에 대한 슬픔과 그리움을, 그리고 뒤에 남은 자신을 위로하며 강물의 흐름에 몸을 기댄다. 그러나 이러한 잔잔함과 담담함이 그의 내면에 자리잡기까지 그는 많이 아팠고 고통스러웠을 것이다. 그 아픔의 고통을 견뎌낸 시인의 마음속에 이제 새롭게 돋아나는 푸른 나무 이파리들이 여린 얼굴을 비죽비죽 내밀기 시작한다.

막 잎 피어나는
푸른 나무 아래 지나면
왜 이렇게 그대가 보고 싶고
그리운지
작은 실가지에 바람이라도 불면
왜 이렇게 나는
그대에게 가 닿고 싶은 마음이
간절해지는지

생각에서 돌아서면
다시 생각나고
암만 그대 떠올려도
목이 마르는
이 푸르러지는 나무 아래.

─「푸른 나무 1」 전문

막 돋아나기 시작하는 어린 이파리들, 그 새로운 생명들을 보면서 시인은 그것들의 사랑스러움 때문에 부재중인 '그대'가 더욱더 보고 싶고 그리워진다. 솟아오르는 샘물의 맑음처럼 지순한 그리움의 서정에 코끝이 찡하다. 외롭고도 청정하게 봄을 알리며 이미 떠나간 이들의 그리운 얼굴과 함께 돋아나는 푸른 나무 앞에서 이제 시인은 자신을 향하여 탄탄한 다짐 하나를 가슴속에 되새겨본다.

노래하라
서리 하얗게 깔린 새벽
김 나는 빈 들판처럼
입김을 하얗게 뿜으며 노래하라
세월은 갈지라도
노래는 끝이 없고
땅도, 네가 디딘 땅도
영원할지니
다 버리고 다 얻는
저 새벽같이 노래하라.

─「노래」 부분

3

  김형수(金炯洙)의 시들을 읽어가노라면 뚜렷하게 드러난 수레바퀴 자국을 따라가는 것처럼 지금까지 시인이 걸어온 삶의 자취가 선명하게 눈에 들어온다. 이 말은 이 시집의 해설을 쓴 임규찬이 "그의 시는 자신을 참 투명하게 드러낸다"고 말한 것과 같은 의미라고 할 수 있다. 이 투명한 드러냄이 무수한 선(線)들이 되어서 마치 시인의 자화상을 그려놓은 듯한 인상을 갖게 하는데, 필자의 눈길이 가장 먼저 머문 대목이 시인의 '길 잃음과 절망의 모습들'이었다. 자신의 젊음과 열정을 기꺼이 바쳐서 자기의 신념대로 전력질주해왔는데 어느 순간에 그 길이 갑자기 그의 앞에서 사라져버리고 자신만 홀로 남아 있다. 그러므로 그는 지금까지 달려온 길을 자꾸만 뒤돌아보거나, 혹은 사방을 두리번거리며 헤매는 처지가 되어버렸다. 그러면 그가 오도 가도 못하는 '현재'라는 지점에서 뒤돌아보는 길(과거)은 그에게 어떠한 의미인지, 이 '길 잃음'을 통해 시인의 삶은 어떠한 자리에 놓여 있는지 한번 살펴보기로 하자.

  보아라, 한 차례 영광이 지나간
  폐허의 가슴에선 늦가을 햇살처럼
  빠르게 반복되는 희망과 좌절이
  다시 또 반복되는 기쁨과 슬픔이
  얼마나 꿈 같은가 그럴 땐 마치
  머나먼 바닷가 인적 없는 섬마을에

꽃 피고 지는 아득함만큼이나
아무도 모르게 고개를 끄덕이며
누구나 나중에는 생각할 것이다
돌아보면 참 길게도 오만했다
내 젊음은 하필 그때였단 말인가,고

—「젊음을 지나와서」 부분

　사람이라면 누구나 예외없이 한번은 지나가게 될 절정의 한 지점인 '젊음'을 그는 "참 길게도 오만했다"고 진술한다. 이 말은 자신의 젊음을 송두리째 던져서 그 무엇인가를 사랑했던, 더할 수 없는 패기와 열정을 지녔었음을 의미할 것이다. 지금은 비록 "한 차례 영광이 지나간" 것처럼 되돌아보는 마음이 쓸쓸하고 외롭지만, 그의 마음 한켠에는 참으로 떳떳하고 자랑스러운 마음이 자리잡고 있음을 다음 시에서도 볼 수가 있다.

난 결코 후회하지 않는다
땅 위의 의인들이 겪었던 시련을
나 역시 그 무렵에 겪었던 것이므로
역사의 홍역을 내 그 나이에 치렀던 것이므로

—「주사파라고 했던가」 부분

　"역사의 홍역을 내 그 나이에 치렀"다는 너무나 당당하고 솔직한 발언은 자신으로서는 최선을 다해 시대와 역사의 한복판에 서서 참으로 치열하게 살았음을 의미한다. 그는 개인적·일상적 삶으로 빠져들지 않고 그가 바라는 더 좋은 세상, 새로운 세상을 앞당겨보려는 큰 물줄기에 합류했던 것이리라. 그러나 세상은 그의 바람과는 달리 엉뚱한 방향으로 변해버렸고 함께 흘러내린 그 도도한 물줄기는 어느새 지하로 복류(伏流)하고 다만 그 자신만 홀로 남겨졌을 뿐이다. 그러므로 여기에 뛰어들었던 삶을 결코 후회하지는 않지만 총력으로 치른 싸움에서 숱한 전우들을 잃어버리고 초라하게 살아남은 패잔병과 같은 심정으로 그는 다음과 같이 울먹인다.

> 슬프다는 느낌은 들지 않았다
> 아아 친구들이여
> 서둘러 냉전기를 산 지상의 실패한 혁명가들이여
> 나는 이럴 때 밥짓는 마을의 연기처럼 그리운
> 20세기의 인민들을 눈물로 회고한다, 그
> 몇억, 몇십억에 이르는 역사 속의 연인들을
> 한꺼번에 몽땅 잃은 것 같은 심정으로
> 몇 안 남은 동지들께 편지라도 썼으면
>
> ──「남한강 기행 ─ 산촌순례」 부분

자신과 함께 동료들을 '실패한 혁명가'로 규정하고 있음을 볼 때 그가 걸어온 길은 시대와 삶의 변혁을 위한 길이었음이 분명하다. 그러나 그의 갈망들은 실패로 돌아갔고 동시에 그의 길 또한 없어져버렸다. 그래서 그는 "지금은 없는 옛님과의 약속처럼 공허해진 꿈 공허해진 노래 때로 나를 지탱했던 것들이 나를 지치게도 하는구나"(「남한강 기행─오장폭포」)라고 탄식하기도 하며 "시간아 세월아 너희는 또 어찌/길을 잃고 우는 법도 없더란 말이냐"(「남한강 기행—다시 산촌순례」)고 넋두리를 하기도 한다. 이렇게 길을 잃고 헤매는 그의 심정은 삶 속에서 여러 모습들로 나타나고 있다.

① 꽃도 새도 못 봤던 성부르다
    쥔 없는 마루에 쉬어가는 손님처럼
    반겼던 사람도 없었던 성부르다
    아, 다들 푸욱 가라앉아
    저무는 길목에서 고뿔이나 나눴던가

                                          —「지난 봄」 부분

② 욕되어라 도야지처럼 살이나 찌다니
    그토록 불편한 영혼을 담고 있는
    육신이 어쩜 이리 편할 수도 있던가

                                          —「또 지난 봄」 부분

③ 이놈 김가놈아 네깟게 시인이냐
    이 땅 이 시대에 시인이라 하려거든
    제발 덕분 순탄하지 좀 말거라
    재수 없다 등따신 시인놈들, 퉤에, 퉤

                                          —「징벌」 부분

④ 고집스레 매달려 어쩌자는가
    이파리 한 잎 제 여름을 다 살고
    이제 가을 되어 아낌없이 져야 할 때
    나 혼자 지지 못하고

늦도록 가지에 남아 어쩌자고 자꾸만 버텨보는 것인가

—「져야 할 때는 질 줄도 알아야 해」 부분

①에서 세상을 응시하는 시인의 눈길은 마냥 허허롭다. 시절이 봄이라 꽃도 피어나고 새도 울어쌓건만 시인에게는 그러한 모습, 그러한 소리가 들리지 않는다. 그에게는 오직 어디에도 둘 데 없는 상처 난 마음이 있을 뿐이다. 정작 자신이 바라던 자리에서 주인이 되지 못하고 지나가는 나그네가 된 이의 세계, 제자리를 찾지 못한 그의 가슴속에서는 봄날이 옛사람의 말대로 '춘래불사춘(春來不似春)'과 같은 심정임을 보여준다.

②에서는 정신과 육체의 분열이 일어나고 있음을 보여준다. 정신의 고통스러움에도 게걸스런 돼지처럼 살이 쪄가는 육체, 그는 이러한 자신의 모습이 혐오스럽기만 하다. 결코 둘이 될 수 없는 한 몸에서 정반대로 일어나는 이 두 가지 현상은 내적 분열 내지 갈등의 기미들을 내포하고 있는 것이다.

③에서는 자신에 대한 매서운 질타를 보여준다. 사람은 누구나가 순탄하게 살고 싶고 안락함이라는 정신적·육체적 쾌락에 쉽게 유혹당하게 마련이다. 더욱이 물질이 주는 안락함이 늘상 우리들의 욕망을 자극하는 것이 현실인 만큼 시인에게도 이러한 유혹이 없을 수 없을 터이다.

④에서는 가을날 채 지지 못한 이파리를 시인 자신에 비유하고 있다. 봄·여름을 지난 가을 이파리는 응당 져야 하거늘 끝까지 나뭇가지에 매달려 있는 이파리를 통해서 지나온 길에 미련을 거두지 못하고 자꾸만 그쪽으로 고개를 향하는 자신의 모습을 보고 있다. 특히 새로운 생명이 움터날 수 있는 열매가 아니라 아무런 미

래도 기약할 수 없는 이파리로 비유되었음은 결실을 얻지 못한 채
제가 달려온 길에서 비켜서야 하는 시인의 모습을 더욱 슬프고 쓸
쓸하게 느끼도록 한다. 이상에서처럼 여러 마음자리들로 나타나
는 시인의 삶의 모습은 결국 '절망'이라는 극점으로 모여들고, 이
를 극복하며 새로운 길을 찾고자 하는 자신과의 치열한 싸움이 시
작된다.

> 대관절 이게 뭐란 말인가
> 어쩌자고 자꾸만 가라앉는단 말인가
> 길고 긴 침체의 늪에서
> 오늘도 나는 발버둥을 친다네
> 흙차의 정밀한 분해에 묻히는 땅강아지처럼
> 파묻히면 나오고 파묻히면 또 나오는
> 절망에 지친 땅강아지처럼!
>
> ——「길고 긴 침체의 늪에서」 부분

　절망하는 자신과 그것을 뿌리치고 벗어나려 안간힘을 쓰는 또
하나의 자신, 참으로 힘들고 외로운 싸움 속에 그는 서 있다. 아마
그가 이 절망의 구덩이에서 나오기 위해서는 새로운 희망이, 새로
운 길이 필요할 것이다. "내가 그 먼 길을 찾은 것은/나의 길이 송
두리째 없어지고 나서였다"(「남한강 기행—발원지를 찾아서」)에서처럼
그 절망의 끝을 발원지로 생각하고 거기서부터 다시 길 찾기를 시
작하는 그는 "나는 차를 타고 산촌들을 돌았다/밤과 낮을 가리지
않고/아니 밤이면 더욱더"(「남한강 기행—산촌순례」) 어두워서 보이
지 않는 곳들을 찾아 헤매어 자신의 길을 모색해본다. 하지만 미래

에 대한 전망은 여전히 어둡고, 그가 "돌아갈 것이다"(「남한강 기행—歸巢」)라고 다짐한 그것도 전날 젊음과 열정으로 달려온 그 길의 되찾음으로서 생긴 자리가 아니라, 잠시 떠나온 일상적 삶이 놓인 자리일 뿐이다. 그러나 우리는 여기에서 시인이 결코 안주하지 않으리라는 것을 예감할 수 있다. 그것은 지금껏 걸어온 그의 발자취를 보더라도 그렇고, 비록 젊음의 절정을 지나왔지만 여전히 임규찬의 말대로 "그가 육신의 젊음보다는 역사의 젊음을 갈망"(해설)하리라는 것을 알기 때문이다.

그러나 이러한 '갈망'도 시인의 절실한 체험에서 불붙은 '살아있는 서정'을 바탕으로 했을 때 갈망다울 수 있을 것이다. 어떠한 사상이나 주장이 드세질 때 자칫 관념이나 개념 시에 머물게 마련이기 때문이다.

『창작과비평』 1995년 여름호

성찰, 존재, 풍경, 생명을 위하여

윤삼하 유고시집 『돌아오지 않는 길』, 새미 1995
오규원 시집 『길, 골목, 호텔 그리고 강물소리』, 문학과지성사 1995
이동순 시집 『봄의 설법』, 창작과비평사 1995
고재종 시집 『날랜 사랑』, 창작과비평사 1995

1

"이 시집을 내 아내와 아들 딸들에게 바친다"는 헌사로 시작되는 윤삼하(尹三夏) 시집 『돌아오지 않는 길』은 그가 이 지상에서 부른 마지막 노래들의 묶음이 되었다. 투병생활을 하던 그가 시집이 만들어지고 있는 중에 다시는 '돌아오지 않는 길'을 밟고 떠나버렸기 때문이다.

생시에 과작이었던 그의 시편들은 유별나거나 기괴스럽지 못해 우리들의 흥미를 끌지는 못했다. 첫 시집 『응시자(凝視者)』(1965)란 표제가 암시해주듯 그의 시적 태도는 서둘러 앞지르지 않고 차분하게 자신을 먼저 성찰하고 세계와 사물을 대하는 태도를 유지하는 데에 특징이 있다. 시집 『돌아오지 않는 길』도 이러한 시적 태도와 세계관에서 멀리 벗어나 있지 않다. 우리는 자신의 삶을 찬찬히 성찰하면서 겸허하고도 반성적인 자아로 세계와의 만남을 마련하는 이런 순차적 태도를 우선 신뢰하지 않을 수 없다. 세태를 닮아 자신을 잃고(혹은 잊고) '빨리빨리' '대충대충' '많이많이' 식의 시들이 범람하는 요즘의 현실에 비추어볼 때 과작은 오히려 덕목이 될 수밖에 없기 때문이다.

아들아.

네게 물려줄 것 무엇이냐.

내게는 독립운동가의 자랑도

6·25의 전훈도 4·19와 민주화운동의

피흘림도 없이

때로는 불구경하듯 비켜서서

때로는 큰물에 떼밀리듯 살아온 날들이었다.

(…)

진정 네게 물려줄 것 있다면

너를 위해 흘린 조그만 피와 땀

네게 걸었던 가슴 뿌듯한 희망

그 수많은 가슴졸임으로 범벅이 된

이 빛바랜 애비의 마음뿐이다.

항상 덤비지 말고 넉넉히 남음이 있는

삶을 가꾸기 바라는 이 애비의 마음뿐이다.

아직도 나를 큰 기둥으로 여기는 아들아.

— 「아들에게」 부분

시인은 자신의 삶을 (병상에서) 되돌아보면서 남들 앞에 번듯하게 내세울 것이 없었노라고 말한다. 더구나 '비켜서서' 혹은 '떼밀리듯' 살아왔노라고 겸손하게 고백한다. 그러나 이 고백은 시인 자신이 주체성을 상실하고 질질 끌려온 삶이거나 역사의 흐름에서 이탈하여 살아왔다는 의미는 결코 아니다. 시인은 다만 무슨 큰 몸짓, 큰 목소리로써가 아니라 자기에게 주어진 삶의 하찮은 몫일

망정 소중하게 여기며 겸허히 살아왔다는 의미다. 여유있는 정신의 삶이었다는 말이다. 그러니까 시인은 다음 세대(생명)를 표상하는 '아들'에게 가치로운 유산으로서 "항상 덤비지 말고 넉넉히 남음이 있는 삶"을 가꾸어가기 바라는 것이다. 우리는 여기서 이 '넉넉한 마음'이야말로 세상을 살아가는 지혜임과 동시에 시인으로서 세계와 사물을 성찰하는 잣대임을 알 수 있다.

> ① 산다는 건 이렇게 펄펄 일렁이며
> 퍼덕이며 뒤치락거리다가
> 끝내 무엇엔가 뒤섞이는 것
>
> ─「속초에서」 부분

> ② 언젠가 나도
> 뉘 벽장 속에 갇혀
> 까맣게 잊혀지고 말 것인가.
>
> ─「청소를 하며」 부분

> ③ 허기진 짐승처럼 키 큰 나무 꼭대기 위로
> 친친 감겨 오른 놈이 있다.
> 길게 뻗힌 넝쿨
> 그 뿌리는 얼마나 깊고 단단할 것인가.
>
> ─「버스를 기다리며」 부분

위의 시구들은 평범한 일상 속에서 늘 부딪치는 체험에 불과하다. 그러나 조금만 더 생각을 가다듬어보면, ①에서는 서로 다른 이질적인 개체들이 나름대로의 존재를 드러내다가 '뒤섞여서' 분별없는 전체인 하나가 되고, ②에서는 그 전체가 다시 해체되어 낱낱의 개체로 헤어져 끝내는 망각의 대상이 되는 '만남'과 '헤어짐'의 인간사를 엿볼 수 있다. 그러니까 시인은 이 '만남'과 '헤어짐'을 수락하면서도 ③에서는 '깊고 단단한 뿌리'를 인간으로서 갈망해보는 것이다. 비록 이러한 성찰들이 새롭다거나 큰 울림을 주지는 않는다 하더라도 이렇듯 잔잔한 울림을 주는 것은 틀뜸 없이 살아온 시인의 겸허한 자세에서 비롯된 것임을 확인할 수 있다. 시인의 이러한 태도와 인생관이 그에게 얼마나 소중한 가치였던가는 다음과 같은 시에서도 엿볼 수 있다.

> 이 가슴 갈라다오.
> 가슴 한복판에 박힌 독소를 꺼내다오.
> 거짓으로 뭉쳐진 더러운 핏덩어리
> 의심과 방황의 미친 세포들을 죄 도려내다오.
> 밤의 치장처럼 하찮은 오만을 걷어내고
> 푸르디푸른 겸허의 생명이
> 돋아나게 해다오.
> (…)
> 거기 수정처럼 맑은
> 그대 씨앗들을 심어다오.
>
> —「이 가슴」 부분

  생과 사의 갈림길에서 씌어진 이 시는 시인에게 극심한 육체적 고통을 주는 '병'이 육체를 떠나 시인이 가장 싫어했던 관념들로 치환된다. 즉 '거짓' '의심' '방황' '치장' '오만' 등은 시인의 삶 속에서 가장 꺼려했던 관념들이다. 반면 '겸허'는 가장 소중한 절대적 가치이며 '생명'과도 같은 것이었다. 이 '겸허'는 시인의 마음을 비우게 하였고 세계와 사물을 옳게 바라보는 투명한 시선을 갖게 하였다. 뿐만 아니라 삶의 근원이고 원동력이었다. 따라서 시인이 갈구하는 "푸르디푸른 겸허의 생명"과 "수정처럼 맑은/그대 씨앗들"은 온갖 잡스런 목소리에 휩쓸리지 않고 자기 목소리를 지켜온 버팀목이었다. 혼탁한 세파 속에서도 명징하게 일구어온 시의 투명성이며 순수성이었고 단순성이었다.

그러나 이러한 투명·순수·단순함이 그의 시에 장점만으로 나타나지는 않는다. 시집 전반에 흐르는 이러한 양상은 다양한 세계를 체험하고자 하는 독자의 목마름을 축여주기엔 미흡하다. 그럼에도 윤삼하의 시들이 우리에게 잔잔한 뉘우침과 함께 즐거움을 주는 까닭은 무엇인가. 자기의 감정 한가닥도 주체하지 못하고 푸념 따위만 늘어놓은 시들, 자기 밖의 사물의 존재를 말하면서도 자신의 존재도 파악하지 못하는 시인들, 사물의 본질을 들먹이면서도 사물의 겉모습마저도 기괴한 모습으로 뒤틀어놓은 기형시들의 숲을 빠져나와 필자는 다음과 같은 시를 만나 성찰과 반성의 계기로 삼는다.

이제 가는 데까지
가보는 거야

되돌아갈 수 없는 이 길
물살 위에 떠서

깎아지른 벼랑 끝에라도
가보는 거야

(…)

바윗돌에 부딪쳐 피 흘려도
마냥 비껴가야만 하리

마침내 어느 청명한 하루
푸른 강가에서
물에 씻긴 흰 뼛가루로
눈부시게 반짝거려보는 거야

가야만 하는 이 길
가는 데까지 가보는 거야

— 「가는 길」 부분

　죽음을 바로 앞둔 순간까지 자신의 삶을 성찰하는 시정신이 지고한 아름다움으로 다가와 우리를 숙연하게 한다. 인간의 힘으로는 어찌해볼 수 없는 죽음이라는 절망적인 한계 앞에서도 시인의 정신이 이토록 눈부시게 빛날 수 있는 힘은 겸허한 성찰에서 온 것일 터이다. 시력 40여년을 마감해놓고서도 자신과 세계에 대한 겸허한 성찰을 중단하지 않은 채 우리의 윤삼하 시인은 '돌아오지 않는 길'을 터벅터벅 걸어갔을 것이다.

2

오규원(吳圭原)의 시집 『길, 골목, 호텔 그리고 강물소리』는 숱한 풍경들과 그것을 이루는 사물들로 꽉 차 있다. 그러나 그 풍경과 사물 들은 우리가 갖고 있는 보편적 관념이나 정서로는 잘 잡히지 않는다. 그만큼 낯설다는 말이다. 그러므로 오규원의 시를 읽으면서 시인이 의도하고 드러내고자 하는 바가 무엇인지를 느끼고자 했던 독자들은 "도대체 이게 무슨 의미냐"며 난처해할 것이다. 더 나아가서는 이리저리 몸을 비틀기도 하며 시에 대한 자신들의 무지와 태만을 한탄해보기도 할 것이다. 안타까운 일이다. 아주 단순한 그림처럼 사진을 찍어놓은 듯한 풍경들이 고스란히 눈에 들어와도 독자들의 이러한 난처함은 가시지 않을 것이다.

대방동 조흥은행과 주택은행 사이에는 플라타너스가 쉰일곱 그루, 빌딩의 창문이 칠백열아홉, 여관이 넷, 여인숙이 둘, 햇빛에는 모두 반짝입니다.

(…)

대방동 조흥은행과 주택은행 사이에는 한 줄에 아홉 개씩 마름모꼴로 놓인 보도블록이 구천오백네 개, 그 가운데 깨어진 것이 하나, 둘…… 여섯…… 열다섯…… 스물아홉…… 마흔둘……
—「대방동 조흥은행과 주택은행 사이」부분

시인의 감정은 철저하게 배제된 채 실제 사물들의 모습만이 보이는 이 시는, 그 사물 하나하나를 떠올리며 전체적인 풍경을 그려볼 수는 있지만 어째서 그런저런 사물들을 나열해놓았는지 궁금해진다. 더구나 병적일 정도로 시치미를 떼고 길바닥에 깔린 보도블록의 개수까지 하릴없이 세밀하게 헤아리고 있는지 독자들의 의문은 풀리지 않을 것이다. 적절할지 모르겠으나 최근의 풍경을 예로 들어보자. 처참히 무너져내린 삼풍백화점 풍경이다. 이미 죽었거나 죽어가는 사람들의 비명소리나 자원봉사자와 구조대원들의 처절한 움직임에는 아랑곳하지 않고 '서초구 서초동 ××과 ×× 사이 가로수가 ××그루, 소방차가 ××대, 구경꾼이 ××××명, 햇빛에는 모두 반짝입니다…… 구부러진 철근이 ×××개, 먹다 남은 라면가닥이 ××개, 공중에 떠도는 먼지는 ××××개……' 하며 종이쪽지에 적고 있는 사내가 만에 하나라도 있다면 그 낯섦, 그 어이없음, 그 부질없음 때문에 그 쪽지 위에 적힌 의미들을 그 누군들 알려고 애쓸 것인가. '낯선 것'은 '낯선 것' 그 이상도 이하도 아니라는 것을 무지한 독자들이라도 금세 알 것이다.

　　사내의 몸에서 몸으로 들어가지 못한 것들이
　　두 다리와 남근으로 각각 모여들어
　　몇줄기 물을 이룬다
　　강 건너에서는 산으로 가던 길이
　　산속에 몸을 숨겨버린다 처음도 끝도
　　숨기고 있는 길을 보며 사내는 곁에 있는
　　갯버들 가지를 움켜쥐고 턱 하고
　　꺾는다 하늘로 가던 나무의 길이

하나 사라지고 그와 함께 지상에서

그 길이 거기 있었다는

사실도 사라졌다

—「물과 길 1」 부분

이 시는 실재의 풍경을 묘사해놓은 것은 아니다. 시인의 상상세
계에서 재구성된 내면적·인위적 풍경이다. 여기서는 감성과 이성
이 있는 인간인 사내마저도 그 풍경들 속에 자리잡힌 강물·돌밭·
산·길·나무·땅 들과 함께 하나의 사물에 지나지 않는다. "사내의
몸에서 몸으로 들어가지 못한 것들이/두 다리와 남근으로 각각 모
여들어/몇줄기 물을 이룬다"든지, "그와 함께 지상에서/그 길이
거기 있었다는/사실도 사라졌다"라는 언술은 거의 알아차릴 수
없을 만큼 무의미한 현상들이다. 시인의 감정이 배제되었기 때문
이다. 특히 '길'이란 어휘는 '물'이라는 어휘와 함께 이 시집 전반
에 걸쳐 등장하는 관념인데 오규원 식으로 세어본다면 무려 예순
다섯 번(착오가 있을 수 있다)이나 나온다.

모두 모래들이 모여들어 밤까지 반짝이는 길이다

—「길」 부분

발끝이 들린다 집을

좋아하는 길은 자주 막힌다

(⋯)

가벼워진 알몸의 길이 함부로 집을
들었다가 놓을 때도 있다

— 「집과 길」 부분

돌밭에서도 나무들은 구불거리며 하늘로
가는 길을 가지 위에 얹어두었다
어떤 가지도 그러나 물의 길이
끊어진 곳에서 멈춘다

— 「물과 길 2」 부분

물의 길이 부서진다
지나온 개의 길이 하늘에 숨는다

— 「비둘기의 삶」 부분

길이 언덕 너머로 가다가 잠깐
걸음을 중단하고 있다 삼국시대부터

— 「그림과 나」 부분

이 시집 어느 면을 펼쳐도 우리는 이 무수한 '길'들과 낯설게 부
딪친다. 그만큼 새롭다. 그러나 유사 이래 인류가 긴긴 세월 동안
체험을 통해 만들고 개념화해서 알고 있는 '길'의 개념을 통해서는
그 의미를 알아차리기 힘들다. 떠남과 돌아옴을 가능케 하는 공간
으로서의 길, 연결과 지속이 끊기지 않는 공동체적인 길, 모험과
방황, 유랑의 의미로서의 길, 어떻게 행동하고 어떻게 살 것이냐는
지향의 의미로서 도(道) 같은 길 등 인간이 지상에 새긴 최대의 흔

적으로서의 상식적인 길의 의미와는 멀다. 그러므로 오규원의 '길'은 그의 시 안에서 독특하게 존재하는 '길'이지 우리들이 늘 만나는 상식의 길은 아니다. 다시 말하면 보편적 정서에 친근한 길 을 표현하는 것이 아니라 길의 입장에서 길의 존재나 현상을 드러 내고자 하는 시법이기에 그의 시에 접근하기는 낯설고 까다롭다. 이러한 관점에서 본다면 오규원의 '길'은 상식적인 의미나 개념으 로는 접어들기가 곤란한 '난해한 길'이다.

> 역사적으로, 문화적으로, 존재적으로,
> 모래(사물)는 사랑, 절망……에
> 복무한다 우리는 이것을 인본주의라는
> 말로 표현한다 오, 빌어먹을 시인들이여
> 그래서 모래는 대체 관념이다 끝없이
> 모래가 아닌 다른 그 무엇을 반짝이고
>
> (…)
>
> 모래야 너는
> 모래야 너는
> 모래야 너는 어디에
>
> ──「나와 모래」 부분

다른 시와는 달리 대체적으로 시에 담긴 의미에 편히 접근할 수 있는 시다. 필자가 파악한 의미로는, 사물은 그 자체로서 자신의 현상을 드러내지 못하고 인간들의 관념으로 왜곡되거나 복무·종사해왔다며 그렇게 만든 시인들을 나무라고 있다. 또한 인간의 관념에 의해 '모래'가 끝없이 다른 무엇인가를 의미하는 수단으로 도구로 목적으로 사용되어왔다며 "모래야 너는/모래야 너는/모래야 너는 어디에"라고 안쓰러워한다. 그러므로 시인은 이런 어처구니없는 짓을 해온 시인이나 시를 질타하고 있다. "오 이것은 수천년이나 계속되는 관념적인 세계 읽기"(「안락의자와 시」)였다고.

이처럼 인간의 관점·관념·감정 등이 배제되고, 인간의 입장에서가 아니라 사물의 입장에서 사물의 존재를 드러내고자 하는 시법은 우리나라에서는 1970년대 김춘수의 이른바 '무의미 시'에서 물방울이 되었고 '현대시' 동인들에 와서 홍수를 이루었는데 오늘날까지도 이런 시법이 유용한가보다. 사물을 의미 차원에서가 아니라 존재 차원에서 파악하고자 하는 이런 기법은 시를 현실과의 관계에서 찾지 않고 내면의 상징세계에서 찾고자 하는데, 이런 시들은 인간으로서 시인의 얼굴, 목소리, 감정, 정서 등 인간적 면모들이 모두 숨어버리고 사물의 어떤 특수 이미지를 만들거나 현상만을 감각적으로 드러내면서 시의 어떤 효과를 노리게 된다. 하지만 사물의 존재형태 즉 시적 공간에서 보이는 사물의 이미지들이라 하더라도 그것은 어디까지나 시인의 내면세계 즉 시인의 사상·정서·태도 등의 총체적 의미 속에서 생산된 산물일 수밖에 없다.

이렇게 볼 때, 독자들이 즐겨 공감할 수 있는 시의 세계를 보여줄 수 있는 시법, 예컨대 '의미'나 '무의미'를 논의할 것이 아니라 우선은 말이 통하고 뜻이 통하는 그래서 감정이 통하는 시를 갈망하는 시대가 아닌가 한다.

3

이동순(李東洵)의 시집 『봄의 설법』은 번잡한 도시에서 멀찍이 떨어져 있는 '고죽마을'이라는 농촌을 배경으로 하고 있다. 그러기에 그곳 농민들의 삶과 시인의 일상이 자연풍경과 어우러져 있는 그의 시들은 화평스럽다. 우리 농촌의 삶이 말이 아닌 지경인데 '화평스럽다'니, 이게 도대체 어느 나라 어떤 사람의 어법이란 말인가.

    포롯포롯 움트는
    저 새싹들
    산기슭을 온통 불그레 칠해오는
    살구꽃 복사꽃이 이 어미다
    네 가슴속의 말
    네 아들딸들의 해맑은 눈빛
    흰구름 둥실 떠가는 저 높푸른 하늘
    쉬임없이 흘러가는 강물
    네가 딛고 있는 발 밑의 흙덩이가
    바로 이 어미다
    아, 그 말씀 듣고 새겨보니
    이 세상에 나를 둘러싸고 있는 모든 것이
    내 어머니 아닌 것이 없어라
    진작 어머니 포근한 품에 안겨서도
    그걸 몰랐으니

나는 얼마나 바보 천치인가

—「어머니 품」 전문

이 얼마나 화평스런 풍경인가. 이미 불혹의 나이를 넘어섰으면 세상살이의 때가 묻을 만큼은 묻었을 텐데, 시인은 어머니 품에서 갓 벗어난 어린아이처럼 맑고 천진스럽기만 하다. "이 세상에 나를 둘러싸고 있는 모든 것이／내 어머니 아닌 것이 없어라"라는 깨달음 때문에 시인이 만나는 하나하나의 사물들과 그것들이 이루는 풍경들은 모두 화평스럽지 않은 것이 없다. 그 까닭은 고은 시인이 발문에서 지적했듯 '만상에의 긍휼함'을 지녔기 때문이다. 이 '긍휼' 앞에서는 대립과 갈등, 부조화, 부조리가 끼어들 틈이 없다.

경칩 지나서 며칠 뒤
지훈과 밀양 표충사 재약산 사자평을
한달음박질로 뛰어내려와서
계곡 바위에 앉아 헉헉 가쁜 숨 돌릴 즈음
올해의 첫 개구리 소리를 들었다
나는 작은 짐승처럼 귀 쫑긋 세우고
대지에 울려퍼지는 잔잔한 봄의 설법에 귀기울였다

—「봄의 설법」 부분

삼라만상이 부처 아닌 것이 없기에 모두 설법을 한다지만, 하잘 것없는 개구리 울음을 통해서도 시인은 천지자연의 도(道)와 이치를 알아차린다. 봄의 대지에 퍼지는 생명들의 속삭임을 듣고 교감할 줄 알기에 시인은 "하느님이 내려와서 콩깍지의 콩과 소곤거리는 소리를 들"(「콩조림」)을 수 있다. 그러므로 이동순이 있는 고죽마을의 자연들은 단순한 풍경 낱낱으로 존재하는 것이 아니라 인간과 함께 존재하여 서로가 한사코 닮아가는 풍경들로 이루어진 것이다. 마당 곳곳에 부어놓은 쇠똥거름에서부터 청산·새벽별·개밥통·누에·개·풀·무덤·소·바람·새소리·산토끼·강물·개울물·산수유·참꽃·벚꽃·밥풀꽃·조팝꽃·복숭아꽃 할 것 없이 서로 만나 뒤섞여 한몸이 되는데 이는 합일의 경지, 조화일치의 극치다. 그렇다고 해서 각각의 존재들이 개성을 잃는다거나 무화(無化)되어 인간에게 복무만 하는 것은 아니다.

천성적으로 성품이 맑고 깊은 이동순은 쇠잔한 고죽마을의 모습을 삶이 왕성한 고죽마을로 바꿔놓는다. 모든 것은 오직 마음에 달렸다고 하였는가. 고죽마을의 모습이 우리나라 여느 농촌과 다를 바 없겠으나 이동순의 눈과 가슴으로 만나는 그들의 삶은 한결같이 어둡고 우울하고 답답한 것만으로 머물지 않는다. 「신천 할부지」 「달래 할머니」 「술꾼 봉도」 「봉도네 집」 「매맞은 여인」 「슬픈 서동영감님」과 허경행씨를 소재로 한 일련의 작품들을 보아도 그렇다.

특히 「매맞은 여인」은 억척스럽게 일하면서도 시어머니로부터 온갖 꾸중을 듣고, 시아버지한테마저 두들겨맞는(원 세상에 이럴 수가 있는가!) 아낙을 그리고 있지만 오히려 우리는 그 여인에게서 끈질기고도 강인한 어떤 힘을 느낀다. 황소처럼 우직스런 그 아낙이 시아버지한테 두들겨맞고 쫓겨나 비 오는 감나무 밑에서 떨고 있는 비극적인 장면이 오히려 희극적인 장면으로 치환되는 것은, 이동순의 마음을 통해서 그녀에게서 우러나오는 대지와 같은 넉넉함과 그 힘을 발견했기 때문이다. 또한 술꾼으로 전락해서 쓸쓸하게 생을 마친 농민 봉도씨의 이야기는 그 불행한 죽음에도 불구하고 슬픔에 앞서 죽음까지도 그냥 가까이서 껴안고 싶은 마음조차 갖게 한다.

속알못 쪽
봉도 무덤으로 가는 길도
이미 눈에 파묻혔다

오늘 같은 날
봉도는 필시 누웠던 땅에서 일어나
머리에 눈을 맞으며
주막집으로 혼자 터덜터덜
걸어가고 있으리라

—「술꾼 봉도」 부분

농사꾼에서 도시의 청소원으로, 알콜중독자로 살다 죽은 봉도씨는 이 시대 불행한 사람들의 한 자화상이기도 하다. 그의 보잘것없는 삶과 죽음을 통해 시인은 우리 사회의 어두운 단면을 보았겠지만 필자는 오히려 봉도씨의 따뜻한 체온을 실감한다. 고죽마을을 온통 뒤덮으며 내리는 눈을 벗삼아 마치 이웃집으로 마실을 가듯 죽음과 삶의 경계를 허물면서 주막을 향해 터덜터덜 걸어가고 있는 봉도씨의 모습은 우리들로 하여금 그 뒤를 밟고 가서 함께 대취하고픈 마음이 들도록 한다.

이렇듯 그의 시 전반에 걸쳐 흐르는 따뜻한 마음씀씀이는 어머니의 품처럼 시를 읽는 우리들의 마음을 부드럽고도 편케 하여 즐

거운 마음이 되게 한다. 따라서 매사를 긍정하고 융합하려는 노력
은 삶의 중요한 덕목이기도 하고 그것이 필요한 시대이기도 하지
만, 이 덕목이 어떤 안일함이나 자기도취에 갇힌다면 새로운 세계
를 향해 이 시대에 대해서 끊임없이 물음을 던지며 나아가야 할 시
인에게는 정체의 늪에 빠지는 만큼 경계해야 할 일이다.

　자연의 품성과 함께하는 이동순의 시들이 더욱더 깊어지고 울
울창창하게 되기 위해서는 시집 맨 마지막 시 「뿌리 내리기」를 통
해서 갈망했듯이 '새로운 땅'에 삶의 뿌리가 튼튼히 내려져야 하기
때문이다.

4

　고재종(高在鍾)은 참 부지런한 농사꾼이며 부지런한 시인이다.
이를 말해주듯 등단 10여년 만에 네번째 시집 『날랜 사랑』을 선보
였다. 지난날의 시집과 마찬가지로 이번 시집도 농촌을 외롭고 힘
겹게 지켜내는 시인의 정서와 함께 농촌의 일그러진 풍경이 그려
진 시들로 채워져 있다. 자신의 고향땅인 담양군 궁산리가 시의 배
경인데 그곳은 고재종 시의 출발점인 동시에 여전한 시의 현장이
기도 하다. 그러므로 그가 힘겹지만 줄기차게 일구어낸 시들은 우
리 농촌시 또는 농민시의 한 전형을 제시하면서 우리 시문학사에
서 각별한 주목을 받고 있다.

　농촌의 활기찼던 공동체적인 삶이 하루가 다르게 무너져내리고
생기를 잃어간다는 말들에 이제 너무도 익숙해 있는 우리다. 따라
서 그 무너져내림의 심각성이 무디어지고 타성화되어버렸다. 그

러므로 이젠 상투적인 노여움의 외침이나 구호적인 시들은 무미
건조하여 우리의 오관을 자극하지 않는다. 반대로 유한적이고 자
족적인 전원시편들은 농촌의 실상을 왜곡하고 있지만 그럴싸하게
받아들여지는 현실이다. 우리는 이러한 현실을 감안하면서 농촌
을 전신으로 끌어안고 붙박이로 살아가는 농민이며 시인인 고재
종의 노래를 소중하게 여길 수밖에 없다.

> 앞냇가 미루나무의
> 가지 팽팽히 후리는 바람이어라
> 그 높이 아득한 가지 사이에 얼기설기
> 둥지 한채 얽어 삼동을 들고나던 까치부부는
> (…)
> 이 가지에서 저 가지에로 톡톡 튀는
> 날렵한 새끼 두 마리까지 거느리매
> 가지는, 미루나무 가지는
> 그 새끼들이 찍은 발자욱마다 움을 틔워
> 이윽고 연둣빛 이파리로 무수히 펄럭이며
> 겨우내 길들인 바람과 사무치어라
>
> ──「청빈에 대하여」 부분

　　고재종의 시에는 아직 파괴되지 않은 채 여전히 아름답게 반짝
이는 자연의 본래 모습들이 자주 나타난다. 그런데 그 아름다운 자
연풍경들은 오히려 시인에게 슬픔을 일으키는 경우가 많은데 위
의 시도 바로 그런 예다. 사람들더러 보라며 제 보금자리를 마련하
고 새끼까지 낳아놓고 청대숲이며 하늘을 날아다니는 까치 가족

들, 생명의 경건한 섭리를 우리에게 일깨워주듯 봄햇빛 속에서 마구 돋아나는 연둣빛 이파리들의 그 찬란하고 눈부신 모습들을 보면서 시인은 이내 슬픔에 젖는다.

사람들은 제 보금자리를 지켜내지 못하고 마냥 떠나가지만, 자연의 뭇 생명들은 그곳에서 삶을 누리고 새끼(새 생명)를 낳아서 보란 듯이 "그 새끼들이 찍은 발자욱마다 움을 틔워/이윽고 연둣빛 이파리"로 출렁이며 생기있게 자랑한다. 마을에서는 아기 울음소리나 웃음소리가 그친 지 오래다. 이젠 그곳은 자신들의 자식을 낳아 기를 수 없다. 그곳은 뿌리뽑힌 채 떠나야 하는 곳이며 "썰렁한 회관 옆, 지난 겨울 끝내 밤봇짐 싼/명수형 집의 박살난 대문이거나/거기 그가 남기고 간 한숨 탄식 눈물들 하나같이/푸른 노여움의 싹이 되어 돋는 마당"(「저 씻나락 담그는 풍경」)으로 비유되듯 희망 대신 노여움만 돋는 곳이기에 슬픔은 역동적으로 치솟는다.

닷새 만에 헛간에서 발견된
월평할매의 썩은 주검에서
수백 수천의 파리떼가 우수수,
살촉처럼 날아오르는 처참에 울고

빈대 뛰는 온 방안 뒤지고 뒤져
찾아낸 전화번호 속의 일곱 자녀들
기름때 묻은 머리로 하나 둘 달려와
뒤늦게 뉘우치며 목놓는 아픔에 울고

(…)

이제 불과 예닐곱집 연기 나는 곳
퀭한 눈만 남은 또다른 월평네들의
간단없는 해소기침만 너무 질겨서
사방 산천 진초록도 목숨껏 노엽고

—「분통리의 여름」 부분

월평할매의 비극적 종말이 어디 그 한 사람의 종말로만 그치겠
는가. 이러한 참담함 때문에 궁산리에 붙박인 자연의 생명들 특히
궁산리 사람들로부터 사랑을 받아왔을 푸르름(이 시집엔 초록의
이미지들이 많다)조차도 분노를 삭이지 못한다. 예컨대 "다복쑥
바라구 질경이 토끼풀들/저렇게 저렇게 퍼렇게 타오르"(「풀들의 배
웅」)며 마침내 "사방 산천 진초록도 목숨껏 노엽"(「분통리의 여름」)게
되는 것이 그것이다. 그런가하면 이 노여움이 타오르는 초록들과
한편이나 되듯 엉머구리떼, 뱁새떼, 떼찔레, 머리오목눈이떼, 청설
모떼, 참새떼, 은피라미떼 등 '무리〔群〕 이미지'가 시에 동원되고
있는데 시위하는 대규모 군중을 연상케도 한다. 그러나 이런 이미
지들이 활달함이나 왕성한 생명력으로 다가오기보다는 안타깝게
도 "이제 불과 예닐곱집 연기 나는 곳/퀭한 눈만 남은 또다른 월
평네들"(앞의 인용시)의 '월평네들'과 어우러져, 흩어져 떠나는 유랑
민의 쇠잔한 모습처럼 연상된다.

그러나 뿌리뽑혀 있는 '월평네들'만 궁산리에 있는 것은 아니다.

땅에 딱 붙은 콩밭에
듬뿍듬뿍 비료 주면서

많이 묵고 이내 크거라 와!

(…)

오매 이쁜 내 새끼들!
늬들 때문에 내 서울 못 간다
내 떠나면 늬들 누가 거두노
보성할매 칭찬 또 담뿍 받으며

—「내 새끼들」 부분

　위의 시에서 보듯 흙과 그곳에서 움돋는 생명 때문에 차마 떠나
지 못하는 '보성할매들'도 있다. 흙을 요람으로 삼아 끊이지 않고
돋는 생명들을 보며 스러져가는 자신들의 목숨에 다시 생기를 불
어넣는 '보성할매들'이 있는 한 우리는 딱히 농촌을 '위기의 장소'
로 체념할 수는 없다.

　고재종은 그러한 농촌의 한가운데에 있다. 그런 처지인 만큼 그
의 가슴속에는 털어놓고 싶은 이야기며 북받쳐오르는 감정들이
많을 것이다. 그러기에 장황스러운 묘사나 막연한 그리움을 쏟아
놓는 경우도 눈에 많이 띈다. 특히 의태어·의성어의 남발이나 지
나친 감각적 표현들은 시를 요란하게 하고 가볍게 하기 일쑤다.
"짜갈짜갈 소리날 듯/온통 보석조각으로 반짝이더니"(「성숙」) "또
록또록 별톨 영그는 소리"(「마을의 별」) "알별 잔별 총총/풀벌레 울
음 따글따글 영글어"(「산아이」) "매화꽃 팡팡/튀밥 튀기는 것을 보
누나"(「밀어」) "그 사람 텅텅텅텅 달려가면은"(「정수곤」) 등이 그런
예인데 가볍다. 이러한 표현은 시인이 추구하고자 하는 진실의 세

계를 흐리거나 가려버릴 수 있다. 기교는 진실을 표현하는 데 동원
되어야지 기교를 위해 동원되어서는 안된다. 잘 익은 벼는 머리를
숙여 조용하고, 빈 수레는 요란하지 않던가.

『창작과비평』 1995년 가을호

시를 찾아서, 시를 위하여

황동규 연작시집 『풍장』, 문학과지성사 1995
김명수 시집 『바다의 눈』, 창작과비평사 1995
손병철 시집 『창가에 두고 온 달』, 풀잎문화사 1995
김승희 시집 『세상에서 가장 무거운 싸움』, 세계사 1995

1

죽음, 그것은 삶과 함께 인간이 끊임없이 탐구해온 인류의 보편
적·공통적 관심의 대상이었고 또 앞으로도 끊임없이 계속될 과제
일 것이다. 삶의 유한성이나 죽음의 공포를 해소·극복하여 영혼
의 존재나 영생을 믿게 하거나 왕생(往生)이나 재생을 사유케 하는
종교의 존재가치나 본질도 이 죽음이란 문제를 떠나서 생각할 수
없을 것이다.

우리 문학사에서도 볼 수 있듯이 최초의 시가라 대접받는 「공무
도하가(公無渡河歌)」도 바로 이 죽음에 관한 시이다. 어느 시대에도
변하지 않고 이어질 문학의 영원한 주제도 실상은 이 생명의 죽음
에 관한 진지한 물음이나 탐색에 있을 것이다. 모든 사물이 생기고
머물고 변하고 소멸〔生住異滅〕하는 것은 자연질서의 법칙이며 인간
존재의 기본적 인식요소이기 때문이다.

이 죽음의 문제를 주제로 황동규(黃東奎)는 14년이란 세월 동안
「풍장(風葬)」이라는 연작시 70편을 썼는데, 이것을 묶어 우리 문단
에서는 근래에 보기 드물게 호화양장본 시집 『풍장』을 펴냈다. '풍
장'이라는 장사법을 통해서 바라본 죽음을 한결같이 시의 주제로

그토록 많은 시간을 할애했던 까닭은 "죽음 길들이기 충동"이었다는 자서의 진술에서 알 수 있듯이 '죽음'에 좀더 친숙하게 다가가려는 의도에서다. 특히 '풍장'을 "삶과 죽음이 서로 껴안고 있는 현상의 기호(記號)"(자서)로 파악한 황동규 시인은 삶과 죽음의 동시성과 아울러 그 양면성, 그 근원적 물음에 천착하였고 마침내 '풍장'은 시인의 의식 속에서 하나의 중추적 구실을 하며 그의 삶을 아우르는 뼈대로 성장하였다.

> 내 세상 뜨면 풍장시켜다오.
> 섭섭하지 않게
> 옷은 입은 채로 전자시계는 가는 채로
> 손목에 달아놓고
> 아주 춥지는 않게
> 가죽가방에 넣어 전세 택시에 싣고
> 군산에 가서
> 검색이 심하면
> 곰소쯤에 가서
> 통통배에 옮겨 실어다오.
>
> (…)
>
> 바람을 이불처럼 덮고
> 화장(化粧)도 해탈(解脫)도 없이
> 이불 여미듯 바람을 여미고
> 마지막으로 몸의 피가 다 마를 때까지

바람과 놀게 해다오.

—「풍장 1」 부분

  연작시의 첫 편인 이 시는 시인이 어떻게 '죽음'을 받아들이고
자 하는가를 잘 드러내고 있다. 이 시에서 '죽음'이란 두려움이나
엄숙함이 아니라 한낱 일상적인 일에 지나지 않는다. 마치 가벼운
마음으로 여행을 떠나는 모습처럼 그려진 것에서 우리는 '죽음'을
친숙하고도 익숙한 평상심으로 맞아들이려 애쓴 흔적을 볼 수 있
다. 특히 "바람과 놀게 해다오"라는 소망이 담긴 끝 구절은 죽음을
통해서 얻게 될 자유로움을 암시하는데 이 자유로움은 시인이 여
태까지의 다른 시에서도 줄기차게 추구해온 시의 주제이기도 하
다. 아마도 시인이 '풍장'이라는 장사법에 매력을 느낀 것도 '바
람'의 이미지와 관련된 이 '자유로움' 때문이 아닌가 싶다. 그러기
에 그 어디에도 그 무엇에도 얽매이지 않으려는 이 '자유로움'의
추구는 시집 『풍장』에 여러 모습으로 변주되어 빈번히 나타난다.
  첫째, 바람의 이미지로 나타나는 경우로는 "마음놓고 놀다 가는
바람소리"(「풍장 43」, 이하 일련번호만 표시함) "호랑나비 바람이 달려
와"(「12」) "회오리바람 이는 곳, 내 죽음 통하지 않고 곧장 승천하
는 곳"(「15」) 등과, 둘째로는 가벼움의 이미지로 나타나는 경우로
"소금쟁이처럼 가볍게/길 위에 떠서"(「12」) "식물의 마음 심은 가
벼운 것이 되어"(「31」), 셋째로는 얽매이지 않고 떠 있는 상태의 이
미지로서 "기러기 몇마리 마음놓고 떠 있는"(「67」) "생명 속에 떴는
지"(「22」) 등이며, 네번째는 날아감의 이미지로 "속살 그대로 날으
며 춤추는"(「34」) "눈꽃처럼 내 몸에 묻었다 날아가리"(「69」) 등이
그것이니, 이러한 자유로움은 삶의 그 어떤 것에도 구속받지 않고

집착하지도 않음으로써 얻을 수 있는 것이지만, 아울러 죽음에 대한 인식을 통해서 얻은 해방됨의 상태를 의미한 것이다. 『풍장』에서는 이 '자유로움'의 이미지 말고도 죽음에 대한 그의 사유가 여러 모습으로 이미지화되어 있다. 그것이 시인으로서의 그의 장기인데 가령 「17」과 「64」는 낙하의 이미지, 「25」는 소멸의 이미지, 「48」과 「62」는 잠의 이미지, 「70」은 물새의 이미지, 「54」는 강의 이미지가 그것이다.

따라서 시인은 이 '죽음'을 통한 자유로움을 만끽하는 '생명'에 대한 환희와 아름다움을 발견하고 그것에 황홀해한다.

풍란(風蘭)이 터진다.
(…)
풍란과 향기 사이
에서 노란 색깔과 초록 색깔이 알록달록 가벼이 춤추는
—「풍장 7」 부분

아 번역하고 싶다,
이 늦가을
저 허옇게 깔린 갈대 위로
환히 타고 있는 단풍숲의 색깔을.
—「풍장 19」 부분

함박꽃 가지에서
사마귀가 성교 도중 암컷에게 먹히기 시작한다,
머리부터.

머리가 세상에서 사라지는 이 쾌감!

──「풍장 30」 부분

풍란이 터지는 것이나 타오르는 단풍의 절정, 교미를 하면서 먹고 먹히면서 황홀해하는 한쌍 사마귀의 황홀경, 그 아름다움은 죽음과 함께 있다. 꽃이 피는 것이나 교미를 하는 것은 동시에 시듦(죽음)을 수반하는 것이요, 단풍은 생명의 소멸현상이기 때문이다. 아마도 시인은 이러한 생명의 황홀함 속에서 동시에 죽음을 보았기 때문에 그 황홀함을 더욱 몸서리쳐지게 실감했던 것이며 궁극적으로는 "삶과 죽음은 한 가지에 핀 꽃"(자서)이라고 인식하였을 것이다. 바로 이 지점에서 시인에게 삶과 죽음은 서로 정반대의 대결이 아니라 서로 통합되고 교합하는 것이 된다. 그것은 "몸 속 원자들 서로 자리 좀 바꿨을 뿐"(「35」)이며 "세 편(篇)의 생(生)이 시작되다가/확 타며 사라지는 것을 보았다. (…) 좁은 포구에 봄물이 밀어오고/죽었던 나무토막들이 되살아나"(「16」)는 것처럼 또다른 생명으로 순환하거나 재생되는 것이다. 시인의 이러한 깨달음이기에 삶과 죽음은 더이상 그의 마음을 불편하게 하지 못한다. 그것들은 서로 무화되어서 경계와 차별을 짓지 아니하고 시인을 편안하고도 명징한 고요함 속에 서게 할 뿐이다.

장자는 "천지가 나와 한 뿌리를 이룬다"(天地與我同根)고 하였다. '천지'란 결국 이 우주 속에 자리잡은 생명체에서부터 무생명체에 이르기까지 그 모든 존재들인데 그것들은 따로이 떨어져 있는 것이 아니라 서로 관련되어 교감하는 관계에 있다. 그러므로 죽음 또한 삶과 별개의 것이 아닌 한 뿌리로 생사일여(生死一如)인 것이다. '생명의 황홀함'은 바로 이러한 인식에서 비롯된다. 따라서 "죽음

편에서 보기 때문에 더욱 절실해진 삶의 황홀"(자서)은 시인이 그토
록 집요하게 붙잡고 있던 '죽음'을 통해서 얻은 가장 큰 가치이며
깨달음이었다.

> 냇물 위로 뻗은 마른 나뭇가지 끝
> 저녁 햇빛 속에
> 조그만 물새 하나 앉아 있다
> 수척한 물새 하나
> 생각에 잠겼는가
> 냇물을 굽어보는가
> 물에 비친 자신의 모습을 보는가
> 조으는가
>
> 조으는가
> 꿈도 없이
>
> ──「풍장 70」 전문

「풍장」의 대미를 장식한 이 시는 시인의 맑고도 조용한 무상무
념의 세계를 보여준다. 아무런 미동도 하지 않은 채 마른 나뭇가지
끝에 앉아 있는 '수척한 물새'(14년간 삶과 죽음의 세계를 넘나들
었으니 수척할 수밖에 없다)는 「풍장」을 통해서 새롭게 탄생된 시
인의 분신이며 내면적 자아이다. 이제 이 물새는 삶과 죽음으로부
터 초연하다.

그러나 우리는 저 아득한 명상적 경지에 걸터앉아 있는 시인의
아름다운 모습을 보면서도 아쉬움을 갖는다. 왜 그런가. 죽음의

완성 문제는 결국 삶을 어떻게 살아내느냐 하는 삶의 방법과 자세로 결정되는 것이다. 어느 누구도 삶을 통하지 않고서는 죽음 쪽으로 걸어갈 수가 없기 때문이다. 이런 의미에서 시인이 살고 있는 현실 속에서 자기의 삶과 이웃들의 삶에 얼마나 치열하게 참여했느냐에 따라 죽음의 진가나 완성도가 달라질 것이다. 사실 그가 황홀하게 느낀 생명들의 아름다움은 그것들에 대한 깊은 애정에서 연유했겠지만 지식인의 자족적인 흔적이 자주 보인다.

그는 빼어난 균형감각과 언어를 보석처럼 소중하게 다루는 우리 시단의 중진 중의 중진이다. 이번의 『풍장』에서도 그의 언어들은 치밀하리만큼 운용되어 빛나면서 자아와 세계의 거리를 탄력적으로 유지하고 있다. 이것은 긴장감을 잃지 않으려는 자세일 것이다. 그래서인지 그의 시에서는 대상과 세계에 밀착하여 와락 껴안아주는 온몸(전력투구)의 자세가 부족하여 아쉽다. 상투적으로 여겨질 만큼 '하다 말고' '슬쩍' '슬며시' '슬몃' '가볍게'(이 가벼움은 자유로우려는 정신과 관련된다) 등의 행위들이 눈에 자주 뛴다. "세상이 세워지다 말고/헐리다 말고/외롭다 말고"(「3」) "아물다 말다 사라질 것인가"(「6」) "바람소리에 흔들릴까 말까 주저하는"(「44」) 경우라든가 "봄산이 햇살 속에 겉옷 슬쩍 걸어놓고/(…) 슬며시 일어서서"(「11」) "속내의 바람으로 슬쩍 안아본다"(「47」) "어느 잿마루에 슬쩍 버려도……"(「49」) "서로 자리 슬쩍 바꿔"(「52」) "중문과 동료 슬몃 세상 떠"(「53」) "슬몃슬몃 어두워졌다"(「55」) "세상 슬몃 눈에 들어와 어두워질 때"(「56」) "불들이 슬며시 꺼지기 시작한다"(「57」) "나뭇가지에 슬쩍 걸터앉아"(「60」) 등과 같은 언술은 삶을 향한 정면적 맞닥뜨림의 진지한 자세라기보다는 삶과는 약간 비켜서서 슬쩍슬쩍 더듬거리는 태도처럼 보인다.

공자의 제자 계로(季路)가 스승에게 "죽음이 무엇입니까"라고 물었을 때 공자가 "아직 삶도 제대로 모르는데 어찌 죽음을 알겠느냐(未知生焉知死)"고 대답한 것은 삶에 대해 최선을 다하라는 가르침일 것이리라. 바로 실천적·현실적 인간학을 일깨워준 명언이 아닐 수 없다. 죽음의 문제에 대한 탐구의 진력은 현실의 삶에 대한 진지성을 담아내기 위해서 가치가 있는데, 삶에 대한 더듬거리기식 태도는 사물과의 거리를 유지하기 위한 것으로 보이지만 아쉽다. 따라서 죽음을 이미지화하는 과정에서 드러내고 있는 가벼운 시적 태도는 다분히 상투적이라는 느낌을 지울 수 없다. 즉 인간 존재의 문제에 접근이 '비켜져' 있기 때문에 그의 대가적 풍모 혹은 명성에 비해 아쉬움이 남는다는 말이다. 저 암울한 시대에 인간들이 인간성 회복을 향해 몸부림칠 때 한용운·윤동주·이육사·심훈·이상화 같은 분들도 죽음을 잊은 치열한 삶을 통해서 죽음을 완성시켰음을 우리들은 알고 있다.

2

시를 통해서 시인의 인격이나 정신과 만날 수 있는 일은 즐거운 것이다. 김명수(金明秀)의 시들은 그의 천품을 반영하여 순하고 여리고 따뜻하다. 이런 동심의 순수성을 토대로 하는 그의 시는 이번 시집 『바다의 눈』에서도 잘 나타나 있다. 시인의 삶과는 무관하게 언어 그 자체의 꾸밈이 앞서가는 '언행불일치'(혹은 삶과 언어의 불일치, 시와 시인의 불일치)의 시들을 대할 때마다 "그 사람이 지은 시를 읽고서도 그의 사람됨을 모른대서야 되겠는가"라는 옛 사

람의 말을 오늘날까지 생각하게 되는데, 김명수는 시와 그 사람됨
이 서로 빼닮기가 마치 일란성 쌍생아와 같아 안심이다. 그는 시를
통해서 자신의 삶의 존재를 고스란히 드러내놓는 시인이다. 결벽
스러울 정도로 과장·꾸밈·허세·기교가 없다. 진실되고 결곡하
다. 그렇기에 그의 시들은 우리들과 가깝고 친근하다. 하찮은 사
물 하나를 통해서도 삶이 지닌 구체적이고도 다양한 모습과 의미
들을 이끌어내거나 투영시킨다. 여기에는 언제나 생명·삶·세계
로 향하는 시인의 따뜻한 가슴과 눈길이 담겨져 있다. 즉 그의 시
를 떠받치는 것은 '사랑'이다. 삼라만상을 향해서 하찮은 돌부스
러기의 존재에까지 끝없이 번져가는 그의 사랑이 느껴진다. 이번
시집을 통해서도 더욱 깊고 넓어진 시인의 마음, 그 '사랑'의 실체
를 발견하게 된다.

> 바다는 육지의 먼산을 보지 않네
> 바다는 산 위의 흰구름을 보지 않네
> 바다는 바다는, 바닷가 마을
> 10여호 남짓한 포구 마을에
> 어린아이 등에 업은 젊은 아낙이
> 가을 햇살 아래 그물 기우고
> 그 마을 언덕바지 새 무덤 하나
> 들국화 피어 있는 그 무덤 보네
>
> ──「바다의 눈」 전문

인용시의 공간은 우리나라 어촌이면 어디서나 볼 수 있는 평범
한 바닷가의 한 풍경이다. 특별히 아름다울 것도 새로울 것도 없는

바닷가의 삶의 한 풍경이지만 이 시를 읽는 우리의 마음은 감동의 물결로 출렁이기 시작한다. 너무 아름다워서다. 그 아름다움의 원인은 딴 데 있지 않다. 한낱 단순한 바닷가 풍경에 지나지 않은 이 조그만 공간으로부터 확산되는 시인의 사랑의 깊이 때문이다.

'바다의 눈'은 바로 시인의 마음이다. 그 마음의 눈은 먼산이나 흰구름의 풍경들을 한가롭게 유유자적하며 바라보지 않는다. 그 곳에서 살아가는 한 인간(여성)의 슬프고도 고달픈 삶을 안타까운 눈길로 바라본다. 그러기에 새 무덤 속에 잠들어 있을 젊은 영혼도 아내와 자식에 대한 사랑과 그리움 때문에 이승의 세계를 젖은 눈길로 쳐다보고 있을 것 같다는 느낌이다. 무덤조차도 삶을 향해 따스하고 깊은 연민으로 살아 있다. 이처럼 시인의 마음이 투사된 바다는 예전에 우리가 느꼈던 어떤 거대한 힘, 남성적 강인함, 역동적인 이미지들을 두루 포용하면서도 근본적으로는 사랑이 깊은 어머니들을 떠올리게 한다. 모든 것을 자신의 사랑으로 감싸안는 어머니, 그중에서도 가장 못나고 못 사는 자식에게 더 많은 애정을 베풀며 그 자식의 아픔과 허물을 감싸는 어머니의 사랑 말이다. 김명수의 시들이 특히 상처받고 소외받는 사람들, 그들의 고달픈 삶에 대한 남다른 정을 쏟는 것도 바로 이런 모성적 태도인 것이다.

> 너는 이제 그 땅속 캄캄한 암흑 잊고
> 너를 캐던 곡괭이질
> 너를 정련해낸 투박한 인간의 손매듭도 잊고
> 너 찬란한 외로움이 된 보석이여
> 너 찬란한 광채가 된 보석이여

352

너는 반짝일 때
아무도 너를 둘러쌌던
그 돌부스러기를
이제 기억조차 하지 않는다

—「보석에게」 부분

찬란하게 빛나는 보석을 보면서 시인은 그것을 에워쌌던 하찮은 돌부스러기들과 '보석'이라는 아름다운 이름을 갖게 해준 무수한 인간들의 숨어 있는 노동을 발견한다. 홀연 빛나고 있는 그 광채에 가려져서 어느 누구도 기억해주지 않을 "캄캄한 암흑" 속의 "곡괭이질"을 떠올려보는 것이다. 어쩌면 보석은 이 시대 눈부시게 발전해가는 산업화 속의 물질문명 그 화려함과 닮았는지도 모른다. 그러나 그 이면에는 안락함과 풍요로움의 혜택으로부터 추방이라도 당한 것처럼 퇴폐화되고 황폐화된 삶을 살아가는 사람들이 있다. 비단 사람뿐만 아니라 자연조차 "풀들도 사람을 무서워한다/나무들도 돌멩이들도 사람을 무서워한다/소나무도 진달래도 사람을 보면 피한다/(…) 풀들도 나무들도 제 마음을 잃고/더이상 이파리를 기르지 못한다"(「가사미산」)며 신음 속에서 고통받고 있다.

이 황폐화된 삶에 대한 슬픔과 안타까움을 시인이 현재 살고 있는 안산 일대에서의 삶의 구체적 풍광을 통해 잘 드러낸다. 안산도 산업화의 회오리가 불었고 그 바람 속에서 뿌리뽑힌 사람과 자연들의 황량한 삶이 「엄나무 생각」「솔방울」「야방고」「산재병원」「행려인」「이주단지」「관우물」「원곡동」「유적들」「가사미산」 등을 비롯하여 시집의 3, 4부에 집중적으로 나타나 있다. 이처럼 이번 시집의 가장 중요한 것은 버림받는 것들, 쫓겨나는 것들, 밀려나는 것들에 대한 김명수 특유의 여리고 부드러운 감성에서 나오는 '사랑'이나 '연민'이다. 물론 이들 시에서 소외받고 있는 것들은 앞에서 말했듯이 산업화·문명화·도시화·편리화의 과정에서 비롯되었다. 급격한 신도시의 건설과 그에 따른 아픔에 대한 사랑과 연민의 정서가 이 시집의 한 축을 이룬다. 이러한 그의 시정신 속에는 발전위주·개발위주의 오늘의 삶에 대한 강한 분노와 비판이 억제되어 있지만, 바로 이러한 삶의 한가운데 그들의 고통과 불행을 함께 아파하는 시인의 마음, 시인의 자리가 있다. "모든 중생들의 아픔이 남아 있는 한 제 아픔도 계속될 것입니다"라고 했던 유마처럼 삶의 상처 한가운데에 서서 그 상처들을 껴안으며 어루만지면서 함께 앓고 있는 시인의 모습을 볼 수 있다.

그런데 그 즐거움이 단지 시집 속에 나타나는 '시인의 마음' 때문이라면 시를 읽는 재미로서는 충분하지 못하다는 점을 이번 시집을 통해서 확인할 수 있다. 이는 단순한 유희적·오락적 기능을 강조하는 의미에서가 아니라 시를 읽고 느끼는 감동의 총체적 즐거움이 부족하다는 말이다. 대체로 호흡이 긴 시들을 보면 여태까지 김명수 시들의 장점이라고 말해왔던 정제된 시행이나 리듬과 의미들이 조화를 이룬 탄력들이 떨어진다는 말이다. 산문적으로 치우친 것들은 군더더기들도 많이 붙어 있다. 예컨대 긴 시인 「설악이 금강에게」 「엄마 바람 분다」 등은 지루한 느낌을 지울 수 없다. 본래 호흡이 짧은 것이 그의 시의 장점이었지만, 시가 길어졌을 경우 긴장감 대신 무료감이 먼저 오는 것은 어쩔 수가 없다. 또한 시인의 생각이 작품 속에 녹아들지 못하고 "오늘 아침 방파제 보인다/내일의 폭풍우는/다시 치리라/내일의 폭풍우와 다시 또

맞설"(「오늘 아침 방파제 보인다」)에서처럼 시인의 직접적인 개입이 드러나는 경우도 많은데 독자들이 비집고 들어와 상상할 공간마저 남겨놓지 않은 것은 피해야 할 일이다. 시인의 생각이나 시적 의미들은 독자들이 참여할 때 만들면서 깊어지고 확산된다.

또 한가지 지적하자면 시집 『바다의 눈』의 시들에서는 단 한군데의 마침표도 없다는 점이다. 급박한 리듬을 요하지 않는 시들에서도 읽기가 바빠진다. 특히 연 구분 없이 긴 시들을 읽노라면 숨이 차다. 하찮은 문장부호 하나도 시의 의미와 리듬에 깊이 관여한다는 점으로 미루어볼 때 결코 바람직스럽지 못하다. 아무래도 필자는 정제된 시형 속에서 김명수 시의 진가를 찾을 수밖에 없다.

> 바닷가 고요한 백사장 위에
> 발자국 흔적 하나 남아 있었네
> 파도가 밀려와 그걸 지우네
> 발자국 흔적 어디로 갔나?
> 바다가 아늑히 품어주었네
>
> ─「발자국」 전문

위의 시는 비교적 짧은 「지하수」「꽃 필 때 잎이」「백로」「박새들」「바다의 눈」 등과 더불어 정제된 짧은 형식의 시에다가도 아무리 넓고 크고 깊은 자연의 큰 움직임이나 섬세한 움직임까지도 담아낼 수 있다는 좋은 본보기이다.

3

손병철(孫炳哲)의 시집 『창가에 두고 온 달』은 4행시로만 된 중국기행 시집이다. 이렇게 중국기행이 한 권의 시집으로 나온 것도 한국시단에서 처음 있는 일인데, 독자들에겐 생소한 이름일 것 같아 잠깐 이 시인을 소개한다. 손병철은 서·화·전각(篆刻) 분야에서 명성이 높은 시인이다. 1974년에 첫 시집 『정좌』와 1983년에는 4행시집 『내 사랑은』을 펴내고 소식이 감감했는데 이번에 이 시집 『창가에 두고 온 달』 말고도 『지상에 머무는 동안』과 『허황옥이 가락국에 온 까닭』 등 세 권의 시집을 한꺼번에 펴냈다. 1992년 가을 학기부터 중국 딴뚱(丹東)사범대학 외빈교수로 있으면서 뻬이징대학에서 중국철학사 박사 연구생활을 하는 시인이다.

『창가에 두고 온 달』은 4행시의 형식을 취하고 있다. 이 4행시의 연원은 5언(또는 7언) 4구로 된 한시이다. 우리나라에서는 전통형식의 이월가치로서 시조의 중장에 파격을 가해 시도되기 시작했는데 김영랑의 「4행소곡 7수」를 비롯한 그의 적지 않은 4행시가 있고, 관능적 사랑의 호색적 정념이 짙은 4행시로서 강우식이 1960년 중반부터 10여년간 써보았던 시형인데, 독창성이나 개성, 자유로움이 강조되는 현대시에서 별반 사용하지 않으나 오늘날에도 시인에 따라 가끔 몇편씩은 써오고 있다. 그러나 손병철은 우리 시들에서 흔히 나타나는 산문화 경향, 그 유행에 반기라도 들 듯 중국대륙에서 의도적으로 예스러운 맛을 살려 간결·절제의 시형인 4행시를 쓰고 있다. 물론 이런 고루하고 고아취미적인 형식 때문에 단조롭기도 하다. 그러나 시이기를 포기라도 한 듯 지나치게 수다스럽게 길어지고 늘어진 시들로부터 시달림과 환멸을 느껴온 우리로서는 주목할 필요가 있다.

4행시는 순간적 감정을 응축시키는 데 적합하고 일종의 스케치와 같아서 극도의 생략과 여운을 남기는 장점이 있다. 손병철의 시들도 언어를 절제하여 생략과 간결을 통한 '여운 풍기기' 시법에 충실하려 한다.

> 샤오핑은 작은 병 덩샤오핑은 거인병
> 죄도 없는 맥주병 박살나게 깨는 병
> 민심이란 뭣인고? 천심 항심 땅불심
> 좋을 好자 호펑은 한결같이 조은라이
>
> ─「등소평과 주은래」 전문

언어 희롱으로써 중국의 지도자와 현실을 풍자하고 있다. 흔히 위정자나 권력자 들에게서 나타나는 거인병에 대한 풍자이다. '거인병'이란 무엇인가? 그 병은 자기의 존재가 아니면 내일 지구에 해가 뜨지 않을 것처럼 여기는 자기중심·자기우월주의이다. 시인은 이러한 위정자들의 속성과 허상을 꼬집고 비판한다. 아니 더 숨겨진 시인의 의도는 중국에서 한국을 향해 꼬집고 있다는 점이다. 뿐만 아니라 중국인들의 국민성이나 교양에 대해서도 비판적 시각을 보이는데 "56개 민족이 사는 중국은 크기만 한 게 아니라/사람 머리카락에 이태백시도 카랑카랑 조각해"(「중국공부」), "중국에 살자면 꽌시 없인 못 살아/정치, 경제, 법률, 출세, 뭉뚱그려 꽌시학"(「꽌시학」, 꽌시는 관계란 뜻), "빵도 중국빵은 허풍선이 속 꿀 바른 공갈빵"(「대륙·반도·섬」), "날개 달린 비행기 네 발 달린 책상 말곤/

뭐든 요리한다는 중국은 먹어 다 치운다"(「먹어 다 치운다」) 등이 그 예들이다. 중국은 옛 동양문화의 중심지였다. 그래서 그들은 자신을 가리켜 중화(中華)라고 하였던 만큼 그들 문화의 우월주의에 우리가 알게 모르게 젖어 있지 않나 하는 생각을 해본다. 냉정하고 객관적 시각으로 그들의 문화나 현실을 보아야 하는데, 손병철의 이러한 시각은 이국땅에 머물면서 우리나라 현실에 대한 풍자적 비판과 애정을 함께 보여준다.

> 연변에서 나오는 우리글 잡지 속에
> '서울에는 개들이 많다' 제목 써 있다.
> 동족간에 어쩌다 이 지경이 됐는지
> 기막히고 한심해 막막하고 서글퍼
>
> ──「서울에는」 전문

오늘의 한국현실에 대한 그의 풍자적 비판의 자세는 이 땅 밖에 위치해 있음으로써 이 땅 안의 시각으로 보는 것보다 훨씬 담담하다. 이런 속깊은 애정을 정신의 품격으로, 질높은 교양으로 승화시키고 있기 때문에 자아의 감정을 잘 절제할 뿐만 아니라 항상 객관적이고도 보편적인 자세를 잃지 않는 담담함을 보여준다. 물론 그 담담함 속에는 가볍고 여린 듯하면서도 뼈가 쑤시는 아픔이 자리하고 있다. 결국 격하지 않은 무심의 경지에서 이루어지는 비판적 풍자가 그의 시의 주요한 방법임을 알 수 있다. 따라서 이 시집에서 나타나는 시의 특징 중의 하나는 이 세계와 삶을 마음의 눈으로 보고자 하는 자세이며 그러한 의지의 표현이라고 할 수 있다.

진시황은 胡가 두려워 만리성을 쌓고도
제 아들 胡에게 망했다 해동 삼신산 찾아
5백 동남동녀 황해를 건넌 뒤 영 소식이 없다
'맑은 마음이 불사약 불노초'임을 그때 차마 알았을까

—「진황도」 전문

시인은 욕망과 욕심을 버리고 마음을 맑게 비울 때 진정한 불로
와 불사를 얻을 수 있다는 깨달음을 넌즛한 물음의 형식으로, 우리
네 역시 진시황 못지않게 온갖 명리와 권력과 재물과 불로불사의
욕망으로부터 벗어나 자유로울 수 있는가를 반성케 하는 숨은 의
도가 들어 있다. "비고 고요한 본마음을 모르면 이 생에 어찌 이
몸이 한가하리(虛寂本心如不識 此生安得此身閑)"라는 서산대사의 말
씀처럼, 어떻게 하면 진정으로 자신의 이기적 욕망에 얽매이지 않
고 맑게 비워내며 고요한 마음을 지니는 허심의 경지에 도달할 수
있느냐를 우리에게 질문하는 시다.

너를 잊고 나도 잊고
슬픔 외로움 모두 잊고
오롯이 달빛에 젖어 있다
천지가 온통 琴琶聲이다

—「무현금(無絃琴)」 전문

줄이 없이도 울리는 거문고와 비파소리를 귀가 아닌 마음으로
들을 수 있다는 잠언의 시다. 자신을 둘러싼 모든 경계(너)를 잊고,
듣는 주체(나)마저 잊은 경지다. 나와 세상의 경계가 허물어지고

나와 금파소리의 경계가 허물어지면서 주객일체가 된 상태다. 그러나 이렇게 흔들림·욕망·잡념 따위가 가셔진 황홀한 명상의 경지도 저 한적한 선실의 골방이나 수도원의 뜨락인 고립적·배타적·자폐적 공간에서만 이루어져서는 안될 것이다. 항상 육박전을 치르듯 아수라장인 삶의 한복판, 그 현장 속에서 이 허심의 마음, 맑고 고요한 마음이 열릴 때 비로소 삶의 신명과 이어질 수 있기 때문이다.

시의 내용과 형식은 서로 분리될 수 없는 한몸이다. 시에서 살아 움직이는 요소, 율동적이고 생명적인 것(살아 있는 모든 것들은 움직인다), 즉 리듬을 새롭게 창조해내는 것이 시인의 생리이고 운명이다. 4행시의 경우 지나칠 정도로 운문으로서의 틀을 의식하고 있다는 점에서 개방적 현대시의 모습으로는 어울리지 않는다는 일반적 시각을 떠나, 그가 이번 시집에서 보여주었듯이 4행시라는 짧은 형식 속에 조잡하거나 천박하지 않은 활달함과 툭 터진 듯한 호연지기를 담아내는 데 성공했다. 그러나 마음까지도 규격화되어가는 현대사회에서 좀더 자유롭기 위해서는 꼭 4행시만을 고집할 필요는 없다.

4

김승희(金勝熙)의 시집 『세상에서 가장 무거운 싸움』은 지금껏 그의 시세계가 구축한 개성과 시적 세계관을 다시 한번 집약해 보여준다. 시인이 세상을 포착하고 삶을 읽어내는 방법과 자세에는 여러 형태가 있다. 시인은 자기만의 독특한 시적 이상, 시적 언술을 통해 자신의 고유성 혹은 정체성을 구현하게 마련이다. 이런 점에서 김승희의 시가 지닌 개성들을 열거한다면, 불길처럼 도도한 상상력, 마력처럼 독자를 빨아들이는 흡인력, 조금은 흐트러지고 산만한 듯한 시적 언술, 통렬한 비판과 풍자의 정신, 저항성, 폭로성, 아이러니 등을 들 수 있을 것이다. 설사 시인의 이름을 감추고 이 시집을 내놓았다 하더라도 그의 시를 몇편쯤 접해본 독자라면 '아, 김승희의 시집이구나'라고 단박에 알아차릴 수 있을 만큼 이번 시집도 그의 체취를 물씬 풍긴다. 특히 그의 시세계를 떠받치고 있는 두 개의 기둥이라고 해도 틀린 말이 아닐 중요한 특징들을 우리는 발견하게 된다.

첫째, 그의 처녀시집 『태양미사』에서부터 보여준 절대자유의 세계, 시원의 세계로 향하는 순정한 열정과 갈망의 관념이며, 둘째, 우리의 삶과 현실에 뿌리박고서 그 특유의 예민한 촉각의 더듬이로 삶의 실상과 허상의 차이를 날카롭게 감지해낸 현실인식이 그것이다. 이 관념과 현실인식은 똑같은 무게를 얹고 하는 시소게임처럼 팽팽한 균형과 긴장을 갖고 있다. 그러므로 김승희의 시들은 세계와의 조화·융합·친화의 서정적 정서로 독자의 가슴에 와 닿기보다는 갈등과 대립, 해소되지 않은 욕구와 갈망 등의 파토스적 정서, 더 실감나게 말하자면 '싸움닭 정서'가 주조를 이룬다.

> 아, 삶이란 그런 장대 높이뛰기의 날개를
> 원하는 것이 아닐까,
> 상처의 그물을 피할 수도 없지만
> 상처의 그물 아래 갇혀 살 수도 없어

내 옆구리를 찌른 창을 장대로 삼아
장대 높이뛰기를 해보았으면
억압을 악업을
그렇게 솟아올라
아, 한번 푸르게 물리칠 수 있다면

—「솟구쳐 오르기 1」 부분

억압으로부터 해방되려는 화자의 갈망이 비감스러울 정도인 이 시는 이 시집 전체에 흐르는 억압·상처·날개의 언어들이 갖는 비중을 대표하는 시다. 억압은 인간의 진정한 삶을 뭉개버리는 폭력이다. 시인이 우리의 삶과 현실 속에서 발견해낸 억압의 실체와 상황들은 이 시집의 곳곳에서 볼 수 있다. 그것은 '당연'과 '물론' 또는 '제도'의 이름으로 우리의 삶에 가해지는 위장된 폭력이다. 우리는 알게 모르게 규격화된 틀에 끼워 맞춰지고 매질에 길들여짐으로써 "현대인의 핏속에 DNA처럼 입력되어 있는/무기력, 망각, 순응의 유권자 지문들"(「솟구쳐 오르기 5」)을 갖게 되어버렸다. 일상성의 평화와 안락이 제공하는 행복에 점점 중독되고 우리의 주체적 삶과는 전혀 거리가 먼 쪽으로 전락해감으로써 "코미디의 시녀, 야합의 시녀,/자기 의자와 자기 도장의 시녀/욕망의 시녀/광고의 시녀/삐삐의 시녀"(「수의 디자이너」)가 되어 그 무엇에 의해 종속되고 노예화되는 것이다.

그러나 이러한 억압의 정체는 물질만능주의 사회 속에서 너무나 매혹적이고 달콤한 것이므로 우리들은 그것이 억압인지조차 모르고 살아간다. 시인은 그 실체를 간파하고 그 징그러움을 들춰냄으로써 억압에 대한 무딘 의식을 일깨운다.

'이 문은 자동도어이오니
개폐를 운전자에게 맡겨주십시오'

누군가 나에게 넥타이를 입힌다
그리고 질질 끌고 간다
                                    —「세상에서 가장 무거운 싸움 1」전문

　타의(력)에 의해 지배되는 삶, 자신의 주체적 의지와는 아랑곳
없이 무엇인가에 의해서, 어디인지조차 모르면서 끌려가는 이 참
담한 장면을 설정한다. 이러한 기법으로 우리의 삶 도처에 잠복해
있는 억압을 명쾌히 들추어내고, 한순간이나마 그 통쾌함 때문에
가슴이 후련함을 느끼지만 독자들은 이내 무거워지는 자신을 발
견하게 된다. "당신의 삶 또한 이러한 모습이 아니냐?"고 시 밖에
서 묻기 때문이다. 김승희는 이러한 억압을 너무도 예리하게 간과
함으로써 또한 그 억압을 견딜 수 없어하므로 그것과의 싸움은 마
음고생을 떠나 상처를 입게 마련이다. 그런데 그 상처가 환기시키
는 의미는 우리의 낡은 관념과 상투성을 깨어버린다. 즉 상처는 시
인으로 하여금 억압과 싸움을 할 수 있는 동력원이며 더 높은 곳으
로 솟아오르게 하는 '장대'이며 "상처의 용수철/그것이 우리를 날
게 하지 않으면/상처의 용수철/그것이 우리를 솟구쳐 오르게 하
지 않으면"(「솟구쳐 오르기 2」)이라며 상처를 자유케 하는 '날개'라고
역설적으로 파악하고 있다.
　그러면 어떻게 시인은 상처를, 패배와 고통을 넘어서서 무한한
힘의 원천으로 만드는가? 그것은 김승희의 천성과 깊은 관련이

있다.

> 그녀는 원죄처럼 꿈을 벗을 수가 없네,
> 입혀진 상처. 야기된 마비.
> 반동적 향수가 그녀를 질질 끌고 달려가네,
> 산하의 냄새, 숲속 호랑이 눈동자, 늑대의
> 외침소리, 독수리 날개 할큄 푸드득 득득, 폭포수
> 추락하며 우는 소리,
> 그녀는 특히 호랑이를 사랑해
>
> ──「사이코 토끼」부분

이 시에 나타나는 야성의 이미지들은 김승희의 자아를 잘 나타내는 것이라고 볼 수 있다. 무한한 창공, 거친 광야를 훨훨 날고 펄펄 뛰는 원초적 생명의 힘, 어떠한 속박도 억압도 용납하지 않으려는 본능이 그의 몸 속에서 타오르고 있는 것이다. 그는 이러한 본능을 닫아 감금하는 제도와 틀을 증오하기에 "모든 신발은 전족이다 나는 신발장을 닫는다"(「모든 신발이 불편하다」)는 행위로 기꺼이 맨발의 상처를 받아들이는 것이다. 이 상처를 통해서만이 날개를 달고 진정한 삶의 세계로, 혹은 절대자유의 세계로 솟아오를 수 있다는 이 역설적인 논리가 이번 시집에서 김승희가 우리에게 보내는 가장 중요한 전언이다.

> 황금의 별을 나는 배웠다,
> 어린시절의 별자리여,
> 마음속 어느 혼 속에

고통의 상처가 있어
그 혼돈 속에서 태어나는 별,
혼돈과 함께 태어나는 황금의 별이 있다고

—「솟구쳐 오르기 10」 부분

'황금의 별'은 시인이 꿈꾸며 갈망하는 자유의 세계이며 시원의 세계이다. 모든 속박과 억압으로부터 해방되어 인간의 생명본질을 구현할 수 있는 곳이기에 김승희의 시세계는 처음부터 지금에 이르기까지 여기에 대한 순정한 믿음을 지켜왔다. 그의 첫 시집 『태양미사』에서부터 명징하고 투철하게 빛나던 관념, 즉 "'자, 누가 이카루스인가/모두들 한번 날아보아라'/태양 가까이 날아/날개가 불태워져버린 아이에게만/불멸의 날개를 주겠다"(「이카루스의 잠」)는 것처럼 상처와 고통을 통해서만 가 닿을 수 있는 그 절대의 세계를 시인은 여전히 한치의 의심도 없이 갈망하는 것이다. 그러나 그가 꿈꾸는 이 시원의 세계가 공허한 관념이나 현실도피적 유토피아 현상으로 떨어지지 않은 것은 이 지상(현실)에 대한 치열한 싸움이 있기 때문이다. 즉 현실인식을 바탕으로 한 리얼리티를 그의 시세계 속에 구축했기 때문이다. 그런데 이와 같은 투철한 현실인식이 하나의 건조한 개념으로 치우쳐 앙상한 뼈대만을 드러내는 경우가 있다.

당연의 세계는 왜, 거기에,
당연히 있어야 할 곳에 있는 것처럼,
왜, 맨날, 당연히, 거기에 있는 것일까,
당연의 세계는 거기에 너무도 당연히 있어서

그 두꺼운 껍질을 벗겨보지도 못하고
당연히 거기에 존재하고 있다

—「세상에서 가장 무거운 싸움 2」 부분

위의 시는 '당연의 세계'라는 관념이 거칠게 드러나서 하나의
개념에 머물 뿐 시인의 구체적 인식이나 감지한 사실이 시적으로
형상화되지 못하고 있다. 시인이 의도한 '당연의 세계'에 대한 반
문, 그 억압을 독자로 하여금 공감하게 하기보다는 언어 구사의 장
난기 때문에 시의 진정성을 떨쳐버린다. 앞서도 언급했지만 산문
적 진술은 그의 특징적 언술이기도 하지만, 지나친 수다와 설명으
로 늘어질 때 시의 긴장을 잃는 경우를 종종 발견한다. 남자도 마
찬가지지만 특히 여성의 경우 말수가 적고 목소리는 차분해야 한
다. '여성은 여성다워야 한다'는 고전적인 말을 하려고 한 것은 결
코 아니다. 시인이 자기만의 개성을 구축하는 것은 당연한 일이고
자기다움을 보장해주는 미덕이 될 수 있겠지만 하나의 틀로 굳는
것은 결코 바람직스럽지 않다. 이런 점에서 여성인 그가 체질화된
것처럼 보이는 남성지향적인 틀을 깨고 여성이 지닌 고유성들을
시 속에 끌어들인다면 그의 시들은 더욱 풍요롭고 깊어질 것이라
는 생각이다.

삶과 인간에 대한 포용력·이해·따뜻함·사랑·자기희생·인내
등은 남성보다는 여성이, 특히 어머니들이 지닌 무한한 힘의 근원
이 아니었던가. 이러한 요소들 또한 김승희가 그토록 치열하게 싸
움을 거는 '억압'에 대한 순응·복종이 아니라 억압·순응·복종 등
을 이 지상에서 추방해낼 수 있는 원동력이 되는 것이다. "문득 곰
을 밀치고 힘껏 솟구치는/호랑이의 야성의 외침과 붉은 발톱이 몸

안에서/솟구쳐 오르며, 바깥으로 막 나가서/숨막히게 강변을 달렸다"(「고양이 소주와 에리카 종」)는, "악마의 젖꼭지를 만나 주린 젖을 흠뻑 먹고 싶"(「호랑이 젖꼭지」)은 이 불 같은 기질들과 함께, 모든 고통을 인내함으로써 한 세계를 뚫고 나온 웅녀의 인내심, 어머니 된 자로서 이 세상의 모든 생명들을 향하여 자신의 젖을 물리는 모성애로 이 세계와 현실의 것들을 포용한다면, 그가 도달하고픈 그 아름다운 시원의 삶을 향해 솟아오르는 그의 날개가 더욱 튼튼해지고 아름다워지리라.

『창작과비평』 1995년 겨울호

열린 공간, 움직이는 서정, 친화력
시집 『농무』를 중심으로

1

시집 『농무』가 발간되기 전 70년대 초, 그때까지만 해도 드문드문 발표된 신경림의 몇몇 시편에 대해 필자는 "소위 '현대시'라는 것에 막연히 들떠 있고 또한 시달림을 받아온 독자들은 이것이 시일까 하는 기막힌 의구심마저 갖게 되리라"[1]며 그의 시에서 받은 신선한 충격의 침으로 필자를 포함한 다른 시인들과 독자들에게 반성의 일침을 놓은 적이 있다.

60년대 내내 그랬었지만, 당시까지도 존재탐구라느니 내면탐구라느니 언어탐구라느니 하면서 사뭇 심각한 척하는 표정의 시들이 유행하던 터였다. 잘라 말하면, 우리 선조들이 눈물겹고도 모질게 살아왔고, 우리들이 지금도 그렇게 살고 있고, 우리 후손들이 나름의 방식대로 살아가야 할 이 땅의 사연들에 관해서는 애써 눈돌리고 남의 사연이나 정서에 흠뻑 젖어 허둥대던 시기였다. 설혹 우리들의 사연이나 정서를 우리말의 아름다움에 실어 써낸 시들이 더러 있었다 하더라도 치장한 여인네들의 거시기한 모습처럼

---

1 졸고 「민중언어의 발견」, 『창작과비평』 1972년 봄호 84면.

마음 두기에는 내키지 않는 시들이 대부분이었다. 민중의 삶에 뿌리내린 일상어들의 건강한 아름다움과 활력이 있는 시들이 극히 드물었던 당시에, 신경림의 시들은 우리들의 삶에서 얻어진 정서를 독자들이 알아들을 수 있는 쉬운 말로 표현함으로써 필자나 독자들에게 신선한 충격과 감동을 안겨주었던 것이다.

그 1년 후 시집 『농무』가 출판되고[2] 그 다음해인 1974년 이 『농무』로 제1회 만해문학상을 받게 되는데 그때 심사위원이던 이산 김광섭 선생은 "현대시에 이르러 시를 모르겠다는 소리가 시 독자의 일부만이 아니라 심지어 시인 자신들의 입에서도 나오고 있다. 시를 알 만한 인사들까지도 시가 철학이냐 심리학이냐 하며, 당신들이 쓰는 시를 안 읽어도 좋다는 듯 오히려 반감마저 가지고 시를 외면하게 되었다. (…) 어려운 것이 어려운 대로 방치되어 있으니 시와 독자들은 더욱 유리되기만 한다. 이러한 중에서 신경림씨의 시집 『농무』는 새 각광을 받는다. (…) 그는 시의 리얼리즘에 바탕을 두고 있으며 리얼한 데서 시의 감동을 찾는다. 진실로 리얼한 데는 산문에도 시와 같은 감동이 있다. 그의 시의 감수성이나 언어 구사가 그런 데 기조를 두고 있다"[3]며, 괜히 어렵기만 했던 당시의 시들을 꼬집고 낡은 것 같지만 리얼리즘에 바탕을 둠으로써 친화력이 강한 새로운 시의 출현을 환영한 바가 있다. 백낙청 교수도 "시도 역시 사람이 사람한테 하는 말이요, 또 사람이면 알아들을 수 있는 말이어야 한다고 믿는 우리들에게 신경림씨의 작품들이

---

2 1973년 월간문학사에서 자비로 출판되었는데 여기에는 30여편의 시가 실려 있었다. 1974년 이 시집으로 제1회 만해문학상을 받게 되고 같은해 5월에 창작과비평사에서 2쇄를 찍어냈으며 1975년 시 60편으로 창작과비평사에서 증보판을 발행했다. 이 글에서 『농무』는 이 증보판을 지칭한다.
3 김광섭 「시집 『농무』에 대하여」, 『농무』, 창작과비평사 1975, 117~18면.

한묶음 되어 나온다는 것은 참으로 반갑고 든든한 일이다. (…) 더구나 전천후적으로 양산되는 모조품들과 구별하는 일이 몹시도 고달픈 마당에, 신경림씨의 작품처럼 난해하지도 저속하지도 않은 시들을 대하는 기쁨이란 특별한 것"[4]이라며 '나'의 이야기가 아닌 '우리' 이야기로서 친근하고 정겹기만 한 그의 시에 매료되어 '민중적 경사'로까지 받아들였다. 또 유종호 교수도 『농무』가 발간된 지 20년 가까이 흐른 뒤 "가난하고 힘없는 사람들의 생활의 세목과 생활감정의 무늬를 진솔하고도 경제적으로 처리하여 보여줌으로써 기존의 시들을 부분적으로 추문화시켰던 것이다. 특히 모더니즘이란 이름으로 한때 창궐하던 시 경향을 복귀불능의 지경으로 추문화시켰다"[5]고까지 평하기도 했다.

이처럼 영문학도로서 세 분의 『농무』에 대한 발언은, 섣부른 외국이론 추종의 폐해로 인한 당시의 난해한 시들이 얼마나 흉물스럽고 쓸데없는 것들이었나를 날카롭게 지적한 것이었다.

2

역시 대학에서(당시의 사회적 분위기로 보아 그럭저럭 다녔다 하더라도) 영문학을 공부했던 신경림의 시집 『농무』에 수록된 시들은 대부분 우리 민족정서의 바탕인 농촌을 배경으로 하여 이 땅에서 가장 끈질긴 생명력으로 버티며 살아온 대다수의 사람들, 즉 농민들의 삶과 그 이야기를 서사적 기법으로 표현하고 있다. 따라

---

4 백낙청, 같은 책 113~14면.
5 유종호 「고향의 노래」, 신경림 시선집 『여름날』, 미래사 1991, 147면.

서 『농무』는 '남'의 이야기가 아닌 바로 '우리'들의 이야기이기에 어떠한 독자라도 마음과 정신이 비정상적이지 않은 한 친근감에 빠져든다. 이것은 기존의 농촌시들이 심심찮게 보여주던 그 흔한 범실(凡失)들, 즉 감상적이고 복고주의적인 틀 안에 갇힌 피상성·관념성·소극성들을 말끔히 씻어내고 정물화 또는 박제화된 대상으로서의 농촌이 아니라 그들의 현실생활이 뿜어낸 정서를 살아 움직이도록 묘사하기 때문이다.

그렇다면 우리 민족의 정서적 바탕이 되어온 농촌의 농민들은 과연 누구인가. 간단히 말해서 이 땅에 살고 있는 전형적인 민중들이라고 할 수 있다. 신경림 자신이 말하고 있듯이 "전 역사를 통해서 단 한번도 시민으로서의 정당한 권리를 행사함이 없이"[6] 살아온 사람들이다. 그렇기 때문에 그런 농민들의 삶의 터전인 오늘의 농촌현실은 "곧 한국현실의 집약적 표현이라는 사실이 우리에게 많은 것을 시사해준다. 농촌현실에 대한 본질적인 파악이 없이는 한국현실에 대한 이해가 있을 수 없다"[7]고까지 말한다.

그러나 신경림은 처음부터 이러한 농민과 농촌의 현실인식에서 시를 쓴 것은 아니었다. 그의 등단작인 「갈대」「묘비」 등의 시세계는 당시 50년대를 풍미했던 여느 시들과 별 차별 없이 관념적·내면적·폐쇄적 세계의 '고여 있는 정서' 속에 갇혀 있었다. 시 「갈대」는 인간존재의 근원적인 물음과 통찰을 간결한 언어구사로 표현하고 있는데, 오늘날까지도 신경림의 시 전반에 걸쳐 배어 있는 인간에 대한 이러한 따뜻한 서정은 그의 시에서 빼놓을 수 없는 덕목 중의 하나다. 그러나 이러한 서정은 신경림만의 독특한 인식의

---

6 신경림 「농촌현실과 농민문학」, 『창작과비평』 1972년 여름호 269~70면.
7 같은 글 269면.

결과는 아니었던 것 같다. 1950년대 씌어진 시의 흐름이 전쟁으로
인한 삶과 죽음의 문제 즉 인간존재의 문제에 대하여 불안이니 좌
절이니 슬픔이니 고독이니 하는 따위의 기미가 농후하였던만큼,
신경림도 여기에 관심을 쏟았던 것은 그것이 비록 한 시대의 유행
이었다 해도 자연스러운 현상이었을 것이다.

> 언제부턴가 갈대는 속으로
> 조용히 울고 있었다.
> 그런 어느 밤이었을 것이다. 갈대는
> 그의 온몸이 흔들리고 있는 것을 알았다.
>
> 바람도 달빛도 아닌 것.
> 갈대는 저를 흔드는 것이 제 조용한 울음인 것을
> 까맣게 몰랐다.
> ─산다는 것은 속으로 이렇게
> 조용히 울고 있는 것이란 것을
> 그는 몰랐다.
>
> ─「갈대」 전문

갈대의 울음과 흔들림을 통해 인간의 존재문제와 인간실존의
근원적인 아픔과 외로움을 노래한 「갈대」는 '인간은 생각하는 갈
대'라는 당시에 유행했던 어느 철인의 명제에 근거해서 씌어진 것
이었다. 이를 확인하기 위해, 신경림의 「갈대」보다 5년 앞서 씌어
진 천상병의 「갈대」를 살펴보자.

환한 달빛 속에서
갈대와 나는
나란히 소리없이 서 있었다.

불어오는 바람 속에서
안타까움을 달래며
서로 애터지게 바라보았다.

환한 달빛 속에서
갈대와 나는
눈물에 젖어 있었다.

—천상병 「갈대」 전문

우리들은 우선 제목부터가 같고, 시간적·공간적 배경이 일치할 뿐만 아니라 시에 나타난 정서까지도 느끼기에 따라 거의 일치함을 확인할 수 있다. 고독이나 슬픔은 인간들이 떨쳐버릴래야 떨쳐버릴 수 없는 근원적이며 숙명적인 것들이다. 그것들은 인간의 내면에 깊숙이 자리잡고 실존이니 존재니 하는 문제로 우리의 의식 속을 떠돌면서 우리들을 괴롭혀왔다. 위에 인용한 두 편의 「갈대」도 인간존재에 대한 근원적 물음에서 씌어진 것들이다. 이처럼 1950년대는 전쟁의 후유증이 많은 시인들을 정서의 단순화에 머물게 했던 시대였다. 위의 「갈대」들에서 '밤' '달빛' '울음' '흔들림' '속에서' 등의 어휘들이 빚는 정서는 '고여 있는 정서'인 것이다.

그러나 신경림은 이내 시쓰기를 중단한 채 10여년의 세월을 방랑, 방황으로 보낸다. 그는 말한다. "1956년에 나는 「갈대」「낮달」

같은 작품을 가지고 『문학예술』지를 통해 소위 문단이라는 델 나
왔다. 나는 그때까지 문우라는 것이 별반 없었는데 비로소 문우들
과 어울려 다니며 술을 마시고 잡담을 하는 즐거움도 알게 되었다.
그것도 잠시였다. 신이니 존재니 하는 알쏭달쏭한 시만이 판을 치
는 시단에 나는 설 자리가 없었고"[8]라고. '설 자리가 없었다'는 시
인의 고백은 당시 문단의 시류(詩流)인 실존주의풍의 시나 모더니
즘풍의 탁류 속에서 헤엄쳐나올 수밖에 없었다는 이야기다. 어쩌
면 그것은 당연한 결단이었는지 모른다. 왜냐하면 그는 생리적으
로 개인적인 정서보다 민중들의 삶이나 정서에 친근했기 때문이
다. 그는 한데 어울려 북적대는 공간, 그래서 여러 사람들의 삶의
냄새가 흠뻑 배어 있는 공간, 즉 장터나 봉놋방, 조합공판장, 운동
장, 골목 등을 어렸을 적부터 좋아했다고 한다.[9] 이러한 유년기의
체험들이 훗날 시인이 되었을 때 한창 유행하던 실존주의나 모더
니즘의 급류 속을 오래 견디지 못했던 이유 중의 하나가 되었으리
라는 생각이다.

아무튼 「갈대」 이후 고향으로 돌아간 그는 지독한 가난 속에서
농사일, 날품팔이, 아편장수 길안내, 등짐장수, 학원강사 등의 체
험을 하는데 이 체험들은 훗날 문학적 정서로 훌륭하게 승화되어
민중들의 생활과 삶을 실감나게 그려내게 되지만, 그가 다시 시를
쓸 수 있기까지 절망은 끝간 데가 없었다. 제대로 사람노릇하며 살
날이 올 것 같지 않은, 더구나 전혀 시를 쓸 수 없으리라는 절망감
은 증오심으로 들끓기 시작했다고 한다. 잘사는 사람을, 높은 자리
에 있는 사람을, 학식 있는 사람을, 가난한 사람을, 무지한 사람을,

8 신경림 「나의 시 나의 길」, 『시와 시학』 1993년 봄호 96면.
9 같은 글 94면.

특히 성실성이 없는 시인들을 증오했는데, 이 증오심만이 자신을 간신히 지탱해주었다고 한다.[10]

그러나 증오어린 방황, 방랑 속에서도 자신을 정리할 수 있는 계기를 마련해주었던 사람들은 한결같이 가난했고 세상에 대해서 원한을 가지고 있었으며 복수심과 체념으로 조금씩 비뚤어진 사람들이었는데, 이 모두가 그들 자신의 탓이 아니라 '남의 탓'이거나 '사회 탓'이었음을 깨닫고 정신적으로 안정을 되찾아 다시 시를 쓰기 시작했다고 한다.[11]

3

시인이 자기자신의 시에 대해 갖는 산문적 신념이 시 자체의 실상과 꼭 맞아떨어진다고 볼 수는 없지만 위와 같은 시인의 직접적인 진술 속에서 그의 시가 갖는 최소한의 근본적 지향성만은 엿볼 수 있을 것이다. 이를 받아들인다면 시집 『농무』의 주된 시세계는 숙명으로 받아들이는 '자신의 탓'에 머물러 있는 고여 있는 정서의 세계가 아니라, '남의 탓' '사회의 탓'으로 일그러진 농촌의 실상을 서사적 기법으로 리얼하게 묘사해내는 움직이는 정서의 세계라고 할 수 있다.

우리들이 지금 도시화·산업화의 한복판에 살고 있고, 거기에다 아무리 개방화·국제화·세계화라는 구호 속에서 숨쉴 새도 없이 살고 있다지만, 농촌은 우리 정서의 바탕이요 고향이라는 생각은

---

10 신경림 「내 시에 얽힌 이야기들」, 『나의 시, 나의 시학』, 공동체 1992, 209면.
11 같은 곳.

여전히 유효하다. 진부한 이야기로 들릴지 모르나 우리는 고향으로서의 농촌을 떠올리며 따사로운 정감, 편안함, 안정감, 친근감 같은 것을 느낀다. 비록 가난하고 고달픈 삶의 현장이었을지라도, 또한 남의 탓, 사회의 탓으로 힘써볼 겨를도 없이 무너져 황폐화된 농촌일지라도 그리움의 대상으로 남아 있는 것은 우리들이 고향에 대해 갖는 일반적인 마음쓰임이리라. 그런데 이렇듯 우리들 마음속에 다소 낭만적인 향수의 대상으로 농촌의 모습이 떠오르는 까닭은, 현대의 우리들 삶의 방식이 도시화됨에 따라 인간소외를 비롯한 온갖 현대적 병폐들이 우리의 삶을 사면초가로 위협하는데, 인간에게는 "인정미 넘치는 순박한 삶의 방식, 나아가서는 자신의 잃어버린 본성을 되찾고 싶어하는 인간적 욕망이 숨어" 있고, "농촌에의 향수가 한편으로는 자본주의적 현실의 타락상에 대한 부정의식을 내포하고 있기"[12] 때문이다.

　아무리 농촌이 아픔과 체념과 고통들을 만나게 되는 곳이요, 그래서 "따뜻한 인정과 소박한 유대관계도 팽개치게" 되는 곳이요, "땅에 대한 애착의 허무감에 빠지는" 곳이요, 그래서 "절망적인 허무주의에 몸을 맡기"는 곳이라 하더라도[13] 아직 타락하지 않고 가까스로 지니고 있는 인간의 순수한 본성과 인간적인 삶을 농촌에서 찾고자 하는 희망을 우리는 버릴 수 없다. 그러므로 인간의 본성과 삶을 농촌에서 찾고자 할 때 우리는 우려와 함께 밝은 전망을 갖게 되는 것도 사실이다.

　『농무』의 시세계는 이러한 우려와 밝은 전망을 짚고 넘어간다는 점에서 주목할 수밖에 없다. 향수나 그리움의 대상으로 낭만적

12　윤지관 「농촌 비가를 넘어서」, 『민족현실과 문학비평』, 실천문학사 1990, 218면.
13　염무웅 「농촌현실과 오늘의 문학」, 『창작과비평』 1970년 가을호 477면.

이고 전원적인 시각에서 농촌을 바라볼 때, 우리는 이상향으로서의 농촌을 꿈꿀 뿐 실제 농촌의 현실이나 진실을 전혀 보지 못하는 잘못을 범하고 만다. 그것은 진실이 은폐·왜곡된 채 묘사된 농촌 문학의 허상이 농촌의 참모습인 것처럼 비추어질 수 있기 때문이다. 그러나 우리는 앞에서 예시했던 농촌의 덕성스러운 것들을 포기할 수도 없을 것이며 오히려 지켜내야 할 가치임을 알기에 농촌에 대한 우리들의 올바른 시각은 반드시 필요하다. 신경림은 시집 『농무』를 통하여 우리들의 이러한 간절한 의지들을 절절히 형상화해냈다. 농촌현실에 대한 적극적이고 올바른 이해로써 농촌의 참모습과 민중의 정서를 불필요한 꾸밈없이 리얼하게 그려놓은 것이다.

4

『농무』의 곳곳에서 절망하고 체념하며 고통스러워하는 민중들의 모습을 자주 만난다. 그 무엇 하나도 이루어내지 못하는 그들은 '노름'과 '술'로써 고통을 어루만지려 한다.

　　못난 놈들은 서로 얼굴만 봐도 흥겹다
　　이발소 앞에 서서 참외를 깎고
　　목로에 앉아 막걸리를 들이켜면
　　모두들 한결같이 친구 같은 얼굴들
　　호남의 가뭄 얘기 조합빚 얘기
　　약장수 기타소리에 발장단을 치다 보면

왜 이렇게 자꾸만 서울이 그리워지나
어디를 들어가 섰다라도 벌일까
주머니를 털어 색싯집에라도 갈까
학교 마당에들 모여 소주에 오징어를 찢다
어느새 긴 여름해도 저물어
고무신 한 켤레 또는 조기 한 마리 들고
달이 환한 마찻길을 절뚝이는 파장

—「파장」 전문

"못난 놈들은 서로 얼굴만 봐도 흥겹다"는 구절은 어느 장거리
의 시끌버글한 풍경을 구체적으로 묘사한 것보다도 더욱 실감나
고 활달하다. 대개 시골의 5일장들이 그러하듯이 그곳에서는 농촌
민중들의 밝고 건강한 모습을 발견할 수가 있다. 왠지 모르게 흥겹
고 기분 좋고, 농사일 때문에 서로 바빴던 사람들이 그날만은 서로
얼굴들을 맞대고 온갖 소문이나 세상 돌아가는 이야기를 나눈다.
위의 시에서도 1~4행까지는 그러한 즐거움이 역력하다. 그래서
목로에서 들이켜는 막걸리의 심상은 어떤 근심이나 시름보다도
반가움, 흥겨움의 정서를 느끼게 한다. 그러나 그것은 잠시뿐 "호
남의 가뭄 얘기 조합빚 얘기"라는 걱정이 태산인 답답한 현실 속으
로 시의 화자는 돌아온다. 현실로 돌아온 화자는 곧바로 그 현실을
벗어나려 한다. "왜 이렇게 자꾸만 서울이 그리워지나"라는 구절
은 현실로부터 벗어나고픈 몸부림의 점잖은 표현이다. 그러나 또
한 현실을 벗어나기란 현실적으로 그리 쉬운 일이 아니다. 그러니
까 '섰다'를 생각하고 '색싯집'을 떠올린다. 그러나 그 짓 역시 주
머니 사정으로 여의치 않은 일이다. 그러니까 또한 '막걸리'보다

독한 '소주'에 긴긴 해가 저물도록 취해버린 채 절뚝이며 집으로
돌아가는 것이다.

국수 반 사발에
막걸리로 채워진 뱃속
농자천하지대본
농기를 세워놓고
면장을 앞장 세워
이장집 사랑 마당을 돈다
나라 은혜는 뼈에 스며
징소리 꽹과리소리
면장은 곱사춤을 추고
지도원은 벅구를 치고
양곡증산 13.4프로에
칠십 리 밖엔 고속도로
누더기를 걸친 동리 애들은
오징어를 훔치다가
술동이를 엎다
용바위집 영감의 죽음 따위야
스피커에서 나오는
방송극만도 못한 일
아낙네들은 취해
안마당에서 노랫가락을 뽑고
처녀들은 뒤울안에서
새 유행가를 익히느라

목이 쉬어
펄럭이는 농기 아래
온 마을이 취해 돌아가는
아아 오늘은 무슨 날인가
무슨 날인가

—「오늘」 전문

겉으로는 온 마을이 잔치 분위기에 휩싸여 있는 듯 보인다. 그
러나 한 사발도 아닌 겨우 반 사발의 국수와 막걸리로 배를 채우고
징소리, 꽹과리소리, 벅구소리에 장단 맞춰 곱사춤을 추어대고, 사
내들이건 아낙네들이건 모두 취해 있는(처녀들은 유행가에 취해
있다!) 이들의 심정은 심란하고 비감스럽다. 취하면 취할수록 체
념적이고 비관적인 그러나 독이 잔뜩 오르는 농민들의 속마음을
우리는 읽을 수 있어야 한다. 마치 억지 춘향이 격으로 속으로 울
고 겉으로는 좋은 듯이 웃고 춤추는 이 반어적 상황은 이들의 삶을
더욱더 비감스럽게 한다. 어른들은 말할 것도 없거니와 누더기를
걸친 애들까지도 무엇 하나 제대로 이루지 못하는(전체적인 문맥
으로 보아 오징어 한 마리도 못 훔치고 술동이만 엎었다고 보아야
이 시의 맛이 난다) 답답한 현실이 빚는 울분과 비애, 체념과 자학
은 술이나 노름에 기대게 되는데, 이는 현실 순응이나 굴복이 아니
라 현실을 변화시켜보려는 역설적인 몸부림인 것이다.

  ① 술에라도 취해볼거나. 술집 색시
    싸구려 분 냄새라도 맡아볼거나.

—「겨울밤」 부분

② 오늘밤엔 주막거리에 나가 섰다를
　하자 목이 터지게 유행가라도 부르자.

—「원격지」 부분

③ 우리는 분이 얼룩진 얼굴로
　학교 앞 소줏집에 몰려 술을 마신다
　답답하고 고달프게 사는 것이 원통하다

—「농무」 부분

④ 십촉 전등 아래 광산 젊은 패들은
　밤 이슥토록 철 늦은 섰다판을 벌여
　아내 대신 묵을 치고 술을 나르고

—「경칩」 부분

⑤ 막소주 몇잔에도 우리는 신바람이 나
　방바닥을 구르고 마당을 돌았다.

—「실명」 부분

　『농무』에 수록된 시는 모두 60편이다. 이중 거의 절반에 가까운 25편에 술(막걸리, 소주) 마시는 이야기가 나오는데 그 가운데 아무렇게나 골라본 구절들이다. 모두가 답답하고 고달픈 정서로 현실로부터 도피하거나 순응하거나 자학해버리는 모습들로 보일지 모른다. 그러나 우리는 '술'이라는 사물에 대해 좀더 본래의 의미를 캐볼 필요가 있다.

다 알다시피 술은 원래 농경사회에서 공동체적인 삶을 형성하던 제천의식에서 빠질 수 없는 소중한 것이었다. 술은 신에게 바치는 거룩한 음식이었으며 공동의 화합과 결속을 다지는 역할을 했던 것이다. 이러한 본질적인 의미를 『농무』에서도 찾아볼 수 있다. 비록 술을 마시는 분위기가 울분·비애·고통·자학 등의 어두운 정서를 동반하고 있지만 그것은 억눌리며 원통하게 사는 사람들끼리의 공동체적인 연대감을 느끼게 하기 때문이다. 어느 시를 보아도 혼자서 술 마시는 자리보다는 한데 어울리는 장소에서 그들의 울분과 함께 술을 서로 주고받는 모습이다. 이는 독자들로 하여금 술이 퇴폐·향락·파멸의 의미가 아니라 어렵고 암담한 현실을 살아내기 위한 민중들의 발버둥거림의 한 모습이라는 것을 느끼게 하는 것이다. 이런 발버둥거림의 처절한 역동성이 궁극적으로는 역사적·사회적 상황으로 연결되어 확산되는 것이다. 이것은 『농무』가 민중들의 삶, 그 절망의 현장을 끊임없이 노래하면서도 이러한 절망을 극복하려는 하나의 움직임을 보여주는 것이라고 할 수 있다.

5

삶에 대한 열정과 관심은, 삶의 이면이라 할 수 있는 죽음에 대한 관심과 동궤에 있다고 하겠다. 왜냐하면 한 인간의 삶이란 것이 궁극적으로는 죽음에 의해서 완성되고 또다른 탄생들을 예비하기 때문이다. 그렇기에 우리들의 일상생활 속에서 죽음에 관련된 표현을 흔하게 쓰고 있는 것을 볼 수 있는데 문학은 이 죽음에 관한 여러 형태들이나 인식을 가장 잘 반영하고 있다. 그러므로 작가나 시인들이 죽음에 관해 관심을 갖는 일은 삶에 대한 또다른 인식이다. 문학에서 죽음에 관한 문제는 우리나라 최초의 시가라 불리는 「공무도하가」에서도 나타나고 있는데 그것이 '자연사'가 아니라 '자살'(넓은 의미에서 타살)이라는 점이 매우 의미심장하다. 「공무도하가」의 죽음은 그 나름대로 타당한 이유와 신화적인 요소들을 겸하면서 많은 해석들을 낳았지만 그중 하나가 현실과 이상 사이의 갈등 속에서 발생한 비극적 죽음이라는 해석은 결국 죽음의 의미가 삶을 떠나서는 생각할 수 없는 것이란 점을 새삼 깨닫게 한다.

『농무』에서도 우리는 이 죽음에 관한 이야기가 심심찮게 나오는 것을 볼 수 있다. 억울하게 또는 원통하게 맞아 죽었거나 미쳐 죽은 타살적 죽음이 무려 15편을 넘어서고 있는데, 초기시와 그 이후의 시에서 죽음의 인식 문제가 서로 다르게 나타남을 볼 수 있다.

> 쓸쓸히 살다가 그는 죽었다.
> 앞으로 시내가 흐르고 뒤에 산이 있는
> 조용한 언덕에 그는 묻혔다.
> 바람이 풀리는 어느 다스운 봄날
> 그 무덤 위에 흰 나무비가 섰다.
> 그가 보내던 쓸쓸한 표정으로 서서
> 바람을 맞고 있었다.
> 그러나 비는 아무것도 기억할 만한
> 옛날이 있는 것은 아니었다. 어언듯
> 거멓게 빛깔이 변해가는 제 가냘픈

얼굴이 슬펐다.
무엇인가 들릴 듯도 하고 보일 듯도 한 것에
조용히 귀를 대이고 있었다.

—「묘비」 전문

한 사람의 쓸쓸한 죽음과 그 죽음을 더욱 외롭게 만드는 나무비의 묘사로 해서 시의 분위기는 매우 처량하고 애상적이다. 또한 죽음에 관한 인식을 너무 피상적인 차원에서 바라본 나머지 모호하다는 느낌을 떨쳐버릴 수 없다. 쓸쓸한 삶이었기에 죽음 또한 그러했다고 해도 독자들이 그의 삶이나 죽음을 실감나게 상상할 만한 근거나 단서를 제공받지 못한다. 그러기에 시인의 내면세계에서만 머물게 되는 것이다. 이와 같은 현상은 다음과 같은 시에서도 볼 수 있다.

쓸쓸히 죽어간 사람들이여.
산정에 불던 바람이여.
달빛이여.
지금은 모두 저 종 뒤에서
종을 따라 울고 있는 것들이여.

이름도 모습도 없는 것이 되어
내 가슴속에 쌓여오고 있는 것들이여.

—「심야」 부분

구체성이 부족한 죽음을 노래한 이런 시의 정서는 우리에게 어

떠한 현실적 인식을 요구하지 않은 채 관념으로 떨어지고 만다. 위
에서 인용한 시 두 편이 모두 1956년에 발표된 시로서, 죽음에 대
한 그의 인식이 매우 추상적이며 1950년대 시의 흐름에서 벗어나
있는 것이 아니다. 따라서 「갈대」에서 나타났던 '고여 있는 정서'
의 수준에 머물러 있던 시라는 점을 알 수 있다. 그러나 그후 그는
죽음의 문제를 현실적·역사적·사회적 토대 위에서 인식하고 있
음을 놓쳐서는 안된다.

> 나는 죽은 당숙의 이름을 모른다.
> 구죽죽이 겨울비가 내리는 제삿날 밤
> 할 일 없는 집안 젊은이들은
> 초저녁부터 군불 지핀 건넌방에 모여
> 갑오를 떼고 장기를 두고.
> 남폿불을 단 툇마루에서는
> 녹두를 가는 맷돌소리.
> 두루마기 자락에 풀 비린내를 묻힌
> 먼 마을에서 아저씨들이 오면
> 우리는 칸데라를 들고 나가
> 지붕을 뒤져 참새를 잡는다.
> 이 답답한 가슴에 구죽죽이
> 겨울비가 내리는 당숙의 제삿날 밤.
> 울분 속에서 짧은 젊음을 보낸
> 그 당숙의 이름을 나는 모르고.
>
> ―「제삿날 밤」 전문

우리는 위의 시 마지막 2행을 통해서 당숙의 죽음이 어떤 사회적·현실적 사건과 관련된 죽음이란 사실을 금방 알아차릴 수 있다. 비록 그 죽음의 구체적 상황이 드러나지 않으나, 적어도 한 인간의 죽음이 자신이 살고 있는 시대와 관련된 것으로 인식된다. 따라서 개인적 차원에서가 아니라 역사적·사회적 의미를 띠고 있는 죽음이 우리로 하여금 얼마나 심각한 문제냐를 일깨워주기도 한다.

① 그 유월에 아들을 잃은 밥집 할머니가
　넋을 잃고 앉아 비를 맞는 장마철

—「장마」 부분

② 어둠이 내리기 전에 산 일번지에는
　통곡이 온다. 모두 함께
　죽어버리자고 복어알을 구해 온
　어버이는 술이 취해 뉘우치고
　애비 없는 애기를 밴 처녀는
　산벼랑을 찾아가 몸을 던진다.

—「산1번지」 부분

③ 전쟁통에 맞아죽은 육발이의 처는
　아무한테나 헤픈 눈웃음을 치며

—「경칩」 부분

④ 나는 그녀의 아버지를 안다.

자전거를 타고 술배달을 하던
다부지고 신명 많던 그를 안다.
몰매 맞아 죽어 묻힌 느티나무 밑
뙤꽃 덩굴이 덮이던 그 돌더미도 안다.

—「친구」 부분

⑤ 창돌애비가 죽던 날은 된서리가 내렸다
오동잎이 깔린 기름틀집 바깥마당
그 한귀퉁이에 그의 시체는 거적에 싸여 뒹굴고
그의 아내는 그 옆에 실신해 누웠다

—「친구여 네 손아귀에」 부분

위의 시구절엔 제 수명껏 혹은 제대로 살아보지 못한 사람들의
억울하고 불행한 죽음이 구체적으로 혹은 암시적으로 그려져 있
다. 그리고 거기에는 한결같이 한이 서려 있다. 즉 원통함이다. 그
러기에 이러한 죽음들은 사람들의 기억 속에 오래 남는다. 왜냐하
면 한은 죽은 사람에게나 살아 있는 사람에게나 항상 함께 있기 때
문이다. 또한 죽음을 당한 사람이나 그 죽음을 목격하고 기억하는
사람은 모두 민중이기 때문이다. 민중은 끊이지 않는 세월과 같고
물줄기와 같은 것이어서 어느 누구도 막고 끊을 수 없는 도도한 존
재다. 그러므로 역사적·사회적으로 억울하게 희생당한 민중은 역
사의 반칙에 의한 죽음이라는 점을 다시 한번 생각해보게 된다. 이
러한 죽음의 비극성은 역설적으로 이 땅 민중들의 끈질긴 역동성
으로 부활하는 재생의 희망에 다름아니다.

6

『농무』를 읽어보면 겨울을 배경으로 한 시들이 25편이나 되고 밤을 배경으로 한 시들도 20여편이나 됨을 알게 된다. 이렇듯 겨울 이나 밤의 잦은 등장은 농촌 민중들의 절망적인 삶을 드러내는 배 경적 의미와 함께 변화와 희망을 꿈꾸는 기다림의 시간적 의미를 내포하고 있기도 한다.

우리나라는 사계가 뚜렷하다. 그만큼 우리들의 문화나 행동, 의 식 등은 계절에 민감한 반응을 보인다. 더구나 예로부터 농경사회 였던 우리나라에서는 자연의 순환질서인 계절의 추이에 따라 삶 을 적응시켜왔다. 따라서 그 무엇보다도 인간 개체의 본질이나 인 간끼리의 관계 즉 '인간의 삶'에 대한 탐구를 목적으로 하는 문학 에서는 이 사계가 표상하는 의미와 함께 삶의 모습들을 그려낸다. 일반적으로 사계가 표상하는 의미는 그 계절 속에서 느끼는 우리 들의 생리적인 현상 혹은 감각적인 것과 관계가 깊다. 겨울은 대체 로 고난·죽음·비정·혼돈 등을 표상하며 문학적 원형으로는 아이 러니와 풍자의 의미를 갖는다. 계절의 이러한 계절적 의미는 『농 무』에서도 뚜렷하게 나타나고 있다.

아편을 사러 밤길을 걷는다
진눈깨비 치는 백리 산길
낮이면 주막 뒷방에 숨어 잠을 자다
지치면 아낙을 불러 육백을 친다
억울하고 어리석게 죽은

빛 바랜 주인의 사진 아래서
　　음탕한 농지거리로 아낙을 웃기면
　　바람은 뒷산 나뭇가지에 와 엉겨
　　굶어죽은 소년들의 원귀처럼 우는데
　　이제 남은 것은 힘없는 두 주먹뿐
　　수제빗국 한 사발로 배를 채울 때
　　아낙은 신세타령을 늘어놓고
　　우리는 미친놈처럼 자꾸 웃음이 나온다

―「눈길」 전문

　　겨울은 가난한 사람들에게는 더없이 견디기 어려운 계절이다. 위의 시에서도 초라하고 궁상맞은 사람들의 겨울나기의 모습이 그려져 있는데, 이 겨울의 계절감이 나타나 있는 곳의 대부분에는 '눈'·또한 빠지지 않는 단골 사물이다. 그러나 '눈'의 의미는 각 작품 속에서 달리 나타나는 것을 볼 수 있는데 여기서는 겨울이 주는 고난·고통·절망의 심상과 동일하게 나타난다. 무엇보다도 반어적으로 느껴지는 것은 이 시에서 풍기는 '웃음'의 의미이다. 그것은 "진눈깨비 치는 백리 산길"에서 암시하듯이 시적 화자의 삶, 그 고달픔, 자신의 신세에 대한 절망이 자학으로까지 치닫고 있음을 보여준다.

　　우리는 협동조합 방앗간 뒷방에 모여
　　묵내기 화투를 치고
　　내일은 장날. 장꾼들은 왁자지껄
　　주막집 뜰에서 눈을 턴다.

들과 산은 온통 새하얗구나. 눈은
펑펑 쏟아지는데
쌀값 비료값 얘기가 나오고
선생이 된 면장 딸 얘기가 나오고.
서울로 식모살이 간 분이는
아기를 뱄다더라. 어떡헐거나.
술에라도 취해볼거나. 술집 색시
싸구려 분 냄새라도 맡아볼거나.
우리의 슬픔을 아는 것은 우리뿐.
올해에는 닭이라도 쳐볼거나.
겨울밤은 길어 묵을 먹고.
술을 마시고 물세 시비를 하고
색시 젓갈 장단에 유행가를 부르고
이발소집 신랑을 다루러
보리밭을 질러가면 세상은 온통
하얗구나. 눈이여 쌓여
지붕을 덮어다오 우리를 파묻어다오.
오종대 뒤에 치마를 둘러쓰고
숨은 저 계집애들한테
연애편지라도 띄워볼거나. 우리의
괴로움을 아는 것은 우리뿐.
올해에는 돼지라도 먹여볼거나.

—「겨울밤」전문

겨울밤에 펑펑 쏟아지는 눈과 농민들의 울적한 심사와는 사뭇 대조적이다. 세상의 온갖 것들은 새하얀 눈에 덮여서 제 모습을 감춘 채 편안하게 휴식하거나 모든 갈등이나 번민에서 벗어나 있는 상태다. 그러나 온갖 근심걱정으로 들끓고 있는 농민들의 모습은 그렇지 않다. 눈이 그 깨끗한 빛깔로써 어떤 평화의 경지를 보여줄 수 있는 것은 인간 이외의 사물들에 대해서일 뿐이지 결코 인간의 비애를 덮어주지는 못한다. 그래서 그들은 차라리 자신들 삶 자체를 그 눈이 파묻어주기를 갈망하게 된다. 앞에서 인용한 「눈길」의 진눈깨비가 겨울과 함께 절망과 고통을 의미하고 있는 반면, 이 「겨울밤」에서의 겨울과 눈은 농민들이 지니는 체념과 비애의 또다른 면을 의미하는 것으로 보인다.

> 아무렇게나 살아갈 것인가
> 눈 오는 밤에 나는
> 잠이 오지 않는다
> 박군은 감방에서 송형은
> 병상에서 나는 팔을 벤
> 여윈 아내의 곁에서
> 우리는 서로 이렇게 헤어져
> 지붕 위에 서걱이는
> 눈소리만 들을 것인가
> (…)
> 눈오는 밤에 가난한 우리의
> 친구들이 미치고 다시
> 미쳐서 죽을 때
> 철로 위를 굴러가는 기찻소리만

들을 것인가 아무렇게나
살아갈 것인가 이 산읍에서

—「산읍일지」 부분

   자신의 삶에 대한 반성과 함께 동시대를 살고 있는 친구들의 고
통스런 삶에 관심이 모아진다. 이러한 시적 화자에게 '눈'은 깨어
있는 의식을 가능케 하는 매개물이라고 할 수 있다. 그리고 그것은
앞날의 전망을, 앞으로 살아갈 일을 화자로 하여금 생각하게 만든
다. 절망과 고통으로서의 계절인 겨울이 농촌 민중들의 삶 그것과
다를 바 없다는 인식을 보여주는 예는 『농무』의 여러 시편에서 흔
하게 만나게 되는데, 이와 아울러 '밤'의 시간적 심상도 많이 겹쳐
나타나는 것을 볼 수 있다. 앞에서 인용한 세 편의 시 모두가 시간
적 배경은 '밤'이었다. 그것은 겨울의 의미와 밤의 의미가 서로 일
치하는 부분을 많이 갖기 때문이다. 겨울이 절망을 넘어서서 탄
생·부활·재생·기쁨·희망으로 상징되는 봄을 기다리는 계절이라
면, 밤은 어둠이 물러가고 여명의 빛, 새벽을 기다리는 시간이기
때문이다. 이런 의미에서 밤은 고통의 상징이며 암담한 상황의 배
경이 되지만 한편으로는 인간들의 화합과 친화 혹은 그리움 같은
서로의 애정을 나누는 시간이라는 점에서, 가난하고 소외당한 민
중들의 것이 된다.

   밤늦도록 우리는 지난 얘기만 한다
   산골 여인숙은 돌광산이 가까운데
   마당에는 대낮처럼 달빛이 환해
   달빛에도 부끄러워 얼굴들을 돌리고

밤 깊도록 우리는 옛날 얘기만 한다
누가 속고 누가 속였는가 따지지 않는다
산비탈엔 달빛 아래 산국화가 하얗고
비겁하게 사느라고 야윈 어깨로
밤새도록 우리는 빈 얘기만 한다

─「달빛」 전문

　늦은 달밤과 산골 여인숙의 사람들, 그들은 자신들의 이야기를 하며 그 환한 달빛 때문에 구차하게 혹은 억척스럽게 살아온 삶의 때묻은 흔적들을 부끄러워한다. 이 부끄러움 속에는 그들의 소박하고 때묻지 않은 심성이 들어 있는 것이다. 그런데 왜 그들은 지나간 과거의 이야기만 하고 있는 것일까? 그것은 지나온 삶에 아픔의 흔적들이 크게 남아 있기 때문이다. 이러한 아픔의 흔적들은 이들의 공통적인 삶의 잔영들이었고 그러기에 밤늦도록 이야깃거리는 줄어들지 않는다. 서로의 삶에 대한 쓰다듬음과 이해로써 밤은 이렇게 이들을 결속시키고 화합하게 한다.
　우리는 『농무』의 계절이나 시간적 배경들이 민중들의 고통과 슬픔을 더해주고 있다는 사실과 더불어 오히려 그것들은 역설적으로 미래에 대한 희망을 노래한다는 점을 확인할 수 있었던바, 계절의 순환질서가 그러하듯이 혹은 밤낮의 바뀜이 그러하듯이 민중들의 삶에 대한 전망, 미래를 향해 '움직이는 정서'를 다시 한번 신뢰하게 된다.

7

　『농무』의 시의 공간은 '열린 공간'이 지배적이다. 여기서 열려 있다는 의미는 한 개인의 의식세계 또는 내면세계보다는 사람들이 살아가는 현장성이 우월하다는 이야기이다. 우리가 『농무』를 통하여 한폭의 풍경화나 목가풍의 자연미 정도로서의 농촌의 모습이 아니라 농민들의 생동감 있는 움직임, 그 삶에 뿌리내린 정서들을 만날 수 있는 것은 시의 공간이 농민들의 생활과 의식을 고스란히 펼쳐 보일 수 있는 '열린 공간', 예컨대 협동조합 구판장, 주막집, 장바닥, 학교마당, 가설무대, 이장집 사랑방, 안마당, 사랑마당, 씨름판, 봉당, 방앗간 등 농민들 즉 '우리들'의 생활장소이기 때문이다. 여기에는 무수한 사람들의 움직임이 있고 이 움직임 속에는 사람들이 살아가는 구체적인 이야기와 표정들이 있다. 그러기에 『농무』는 여러 사람이 적절하게 지적하듯이 서사적 요소가 자연스럽게 끼여 있는 시편들로 대부분 채워져 있다. 이러한 점들은 시에서의 리얼리즘 문제와도 깊은 관계가 있다. 이 글의 서두 부분에서 '신경림의 시는 리얼리즘에 바탕을 두고 있다'는 김광섭 선생의 말을 빌려 잠깐 언급한 바 있지만 이런 이야기풍의 시는 또한 "사회적·역사적 현실로부터 도피하지 않고 사람살이의 문제를 본격적으로 취급하기 위해서는 시 속에서 이야기를 제대로 구사할 필요가 있다. 즉 서사지향성의 문제는 시의 현실대응력 문제이고 시에서의 리얼리즘 실현문제에 연결"[14]된다는 얘기와도 관련지어 생각해볼 수 있다.

---

14 최두석 「이야기 시론」, 『리얼리즘의 시정신』, 실천문학사 1992, 20면.

흙 묻은 속옷 바람으로 누워
아내는 몸을 떨며 기침을 했다.
온종일 방고래가 들먹이고
메주 뜨는 냄새가 역한 정미소 뒷방.
십촉 전등 아래 광산 젊은 패들은
밤 이슥토록 철 늦은 섰다판을 벌여
아내 대신 묵을 치고 술을 나르고
풀무를 돌려 방에 군불을 때고.
볏섬을 싣고 온 마차꾼까지 끼여
판이 어우러지면 어느새 닭이 울어
버력을 지러 나갈 아내를 위해 나는
개평을 뜯어 해장국을 시키러 갔다.
경칩이 와도 그냥 추운 촌 장터.
전쟁통에 맞아죽은 육발이의 처는
아무한테나 헤픈 눈웃음을 치며
우거지가 많이 든 해장국을 말고.

—「경칩」전문

    경칩은 개구리도 겨울잠에서 깨어 세상 밖으로 뛰쳐나오는 때
라 한다. 즉 길고긴 겨울이 가고 봄이 오고 있음을 알리는 때이니
겨우내 움츠리고 살았던 사람들의 삶도 기지개를 펴며 봄날을 맞
을 채비를 해야 한다. 그러나 시 속의 사람들은, 하잘것없는 개구
리도 겨울잠에서 깨어 세상 밖으로 나오는 이러한 절후도 아랑곳
하지 않고 밤 이슥토록 노름과 술판을 벌이는 모습이다. 그러므로

아무런 변화도 없이 "경칩이 와도 그냥 추운" 겨울의 촌 장터는 그들에겐 '춘래불사춘'처럼 어둡고 추운 긴 겨울의 모습으로 보일 것이다. 이처럼 사람들이 살아가는 모습이 짙은 음영으로 어른거리는 '열린 공간'은 전반적으로 민중들의 태산 같은 걱정이 난무하는 공간이며, 이 걱정을 잊거나 극복하기 위해 술판과 노름판을 벌이는 곳이다. 그런데 『농무』를 보면 이 걱정 또한 다양하다. 물론 가난 걱정, 농사 걱정, 빚 걱정, 억울한 죽음에 대한 걱정, 진실이 통용되지 않는 썩은 세상에 대한 걱정이 압도적이지만 식모살이 간 처녀애들에 대한 걱정, 나이 어린 갈보에 대한 걱정, 심지어 바람기 있는 남의 여편네에 대한 걱정에 이르기까지 『농무』에는 온갖 걱정으로 채워져 있다.

징이 울린다 막이 내렸다
오동나무에 전등이 매어달린 가설무대
구경꾼이 돌아가고 난 텅 빈 운동장
우리는 분이 얼룩진 얼굴로
학교 앞 소줏집에 몰려 술을 마신다
답답하고 고달프게 사는 것이 원통하다
꽹과리를 앞장 세워 장거리로 나서면
따라붙어 악을 쓰는 건 쪼무래기들뿐
처녀애들은 기름집 담벽에 붙어서서
철없이 킬킬대는구나
보름달은 밝아 어떤 녀석은
꺽정이처럼 울부짖고 또 어떤 녀석은
서림이처럼 해해대지만 이까짓

산구석에 처박혀 발버둥친들 무엇하랴

비료값도 안 나오는 농사 따위야

아예 여편네에게나 맡겨두고

쇠전을 거쳐 도수장 앞에 와 돌 때

우리는 점점 신명이 난다

한 다리를 들고 날라리를 불거나

고갯짓을 하고 어깨를 흔들거나

—「농무」 전문

농무는 농민들의 풍요로운 공동체적인 삶의 의미를 인식시키고 그들의 활력과 신명을 위해서 추는 군무다. 겉으로 화자는 활력과 신명이 넘치는 것처럼 그 흔한 쉼표나 마침표 한점 없이 그야말로 숨가쁘게 시의 분위기를 이끌어가고 있다. 그러나 농무를 추고 있는 농민들의 마음은 신명은커녕 걱정들로 짓눌린 채 실의와 체념과 허탈과 비애에 젖어 있다. 삶이 죽음으로 바뀌는 참담하고 극한적인 장소인 도수장에 와서야 신명이 극에 달하고, 그래서 한 다리를 들고 날라리를 불고 고갯짓을 하며 어깨춤을 춰야 하는 이 눈물겹고 참담한 역설과 반어의 극치가 이를 뒷받침해주고 있다.

이미 농무는 그들의 신명나는 축제 속의 유희가 아니라 하나의 허탈한 거짓 몸짓에 지나지 않는다. 그것은 그들의 삶이 갖는 절망감에서 온다고 보아야 할 것이다. 그러나 이러한 거짓의 춤, 몸과 마음이 따로 움직이는 농무의 거짓 신명을 극복하고 원래 그것의 참모습을 되찾을 수 있게 할 사람들은 '농민'과 '우리'라는 공동의 주체밖에 없다. 왜냐하면 그 어느 누구도 농무의 신명을 되돌려주지 않을 것이기 때문이다.

8

    시집 『농무』가 꿈꾸며 전망하는 세계는 농민(민중)들이 '자기 탓'이 아닌 '남의 탓' '사회의 탓'으로 빼앗긴 '농무'의 신명을 스스로 되찾는 데로 나아가려는 적극적인 움직임 바로 그것이다. 다시 말하면 '움직이는 정서'로 '움직이는 서정'을 보여주는 세계다. 앞서 지적했지만 초기의 고요하게 머물러 있던 정서는 10여년의 열린 공간에서의 방랑과 방황을 감내하면서 현장체험으로 다져진 다부진 현실인식과 그 현실인식에서 싹튼 증오심이 '움직이는 정서'로 전환하게 되었다. 그는 이러한 '움직이는 정서'의 시름어린 손길로 가난하고 억눌리면서 사람답게 살아보려는 민중들의 서러운 마음과 맨살을 어루만지는 '움직이는 서정'을 아주 쉬운 언어로 이야기하듯 펼쳐 보여주었다. 이렇듯 시를 구성하고 있는 언어는 과연 얼마만큼 그 시대상황의 체험적 정서를 바탕으로 하고 있느냐, 다시 말하면 시인이 얼마만큼 역사·사회·문화에 대한 깊은 통찰과 반성 속에 선택한 것이냐에 따라 쉬운 언어와 어려운 언어로 판가름이 나며, 이 언어 중 어떤 언어가 시에 참여했느냐에 따라 '고여 있는 시(서정)'와 '움직이는 시(서정)'로 그 차별성이 나타난다는 것이 필자의 평소의 생각이다.

    진지한 현실적 체험의 욕망도 없이 한가하게 현실에서 비켜서 있는 세계, 사람살이의 짙은 냄새가 풍기지 않는 세계, 나 몰라라 하며 자기도취에 빠져 있는 내면의 세계에 참여한 언어는 오직 '썩음'이 예약되어 있는 어려운 언어로 '고여 있는 시'의 세계를 보여주며 친화력이 없는 반면, 현실감각이 이룩한 세계, 민중의 의지가 있는 세계, 열린 공간에서 사람살이의 냄새가 물씬거리는 세계에 참여한 언어는 '움직이는 시'의 세계를 보여주며 친화력이 강하다. 이와 같은 '움직이는 시'의 한 모습으로서 시집 『농무』의 세계는 농촌 민중들의 삶의 실상을 생생하게 보여준다. 절망하며 비관하고, 자학하며 실의에 빠지면서도 바람직스럽지 못한 현실을 극복, 변화시키려는 의지가 담겨 있는 시집이 『농무』이다.

『신경림 문학의 세계』, 창작과비평사 1995

조태일 전집—시론·산문 1

초판 1쇄 발행/2009년 9월 10일

지은이/조태일
엮은이/이동순
펴낸이/고세현
책임편집/이상술
펴낸곳/(주)창비
등록/1986년 8월 5일 제85호
주소/413-756 경기도 파주시 교하읍 문발리 513-11
전화/031-955-3333
팩시밀리/영업 031-955-3399 · 편집 031-955-3400
홈페이지/www.changbi.com
전자우편/literat@changbi.com
인쇄/한교원색

ⓒ 진정순 2009
ISBN 978-89-364-6025-9 03810
    978-89-364-6995-5 (전4권)